Huérfanos de Brooklyn

Huérfanos de Brooklyn

JONATHAN LETHEM

Traducción de
Cruz Rodríguez Juiz

LITERATURA RANDOM HOUSE

Título original: *Motherless Brooklyn*
Primera edición en esta colección: septiembre de 2015

© 1999, Jonathan Lethem
© 2015, de la presente edición en castellano para todo el mundo:
Penguin Random House Grupo Editorial, S. A. U.
Travessera de Gràcia, 47-49. 08021 Barcelona
© 2001, Cruz Rodríguez Juiz, por la traducción

Printed in Spain – Impreso en España

ISBN: 978-84-397-0647-2
Depósito legal: B-21491-2015

Compuesto en La Nueva Edimac, S. L.

Impreso en Limpergraf (Barberà del Vallès, Barcelona)

GR0647R

Penguin
Random House
Grupo Editorial

ÍNDICE

ENTRA UN TIPO

El contexto lo es todo. Disfrázame y verás. Soy un voceador de feria, un subastador, un artista de performances del centro de la ciudad, un experto en lenguas ignotas, un senador borracho de maniobras dilatorias. *Tengo el síndrome de Tourette.* Mis labios no paran, aunque sobre todo susurro y murmuro como si leyera en voz alta mientras mi nuez sube y baja y el músculo de la mandíbula late como un corazoncito escondido bajo la mejilla pero sin emitir ningún sonido; las palabras se me escapan en silencio, meros fantasmas de sí mismas, cáscaras vacías de aliento y tono. (De ser un villano de Dick Tracy, tendría que ser Mumbles.) Las palabras se precipitan fuera de la cornucopia de mi cerebro en esta forma limitada para pasearse sobre la superficie del mundo, haciéndole cosquillas a la realidad como los dedos a las teclas de un piano. Acariciando, toqueteando. Son un ejército invisible en misión de paz, una horda pacífica. No tienen malas intenciones. Apaciguan, interpretan, masajean. Por todos lados suavizan imperfecciones, devuelven pelos despeinados a su lugar, forman filas de patos y reponen terrones gastados. Cuentan y sacan brillo a la plata. Dan amables palmaditas a la espalda de las ancianas y les arrancan sonrisas. Solo —ahí está el problema— cuando se encuentran con una perfección excesiva, cuando la superficie ya ha sido pulida, los patos ordenados y las viejas damas complacidas, mi pequeño ejército se rebela y entra por la fuerza. La realidad necesita algún que otro error, la alfombra ha de tener algún defecto. Mis palabras empiezan a tirar nerviosamente de las hebras buscando asidero, un punto débil, una oreja vulnerable. Entonces llega la urgencia de gritar en la iglesia, en la guardería, en el cine abarrotado. Empieza con una comezón. Sin importancia. Pero pronto la comezón es un torrente atrapado tras un dique a punto de reventar. El diluvio universal. Mi vida entera. Ya vuelve. Anegándote las orejas. Construye un arca.

—¡A la mierda! —grito.

—Bocaena —dijo Gilbert Coney en respuesta a mi arrebato sin volver ni siquiera la cabeza. Me costó entenderle: «Tengo la boca llena», explicación y broma al mismo tiempo, aunque mala. Coney, acostumbrado a mis tics verbales, no se molestaba en comentarlos. Acercó la bolsa de White Castle a mi asiento del coche con el codo, haciendo crujir el papel—. Engüeo.

No tenía especial consideración con Coney.

—Alamierdalamierdalamierda —grité de nuevo, liberando más la presión de mi cabeza. Por fin pude concentrarme. Cogí una hamburguesa minúscula. La desenvolví y levanté la mitad superior del panecillo para examinar la retícula de agujeros de la carne y el brillo de la cebolla picada. Otra de mis compulsiones. Siempre tenía que mirar dentro de una White Castle para apreciar el contraste de la hamburguesa de máquina con los restos de pringue frito. CAOS y CONTROL. Luego hice más o menos lo que Gilbert había sugerido: engullirla de un bocado. Con el viejo eslogan «Cómpralas a bolsas» zumbándome en la cabeza y la mandíbula triturando la carne en trozos digeribles, me volví a mirar la casa desde la ventanilla del coche.

La comida me relaja.

Estábamos en una operación de vigilancia frente al ciento nueve de la calle Ochenta y ocho Este, una casa solitaria atrapada entre gigantescos edificios de apartamentos con portero por cuyos vestíbulos entraban y salían repartidores de comida china en bicicleta revoloteando como mariposas cansadas bajo la débil luz de noviembre. Gilbert Coney y yo también habíamos puesto algo de nuestra parte para unirnos al festín y nos habíamos desviado hasta el Harlem hispano para comprarnos las hamburguesas. Solo queda un White Castle en Manhattan, en la carretera 103 Este. No es tan bueno como algunas franquicias de las afueras. Ya no les ves preparar tu pedido, y la verdad es que he empezado a preguntarme si no pasarán los panecillos por el microondas en lugar de calentarlos al vapor. ¡Ay! Cogimos nuestro cargamento de hamburguesas y patatas preparadas según lo descrito y regresamos al centro, aparcamos en doble fila delante de la dirección que nos interesaba hasta que quedó un hueco libre. No nos llevó más que dos minutos, pero de todos modos eso fue lo que tardaron los porteros de ambos lados en echarnos ruidosamente de allí. Íbamos en el Lincoln, que no tenía ni la placa de licencia ni las pegatinas ni nada que lo identificara como vehículo para transporte. Y Gilbert y yo éramos dos tipos grandullones. Probablemente nos tomaron por polis. No importaba. Masticábamos y observábamos.

No sabíamos qué hacíamos en aquel lugar. Minna nos había enviado allí sin explicarnos por qué, algo bastante habitual a pesar de que la dirección no lo fuera. Las misiones de la Agencia Minna suelen limitarse a Brooklyn, de hecho rara vez vamos más allá de Court Street. Carroll Gardens y Cobble Hill forman el entramado del tablero de juegos que componen las alianzas y enemistades de Frank Minna, y Gil Coney, los demás tipos de la agencia y yo somos las fichas —como piezas del Monopoly, pensaba a veces, coches de hojalata o terriers (desde luego, no como sombreros de copa)— que se desplazan por el tablero. En el Upper East Side nos encontrábamos fuera de nuestro territorio habitual: *Automóvil* y *Terrier* en Candyland, o quizá en el estudio con el Coronel Mostaza.*

* En las ediciones americanas del Monopoly, la ficha que representa a cada jugador es de metal y las más populares tienen forma de coche, perro y sombrero de copa. Candyland es una marca de juegos de mesa. El Coronel Mostaza es un personaje del Cluedo, juego de mesa consistente en descubrir al asesino. *(N. de la T.)*

—¿Qué es esa placa? —dijo Coney. Señaló con la barbilla reluciente a la entrada de la casa. Miré.

—Zendo Yorkville. —Leí la placa de bronce de la puerta. Mi cerebro febril procesó las palabras y seleccionó con interés la más rara—. ¡A la mierda zendo! —musité entre dientes.

Gilbert se lo tomó, acertadamente, como mi manera de cavilar sobre lo que no me resultaba familiar.

—Sí, ¿qué es eso de zendo?

—A lo mejor es como zen —dije.

—¿Y eso qué es?

—Zen, como budismo. Maestro zen, ya sabes.

—¿Maestro zen?

—Sí, hombre, como maestro de kung-fu.

—Buf.

Y así, tras este pequeño desvío en la investigación, volvimos a nuestro placentero masticar. Por descontado, después de hablar mi cerebro se entretenía como mínimo con alguna versión inferior de ensalada de ecolalia: *Y eso de zendo qué es, ken, como zung-fu, maestro feng shui, bastardo fúngico, masturbación zen, ¡a la mierda!* Pero no hacía falta decirla, no mientras hubiera varias White Castle por desenvolver, inspeccionar y devorar. Iba por la tercera. Me metí una en la boca y luego levanté la vista hacia la puerta del ciento nueve, sacudiendo la cabeza como si el edificio hubiera estado espiándome. A Coney y los demás operativos de la Agencia Minna les encantaba salir de vigilancia conmigo porque sentía la compulsión de mirar el lugar u objetivo en cuestión cada medio minuto más o menos, así que les ahorraba el trabajo de tener que girar el cuello. Una lógica similar explicaba mi popularidad en las partidas de escucha telefónica: dadme una lista clave de palabras que detectar en una conversación y no pensaré en nada más, prácticamente saldré disparado al menor indicio de alguna de ellas mientras que a cualquier otro la misma misión acaba, invariablemente, provocándole un sueño de lo más placentero.

Mientras masticaba la número tres y vigilaba la tranquila entrada del zendo Yorkville mis manos cacheaban afanosamente la bolsa de papel de las Castle para asegurarse de que todavía me quedaban tres más. Habíamos comprado una bolsa de doce y Coney sabía muy bien no solo que yo tenía que tener seis, sino que igualando mi cantidad me hacía feliz, le hacía cosquillas a los instintos obsesivo-compulsivos de mi Tourette. Gilbert Coney era un grandullón con corazón de oro, supongo. O quizá sencillamente fuera adiestrable. Mis tics y obsesiones mantenían divertidos a los demás Hombres de Minna, pero también les agotaban, volviéndolos extrañamente dóciles y complacientes.

Una mujer se detuvo ante la escalinata de la casa y subió hasta la puerta de entrada. Pelo corto y moreno y gafas tirando a cuadradas, es todo lo que vi antes de que nos diera la espalda. Llevaba chaquetón de marinero. Se le veían ricitos morenos en la nuca, debajo del corte a lo chico. Unos veinticinco, quizá dieciocho.

—Va a entrar —dijo Coney.

—Mira, tiene llave.

—¿Qué quiere Frank que hagamos?

—Solo observar. Tomar nota. ¿Qué hora es?

Coney estrujó otro envoltorio de Castle y señaló a la guantera.

—Apunta. Son las seis cuarenta y cinco.

Abrí la guantera —el clic del pasador de plástico al soltarse produjo un ruido delicioso y hueco que sabía que querría repetir, al menos aproximadamente— y saqué una libreta pequeña. MUJER, PELO, GAFAS, LLAVE, 6.45. Las notas eran para mí, solo tendría que presentarle un informe verbal a Minna. Como mucho. Por lo que sabíamos quizá nos quería frente a aquella casa para asustar a alguien o para que esperáramos alguna entrega. Dejé la libreta en el asiento, detrás de las Castle, y volví a cerrar la guantera; luego le di seis golpecitos más para aliviar la presión cerebral reproduciendo aquel ruido hueco que tanto me gustaba. El seis era el número de la suerte esa noche, seis hamburguesas, seis cuarenta y cinco. Así que seis golpecitos.

Para mí, contar, tocar cosas y repetir palabras es todo lo mismo. El Tourette no es más que un constante etiquetar. El mundo (o mi cerebro, tanto da) me señala *eso* una y otra vez. Y yo lo etiqueto.

¿Podría este *eso* hacer otra cosa? Si alguna vez hubieras sido un *eso* lo sabrías.

—Chicos —llamó una voz desde el lado de la calzada, sorprendiéndonos a los dos.

—Frank —dije.

Era Minna. Llevaba el cuello de la gabardina levantado para protegerse de la brisa pero sin acabar de ocultar del todo su mueca mal afeitada a lo Robert Ryan en *Grupo salvaje*. Se agachó hasta el nivel de mi ventanilla, como si quisiera evitar que le vieran desde el zendo Yorkville. Los taxis saltaban chirriando sobre el bache del pavimento que había justo detrás de Minna. Bajé el cristal de la ventanilla, me asomé compulsivamente y le toqué el hombro izquierdo, un gesto habitual en el que ni siquiera se fijaba desde hacía… ¿cuánto tiempo? Pongamos que unos quince años, desde que a los trece yo empecé a manifestar la necesidad de tocarle el hombro, hombro que por entonces tenía veinticinco años y Minna cubría con una cazadora punk. Quince años de golpecitos y toques… Si Frank Minna hubiera sido una estatua en lugar de un montón de carne y huesos le habría sacado brillo hasta dejarlo reluciente, como los grupos de turistas pulen las narices y los dedos de los pies de los mártires de bronce en las iglesias italianas.

—¿Qué haces aquí? —preguntó Coney. Sabía que tenía que ser algo importante para traer a Minna hasta allí y además por sus propios medios cuando podía habernos mandado a recogerle a cualquier otro lugar. Había alguna complicación y, ¡sorpresa!, nosotros, los títeres, quedábamos fuera de juego otra vez.

Susurré con la boca casi cerrada y de forma inaudible *operación de vigilancia, escabullirse con audacia, emboscada subrepticia zendo.*

Los señores del embosque.

—Dame un cigarrillo —dijo Minna. Coney se inclinó sobre mí con un pitillo a medio sacar del paquete de Mall para que el jefe lo cogiera. Minna se lo llevó a la boca y lo encendió, frunciendo el ceño con gesto de concentración y protegiendo la llama con el cuello de la gabardina. Dio una calada y luego expulsó el humo en nuestro espacio vital—. Vale, escuchad —dijo como si no estuviéramos ya pendientes de sus palabras. Hombres de Minna hasta la médula.

—Voy a entrar —dijo, mirando con los ojos entornados al zendo—. Me hablarán por el interfono. Abriré la puerta al máximo. Tú —señaló a Coney con la cabeza— aguantas la puerta y te cuelas dentro, solo eso, y esperas al pie de la escalera.

—¿Y si salen a tu encuentro? —preguntó Coney.

—Ya nos preocuparemos si ocurre —contestó Minna con tono tajante.

—Vale, pero y si…

Minna no le dejó acabar. Coney intentaba averiguar cuál era su función, pero tendría que esperar.

—Lionel —empezó Minna.

Lionel, mi nombre. Frank y los Hombres de Minna lo pronunciaban *laionel.* Lionel Essrog.

Laionel Esrock.

Espop.

Ex mod.

Etcétera.

Mi propio nombre era el chicle verbal original, estirado a estas alturas hasta formar hebras delgadas como filamentos que cubrían la cámara de ecos de mi cráneo. Flácido e insípido de tanto masticarlo.

–Ten. –Minna dejó caer en mi regazo un monitor de radio y unos auriculares, luego se palpó el bolsillo de arriba de la gabardina–. Llevo un micrófono. Me oirás en directo. Escucha con atención. Si digo, eh, «Ni que me fuera la vida», sales del coche y llamas a la puerta, Gilbert te deja entrar y los dos subís rápidamente las escaleras en mi busca, ¿de acuerdo?

Casi se me escapa con los nervios *A la mierda, palurdín*, pero tomé aliento y me tragué las palabras sin decir nada.

–No llevamos –dijo Coney.

–¿Qué? –preguntó Minna.

–Pipa, no llevo pipa.

–¿Qué pasa con la pipa? Di «pistola», Gilbert.

–No llevamos pistola, Frank.

–Con eso contaba. Por eso duermo por las noches. Porque no vais armados. No me gustaría que unos cabezas huecas como vosotros subieran tras de mí con una horquilla o una armónica, no digamos ya con una pistola. Yo llevo una. Vosotros solo tenéis que aparecer.

–Perdona, Frank.

–Con un cigarro apagado, con un ala de pollo del puto Buffalo.

–Perdona, Frank.

–Escucha. Si me oyes decir «Primero tendría que ir al baño», significa que vamos a salir. Recoges a Gilbert y os metéis otra vez en el coche, listos para seguirme. ¿Entendido?

Vez, vez, vez, ¡VOZ!, dijo mi cerebro. *Hez, hez, hez, ¡HOZ!*

–Te va la vida, disparado para el zendo –dije en voz alta–. Vas al baño, arranco el coche.

–Eres un genio, Engendro –contestó Minna. Me pellizcó la mejilla y luego tiró el cigarrillo a su espalda; el cigarro dio una voltereta, esparciendo chispas. Minna miraba al vacío.

Coney bajó del coche y me pasé rápidamente al asiento del conductor. Minna palmeó un par de veces el capó como si le diera palmaditas a un perro en la cabeza después de decirle *quieto*, luego pasó por delante del parachoques delantero y levantó el dedo para indicarle a Coney que aguardara un momento, cruzó la acera hacia la puerta del número ciento nueve y llamó al timbre que había bajo la placa «Zendo Yorkville». Coney se apoyó en el coche a esperar. Me coloqué los auriculares. Oí claramente el ruido del zapato de Minna rascando el pavimento, así que el aparato funcionaba. Cuando levanté la vista vi que el portero del edificio de la derecha nos observaba, pero no hacía nada más que mirar.

Oí el interfono, en directo y vía micrófono. Minna entró, abriendo la puerta del todo. Coney agarró la puerta, se coló dentro y los dos desaparecieron.

Pasos subiendo escaleras, de momento sin voces. De repente vivía en dos mundos; la vista y el cuerpo tembloroso en el asiento del conductor del Lincoln observaban estacionados el pacífico transcurrir callejero del Upper East Side —la gente que paseaba al perro, los repartidores y los jovencitos trajeados como adultos que con el despertar de la vida nocturna ponían rumbo a los bares de moda—, mientras mis oídos construían un paisaje sonoro a partir de los ecos de Minna subiendo las escaleras sin que nadie saliera a recibirle todavía, aunque él parecía saber dónde estaba. Oí las suelas de los zapatos rozando la madera, los escalones crujiendo, luego un instante de indecisión, quizá el frufrú de la ropa, y después dos golpetazos en la madera y vuelta a caminar con pasos más silenciosos. Minna se había quitado los zapatos.

¿Llamar al timbre y luego subir sigilosamente? No tenía sentido. Pero ¿qué lo tenía? Saqué otra Castle de la bolsa de papel: seis hamburguesas para restaurar el orden en un mundo sin sentido.

—*Frank* —dijo una voz al otro lado del auricular.

—*He venido* —dijo Minna cansinamente—. *Pero no debería. Deberías limpiarte tu propia basura.*

—*Te lo agradezco* —continuó la otra voz—. *Pero las cosas se han complicado.*

—*Saben lo del contrato del edificio.*

—*No, no creo.* —La voz sonaba extrañamente serena, apaciguadora. ¿La reconocía? Quizá no tanto como el ritmo de las réplicas de Minna: hablaba con alguien a quien él conocía bien, pero ¿con quién?—. *Pasa dentro, hablemos.*

—¿*De qué? ¿De qué tenemos que hablar?*

—*Escúchate, Frank.*

—¿*He venido hasta aquí para escucharme a mí mismo? Eso puedo hacerlo en casa.*

—*Ya, pero ¿lo haces?* —Oí la sonrisa que acompañó a la voz—. *Me parece que no tanto ni con tanta atención como deberías.*

—¿*Dónde está Ullman? ¿Le tienes aquí?*

—*Ullman está en el centro. Irás a verle.*

—*Joder.*

—*Paciencia.*

—*Paciente lo serás tú, a mí esto me parece una jodienda.*

—*Típico, supongo.*

—*Sí. Bueno, pues acabemos con todo esto.*

Más pasos amortiguados, una puerta que se cierra. Un golpetazo metálico, posiblemente una botella y un vaso, alguien sirve una bebida. Vino. No me habría importado beber algo. En cambio seguí mascando mi Castle y mirando el exterior por el parabrisas mientras mi cerebro repetía *típico mímico místico mi tic hace clic palurdín* y entonces pensé en anotar algo más, abrí la libreta y debajo de MUJER, PELO, GAFAS escribí ULLMAN CENTRO CIUDAD y pensé *Fulano no está*. Cuando me tragué la hamburguesa, se me tensaron la mandíbula y la garganta y me preparé para un tic de coprolalia inevitable y audible, aunque no hubiera nadie para oírlo. «¡Come mierda, Bailey!»

Bailey era un nombre arraigado en mi cerebro touréttico, pero no sabía por qué. Nunca había conocido a ningún Bailey. Quizá Bailey representara al hombre, como George Bailey en *¡Qué bello es vivir!* Mi oyente imaginario tenía que sufrir la mayoría de mis insultos solitarios, por lo visto una parte de mí necesitaba un blanco de ataque. Si un afectado por el síndrome de Tourette se pone a maldecir en el bosque, donde nadie puede oírle, ¿lo hará en voz alta? Bailey parecía ser mi solución al acertijo.

—*Tu cara te delata, Frank. Te gustaría matar a alguien.*

—*No estaría mal empezar contigo.*

—*No deberías echarme a mí la culpa de haberla perdido, Frank.*

—*Será culpa tuya si a ella le falta su Rama-lama-ding-dong. Eres tú el que le llenó la cabeza con esa porquería.*

—*Ten, tómate esto.* —¿Le ofrece una bebida?

—*Con el estómago vacío no.*

—*Vaya. Se me había olvidado que lo pasas mal, Frank.*

—*Aj, vete a la mierda.*

«¡Come mierda, Bailey!» Los tics siempre empeoraban cuando estaba nervioso, la tensión despertaba mi síndrome de Tourette. Y en aquella situación había algo que me ponía nervioso. La conversación que escuchaba por los auriculares estaba demasiado plagada de sobreentendidos, de referencias pulidas y opacas como si cada palabra escondiera años de tratos.

Además, ¿dónde estaba la chica morena del pelo corto? ¿En la habitación con Minna y su altanero contertulio, callada? ¿O en otra parte? Mi incapacidad para visualizar el espacio interior del ciento nueve me inquietaba. ¿La chica era la misma de la que hablaban? Parecía improbable.

¿Y qué era su «Rama-lama-ding-dong»? No pude darme el lujo de preocuparme por el tema. Arrinconé una hueste de tics e intenté no pensar demasiado en cosas que no entendía. Eché un vistazo a la puerta. Se suponía que Coney seguía al otro lado. Quería oír *ni que me fuera la vida* para poder salir escaleras arriba.

Un golpe en la ventanilla del conductor me sobresaltó. Era el portero que había estado observándonos. Me indicó por gestos que bajara la ventanilla. Dije que no con la cabeza, él dijo que sí. Al final cedí, me quité uno de los auriculares para poder escucharle.

—¿Qué? —pregunté triplemente distraído, el elevalunas eléctrico había seducido a la cotorra de mi mente, que ahora demandaba subidas y bajadas gratuitas. Intenté que no se notara.

—Su amigo le llama —dijo el portero señalando al edificio.

—¿Qué? —Resultaba de lo más confuso. Estiré el cuello para ver más allá del portero, pero no había nadie visible en la entrada del edificio. Mientras tanto, Minna seguía hablando al otro lado del auricular. Pero nada de baños ni de vidas.

—Su amigo —repitió el portero con marcado acento de Europa del Este, quizá polaco o checo—. Quiere verle. —Sonrió, mi perplejidad le divertía. Me sentí fruncir el ceño exageradamente, un tic, y quise decirle que se borrara aquella sonrisa de la cara: no podía creerse lo que veía.

—¿Qué amigo? —Minna y Coney estaban los dos dentro, si la puerta del zendo se hubiera movido me habría dado cuenta.

—Ha dicho que si le está esperando, él ya está listo —explicó el portero, asintiendo y gesticulando otra vez—. Quiere hablar. Ahora Minna decía algo de «...*montar un lío en el suelo de mármol...*».

—Creo que se equivoca de hombre —le dije al portero—. *¡Palurdo!* —Me estremecí, le mandé que se fuera e intenté concentrarme en las voces que me llegaban a través de los auriculares.

—Eh, eh —dijo el portero con las manos en alto—, que yo me limito a traerle un mensaje, amigo.

Volví a bajar la ventanilla automática y por fin conseguí alejar mis dedos del mecanismo.

—No pasa nada —contesté, me tragué otro *palurdo* convirtiéndolo en un ladrido agudo de chihuahua, algo así como *¡yaip!*—. Pero no puedo dejar el coche. Dígale a mi *amigo* que si quiere hablar conmigo que venga a verme. ¿Vale, *amigo*? —Me parecía que de repente tenía demasiados amigos y no conocía el nombre de ninguno. Repetí el batir impulsivo de la mano, una combinación expeditiva de tic y gesto que tenía por objeto mandar a aquel payaso de vuelta a su puerta.

—No, no. Él ha dicho entrar.

«... *romper un brazo...*», me pareció oírle decir a Minna.

—Pues entonces que le dé su nombre —dije, desesperado—. Vuelva y dígame cómo se llama.

—Quiere hablar con usted.

—Vale, *mierdaportero*, dígale que iré. —Le cerré la ventanilla en las narices. Volvió a picar en el cristal, no le hice caso.

«...*primero tendría que ir al baño*...»

Abrí la portezuela del coche y eché a un lado al portero, fui hasta la puerta del zendo y piqué, seis veces, con fuerza.

—Coney —siseé—. Sal de ahí.

Por los auriculares oí a Minna cerrar la puerta del baño a sus espaldas y el agua que empezaba a correr. «*Espero que lo hayas oído, Engendro* —le susurró al micrófono para mí—. *Nos vamos en coche. No nos pierdas. Haced como si nada.*»

Coney asomó por la puerta.

—Va a salir —le dije colocándome los auriculares alrededor del cuello.

—Entendido —contestó Coney con los ojos muy abiertos. Por una vez, estábamos en el centro de la acción.

—Conduce tú —le dije tocándole la nariz con el dedo. Se me quitó de encima como a una mosca. Nos metimos apresuradamente en el coche y Coney dio un acelerón. Tiré la bolsa de Castle frías y los restos de envoltorios al asiento de atrás. El portero idiota había desaparecido en el interior de su edificio. Me olvidé de él por el momento.

Estábamos sentados mirando al frente, con el coche envuelto en sus propios humos, esperando. Mi cerebro pensaba *¡Siga a ese coche! ¡Hollywood de noche! ¡Menudo fantoche!* Mi mandíbula trabajaba masticando las palabras, manteniéndolas en silencio. Las manos de Gilbert se aferraban al volante, las mías tamborileaban silenciosamente en mi regazo con ligeros movimientos de picaflor.

En eso consistía hacer como si nada para nosotros.

—No le veo —dijo Coney.

—Espera. Ya saldrá, probablemente acompañado de varios tíos.

Probablemente, atropelladamente. Me coloqué uno de los auriculares en la oreja derecha. No se oía ninguna voz, solo un golpeteo, quizá fueran las escaleras.

—¿Y si se meten en un coche más atrás? —dijo Coney.

—Es una calle de sentido único —contesté preocupado y echando miraditas atrás, a los coches aparcados detrás del nuestro—. Solo hay que dejarles pasar.

—Eh.

Acababan de aparecer, escabulléndose por la puerta y corriendo por la acera delante de nosotros mientras yo estaba mirando hacia atrás: Minna y otro hombre, un gigantón con abrigo negro. Si el otro tipo no medía más de dos metros no medía nada, y tenía una espalda tan ancha que parecía que llevara protectores de fútbol americano o alas de ángel bajo el abrigo. O quizá la chica menuda del pelo corto iba hecha un ovillo allí dentro, aferrada a los hombros del tipo cual mochila humana. ¿Era ese gigante el que había hablado de manera tan insinuante? Minna corría delante de él como si tratara de darnos esquinazo en lugar de darle largas para que no perdiéramos la pista. ¿Por qué? ¿Le apuntaban con una pistola por detrás? El gigante llevaba las manos en los bolsillos. Por alguna razón me las imaginé asiendo rebanadas de pan y enormes trozos de salami, tentempiés guardados en el abrigo para alimentar a un gigante en invierno, comida para confortarle.

O quizá solo fuera una fantasía para confortarme a mí mismo: una rebanada de pan no podía ser un revólver, lo cual asignaba a Minna la única arma de fuego de la situación.

Nos quedamos como estúpidos viéndolos cruzar entre dos coches aparcados y meterse en el asiento trasero de un K negro que se había acercado desde detrás de nuestro coche, y se pusieron en marcha inmediatamente. Nerviosos como estábamos, Coney y yo habíamos coordinado nuestras reacciones para dejarles arrancar un coche aparcado y ahora se estaban alejando.

—¡Vamos! —dije.

Coney dio un volantazo para sacar el Lincoln de donde estaba, golpeando los parachoques con fuerza suficiente para abollarlos. Estábamos atrapados, claro. Retrocedió, golpeó la parte trasera con más cuidado y luego consiguió formar un arco para salir de allí, pero no antes de que nos adelantara un taxi y nos bloqueara la salida. El K dio la vuelta a la esquina para tomar la Segunda Avenida.

—¡Venga!

—Mira —dijo Coney señalando al taxi—. Ya voy. ¡Vista arriba!

—¿Vista arriba? Vista al frente. Barbilla arriba. —Le corregí como respuesta involuntaria ante la tensión.

—Sí, eso también.

—Ojos bien abiertos, clavados en la carretera y las orejas pegadas a la radio… —Lo de *vista arriba* me había irritado tanto que de repente tuve que recitar todas las posibilidades.

—Ya, y la boca cerrada. —Coney nos llevaba pisándole los talones al taxi; mejor que nada, ya que el taxi iba bastante rápido—. Y ya que estás ¿por qué no pegas la oreja a ver qué dice Frank?

Me coloqué los auriculares. No se oía más que el ruido de fondo del tráfico sustituyendo a los ruidos que ya había olvidado. Coney siguió al taxi por la Segunda Avenida, donde tuvimos que esperar a que cambiara el semáforo en medio de un atasco de taxis y coches. El juego estaba en marcha y nosotros con él, una idea excitante y sin embargo patética, puesto que habíamos tardado menos de una manzana en perderlos.

Viramos a la izquierda para rodear al primer taxi y colocarnos tras otro que estaba en el mismo carril que el coche donde iban Minna y el gigante. Los semáforos sincronizados situados un kilómetro por delante se pusieron en rojo. He aquí un trabajo para alguien con síntomas obsesivo-compulsivos, pensé: dirigir el tráfico. Luego nuestro semáforo se abrió y todos arrancamos, como un edredón flotante de coches particulares negros y pardos y taxis de amarillo brillante avanzando por el cruce.

—Acércate más —dije volviendo a quitarme los auriculares. Entonces un tic impresionante se abrió camino a través de mi pecho—: ¡*A la mierda míster Palurdín!*

—¿Míster Palurdín? —Hasta había conseguido llamar la atención de Gilbert.

A medida que los semáforos se nos iban poniendo en verde siguiendo cierta secuencia temporal, los taxis adelantaban y retrocedían temerariamente para ganar ventaja, pero la verdad es que las luces estaban cronometradas para controlar un tráfico a cuarenta kilómetros por hora y no había nada que hacer. El conductor todavía desconocido del K era tan impaciente como los taxistas y se adelantó hasta la cabecera del grupo, pero los semáforos sincronizados nos mantenían a todos a raya, al menos hasta que giraron. Nos quedamos clavados un coche más atrás. Coney no podía con la cacería, al menos de momento.

Lo mío era otra historia.

—Misterioso y ruin —dije, intentando dar con las palabras que aliviaran mis compulsiones. Era como si mi cerebro se sintiera inspirado, tratando de generar un tic nuevo y realmente original. La musa de Tourette estaba conmigo. Maldita sincronización. La tensión solía agravar los tics, pero cuando estaba enfrascado en algún trabajo la concentración los contrarrestaba. Ahora me daba cuenta de que debería haberme puesto yo al volante. La persecución producía mucha tensión y nada con qué liberarla—. Mal avenir. Mervios.

—Sí, yo también me estoy poniendo algo «mervioso» —dijo Coney con aire ausente mientras competía por un hueco libre en el carril de la derecha.

—Menvidioso…

—Perdona —gruñó Coney al tiempo que por fin nos situaba justo detrás del K. Me incliné para intentar ver el interior. Tres cabezas. Minna y el gigante en el asiento trasero y un conductor. Minna miraba al frente, como el gigante. Me coloqué los auriculares, pero tal como había supuesto nadie hablaba. Alguien sabía lo que hacían y adónde iban, pero ese alguien no éramos nosotros ni de lejos.

En la calle Cincuenta y nueve llegamos al final del ciclo de semáforos en verde, y al engorro habitual que supone la entrada al puente de Queensborough. El grupo aminoró la marcha, resignado a esperar en el semáforo. Coney se quedó un poco más atrás para que no se notara que los seguíamos y se nos coló otro taxi delante. El K salió disparado en cuanto cambió la luz, esquivando a duras penas la oleada de tráfico que subía por la Cincuenta y ocho.

—¡Mierda!

—¡Mierda!

Coney y yo nos llevamos un susto de muerte. Estábamos atascados entre dos coches, incapaces de seguirles y no habríamos podido enfrentarnos al tráfico de las calles perpendiculares ni aunque hubiéramos querido. Era como llevar una camisa de fuerza. Atrapados por nuestro destino, los Perdedores de Minna le volvíamos a fallar. Jodidos jodiéndola porque es lo que hacen los jodidos. Pero el K se encontró con otra masa de vehículos parados frente al siguiente semáforo en rojo y permaneció a la vista una manzana por delante. El tráfico estaba partido en dos. De momento habíamos tenido suerte, pero solo de momento.

Yo lo observaba, frenético. Su semáforo en rojo, el nuestro; mi vista saltaba de uno a otro. Oía la respiración de Coney y la mía, como caballos en el cajón de salida: nuestros cuerpos cargados de adrenalina imaginaban que podrían superar la distancia de una manzana. Si no teníamos cuidado, nada más ver cambiar el semáforo nuestras frentes atravesarían el parabrisas.

Nuestro semáforo cambió, pero también el de ellos y, para sacarnos de quicio, su masa de vehículos salió en tropel mientras la nuestra se arrastraba lentamente. Aquella masa era nuestra esperanza: los del K estaban a la cola del grupo y si la masa se mantenía lo bastante compacta no podrían ir muy lejos. Nosotros estábamos casi en cabeza de nuestro grupo. Golpeé la guantera seis veces. Coney aceleró impulsivamente y le dio al taxi de delante, pero no muy fuerte. Nos hicimos a un lado y vi un arañazo plateado en la pintura amarilla del parachoques del taxi. «A la mierda, sigue adelante», dije. De todos modos el taxista parecía ser de mi misma opinión. Todos cruzamos chirriando la Cincuenta y nueve en un descabellado rodeo de taxis y coches corriendo para desafiar la ley inmutable de los semáforos sincronizados. Nuestro grupo se fragmentó y alcanzó la cola del suyo, ambos se fundieron, como naves espaciales en un videojuego antiguo. El K se abría paso agresivamente de un carril a otro. Y nosotros detrás de él, sin tratar en absoluto de disimular. Dejando atrás una manzana tras otra.

—¡Cruce! —grité—. ¡Sigue! —Me aferré a la manilla de la puerta mientras Coney, metido de lleno en el espíritu de los acontecimientos, retorcía la probabilidad topológica haciéndonos cruzar tres carriles atestados entre los chirridos de los neumáticos gastados y las rascadas del cromo. Mis tics se habían apaciguado: la tensión era una cosa y el miedo animal otra. Como cuando un avión aterriza dando tumbos y a bordo todo el mundo concentra hasta el último gramo de voluntad en estabilizar el aparato, la tarea de imaginar que controlaba cosas que estaban fuera de mi control (en este caso el volante, el tráfico, Coney, la gravedad, la fricción, etcétera), imaginarlo con todas las fibras de mi ser, me mantenía suficientemente ocupado por el momento. Mi Tourette se sentía abrumado.

—Calle Treinta y seis —dijo Coney mientras avanzábamos por el lateral.

—¿Qué significa?

—No sé. Algo.

—Midtown Tunnel. Queens.

Tenía algo de reconfortante. El gigante y su conductor se acercaban a nuestro territorio, más o menos. Los barrios fuera de Manhattan. No era exactamente Brooklyn, pero serviría. Seguimos dando tumbos con el tráfico cada vez más denso, los dos carriles del túnel atestados y el K a salvo, atrapado dos coches por delante del nuestro; sus ventanas se veían ahora negras y brillantes por el reflejo de las franjas de luz que surcaban la arteria de azulejos de colores. Me relajé un poco, dejé de aguantarme la respiración y apreté los dientes musitando un *a la mierda* con mueca de Joker por mero placer.

—Peaje —dijo Coney.

—¿Qué?

—Hay un peaje. Del lado de Queens.

Empecé a rebuscarme en los pantalones.

—¿Cuánto?

—Tres con cincuenta, creo.

Justo acababa de reunirlo milagrosamente, tres billetes, una moneda de veinticinco, una de diez y tres de cinco, cuando se terminó el túnel y los dos carriles se ramificaron hacia seis o siete cabinas de peaje. Hice una bola con el dinero dentro del puño y se la tendí a Coney.

—No te quedes parado detrás de ellos —le dije—. Métete por un carril rápido. Cuélate delante de alguien.

—Sí. —Coney echó una mirada por el parabrisas tratando de calcular el ángulo idóneo. Cuando Coney giró a la derecha, el K se salió repentinamente de la fila y se alejó hacia la izquierda.

Los dos nos quedamos mirándolo fijamente un momento.

—¿Quééé? —exclamó Coney.

—Pase —dije—. Tienen un pase.

El K se deslizó hasta el carril vacío para los pases y de allí, directo a la cabina de cobro. Mientras, Coney nos había dejado los terceros en la fila para importe exacto o monedas.

—¡Síguelos! —dije.

—Eso intento —contestó Coney, claramente confundido por el giro que habían tomado los acontecimientos.

—¡Pásate a la izquierda! ¡Cruza!

—No tenemos pase. —Coney sonrió de manera exasperante, mostrando su talento especial para regresar rápidamente al estado de un niño.

—¡Me da igual!

—Pero nosotros…

Empecé a manosear el volante de Coney, intentando situar el coche a la izquierda, pero era demasiado tarde. El semáforo de delante de nosotros se abrió y Coney adelantó el coche y luego bajó la ventanilla de su lado. Solté el dinero en la palma abierta de Coney y él lo echó en la máquina.

Al salir del túnel por la derecha nos encontramos en Queens, frente a una maraña de calles todas iguales: Vernon Boulevard, Jackson Avenue, avenida Cincuenta y dos. Etcétera.

El K había desaparecido.

—Aparca —dije.

Coney aparcó el coche en Jackson Avenue de mala gana. Parecía noche cerrada aunque solo eran las siete. Las luces del Empire State y del edificio Chrysler brillaban del otro lado del río. Los coches salían zumbando del túnel a nuestro lado y se dirigían a la entrada de la vía rápida de Long Island, choteándose de nosotros con su clara determinación. Sin Minna no éramos nadie, estábamos perdidos en ninguna parte.

—*¡Mierdapase!*

—Podría ser que nos hubieran dado esquinazo —dijo Coney.

—Pues, mira, yo diría que sí.

—No, oye —dijo sin energía—, quizá hayan dado la vuelta y estén otra vez en Manhattan. A lo mejor podríamos alcanzarlos…

—Shhh. —Escuché por los auriculares—. Si Frank ve que no le seguimos puede que diga algo.

Pero no había nada que escuchar. Ruidos de conducción. Minna y el gigante iban sentados en perfecto silencio. Ahora no creía que el hombre del zendo fuese el gigante: aquella voz pretenciosa y charlatana que había oído no podría haber permanecido callada tanto rato, al menos eso me parecía a mí. Ya resultaba bastante sorprendente que Minna no fuera charlataneando, riéndose de algo o señalando los lugares conocidos por los que pasaban. ¿Tendría miedo? ¿Miedo de que descubrieran que llevaba un micro? ¿Creía que todavía le seguíamos? De todos modos, ¿para qué quería que le siguiéramos?

No sabía nada.

Gruñí seis veces como un cerdo.

Nos sentamos a esperar.

Más.

—*Supongo que es el estilo típico de un machote polaco* —dijo Minna—; *guardar las distancias para que no te atufen los* pierogi.

Y luego:

—*Urrff.* —Como si el gigante le hubiera atizado en el estómago.

—¿Dónde está el barrio polaco? —le pregunté a Coney, levantando un auricular.

—¿Qué?

—¿Hay algo polaco por aquí? *¡A la mierda, pierogi!*

—No sé. A mí todo me suena a chino.

—¿Al este o al oeste? Vamos, Gilbert. Piensa un poco. Frank está en algún sitio polaco.

—¿Donde fue el Papa de visita? —musitó Coney. Parecía el principio de un chiste, pero yo conocía a Coney. Era incapaz de retener un chiste—. ¿Es polaco, no? Eso está en, esto, ¿Greenpoint?

—Greenpoint está en Brooklyn, Gilbert —dije sin pensar—. Y nosotros estamos en Queens. —Entonces los dos volvimos la cabeza como ratones de dibujos animados que acabaran de descubrir al gato. El puente Pulaski. Estábamos a pocos metros del arroyo que separa Queens y Brooklyn, en concreto, Greenpoint.

Al menos nos mantendríamos ocupados.

—Vamos —dije.

—Sigue escuchando. No podemos dar vueltas por Greenpoint sin más.

Cruzamos el pequeño puente y entramos en Brooklyn.

—¿Por dónde, Lionel? —preguntó Coney como si pensara que Minna me iba pasando un flujo constante de instrucciones. Me encogí de hombros con las palmas de las manos hacia arriba. El gesto devino tic al instante y lo repetí, encogimiento de hombros, manos abiertas, mueca. Coney pasó de mí, escudriñaba las calles en busca del K y conducía todo lo despacio que podía por la margen del Pulaski, del lado de Brooklyn.

Entonces oí algo. Puertas de coche abriéndose y cerrándose, y pasos. Minna y el gigante habían llegado a su destino. Me quedé petrificado en mitad del tic, concentrado.

—*Harry Brainum junior* —dijo Minna en tono burlesco—. *Supongo que nos vamos a parar para un arreglo rapidito, ¿eh?*

Nada del gigante. Más pasos.

¿Quién era Harry Brainum junior?

Mientras tanto nosotros abandonábamos el puente iluminado, donde nos habíamos permitido brevemente imaginar que a nuestros pies se extendía un distrito conocido. En cambio, tomamos el bulevar McGuinness, donde los oscuros edificios industriales a nivel de calle resultaban indistinguibles y descorazonadores. Brooklyn es muy grande, y aquella no era nuestra zona de Brooklyn.

—*Ya sabes: si no puedes vencerlos... ¿Verdad, Brainum?* —Minna siguió pinchando. De fondo oí el claxon de un coche: todavía estaban en la calle. En medio de la calle, en algún lugar enervantemente cerca.

Entonces oí un ruido sordo, otra exhalación. Minna había recibido un segundo puñetazo.

Luego Minna otra vez:

—*Eh, eh...* —Una refriega que no entendí—. *Puto...*

Recibió otro golpe, se quedó sin respiración, exhaló un suspiro largo y doloroso.

Lo que asustaba del gigante era que no hablaba, ni siquiera respiraba lo bastante fuerte como para que le oyera.

—Harry Brainum junior —le dije a Coney. Después, con miedo de que lo hubiera tomado por un tic, añadí—: No te dirá nada ese nombre, ¿verdad, Gilbert?

—¿Cómo? —preguntó lentamente.

—Harry Brainum junior —repetí, furioso de impaciencia. En ocasiones me sentía como un rayo de electricidad estática conviviendo con figuras que se movían por un mar de melaza.

—Claro —dijo, agitando el pulgar en dirección a su ventanilla—. Acabamos de pasar por delante.

—¿Qué? ¿Por dónde hemos pasado?

—Es como una empresa de herramientas o algo así. Con un cartel grande.

Me quedé sin respiración. Minna nos estaba hablando, nos guiaba.

—Da la vuelta.

—¿Qué? ¿Hacia Queens?

—No, a Brainum, donde sea que lo hayas visto —dije con ganas de estrangularle. O al menos, de encontrar su botón de avance rápido y apretarlo—. Están fuera del coche. Da la vuelta.

—Está solo a una o dos manzanas.

—Bueno, pues entonces vamos. *¡Rapidito, Junior!*

Coney giró, y lo encontramos enseguida. PLACAS DE ACERO HARRY BRAINUM JR. escrito en letras de cartel circense sobre el muro de ladrillos de un edificio de dos plantas que ocupaba una manzana entera del bulevar McGuinness, nada más salir del puente.

La visión de BRAINUM en la pared desencadenó todo un desfile de asociaciones payasas. Recordé haber entendido mal *Circo Barnum & Bailey de los Hermanos Ringling* cuando era niño. Barnamum Bailey. Como *pum, cataplum, barrabum, barnamum, chimpum*: una lista entera de onomatopeyas de tebeo. Barnamum Bailey también podría ser el hermano mayor de George y Alamierda Bailey. ¿O eran todos el mismo tipo? Ahora no, le rogué a mi yo touréttico. Ya lo pensarás más tarde.

—Da la vuelta a la manzana —le dije a Coney—. Está por aquí, en alguna parte.

—Deja de gritar. Te oigo perfectamente.

—Cállate para que pueda escuchar.

—Eso es lo que he dicho.

—¿Qué? —Levanté un auricular.

—Es lo que he dicho. Que te calles.

—¡Vale! ¡Calla! ¡Conduce! ¡A la mierda!

—Jodido anormal.

La calle de detrás de BRAINUM estaba a oscuras y aparentemente vacía. Entre los pocos coches que se veían aparcados no estaba el K. El almacén de ladrillo y sin ventanas estaba rodeado de salidas de incendios, jaulas de hierro forjado que discurrían a la altura del segundo piso y acababan en una escalera de mano abollada y de aspecto poco seguro. En la calle lateral un contenedor pequeño y con grafitis quedaba medio oculto por las sombras de la entrada. Las puertas de detrás estaban sujetas con largas bisagras exteriores, como una cámara frigorífica. Una de las tapas del contenedor estaba cerrada, la otra abierta porque sobresalían unos tubos fluorescentes. La basura amontonada alrededor de las ruedas me hizo pensar que no lo habían movido últimamente, así que no me preocupé más por las puertas de detrás. La otra entrada era una puerta de persiana en un muelle de carga del tamaño de un camión que daba directo al bulevar iluminado. Me imaginé que habría oído la persiana si la hubieran levantado.

Las cuatro chimeneas de la planta de tratamiento de aguas residuales Newtown Creek se levantaban al final de la calle, mal iluminadas, como pilares antiguos en una película de gladiadores. Añádeles un cerdo inflable encima y tendrás la portada del disco *Animals* de Pink Floyd. Cobijados por sus sombras dimos la vuelta a las cuatro esquinas de la manzana lentamente, sin ver nada.

—Maldita sea —dije.

—¿No le oyes?

—Solo ruidos de la calle. Espera, dale al claxon.

—¿Por qué?

—Hazlo.

Me concentré en los auriculares. Coney hizo sonar el claxon del Lincoln. Me llegó clarísimamente a través de los auriculares.

—Para el coche. —Tenía pánico. Salí a la acera y cerré de un portazo—. Da vueltas despacio. No me pierdas de vista.

—¿Qué pasa, Lionel?

—Está por aquí.

Recorrí la acera tratando de captar los latidos del edificio ennegrecido, de tomarle la medida a aquella manzana desolada. El lugar se componía de trozos sobrantes de desengaño, paro y pesar. No quería estar allí, no quería que Minna estuviera allí. Coney me seguía en el Lincoln, mirando con cara de bobo por la ventanilla del conductor. Escuché por los auriculares hasta que oí el sonido de mis propios pasos acercándose. Entonces lo encontré. Habían arrancado el micrófono que Minna llevaba en la camisa y estaba tirado, todo enmarañado, en el bordillo de la calle lateral, en el extremo opuesto de la manzana del contenedor. Lo recogí y me lo metí en el bolsillo del pantalón, luego me arranqué los auriculares del cuello. Las tinieblas de la calle me rodeaban, me dirigí a paso ligero hacia el contenedor, aunque tuve que detenerme una vez para imitarme a mí mismo recuperando el micrófono: me arrodillé atropelladamente en el bordillo de la acera, hice el gesto de coger algo, me quité unos auriculares fantasma, sentí el duplicado de un ataque de pánico ante el hallazgo y reanudé el trote. Tenía frío. El viento me golpeaba la cara y hacía que me moqueara la nariz. Me limpié con la manga al tiempo que llegaba al contenedor.

—Tarugos —gimió Minna desde dentro.

Toqué el borde del contenedor y me manché la mano de sangre. Abrí la otra tapa, balanceándola contra la entrada del edificio. Minna estaba hecho un ovillo entre la basura, cogiéndose el estómago con los brazos y las mangas teñidas de rojo.

—Joder, Frank.

—¿Vas a sacarme de aquí? —Tosió, borboteó y levantó la vista hacia mí—. ¿Vas a echarme una mano o qué? Si es que por fin te ha venido la inspiración, claro. A lo mejor tienes que ir primero a por la tela y los pinceles. Nunca me han retratado al óleo.

—Perdona, Frank. —Le alcancé la mano; justo entonces apareció Coney y echó un vistazo dentro del contenedor.

—Mierda —dijo.

—Ayúdame —le dije a Coney. Entre los dos sacamos a Minna del fondo de aquel trasto. Minna seguía acurrucado sobre su centro herido. Lo levantamos por encima de la tapa y lo cargamos entre los dos hasta la acera oscura y solitaria, acunándolo absurdamente, con las rodillas de uno dobladas contra las del otro, hombro con hombro, como si Minna fuera un niño Jesús gigante con gabardina ensangrentada y cada uno de nosotros uno de los tiernos brazos de la Madonna. Minna gemía y se reía entre dientes, cerrando los ojos con fuerza, mientras le colocábamos en el asiento trasero del Lincoln. Se me engancharon los dedos manchados de sangre en la manilla de la puerta.

—Al hospital más cercano —musité en cuanto nos sentamos delante.

—Por aquí, no sé —dijo Coney, también entre susurros.

—Brooklyn Hospital —apuntó Minna desde atrás, en un tono sorprendentemente alto—. Coge la BQE, todo recto por McGuinness. El Brooklyn Hospital está junto a DeKalb. Pedazo de inútiles.

Mantuvimos la respiración y fijamos la vista al frente hasta que Coney dio con el camino correcto, entonces me giré para echar un vistazo al asiento trasero. Minna tenía los ojos entornados y el mentón, sin afeitar, arrugado como si estuviera pensando intensamente, enfurruñado o intentando no llorar. Me guiñó un ojo. Ladré dos veces —«*yaip, yaip*»— y le devolví el guiño de forma involuntaria.

—¿Qué coño ha pasado, Frank? —preguntó Coney sin apartar los ojos de la carretera. Íbamos dando tumbos y botes por la BQE, vía rápida Brooklyn-Queens, el peor asfalto de Nueva York. Como la línea G del metro, la BQE tiene problemas de autoestima, nunca se adentra en el reducto de Manhattan, nunca saborea la gloria. Y era invadida por tráilers de entre cuarenta y cincuenta ruedas noche y día.

—Voy a dejar aquí la cartera y el reloj —dijo Minna, como si no hubiera oído la pregunta—. Y el busca. Para que no me los roben en el hospital. Acordaos de que están aquí atrás.

—Vale, pero ¿qué coño te ha pasado, Frank?

—Os dejaría la pistola, pero ya no la tengo —continuó Minna. Le vi quitarse el reloj, color plata embadurnado de rojo.

—¿Te quitaron la pistola? Frank, ¿qué ha pasado?

—Navaja —dijo Minna—, no muy grande.

—¿Te pondrás bien? —Coney lo preguntaba y lo prometía al mismo tiempo.

—Ya, sí. Genial.

—Perdona, Frank.

—¿Quién? —pregunté—. ¿Quién te ha hecho esto? —Minna sonrió.

—¿Sabes qué quiero que hagas, Engendro? Explícame un chiste. Seguro que te has estado guardando alguno. Fijo.

Minna y yo llevábamos enfrascados en un concurso de chistes desde mis trece años, básicamente porque le divertía verme tratando de explicar uno sin soltar ningún tic. Rara vez lo conseguía.

—Déjame pensar.

—Si se ríe le dolerá —me dijo Coney—. Cuenta uno que ya se sepa. O uno que no tenga gracia.

—¿Desde cuándo me río? —intervino Minna—. Déjale hacer. No puede ser peor que tu estilo conduciendo.

—Vale —dije—. Entra un tipo en un bar. —Miré el charco de sangre del asiento trasero mientras intentaba que Minna no siguiera el curso de mis ojos.

—Justo lo que necesitaba —bramó Minna—. Los mejores chistes empiezan todos igual, ¿verdad, Gilbert? El tipo, el bar.

—Supongo —dijo Coney.

—Ya me estoy riendo —dijo Minna—. Va, que me muero de risa.

—Bueno, pues entra un tipo en un bar —repetí— con un pulpo. Le dice al barman: «Me apuesto cien dólares a que este pulpo es capaz de tocar cualquiera de los instrumentos del local».

—El tipo tiene un pulpo. ¿Qué te parece, Gilbert?

—¿Eh?

—Así que el barman señala al piano del rincón y dice:

«Adelante». El tipo sienta al pulpo en el taburete del piano, ¡*Pianopulpo*! ¡*Pinopeplum Bailey!*, el pulpo levanta la tapa, toca unas cuantas escalas y luego ataca un pequeño *étude*.

–Dándoselas de interesante –dijo Minna–. Fardando un poco.

No le pedí que especificara porque de haberlo hecho seguro que habría contestado que se refería tanto a mí como al pulpo, por lo de *étude*.

–Así que al barman le toca pagar, pero dice «Un momento» y saca una guitarra. El tipo se la pasa al pulpo, el pulpo afina el *mi*, cierra los ojos, toca un dulce fandanguito. –La tensión se acumulaba, toqué el hombro de Coney seis veces. Él pasó de mí, concentrándose en la conducción, esquivando camiones–. El barman tiene que pagar, pero dice: «Espera, creo que tengo algo más por aquí», y trae un clarinete de la trastienda. El pulpo mira el instrumento un momento y luego ajusta la lengüeta.

–Le está sacando todo su jugo –dijo Minna, refiriéndose al pulpo y a mí.

–Bueno, el pulpo no es demasiado bueno al clarinete pero consigue arrancarle algunos compases. No va a ganar ningún premio, pero consigue tocarlo. ¡*Jugo de clarinete! ¡A la mierda!* El barman tiene que pagar, pero dice: «Solo un minuto», se va a la parte de atrás, rebusca durante un rato y finalmente aparece con una gaita. ¡*Pulpaita!* –Hice una pausa para reponerme, no quería que se me escapara la gracia en un tic. Luego reanudé el chiste, tenía miedo de perder el hilo, de perder a Minna. Sus ojos no paraban de cerrarse y abrirse y yo quería que los mantuviera abiertos–. El pulpo se mira la gaita, coge uno de los tubos y lo deja caer. Levanta otro y también lo deja caer. Se echa para atrás, mirando la gaita con los ojos entornados. El tipo empieza a ponerse nervioso, se acerca a la barra y le dice al pulpo: ¡*Reaccionapulpo! ¡Pulporreacción!*, le dice al pulpo, *joder*, dice *quetefollen*, dice: «¿Qué ocurre? ¿No la sabes tocar?». Y el pulpo dice: «¿Tocarla? Si consigo adivinar cómo quitarle el pijama, ¡me la voy a follar!».

Minna había mantenido los ojos cerrados mientras contaba el chiste y ahora tampoco los abrió.

—¿Ya está?

No dije nada. Cogimos la rampa de salida de la BQE que daba a DeKalb Avenue.

—¿Y el hospital? —preguntó Minna, con los ojos aún cerrados.

—Ya casi estamos —dijo Coney.

—Necesito ayuda. Me estoy muriendo.

—No te estás muriendo —dije.

—¿Quieres decirnos quién ha sido antes de que lleguemos a urgencias, Frank? —preguntó Coney.

Minna no contestó.

—Te han apuñalado las tripas y te han tirado a la basura, joder, Frank. ¿Nos vas a decir quién ha sido?

—Métete por la rampa de ambulancias —dijo Minna—. Necesito ayuda. No quiero esperar en la puta sala de urgencias. Necesito ayuda inmediata.

—No podemos entrar por la rampa de ambulancias, Frank.

—¿Qué pasa? ¿Es que también necesitas un pase para esto, cacho desgracia? Haz lo que te digo.

Apreté los dientes mientras mi cerebro iba a su aire: *Un tío entra en una rampa para ambulancias y te apuñala en la puta tripa de urgencias necesito una puñalada inmediata en la basura en la puta ambulancia dice un momento mira en la parte de atrás y dice tengo una puñalada en la puta carnelancia de entrada inmediata pulpoidiota.*

—¡*Pulpoidiota!* —grité con lágrimas en los ojos.

—Sí —dijo Minna y se rió, luego gimió—. Los hay a parir.

—Me parece que los dos necesitáis ayuda —murmuró Coney al llegar a la rampa para ambulancias en la parte de atrás del Brooklyn Hospital, contraviniendo los carteles de PROHIBIDA LA ENTRADA y haciendo chirriar los neumáticos al virar bruscamente para colarse junto a la puerta de doble hoja de la que colgaba el letrero SOLO EMERGENCIAS. Coney frenó. Un rastafari vestido de guardia de seguridad se acercó de inmediato y llamó a la ventanilla de Coney. Se había recogido las rastas en dos coletas que le sobresalían del sombrero por los lados, tenía mirada alucinada, una porra en lugar de pistola y llevaba bordado en el pecho su nombre de pila, Albert. Como en un uniforme de conserje o de mecánico. La chaqueta le venía demasiado holgada para su figura de palillo.

Coney abrió la puerta en lugar de bajar la ventanilla.

—¡Saque el coche de aquí! —ordenó Albert.

—Echa un vistazo detrás —sugirió Coney.

—Ni hablar. Esto es solo para ambulancias. Vuélvase al coche.

—Esta noche somos una ambulancia, Albert —dije—. Consíguenos una camilla para nuestro amigo.

Minna tenía un aspecto horrible. Parecía drenado, literalmente, y cuando lo sacamos del coche se pudo ver todo lo que había perdido. La sangre olía a tormenta, a ozono. Dos estudiantes universitarios vestidos de médico con ropas verdes y guantes de goma lo llevaron adentro y lo dejaron en un carrito de acero. La camisa de Minna estaba hecha jirones, en el centro no era más que una masa fangosa de tela y de Minna. Coney salió afuera y trasladó el coche para apaciguar al guarda de seguridad que le tiraba de la manga mientras yo acompañaba la camilla de Minna a pesar de las débiles protestas de los estudiantes. Avancé con la vista clavada en la cara de Minna y dándole palmaditas intermitentes en el hombro como si estuviéramos de charla, tal vez en la oficina de la agencia o sencillamente paseando por Court Street con unas porciones de pizza. En cuanto aparcaron a Minna en un rincón más recogido de la sala de urgencias, los estudiantes me dejaron en paz y se concentraron en encontrarle una vena por donde introducirle algo de sangre en el cuerpo.

Minna abrió los ojos.

—¿Dónde está Coney? —preguntó. Su voz parecía un balón desinflado. Si no sabías cómo había sido cuando estaba lleno de aire, no te habría sonado a nada.

—A lo mejor no le dejan volver a entrar. Yo tampoco tendría que estar aquí.

—Aaah.

—Coney, ¡*Alamierda, yaip!*, Coney tenía algo de razón. Quizá quieras decirnos quién lo hizo mientras estamos, bueno, por aquí, esperando.

Los estudiantes estaban ocupados con el centro de Minna, retirando retazos de camisa con unas tijeras largas. Aparté la vista.

Minna volvió a sonreír.

—Tengo uno para ti —dijo. Me incliné para oírle—. Se me ocurrió en el coche. Pulpo y Repulpo están sentados en un banco, en una valla. Pulpo se cae, ¿quién queda?

—Repulpo —dije en voz baja—. Frank, ¿quién ha sido?

—¿Te acuerdas de aquel chiste judío que me contaste? ¿Aquel sobre la señora judía que va al Tíbet a ver al Dalai Lama?

—Claro.

—Es bueno, ¿eh? ¿Cómo se llamaba el Lama? Ya sabes, la gracia del final.

—¿Quieres decir Irving?

—Sí, eso. Irving. —Apenas le oía—. Ese. —Cerró los ojos.

—¿Me estás diciendo que esto te lo hizo un tal ¡*Palurdín!* Irving? ¿Se llamaba así el grandullón que iba en el coche? ¿Irving?

Minna susurró algo parecido a «recuerda». El personal que había en la sala hacía ruido, gritándose instrucciones unos a otros en su petulante dialecto técnico.

—¿Que me acuerde de qué?

Sin respuesta.

—¿El nombre de Irving? ¿O de otra cosa?

Minna no me había oído. Una enfermera le abrió la boca y él no protestó, no se movió lo más mínimo.

—Perdone.

Era un médico. Bajito, piel cetrina, con barba de tres días, imaginé que indio o paquistaní. Me miró a los ojos.

—Ahora tiene que irse.

—No puedo —dije. Estiré el brazo y le toqué el hombro. No se inmutó.

–¿Cómo se llama usted? –preguntó amablemente. Entonces vi en su expresión cansada miles de noches iguales a aquella.

–Lionel. –Me tragué el impulso de gritar mi apellido.

–¿Tourette?

–*Essog.*

–Lionel, vamos a tener que operar de urgencia aquí mismo. Tiene que esperar fuera. –Me indicó el camino con un gesto rápido de la cabeza–. Le llamarán para ocuparse del papeleo de su amigo.

Me quedé estupefacto, mirando a Minna, con ganas de explicarle otro chiste o escuchar uno de los suyos. *Un tipo entra en...*

Una enfermera metió un tubo de plástico articulado, como un dispensador gigante de caramelos Pez, en la boca de Minna.

Salí por donde había entrado y busqué a la enfermera encargada de seleccionar a los pacientes según la urgencia. Pensando *urgencia de turgencia* le expliqué que acompañaba a Minna y me dijo que ya había hablado con Coney. Nos llamaría cuando nos necesitara, hasta entonces sería mejor que nos sentáramos.

Coney estaba sentado con las piernas y los brazos cruzados y la barbilla levantada con gesto malhumorado, el abrigo de pana todavía abotonado. Ocupaba la mitad de un asiento tipo confidente con una pila de revistas sucias desparramadas por encima. Me acerqué y ocupé la otra mitad. La sala de espera estaba atestada con esa mezcolanza que solo nace de la miseria más genuina: adolescentes hispanas, negras, rusas y varias indeterminadas, con los ojos enrojecidos y niños que rezabas para que fueran sus hermanos; yonquis veteranos suplicando calmantes que no iban a darles; un ama de casa cansada que consolaba a su hermano, que se quejaba sin parar de su estreñimiento, de las semanas que hacía que sus intestinos no se movían; una amante aterrorizada a la que denegaban la asistencia, como a mí me habían hecho, lanzando feroces miradas a la imperturbable enfermera de selección y las puertas silenciosas a su espalda; otros hacían guardia desafiantes, retándote a que acertaras su aflicción, adivinaras en nombre de quién, de sí mismo o de otro, compartían contigo aquella porción miserable de unas vidas por lo demás puras, invulnerables, correctas.

Me senté en silencio durante un minuto y medio más o menos, atormentado por imágenes de la persecución y el edificio Brainum, con las heridas de Minna flotando en mi cabeza y varios tics revoloteándome en la garganta.

—*Entrauntipo* —grité.

Algunas personas levantaron la vista, desconcertadas por mi ataque ventrílocuo. ¿Había dicho algo la enfermera? ¿Quizá un apellido? ¿Tal vez el suyo, mal pronunciado?

—Ahora no empieces con eso —dijo Coney entre dientes.

—Untipoentra, entraen, untipoentraen —le repetí sin poder evitarlo.

—¿Qué? ¿Ahora me vas a explicar un chiste?

Completamente dominado por mis compulsiones conseguí modificar las palabras y convertirlas en un gruñido acompañado de la frase *«porquerquienr»*, pero mis esfuerzos desencadenaron un tic secundario: parpadeo rápido.

—A lo mejor deberías esperar fuera, ¿no? ¿No te apetece un cigarrillo? —Obviamente, el tonto de Coney estaba tan nervioso como yo, pobre.

—*¡Entra entra!*

Algunos se quedaron mirándome, otros apartaron la vista aburridos. La gente me había tomado por uno de los pacientes: posesión animal o espiritual, ataque epiléptico verbal o lo que fuera. Probablemente me darían algún medicamento y me enviarían a casa. No estaba bastante herido ni suficientemente enfermo para resultar interesante, solo distraía de un modo levemente censurable que les hacía sentirse mejor respecto a sus propios desórdenes, así que mi excentricidad fue incorporada rápida y alegremente como un elemento más de la situación. Con una excepción: Albert, que nos guardaba rencor por habernos apoderado de la rampa de ambulancias y que ahora se había metido dentro huyendo del frío, quizá también para no perdernos de vista. Ya nos conocíamos y, a diferencia del resto de la sala de espera, él sabía que yo no era un paciente. Dejó el lugar donde había estado soplándose las manos y me señaló desde la puerta con gesto huraño.

—Eh, tú —dijo—. Aquí no puedes estar así.

—Así ¿cómo? —dije girando la cabeza y graznando «¡*Yeltipodice!*», en voz alta y aguda como un actor que no logra captar la atención del público.

—Haciendo eso. Lárgate a cualquier otro lugar. —Sonrió ante su dominio verbal, claramente satisfecho de mostrar el contraste con mi falta de control.

—Métete en tus asuntos —dijo Coney.

—*¡Un! ¡Trozo! ¡De cordón!* —dije recordando otro chiste que no le había contado a Minna y que también transcurría en un bar. Se me cayó el alma a los pies. Quería colarme allí dentro y recitárselo a sus doctores, a su cara pálida y entubada—. *¡Cordón! ¡Entra! ¡En!*

—¿Qué pasa contigo, tío?

—*¡NOSERVIMOSACORDEONES!*

Tenía un problema. Mi cerebro touréttico se había encadenado él mismo al chiste del cordón como un terrorista ecológico a un bulldozer tala árboles. Si no encontraba una escapatoria quizá soltara todo el chiste de un solo gruñido o lo chillara sílaba a sílaba. Para liberarme empecé a contar las losas del techo mientras seguía el ritmo dándome golpecitos en las rodillas. Había vuelto a atraer sobre mí la atención de toda la sala. *Quizá el tipo este sí sea interesante, después de todo.*

Espectáculo Gratuito de Engendro Humano.

—Es una enfermedad —le dijo Coney al guardia—. Déjalo en paz.

—Bueno, pues le dice al tipo este que será mejor que se levante y saque de aquí su enfermedad —respondió Albert—. O llamaré a la bofia, ¿entendido?

—Debe de estar confundido —dije con voz serena—. Yo no soy un cordón. —Se había llegado a un acuerdo fuera de mi control. Se contaría el chiste. Yo era un mero artefacto para explicarlo.

Albert no decía nada. La sala entera nos miraba, sintonizando el Canal Brooklyn.

—¿Nos das un cigarrillo, Albert? —dijo Coney.

—Aquí no se puede fumar, tío —contestó Albert en voz baja.

—Ves, esa es una buena norma, sensata —continuó Coney—. Porque esto está lleno de gente preocupada por su salud.

De vez en cuando Coney se revelaba como el maestro de la incongruencia intimidatoria. Estaba claro que había dejado a Albert bloqueado.

—¡*Me temo que no!* —susurré. Me entraron ganas de agarrar la porra que Albert llevaba en la pistolera: un viejo y conocido impulso de coger cosas que colgaban de cinturones, como los manojos de llaves que llevaban los profesores del orfanato Saint Vincent. En aquel momento parecía una idea particularmente pésima.

—¿Qué te pasa? —preguntó Albert algo confuso pero intuyendo vagamente la gracia del chiste.

—¡Soy un nudo deshilachado! —repetí atentamente, luego añadí—: ¡mierdachistecordón! —Albert miraba sin saber qué le habían llamado, hasta qué punto le habían insultado.*

—Señor Coney —llamó la enfermera, sacándonos de aquel punto muerto. Coney y yo nos levantamos al mismo tiempo, tratando de compensar patéticamente que hubiésemos perdido a Minna durante la persecución. Seguimos a la enfermera, que nos indicó el camino con la cabeza. Mientras pasábamos junto a Albert me permití acariciar brevemente su porra sin que se notara.

Maricona, me habría llamado Minna.

—¿Alguno de ustedes es pariente del señor Minna? —El acento del doctor hizo que sonara *signorina*.

---

* En inglés, *I'm afrayed knot* («Soy un nudo deshilachado») suena igual que «Me temo que no». Es un chiste muy conocido: tres cordones entran en un bar; los dos primeros se quedan sin beber porque el dueño les dice que él no sirve a cordones, pero cuando le pregunta al tercero: ¿Es que tú no eres un cordón?, este le contesta: *I'm afrayed knot. (N. de la T.)*

—Sí y no —dijo Coney sin darme tiempo a contestar—. Somos sus más allegados, por así decirlo.

—Ya veo —dijo el doctor a pesar de que, obviamente, era mentira—. Acompáñenme por favor… —Nos condujo fuera de la sala de espera hasta otra de las habitaciones más apartadas, parecida al cuarto donde habían dejado a Minna en la camilla.

—*Soyunudodeshilachado* —dije entre dientes.

—Lo siento —dijo el médico demasiado cerca de nosotros, escrutándonos los ojos—. No podíamos hacer gran cosa.

—Está bien —dijo Coney, que le había entendido mal—. Cualquier cosa que puedan hacer estará bien, para empezar Frank no necesitaba demasiado…

—*Menudodesdichado.* —Me sentía al borde del colapso, por una vez no de palabras acalladas, sino por las náuseas de bilis con sabor a White Castle. Tragué con tanta fuerza que me retumbaron los oídos. Tenía la cara enrojecida por culpa de los ácidos.

—Ejem. No hemos podido reanimar al señor Minna.

—Un momento —dijo Coney—. ¿Ha dicho que no han podido reanimarle?

—Sí, eso es. Debido a la pérdida de sangre. Lo siento.

—¡Reanimarle! —gritó Coney—. ¡Pues estaba bien vivo cuando le hemos traído! ¿Qué es esto? No tenían que reanimarle, solo necesitaba un retoque de nada…

Empecé a sentir la necesidad de tocar al doctor, de darle toquecitos en el hombro, para que todo resultara absolutamente simétrico. Se quedó quieto, no me apartó. Le arreglé el cuello de la camisa, alineándolo con el borde de la camiseta salmón que llevaba debajo y de manera que sobresalieran márgenes iguales a ambos lados.

Coney permanecía en silencio, abatido, asimilando el dolor. Todos seguimos de pie, esperando a que terminara de arreglar el cuello de la camisa del médico.

—A veces no podemos hacer nada —dijo el doctor mirando al suelo.

—Déjeme verlo —pidió Coney.

—Imposible…

—Este sitio es una mierda —protestó Coney—. Quiero verlo.

—Es por las pruebas —explicó cansinamente el médico—. Seguro que lo comprenden. Los inspectores querrán hablar con ustedes.

Yo ya había visto a la policía salir de la cafetería del hospital y meterse en algún lugar de la zona de urgencias. Estuvieran allí para detenernos o no, estaba claro que no tardarían en venir por nosotros.

—Tenemos que irnos, Gilbert —le dije a Coney—. Deberíamos irnos ahora mismo.

Coney no se movió.

—Deberíamosirnos —dije en una semicompulsión mientras el pánico se abría paso a través del dolor.

—No me han entendido —explicó el doctor—. Tendrán que hacer el favor de esperar aquí. Este señor les dirá dónde… —Señaló con la cabeza a algún punto detrás de nosotros. Me di la vuelta, sorprendido de que mi instinto hubiera permitido que alguien se me acercara a hurtadillas.

Era Albert. La Delgada Línea Rastafari que nos separaba de la salida. Su aparición despertó a Coney: el guardia de seguridad era un recordatorio en dibujos animados de la existencia real de la policía.

—Largo de aquí —dijo Coney.

—¡No servimos a cordones! —expliqué.

Albert no parecía mucho más convencido de su rango oficial que nosotros. En momentos así recordaba la imagen que dábamos los Hombres de Minna, descomunales, sin estudios, vibrando con la hostilidad hasta llegar a dejar que las lágrimas rodaran por nuestros rostros fornidos. Y yo con mis palabras, arremetidas y golpecitos, mis síntomas, todos esos factores extra que Minna adoraba añadir a nuestro especial combinado.

Frank Minna, sin reanimar, desangrado en la habitación de al lado.

Albert abrió las manos, más o menos suplicándonos con el cuerpo que nos quedáramos.

—No —dijo Coney—. Quizá en otro momento. —Coney y yo nos inclinamos hacia Albert, en realidad no hicimos más que cambiar el peso de pie y él se echó atrás de un salto estirando los brazos como diciendo *El tipo que estaba ahí no era yo.*

—Me temo que tengo que insistir en que se queden —dijo el doctor.

—En realidad no quiere insistir —le dijo Coney volviéndose hacia él hecho una furia—. No tiene la insistencia necesaria, ¿comprende?

—Me parece que no —respondió el médico con calma.

—Bueno, pues se lo piensa un ratito. No hay prisa. Vamos, Lionel.

HUÉRFANOS DE BROOKLYN

Crecí en la biblioteca del Hogar para Huérfanos Saint Vincent, en la parte de Brooklyn que, a pesar de estar en el centro, ningún promotor inmobiliario quiere revalorizar con un vecindario renovado; no acababa de ser Brooklyn Heights, ni Cobble Hill, ni siquiera Boerum Hill. El orfanato está junto a la rampa de entrada al puente de Brooklyn, pero no se ve desde Manhattan ni desde el puente, da a una calle de ocho carriles flanqueada por los monolíticos juzgados de lo civil, que por grises y distantes que parecieran algunos de nosotros conocíamos por dentro; junto a la oficina principal de clasificación de correo de Brooklyn, un edificio que bullía de actividad toda la noche y cuyas puertas chirriaban al abrir paso a camiones cargados con montañas de esos curiosos objetos denominados cartas; junto a la Escuela Industrial de Mecánica Burton, de donde curtidos estudiantes que trataban de enderezar sus vidas salían dos veces al día para comerse un bocata y beberse una cerveza y llenaban a rebosar el minúsculo colmado de la puerta de al lado, intimidando a los transeúntes y emocionándonos a nosotros, los chicos del orfanato, con su gloria de matones taciturnos; junto a una hilera de tristes bancos de parque al pie de un busto de Lafayette que indicaba el punto por el que había entrado en la batalla de Brooklyn; junto a un aparcamiento rodeado de una verja alta coronada por una alambrada de púas enroscada y banderas fluorescentes azotadas por el viento; y junto a un templo cuáquero de ladrillos rojos que ya debía de estar allí cuando el resto no era más que campos de cultivo. En resumen, este revoltijo de cosas a la saturada entrada del viejo y maltrecho distrito era, oficialmente, Ninguna Parte, un lugar vigorosamente ignorado al pasar de camino a Otra Parte. Hasta que Frank Minna me rescató viví, como ya he dicho, en la biblioteca.

Me sentaba a leer hasta el último libro de aquella biblioteca sepulcral, cualquier triste donación clasificada y olvidada hacía tiempo: prueba del miedo y el aburrimiento intenso que sentía en Saint Vincent e indicio temprano de mi compulsión touréttica por contar, procesar e inspeccionar. Acurrucado en la repisa de la ventana, pasando páginas resecas y observando las motas de polvo de los rayos de sol, buscaba rastros de mi extraño nuevo yo en Theodore Dreiser, Kenneth Roberts, B. Priestley y números atrasados de *Mecánica para todos*, pero fracasaba, no lograba encontrar mi propio lenguaje, como también fracasaba al intentar ver la tele, aquellas reposiciones interminables de *Embrujada* y *Soñé con Jeannie* y *Amo a Lucy* y *Gilligan* y *La tribu de los Brady*, con las que nosotros, chicos bobos y enclenques, matábamos incontables tardes pegados a la pantalla estudiando las gracias de las mujeres −¡mujeres!, tan exóticas como las cartas, las llamadas telefónicas, los bosques, todas las cosas que se nos negaban a los huérfanos− e imitando a sus maridos, pero no me encontraba a mí mismo en todo aquello, Desi Arnaz y Dick York y Larry Hagman, aquellos astronautas atribulados no me mostraban lo que quería ver, no me ayudaban a encontrar el lenguaje que buscaba. Me aproximaba más a mi meta los sábados por la mañana, sobre todo con el Pato Lucas, siempre que lograra imaginarme que me convertiría en un pato con el pico hecho añicos tras una explosión de dinamita. Art Carney en *Luna de miel* también ayudaba con su manera de tensar el cuello, cuando nos permitían quedarnos hasta tarde y podía verlo. Pero fue Minna quien me ofreció un lenguaje, Minna y Court Street me dieron voz.

Nos seleccionaron porque éramos cuatro de los cinco chicos blancos de Saint Vincent y el quinto era Steven Grossman, tan gordo como indicaba su nombre. Si Steven hubiera sido más delgado, el señor Kassel me habría dejado fuera. Yo era material de saldo, un chaval lleno de tics, un pelotillero rescatado de la biblioteca en lugar del patio, probablemente un retrasado de un tipo u otro, en cualquier caso una creación lamentable, inferior. El señor Kassel era un profesor de Saint Vincent que conocía a Frank Minna del vecindario y ofrecernos a Minna durante la tarde fue el primer destello que vimos de la reluciente aureola de favores y favoritismos que rodeaba a Minna… cuya condición vital consistía en «conocer a gente». Minna era justo lo contrario de nosotros, que no conocíamos a nadie, y cuando lo conocíamos no nos reportaba ningún provecho.

Minna había pedido chicos blancos por los supuestos prejuicios de sus clientes… y los suyos conocidos. Quizá ya tuviera en mente su fantasía de rescatarnos. No hay manera de saberlo. Desde luego no lo dio a entender en la manera de tratarnos aquel primer día, una sofocante tarde de agosto después de clase, con las calles como chicles negros y los coches arrastrándose entre la calina como diapositivas mal proyectadas en clase de ciencias, cuando abrió la puerta trasera de su furgoneta abollada y pintarrajeada, del tamaño aproximado de los furgones de correos que veíamos a medianoche y nos dijo que subiéramos antes de dar un portazo, cerrar con candado sin dar explicaciones y sin preguntar cómo nos llamábamos. Los cuatro nos miramos aturdidos, estupefactos ante aquella escapada de la monotonía, sin saber qué significaba, sin necesitar saberlo en realidad. Los otros, Tony, Gilbert y Danny, se morían por formar un grupo conmigo, por pretender que encajaba con ellos si eso era lo que había que hacer para ser captado por el mundo exterior y sentarse a oscuras en el suelo metálico y sucio de un camión traqueteante en dirección a cualquier sitio distinto de Saint Vincent. Yo también traqueteaba, claro, traqueteaba desde antes de que Minna nos seleccionara, siempre traqueteaba por dentro y me esforzaba en no exteriorizarlo. No besé a los otros tres chicos, pero quería hacerlo. En cambio empecé a imitar el ruido de un beso, un gorjeo, como el piar de un pájaro, una y otra vez: *Chrip, chrip, chrip.*

Tony me mandó callar de una puta vez, pero no estaba por la labor, ese día no, no mientras el misterio de la vida se desplegaba ante nosotros. Para Tony en especial era el destino que salía a su encuentro. Él supo ver más cosas en Minna desde buen principio porque se había preparado para verlas. Tony Vermonte tenía fama en Saint Vincent por la confianza que irradiaba, confianza en que se había cometido un error, en que su sitio no estaba en el orfanato. Era italiano, mejor que el resto de nosotros, que no sabíamos lo que éramos (¿qué es un Essrog?). Su padre era mafioso o poli: como a Tony no le parecía contradictorio, a nosotros tampoco. Los italianos volverían a buscarle ocultos tras algún tipo de disfraz, y eso fue lo que vio en Minna.

Tony también era famoso por otros motivos. Era mayor que el resto de los que estábamos en el camión de Minna, tenía quince años frente a los trece de Gilbert y míos y a los catorce de Danny Fantl (los chicos mayores de Saint Vincent iban al instituto y apenas les veíamos, pero Tony se las había ingeniado para quedarse), una edad que le hacía infinitamente apuesto y mundano, incluso aunque no hubiera vivido una temporada fuera del orfanato. Así las cosas, Tony era nuestro Dios de la Experiencia, todo cigarrillos e implicaciones varias. Dos años antes, una familia de cuáqueros que asistía al templo de la calle del orfanato se había llevado a Tony con la intención de proporcionarle un hogar definitivo. Él había dicho que los despreciaba cuando todavía estaba haciendo las maletas. No eran italianos. Aun así vivió con ellos unos meses, puede que felices, aunque nunca dijo tal cosa. Le inscribieron en Brooklyn Friends, una escuela privada situada a pocas manzanas de Saint Vincent, y la mayoría de las tardes se pasaba por la verja del orfanato de camino a casa y nos explicaba chismes sobre las pijas a las que había sobado y penetrado, los pijos mariquitas que nadaban y jugaban a fútbol pero a los que era fácil humillar en baloncesto, que era la especialidad de Tony. Hasta que un día sus padres adoptivos encontraron al prodigioso y morenazo de Tony en la cama con la chica equivocada: su hija de dieciséis años. O eso se suponía, puesto que solo conocimos una versión. En cualquier caso Tony regresó a Saint Vincent al día siguiente, donde se readaptó fácilmente a su antigua rutina de atizarnos y confraternizar con Steven Grossman y conmigo a días alternos de manera que nunca disfrutábamos de su favor simultáneamente y podíamos confiar el uno en el otro tan poco como en Tony.

Tony era nuestra Estrella Socarrona y desde luego el que antes llamó la atención de Minna, el que encendió la imaginación de nuestro futuro jefe y le hizo ver en nosotros a los futuros Hombres de Minna suplicando ser instruidos. Quizá Tony, con su deseo de que lo rescataran los italianos, colaboró en la visión que se convertiría en la Agencia Minna, quizá la intensidad de su anhelo empujó a Minna a albergar ciertas aspiraciones, para empezar, la idea de tener hombres a sus órdenes.

Claro está que por entonces el propio Minna a duras penas podía ser considerado un hombre, aunque a nosotros nos lo pareciera. Aquel verano de 1979 era un tipo de veinticinco años, larguirucho pero con algo de barriga y aficionado a peinarse el pelo con un leve tupé, un estilo Carroll Gardens que estaba completamente al margen de la moda de aquel año y emanaba de algún momento miásmico de Frank Sinatra que se extendía como una gota de ámbar o un filtro cinematográfico abarcando a Frank Minna y todo lo que tenía alguna importancia para él.

Además de Tony y yo, en la parte trasera de la furgoneta de Minna también iban Gilbert Coney y Danny Fantl. Por aquel entonces Gilbert era la mano derecha de Tony, un chico fornido y huraño que solo pasaba por duro: se sonreía si le llamaban matón. Gilbert se cebaba de lo lindo con Steven Grossman, cuya gordura imagino que le resultaba desagradable, pero a mí me toleraba. Incluso compartíamos un par de secretos. Durante una visita del orfanato al Museo de Historia Natural de Manhattan dos años antes, Gilbert y yo nos habíamos separado del grupo y sin mediar palabra regresamos a la sala dominada por una enorme ballena de plástico azul que colgaba del techo y en torno a la cual había girado la visita oficial. Pero debajo de la ballena había una galería doble con tenebrosos y misteriosos dioramas del mundo submarino, iluminados y dispuestos de manera que tenías que pegarte al cristal para descubrir las maravillas ocultas por los rincones. En uno de los dioramas un cachalote luchaba contra un calamar gigante. En otro una ballena asesina perforaba la capa de hielo. Gilbert y yo vagamos hipnotizados de vitrina en vitrina. Cuando el grupo de tercero y cuarto se fue, nos encontramos con la inmensa sala para nosotros solos y que el silencio sobrenatural del museo apagaba nuestras voces. Gilbert me enseñó su descubrimiento: habían dejado abierta una puerta dorada como para enanitos junto al diorama del pingüino. Al abrirla vimos que daba al interior de la escena del pingüino y más allá.

—Entra, Essrog —dijo Gilbert.

Si yo no hubiera querido entrar aquello habría sido coacción, pero me moría de ganas de hacerlo. Cada minuto de silencio en la sala resultaba precioso. La boca de entrada me quedaba a la altura de la rodilla. Me encaramé y abrí la portezuela situada en las placas pintadas de azul marino que formaban la pared lateral del diorama, luego me colé dentro de la escena. El lecho oceánico era un gran cuenco de yeso pintado por el que bajé deslizándome sobre las rodillas dobladas mientras miraba la cara estupefacta de Gilbert al otro lado del cristal. Los pingüinos nadaban montados sobre barras enganchadas en la pared y otros estaban suspendidos en olas de plástico de la superficie oceánica, que ahora formaba un techo bajo sobre mi cabeza. Acaricié el pingüino más próximo, uno montado bastante bajo, que buceaba en persecución de un pez delicioso, le di unas palmaditas en la cabeza, le palpé el pescuezo como si le ayudara a tragarse una pastilla sin agua. Gilbert se carcajeaba, creía que estaba haciendo el payaso para divertirle cuando en realidad se había apoderado de mí un impulso tierno y sentimental hacia aquel pingüino tieso y conmovedor. Entonces se convirtió en imperativo tocar todos los pingüinos, al menos todos los que pudiera: algunos me resultaban inalcanzables, estaban al otro lado de la barrera formada por la superficie oceánica, sobre témpanos de hielo. Hice la ronda arrastrándome de rodillas, tocando cariñosamente cada pájaro nadador antes de escaparme por la puerta dorada. Gilbert estaba impresionado, clarísimamente. Me había convertido en un chaval capaz de hacer cualquier cosa, cualquier locura. Gilbert tenía razón solo en parte, claro: una vez tocado el primer pingüino, ya no tenía elección.

De algún modo aquello desencadenó una serie de confidencias. Yo estaba loco, pero también era maleable, fácil de intimidar, cosa que me convertía en la idea que Gilbert tenía de un depositario seguro para lo que él consideraba sus propias locuras. Gilbert era un masturbador precoz, y buscaba la triangulación perfecta entre sus propios experimentos y la sabiduría popular del patio de la escuela. ¿Yo lo hacía? ¿Con qué frecuencia? ¿Con una mano o con dos, aguantándola así o asá? ¿Cerraba los ojos? ¿Alguna vez había pensado en frotármela contra el colchón? Yo me tomaba en serio sus averiguaciones, pero lo cierto es que no tenía la información que Gilbert necesitaba, todavía no. Al principio Gilbert se enfadaba de lo estúpido que era yo y se pasaba una o dos semanas fingiendo no haberme preguntado nada, que ni siquiera me conocía, y recordándome los dolores de proporciones galácticas que me esperaban si le delataba. Luego, de repente, volvía a mí, más impaciente que nunca. Inténtalo, me decía. No cuesta tanto. Miraré y te avisaré si haces algo mal. Yo todavía no sabía tratarme a mí mismo con la ternura que había prodigado a los pingüinos, al menos no delante de Gilbert (a pesar de que había desencadenado exploraciones en privado que pronto acabaron resultando bastante absorbentes). Gilbert volvía a enfadarse y a intimidarme, y al cabo de dos o tres intentos, abandonamos definitivamente la cuestión. Aun así, las revelaciones dejaron su legado en nosotros, una suerte de lazo fantasmagórico.

El cuarto chico que iba en la furgoneta de Minna, Danny Fantl, era de pega. Solo parecía blanco. Danny había sido asimilado por la población mayoritaria de Saint Vincent alegremente, sin esfuerzo, hasta la médula. A su manera inspiraba tanto respeto como Tony (con cuyo respeto también contaba) sin fanfarronear ni hacerse el interesante, casi sin abrir la boca. Su verdadero lenguaje era el baloncesto, era un atleta tan consumado que dentro, en las aulas, siempre parecía reprimido. Cuando hablaba era para mofarse de nuestro entusiasmo, de nuestras exhibiciones de falta de control, pero lo hacía desde la distancia, como si en realidad tuviera la cabeza en otra parte, planeando pases y movimientos de piernas. Escuchaba a Funkadelic, a Cameo y a Zapp y se apuntó rápidamente a la moda rap, como todos los chicos del orfanato; sin embargo, cuando sonaba la música que le gustaba, en lugar de bailar permanecía de pie con los brazos cruzados, frunciendo el ceño y poniendo morros al ritmo de las canciones y sin mover sus expresivas caderas. Danny existía en suspensión, no era ni blanco ni negro, ni pegaba ni le pegaban, era guapo pero no le interesaban las chicas, mal estudiante pero iba sacándose los cursos, y con frecuencia vencía a la gravedad y flotaba entre el suelo y las enmarañadas mallas de las canastas de Saint Vincent. Tony vivía atormentado por la pérdida de su familia italiana, convencido de que regresarían; Danny podría haber abandonado a sus padres con siete u ocho años sin pestañear y sumarse a un partido que duró hasta los catorce, hasta el día en que apareció Minna en su camión.

El síndrome de Tourette te enseña lo que la gente ignora y olvida, te enseña el mecanismo de tejido de la realidad que la gente emplea para esconder lo intolerable, incongruente y perturbador: te lo enseña porque tú eres el que interpone en sus caminos lo intolerable, incongruente y perturbador. Una vez me senté en un autobús de Atlantic Avenue unas filas por delante de un tipo con el tic de eructar: soltaba ruidos largos, gruñidos, casi como de vómito, el tipo de ruido que aprendes a imitar en quinto curso tragándote todo el aire de la barriga y luego olvidas en el instituto cuando se vuelve más vital atraer a las chicas que espantarlas. La compulsión de mi colega era terriblemente específica: iba sentado al final del autobús y solo cuando todas las cabezas miraban al frente dejaba escapar su magistral simulación digestiva. Los demás —éramos unos quince o veinte— nos volvíamos sorprendidos y él desviaba la mirada. Luego, cada seis o siete ataques, lo combinaba con ruido de pedos. Era un negro de aspecto miserable, de unos sesenta años, un borracho, un vago. A pesar de que elegía el momento para que no le vieran, todo el mundo sabía que él era la fuente de los ruidos, de modo que los demás pasajeros tosían y murmuraban en tono reprobatorio, dejaron de darle la satisfacción de girarse y esquivaban las miradas del vecino. Era una táctica de perdedor, puesto que al no volver la vista atrás le dejaban en total libertad para emitir largas frases ininterrumpidas de sus ruidos más fuertes. Seguro que para todos los pasajeros menos para mí era un gilipollas infantiloide, un borrachín patético tratando de llamar la atención (a lo mejor él también se veía así, si no le habían diagnosticado la enfermedad era muy probable). Pero no cabía duda de que se trataba de una compulsión, un tic: Tourette. Y la cosa continuó y continuó hasta que llegué a mi parada, y estoy seguro que después.

La cuestión es que yo sabía que los otros pasajeros apenas lo recordarían a los pocos minutos de llegar a su destino. A pesar de que aquel croar maníaco llenaba el auditorio del autobús, los asistentes al concierto estaban enfrascados de lleno en la tarea de olvidar la música. La realidad consensuada es frágil y elástica al mismo tiempo, y se recupera como la piel de una ampolla. El tipo de los eructos la reventó tan rápido y por completo que vi la herida sanarse al instante.

Un enfermo de Tourette también puede ser el hombre invisible.

De igual modo dudo que los otros chicos, incluso los tres que se convirtieron conmigo en los Hombres de Minna, recordaran mis tandas de besuqueos. Probablemente podría habérselas hecho recordar, pero habría sido a regañadientes. Por aquel entonces, en Saint Vincent, ese tic nos superaba a todos, como lo haría ahora, cuando sea y donde sea. Además, a medida que mi síndrome florecía fui cubriendo el besuqueo con cientos de comportamientos nuevos, algunos de los cuales, vistos a través del prisma del tosco cariño de Minna, se convirtieron en mi sello característico, mi Espectáculo. Así que el besuqueo cayó en un agradecido olvido.

A los doce años, unos nueve meses después de haber tocado a los pingüinos, me dominaron las ansias de agarrar, palmear, manosear y besar: estas compulsiones emergieron primero, mientras el lenguaje continuaba atrapado como un océano agitándose bajo un témpano de hielo en calma igual que yo había permanecido atrapado en la mitad submarina de la vitrina de los pingüinos, mudo, bajo el cristal. Empecé a tocar los marcos de las puertas, a arrodillarme para agarrar los cordones sueltos de las zapatillas deportivas (una moda reciente entre los tipos más duros de Saint Vincent, desgraciadamente para mí), a golpear incesantemente las patas huecas de metal de los pupitres y las sillas para que sonaran de un modo determinado y, lo peor de todo, a manosear y besar a mis compañeros. Me tenía aterrorizado a mí mismo y me escondí todavía más en la biblioteca, pero tenía que salir para ir a clase, a comer o a dormir. Entonces ocurría. Acorralaba a alguien, le abrazaba y le besaba en la mejilla, el cuello o la frente, donde fuera. Luego, expelida la compulsión, solo me quedaba explicarme, defenderme o huir. Besé a Greg Toon y a Edwin Torres, a quien no me atrevía a mirar a los ojos. Besé a Leshawn Montrose, que le había roto el brazo al señor Voccaro con una silla. Besé a Tony Vermonte y a Gilbert Coney e intenté besar a Danny Fantl. Besé a Steven Grossman, sintiéndome patéticamente afortunado de que fuera él precisamente el que pasaba por allí. Besé a mis homólogos, otros chicos invisibles y tristes que pululaban por los márgenes de Saint Vincent limitándose a sobrevivir y cuyos nombres desconocía. «¡Es un juego!» Era mi única defensa, y puesto que las cosas más inexplicables de nuestras vidas eran juegos, con sus rituales ancestrales —el bulldog británico, las guerras de encarcelamientos, Scully y Jinx—, mitos que nosotros los huérfanos heredábamos, parecía plausible convencerles de que aquel era otro más, el Juego del Besuqueo. Y lo que era igual de importante, quizá me persuadiera a mí mismo: ¿acaso no lo había leído en un libro, algo de un juego para adolescentes calenturientos, como el baile del día de Sadie Hawkins? Olvidemos la ausencia de chicas, ¿es que los chicos no nos merecíamos lo mismo? Ya estaba, decidí: me dedicaba a empujar a los más desfavorecidos hacia la adolescencia. Yo sabía algo que ellos ignoraban. «Es un juego —decía desesperado, a veces con lágrimas de dolor rodándome por la cara—. Es un juego.» Leshawn Montrose me rompió la cabeza contra una fuente de porcelana, Greg Toon y Edwin Torres tuvieron la generosidad de dejarme tirado en el suelo. Tony Vermonte me retorció el brazo por detrás de la espalda y me empujó contra la pared. «Es un juego», suspiré. Me soltó y sacudió la cabeza con lástima. El resultado, por extraño que parezca, fue que me ahorré varios meses de palizas: era demasiado patético y afeminado, mejor no tocarme, mejor evitarme. Danny Fantl me vio venir y me fintó como habría hecho ante un defensa con pies de plomo y luego desapareció escaleras abajo. Gilbert me fulminó con la mirada, quieto y profundamente incómodo a causa de nuestra historia privada. «Un juego», le dije para tranquilizarle. «Es un juego», le expliqué al pobre Steven Grossman, y me creyó lo bastante para intentar besar a nuestro mutuo torturador Tony, quizá con la esperanza de que fuera la clave para invertir el orden de preferencias del momento. No se lo perdonaron.

Mientras, un mar de lenguaje se acercaba al punto de ebullición bajo la superficie congelada. Resultaba cada vez más difícil no fijarse en que cuando alguien en la tele decía «dura toda la vida» mi cerebro pensaba «curra solo a tu tía»; que cuando oía «Alfred Hitchcock», replicaba en silencio «Alfres Quito» o «Alférez Quinto»; que ahora cuando me sentaba en la biblioteca a leer Booth Tarkington la garganta y la mandíbula se ponían en marcha detrás de mis labios sellados, cuadrando desesperadamente las sílabas de la prosa con el ritmo de «Rapper's Delight» (que por entonces sonaba en el patio cada quince o veinte minutos); que un compañero invisible llamado Billy o Bailey estaba pidiendo a gritos insultos que a mí cada vez me costaba más retener.

Gracias a Dios, el ciclo del besuqueo fue breve. Encontré otras salidas, otras obsesiones. El chico paliducho de trece años que el señor Kassel arrancó de la biblioteca y ofreció a Minna era propenso a taconeos, silbidos, chasquidos de lengua, guiños, giros rápidos de cabeza, caricias de pared, a todo menos a las declaraciones directas que tanto anhelaba mi mente tourética. El lenguaje bullía dentro de mí, el mar congelado se estaba derritiendo, pero lo presentía demasiado peligroso para dejarlo libre. El habla era intención, y no podía permitir que nadie, ni yo mismo, supiera lo intencionada que me parecía mi locura. Porrazos, payasadas… eran locuras accidentales y, más o menos, perdonables. En términos prácticos, una cosa era acariciarle el brazo a Leshawn Montrose, o incluso besarle, y otra completamente diferente acercarme a él y llamarle Lesión Mental, Lechón Montés o Lesuda Laminga. Así que, aunque coleccionaba palabras, las atesoraba como un raptor sádico y babeante, doblándolas, fusionándolas, limándoles los bordes, apilándolas en montones tambaleantes, y antes de liberarlas las traducía en alguna actividad física o coreografía maníaca.

Y pasaba inadvertido, o eso creía. Por cada tic exteriorizado sofocaba docenas, al menos tenía esa impresión: mi cuerpo era el resorte de un reloj al que le habían dado demasiada cuerda, que movía sin esfuerzo un juego de manecillas a paso ligero aunque sentía que podía animar una mansión entera de relojes parados o el vasto mecanismo de una fábrica, una cadena de producción como la de *Tiempos modernos*, que vimos aquel año en el sótano de la Biblioteca Pública de Brooklyn, situada en la Cuarta Avenida, en una versión acompañada por un comentarista pedante aleccionándonos sobre la genialidad de Chaplin. Tomé a Chaplin y a Buster Keaton, cuya película *El maquinista de la General* había visto mutilada de modo semejante, como modelos: echaban chispas ante cualquier agresión y apenas contenían sus energías negativas, pero conseguían mantener la boca cerrada y así habían esquivado siempre el peligro y se les consideraba un encanto. No me costó mucho encontrar un lema: silencio, oro, ¿entendido? Entendido. Revisa la sincronización, bruñe rutinas físicas, la estúpida manía de acariciar paredes, hacer muecas o cazar cordones, hasta que resulten tan divertidas como los parpadeos en blanco y negro de la pantalla, hasta que tus enemigos, polis o confederados, empiecen a tropezar y caerse, hasta que las mujeres con ojos de gacela se desvanezcan. Así que mantuve la lengua sujeta entre los dientes, no hice caso de los latidos de mis mejillas, las palpitaciones de la garganta, y una y otra vez me tragué las palabras, como vómitos. Quemaban.

La furgoneta de Minna se detuvo con un gruñido del motor al cabo de dos o tres kilómetros. A los pocos minutos Minna nos dejó bajar y nos encontramos en el patio vallado de un almacén situado a la sombra de la vía rápida Brooklyn–Queens, en una zona industrial en ruinas. Más tarde supe que se trataba de Red Hook. Nos condujo hasta un camión grande, un tráiler de doce ruedas sin cabina, luego levantó la persiana trasera y vimos un montón de cajas de cartón idénticas, cien, doscientas o más. Sentí un escalofrío: las había contado en silencio.

–Que un par de vosotros suba ahí dentro –dijo Minna distraído. Tony y Danny tuvieron la astucia de saltar inmediatamente al interior del camión, donde podrían trabajar a resguardo del sol–. Solo tenéis que meter todo esto, nada más. Lo pasáis a los de abajo, ellos lo llevan delante del camión y luego, adentro. ¿Entendido? –Señaló al almacén. Todos asentimos, y yo pié. No se dieron cuenta.

Minna abrió las enormes puertas correderas del almacén y nos indicó dónde debíamos dejar las cajas. Empezamos rápido, luego el calor nos hizo languidecer. Tony y Danny amontonaban los embalajes al borde del camión mientras Gilbert y yo cubríamos la primera docena de viajes, luego los chicos mayores reconocieron su ventaja y empezaron a ayudarnos a arrastrar las cajas por el patio abrasador. Minna no tocó una caja, se pasó todo el rato en el despacho del almacén, una oficina atestada, llena de mesas, archivadores, notas clavadas por ahí, calendarios pornográficos y una pila de conos anaranjados para el tráfico que veíamos por una ventana interior, fumando y hablando por teléfono, aparentemente sin esperar respuesta: cada vez que echaba un vistazo por la ventana le veía moviendo los labios. La puerta estaba cerrada y el cristal nos impedía oírle. Apareció otro hombre, no sé de dónde, y se quedó en el patio secándose la frente como si fuera él el que trabajaba. Minna salió, los dos entraron en el despacho y el otro desapareció. Metimos en el almacén las últimas cajas, Minna bajó la persiana del camión, cerró con llave el almacén y nos indicó que volviéramos a la furgoneta, pero hizo una pausa antes de volver a encerrarnos.

—Hace calor, ¿eh? —comentó mirándonos directamente a la cara, quizá por primera vez.

Bañados en sudor, asentimos en silencio, con miedo a hablar.

—¿Qué, chavales, tenéis sed? Porque yo me estoy muriendo aquí fuera.

Minna nos llevó en furgoneta hasta Smith Street, a unas manzanas de Saint Vincent, y aparcó delante de un colmado, nos invitó a cerveza, unas latas de Miller, y se sentó a beber con nosotros en la parte trasera. Fue mi primera cerveza.

—Nombres —dijo Minna señalando a Tony, a todas luces nuestro cabecilla. Dijimos nuestros nombres de pila, empezando por Tony. Minna no nos dio el suyo, se limitó a beberse la cerveza y asentir. Empecé a dar golpecitos en el panel de la furgoneta que tenía al lado.

Acabado el esfuerzo físico y superada la sorpresa de haber salido de Saint Vincent, mis síntomas volvían a abrirse camino.

—Supongo que deberías saber que Lionel es un bicho raro, un fenómeno de la naturaleza —dijo Tony con voz henchida de autoestima.

—Ya, bueno, todos lo sois, si no os importa que lo comente —contestó Minna—. No tenéis padres… ¿Me equivoco?

Silencio.

—Acabaos la cerveza —dijo Minna, lanzando su lata al fondo de la furgoneta.

Así acabó nuestro primer trabajo para Frank Minna.

Pero Minna pasó a recogernos a la semana siguiente, nos llevó al mismo patio desierto, y esta vez se mostró más amistoso. El trabajo fue idéntico, casi hasta en el número de cajas (242 frente a 260), y lo realizamos en el mismo silencio inquieto. Tony rezumaba un odio violento hacia Gilbert y hacia mí, como si creyera que ambos estábamos intentando fastidiar su rescate italiano. Danny, por supuesto, quedaba exonerado, ajeno a todo. Aun así empezamos a funcionar como un equipo: el trabajo físico duro tenía sus propias normas y comenzamos a explorarlas inconscientemente.

—¿Os gusta el trabajo? —preguntó Minna mientras nos tomábamos unas cervezas.

Uno de nosotros contestó: «Pues claro».

—¿Sabéis lo que hacéis? —Minna se rió, esperando. La pregunta era desconcertante—. ¿Sabéis qué tipo de trabajo es este?

—¿El qué? ¿Trasladar cajas? —dijo Tony.

—Muy bien, trasladar. Mudanzas. Así es como lo tenéis que llamar cuando trabajéis para mí. Tened. —Se levantó para meterse la mano en el bolsillo y sacó un fajo de billetes de veinte enrollados y un montón de tarjetas blancas. Se quedó mirando el fajo un momento, luego separó cuatro billetes y nos dio uno a cada uno. Mis primeros veinte dólares. Luego nos pasó una tarjeta a cada uno. Ponía: MUDANZAS L&L. NINGÚN TRABAJO ES DEMASIADO PEQUEÑO. ALGUNOS SON DEMASIADO GRANDES. GERARD & FRANK MINNA. Y un número de teléfono.

—¿Usted es Gerard o Frank? —preguntó Tony.

—Minna, Frank. —Como *Bond, James*. Se pasó la mano por el pelo—. De modo que somos una empresa de mudanzas, ¿entendido? Hacéis mudanzas. —Parecía un detalle muy importante que lo llamáramos *mudanzas*. No se me ocurría de qué otro modo llamarlo.

—¿Quién es Gerard? —dijo Tony. Gilbert y yo, incluso Danny, miramos a Minna con cautela. Tony preguntaba en nombre de todos.

—Mi hermano.

—¿Mayor o menor?

—Mayor.

Tony pensó un momento.

—¿Quiénes son L&L?

—Solo es un nombre, L&L. El nombre de la empresa.

—Ya, pero ¿qué significa?

—¿Tú qué quieres que signifique, reina? ¿Ladrones Ladinos? ¿Lagartas Lascivas? ¿Localizamos Lumbreras como tú?

—¿Es que no quiere decir nada? —insistió Tony.

—Yo no he dicho eso, ¿verdad?

—*Ligeros y Laboriosos* —sugerí.

—Ahí lo tienes —concluyó Minna levantando la lata de cerveza en mi dirección—. Mudanzas L&L, Ligeros y Laboriosos.

Tony, Danny y Gilbert se quedaron mirándome, sin saber cómo había conseguido semejante avalancha de aprobación.

—*Loado Lionel* —me oí decir.

—¿Minna no es un apellido italiano? —preguntó Tony. Obviamente, por interés propio. Iba siendo hora de ir al grano. Todos los demás nos podíamos ir al carajo.

—¿Y tú qué eres? ¿Del censo? —respondió Minna—. ¿Un periodista novato? ¿Cuál es tu nombre completo, Jimmy Olsen?

—*Lois Lane* —dije. Como todo el mundo, leía tebeos de Superman.

—Tony Vermonte —contestó Tony, pasando de mí.

—Vermont-ee —repitió Minna—. Eso suena a Nueva Inglaterra, ¿no? ¿Eres de los Red Sox?

—De los Yankees —dijo Tony, confuso y a la defensiva. Los Yankees eran campeones y los desafortunados Red Sox sus eternas víctimas, vencidas por última vez a causa del famoso *home run* de Bucky Dent. Lo habíamos visto todos en la tele.

—Lucky Dent —dije, recordándolo—. Buen Pie.

Minna se echó a reír.

—¡Sí, el puto señor Buen Pie! ¡Agachaos, que le ha dado Buenpié!

—*Lexluthor* —dije, tocándole el hombro a Minna. Solo se quedó mirándome la mano, no se apartó—. Leporino, Leloyburro, Labilocuelo…

—Muy bien, Locuelo —dijo Minna—. Ya basta.

–Labiatengo… –Intenté detenerme desesperadamente. Mi mano no paraba de golpear el hombro de Minna.

–Déjalo ya –dijo Minna, y me devolvió los golpecitos en el hombro con uno solo, más fuerte–. No me remolques la barca…

Remolcar quería decir agotarle la paciencia a Minna. Cada vez que tentabas la suerte, hablabas de más, abusabas de la hospitalidad de alguien o sobrestimabas la utilidad de determinado método o enfoque, eras culpable de haber remolcado la barca. Se trataba de un defecto propio sobre todo de ocurrentes y cuentistas, pero universal: cualquiera que se considerara divertido probablemente acabaría remolcando la barca alguna que otra vez. Saber cuándo una broma o un juego verbal se habían agotado, dejarlo antes de empezar a tirar de la barca, era todo un arte (y se daba por hecho que querías llevar la situación al límite: perder una sola oportunidad de arrancar unas risas era lo peor, un acto indigno siquiera de recibir un nombre especial).

Años antes de familiarizarnos con el término Tourette, Minna ya me había diagnosticado: Remolcador Terminal.

Repartir ochenta dólares y aquellas cuatro tarjetas de presentación le bastó a Minna para nombrarnos a los cuatro personal subalterno de Mudanzas L&L para siempre… o en cualquier caso, mientras quisiera. Nos convocaba esporádicamente, con un día de aviso o sin avisar, y cuando empezamos el instituto la posibilidad de una visita por sorpresa nos incentivaba a regresar a Saint Vincent directamente después de clase y holgazanear expectantes por el patio del colegio o la sala de juegos, fingiendo que no esperábamos oír los peculiares quejidos del motor de su furgoneta. Los trabajos variaban muchísimo. Descargábamos mercancías como las cajas de aquel primer camión en los sótanos de los comercios de Court Street, actividad algo turbia si teníamos en cuenta que tendrían que ocuparse de ella los propios mayoristas y que las transacciones se cerraban con un puro en la trastienda. O trajinábamos mobiliario de apartamentos sin ascensor –trabajos de mudanzas legales, pensaba yo– cuyos inquilinos desconfiaban de que fuéramos lo bastante mayores y experimentados para manipular sus pertenencias; Minna los acallaba recordándoles el coste de las distracciones: «El contador sigue corriendo». (Esta tarifa por horas no se reflejaba en nuestra paga, claro. Cobrábamos veinte dólares tanto si íbamos rápido como despacio; íbamos rápido.) Metíamos sofás por ventanas de un tercer piso con una cincha y una polea improvisadas; Tony y Minna subían al tejado, Gilbert y Danny se colocaban en la ventana, y yo me quedaba en la calle con las sogas de guía. En una ocasión se incendió un edificio enorme situado junto al puente de Manhattan que pertenecía a un importante amigo de Minna al que nunca habíamos visto, así que trasladamos a casi todos los inquilinos gratis a modo de liquidación o concesión: los términos no estaban claros, pero Minna se mostró de lo más apremiante. Cuando una pareja de artistas en edad universitaria se quejó de cómo tratábamos unas telas dañadas que los bomberos habían apilado en el suelo, Minna se impacientó y se enfureció por el retraso; el único contador que corría entonces era el tiempo de Minna y su credibilidad ante su cliente-amigo. Una mañana de agosto nos levantamos a las cinco de la madrugada para descargar y montar los escenarios de madera donde tocaban los músicos de la Atlantic Antic, una gran feria callejera que se celebraba cada año, y luego trabajamos al anochecer para desmontarlos, con la avenida abarrotada de envoltorios rotos y vasos estrujados de todo el día y los últimos juerguistas tambaleándose camino de casa mientras nosotros arrancábamos las estructuras de pino con martillos y a taconazo limpio. Una vez vaciamos todo un salón de exposición de productos electrónicos y lo metimos en la furgoneta de Minna, sacamos cadenas musicales sin embalar de estanterías y vitrinas, desconectamos cables de amplificadores encendidos y, al final, nos llevamos hasta el teléfono de la mesa: habría parecido un robo descarado si Minna no se hubiera quedado en la acera bebiendo cerveza y bromeando con el tipo que nos había abierto el candado de la verja mientras nosotros desfilábamos con la mercancía. En todas partes Minna camelaba, engatusaba y dejaba caer algunos nombres, guiñándonos un ojo para hacernos sentir cómplices, y en todas partes los clientes de Minna se nos quedaban mirando preguntándose si les birlaríamos algo cuando se dieran media vuelta; algunos nos vigilaban quizá con la esperanza de descubrir algún indicio de deslealtad, una ventaja sobre Minna que pudieran guardar para cuando la necesitaran. No birlamos nada, no mostramos la menor falta de lealtad. En lugar de eso les devolvíamos la mirada, intentando hacerlos estremecer. Y escuchábamos, reuníamos información. Minna nos estaba enseñando muchas cosas, a propósito y sin querer.

Todo esto cambió al grupo. Desarrollamos cierto ego colectivo, una existencia aparte en el orfanato. Teníamos menos enfrentamientos entre nosotros y más con los demás: los chicos de color veían en nuestro privilegio una muestra de futuras privaciones y nos lo hacían pagar. De todos modos la edad había empezado a acentuar tales distinciones. Así que Tony, Gilbert, Danny y yo limamos nuestras antiguas antipatías y aunamos fuerzas. Nos defendíamos unos a otros, en el orfanato y en el Sarah J. Hale, el instituto local, que era parada obligada para todos salvo para los pocos que conseguían entrar en algún destino especial (es decir, Manhattan), en el Stuyvesant o en la escuela de arte.

En el Sarah J. los chicos de Saint Vincent pasábamos desapercibidos, mezclados con el resto de alumnos, una caterva de tipos duros a pesar de que se suponía que tenían padres, hermanos, teléfonos, dormitorios con cerrojo en la puerta y otras mil ventajas inimaginables. Pero nos conocíamos todos, no nos perdíamos nunca de vista. Negros o blancos, los del Saint Vincent nos vigilábamos mutuamente como hermanos y reservábamos nuestras muestras de desprecio más rotundas para las humillaciones sociales o institucionales de los demás huérfanos. Y allí nos mezclaron con chicas por primera vez, como quien echa sal a un helado, si bien el helado sería un símil demasiado generoso para referirse a las robustas negras del Sarah J., que después de clase tendían emboscadas en grupo a cualquier chico blanco que se hubiera atrevido a flirtear, a mirar siquiera, a alguna de ellas. Eran mayoría, y las pocas blancas y latinas que había sobrevivían gracias al método de la invisibilidad casi absoluta. Romper su cucurucho de miedo y silencio solo servía para encontrarse con incrédulas miradas de resentimiento. Nuestras vidas llevan otro camino, decían sus miradas, y vosotros deberíais hacer lo mismo. Las chicas negras estaban solicitadas por novios demasiado sofisticados para perder el tiempo en la escuela, que pasaban a buscarlas en coche a mediodía, haciendo retumbar los graves de los altavoces y fardando de puertas acribilladas a balazos, y para quienes solo éramos dianas a las que lanzar colillas encendidas, un deporte harto frecuente. Sí, en el Sarah J. la relación entre los sexos era tensa y dudo que ninguno de nosotros, ni siquiera Tony, llegara siquiera a tocar a alguna de las chicas con las que estudiábamos. Todos nosotros tendríamos que esperar hasta Court Street, al mundo que conoceríamos a través de Minna.

La Court Street de Minna pertenecía al viejo Brooklyn, una superficie plácida y sin edad que por debajo bullía de vida con sus charlas, negocios e insultos casuales, una máquina política vecinal con jefes de pizzerías y carnicerías y reglas no escritas por doquier. De todo se hablaba menos de lo más importante: los sobreentendidos que nunca se mencionaban. El barbero al que Minna nos llevó para que nos cortara el pelo a los cuatro igual costaba tres dólares por cabeza, salvo que a Minna no se le cobraba ni eso: nadie se preguntaba por qué el precio de un corte de pelo no había subido desde 1966, ni por qué seis barberos viejos seguían trabajando —la mayor parte del tiempo no hacían nada— en la misma tienda decrépita, donde no habían renovado el Barbicide desde la invención del producto (en Brooklyn, el bote molaba) y por donde pasaban constantemente tipos más jóvenes para discutir de deporte sin dejar que les cortaran el pelo; la barbería era un hogar de jubilados, un club social y la tapadera para una habitación trasera donde se jugaba al póquer. Se cuidaba a los barberos porque estábamos en Brooklyn, y allí se cuidaba a la gente. ¿Por qué subir los precios si no entraba nadie que no formara parte de la conspiración, del complot? Aunque de comentarlo te habrían respondido con negativas confusas, o risas y un bofetón demasiado fuerte. Otro misterio ejemplar era la «sala de juegos», un local gigante forrado de linóleo donde había tres máquinas flipper funcionando sin parar y seis o siete videojuegos –Asteroids, Frogger, Centipede– que nadie usaba, y un cajero que cambiaba dólares por monedas de veinticinco y aceptaba billetes de cien doblados dentro de listas de números, nombres de caballos o equipos de fútbol. La acera de delante estaba llena de Vespas, que habían estado de moda hacía un par de años y que ahora permanecían aparcadas de forma permanente sin más protección que un candado de bicicleta, un insulto a los chorizos. A solo una manzana, en Smith, las habrían desmantelado, pero allí seguían inmaculadas, como un salón de venta y exposición de Vespas. Sobraban las explicaciones: era Court Street. Y Court Street, a la altura de Carroll Gardens y Cobble Hill, era el único Brooklyn verdadero: más al norte estaba Brooklyn Heights, parte secreta de Manhattan, al sur el puerto y el resto, todo lo que quedaba al este del canal Gowanus (la única masa de agua del mundo compuesta por pistolas en un noventa por ciento, repetía Minna cada vez que pasábamos por allí con el coche), excepto pequeños reductos civilizados en Park Slope y Windsor Terrace, eran un tumulto bárbaro y atroz.

A veces solo necesitaba a uno de nosotros. Aparecía por el orfanato en el Impala en vez de la furgoneta, pedía por alguno en particular y luego lo hacía desaparecer como por arte de magia para consternación de los que se quedaban. Tony estaba a buenas y a malas con Minna por temporadas, su ambición y orgullo le costaban tanto como le reportaban, pero no cabía duda de que era nuestro líder y la mano derecha de Minna. Alardeaba de sus misiones privadas para Minna como de condecoraciones a un herido de guerra, pero se negaba a explicarnos a los demás en qué consistían. Danny, atlético, silencioso y alto, se convirtió en el galgo de confianza de Minna, su Mercurio, al que enviaba a citas y entregas privadas y al que dio lecciones prematuras de conducir en un solar abandonado de Red Hook como si le estuviera preparando para ser espía internacional, un Kato para un nuevo Green Hornet. A Gilbert, todo músculo, se le encargaba el trabajo sucio, esperar en coches aparcados en doble fila, arreglar pilas de envases reventados con cinta de embalar, soltar las patas de un tocador demasiado grande para meterlo por una puerta pequeña y pintar la furgoneta, ya que por lo visto a algunos vecinos de Minna no les gustaban las pintadas que lucía. Y yo era un juego extra de ojos, orejas y opiniones. Minna solía arrastrarme con él a trastiendas, despachos y negociaciones de barbería y luego tenía que darle el parte. ¿Qué me había parecido aquel tipo? ¿Era de fiar? ¿Un imbécil o un tarado? ¿Un tiburón o un merluzo? Minna me animaba a involucrarme en todo y desembuchar, como si creyera que mis desparrames verbales fueran sencillamente comentarios que todavía no se habían asido al tema de la conversación. Y adoraba mi ecolalia. Creía que enfatizaba.

Ni que decir tiene que no eran ni comentarios ni énfasis, sino que finalmente mi síndrome de Tourette florecía. Igual que Court Street, yo hervía con las escenas de charlas y conspiraciones, inversiones de la lógica, sobresaltos e insultos. Court Street y Minna habían empezado a soltarme. Animado por Minna me sentí libre para imitar el ritmo de sus diálogos, sus quejas y expresiones de cariño, su discutir por discutir. Y a Minna le encantaba el efecto que tenía en sus clientes y asociados, mi manera de ponerlos nerviosos, interrumpiendo sus cotilleos con alguna frase, una sacudida de cabeza, un ronco *¡Alamierdabailey!* Yo era su efecto especial, la personificación de una broma continua. Los clientes me miraban sorprendidos y Minna agitaba la mano con complicidad, contando dinero, sin molestarse en mirarme. «No le hagáis caso, no puede evitarlo –decía–. Los críos son la bomba.» O: «A veces le da por hacer chaladuras. Olvidadle». Y me guiñaba un ojo, recuerdo de nuestra conspiración. Yo era la prueba de lo impredecible, dura y patética que es la vida, un modelo a escala de su propio corazón chiflado. De ese modo Minna autorizó mis discursos y resultó que hablar me liberó del desastre incontenible de mi yo touréttico, resultó ser el tic que aprobaba donde otros suspendían, el arañazo que enseguida dejaba de picar.

–¿Tú te oyes lo que dices, Lionel? –me decía después Minna, sacudiendo la cabeza–. De verdad que eres la puta bomba.

–*¡La puta pompa!*

–Eres un engendro, eso es lo que pasa. Una atracción circense, y gratis. Gratis para todos.

–¡Engendrogratis! –Le di en el hombro.

–Eso digo yo: un espectáculo gratuito.

Un día de otoño, cuatro o cinco meses después de conocernos, Minna nos presentó a Matricardi y Rockaforte en la casa de ladrillos rojos que tenían en Degraw Street. Nos recogió a los cuatro con su furgoneta como siempre, sin explicarnos la misión, pero se le veía particularmente agitado y su nerviosismo incentivó mis tics. Primero nos llevó a Manhattan por el puente de Brooklyn, luego pasamos por debajo hasta los muelles, cerca de Fulton Street, y yo me pasé todo el trayecto imitando las sacudidas nerviosas de su cabeza mientras sorteaba el tráfico. Aparcamos en mitad de un patio de cemento delante de uno de los embarcaderos. Minna entró en una barraca pequeña y sin ventanas construida con planchas de acero onduladas y nos dejó esperando fuera de la furgoneta, tiritando de frío por culpa del viento que venía de East River. A mí me dio un ataque y empecé a bailotear alrededor de la furgoneta, contando los cables de suspensión del puente que se levantaba sobre nosotros como un monstruoso brazo metálico mientras Tony y Danny, congelándose con chaquetas finas a cuadros escoceses, me daban patadas y me insultaban. Gilbert iba agradablemente aislado con un abrigo de falso plumón, cosido a secciones bien repletas que le daban aspecto de muñeco Michelin o Reina de Corazones en *Alicia en el país de las maravillas*. Estaba de pie unos pasos más allá, lanzando metódicamente al río cascotes de cemento corroído, como si creyera que iba a ganar puntos por limpiar de escombros el embarcadero.

Minna salió justo en el momento en que aparecieron dos camiones amarillos no muy grandes. En realidad, camionetas de alquiler Ryder, más pequeñas que la de Minna y pintadas las dos igual, una impoluta y otra sucia. Los conductores se quedaron fumando en la cabina, con los motores en marcha. Minna descorrió los pestillos traseros de ambos vehículos, que no tenían candados, y nos mandó que trasladáramos el contenido a su furgoneta, rápido.

Lo primero que tocaron mis manos fue una guitarra eléctrica, en forma de V y decorada con llamas plateadas y amarillas de esmalte. Le colgaba un cable del enchufe. Los otros instrumentos, guitarras y bajos, iban en estuches negros, pero este lo habían desenchufado y metido en la furgoneta a toda prisa. Los dos camiones estaban llenos de material para conciertos: siete u ocho guitarras, teclados, paneles plagados de interruptores eléctricos, rollos de cables, micrófonos y pies, pedales de efectos, una batería que habían embutido entera en el camión en lugar de desmontarla, y varios amplificadores y monitores, incluidos seis amplis de escenario del tamaño de una nevera que por sí solos llenaban el segundo camión y que tuvimos que cargar entre dos hasta la furgoneta de Minna. Los amplificadores y los estuches llevaban escrito el nombre del grupo, que me sonó vagamente. Después me enteré de que habían conseguido un par de éxitos menores, canciones sobre carreteras, coches y mujeres. Entonces no lo pillé, pero allí había equipo suficiente para dar un concierto en un estadio pequeño.

Yo no estaba seguro de que pudiéramos embutir el contenido de los dos camiones en la furgoneta, pero Minna nos azuzó para que calláramos la boca y aceleráramos. Los tipos de los camiones no dijeron palabra ni bajaron de las cabinas, se limitaron a fumar y esperar. No salió nadie de la barraca. Al final apenas quedaba sitio para que Gilbert y yo nos apretujáramos en la parte trasera con el equipo del grupo amontonado de mala manera, y Tony y Danny tuvieron que ir delante con Minna.

Así cruzamos el puente de vuelta a Brooklyn, con Gilbert y yo temiendo por nuestras vidas si la pila se derrumbaba o se movía. Tras varios giros y frenazos bruscos que nos dejaron sin aliento, Minna aparcó la furgoneta en doble fila y nos dejó libres. Nuestro destino era un edificio de ladrillos en una fila de casas idénticas de Degraw Street, piedras rojas con la ornamentación hecha trizas y ventanas con cortinas elegantes. Algún vendedor ladino había colocado la manzana entera hacía diez o veinte años afeando aquellos edificios centenarios con endebles toldos de chapa que cubrían las elegantes escalinatas de entrada; lo único que tenía de especial la casa de Matricardi y Rockaforte era que le faltaba el toldo.

—Tendremos que desmontar la batería —dijo Tony cuando vio las puertas.

—Limítate a meterla —dijo Minna—. Ya cabrá.

—¿Hay escaleras? —preguntó Gilbert.

—Ya lo verás, cagón —contestó Minna—. Llévala hasta la entrada.

Lo vimos al entrar. Aquel edificio de aspecto tan vulgar se convertía en una anomalía en cuanto cruzabas la puerta. El interior —normalmente escaleras y vestíbulos, pasamanos sobre balaustres, techos altos y ornamentados— había sido desmantelado, vaciado y reemplazado por un hueco de escalera estilo almacén desde los apartamentos del sótano hasta arriba. El suelo del salón donde nos encontrábamos acababa por la izquierda en una pared blanca lisa con una puerta, cerrada. Trasladamos el equipo al apartamento de arriba mientras Minna hacía guardia junto a la furgoneta. La batería entró sin problemas.

El equipo musical se colocó perfectamente en un rincón del apartamento, sobre paletas de madera que parecían montadas especialmente con ese fin. Los pisos superiores del edificio estaban vacíos salvo por algún que otro cajón y una mesa de comedor en madera de roble y con servicio de plata: centenares de tenedores, dos tipos de cucharas y cuchillos para la mantequilla, labrados y pesados, brillantes, amontonados de cualquier manera pero con los mangos señalando todos en la misma dirección. Yo nunca había visto tanta platería junta, ni siquiera en la cocina de Saint Vincent: y de todos modos los tenedores de Saint Vincent eran recortables planos de acero asqueroso doblado de un lado para formar los dientes y del otro para simular un mango, apenas mejores que los tenedores de plástico que nos daban en el comedor del instituto. En comparación, aquellos tenedores eran pequeñas obras maestras de la escultura. Me alejé de los demás y me obsesioné con la montaña de tenedores, cuchillos y cucharas, pero especialmente con aquellos tenedores de contornos tan elaborados como minúsculas manitas sin pulgares o las pezuñas de un animal de plata.

Los otros subieron el último amplificador. Minna aparcó la furgoneta en otro lugar. Yo me quedé junto a la mesa, tratando de que pareciera casualidad. Descubrí que sacudir la cabeza es una buena manera de disimular las sacudidas de cabeza. Nadie me miraba. Me metí un tenedor en el bolsillo, temblando de placer y nervios, disfrutando del miedo. Lo conseguí por los pelos: Minna había vuelto.

—Los clientes quieren conoceros —dijo.

—¿Quién son? —preguntó Tony.

—A callar y a escuchar, ¿entendido?

—Vale, pero ¿quién son?

—Practica lo de callar ahora y así lo harás mejor cuando los conozcas —contestó Minna—. Están abajo.

Tras la pared lisa y de una pieza del salón se escondía una nueva sorpresa, una especie de doble fondo del edificio: la arquitectura antigua de la sala seguía intacta. A través de aquella sencilla puerta entramos en un espléndido salón rojo de lo más elegante, con las volutas del techo forradas de pan de oro, sillas y mesas de época y una mesita auxiliar rematada en mármol, un reloj de pie de dos metros cubierto de espejos, y un jarrón con flores frescas. Bajo los pies teníamos una alfombra antigua de mil colores, cual mapa soñado del pasado. Las paredes estaban atiborradas de fotografías enmarcadas, ninguna de ellas posterior a la invención de las películas en color. Aquel lugar parecía más un diorama del viejo Brooklyn de algún museo que una habitación contemporánea. Sentados en dos lujosas sillas había dos ancianos, vestidos con trajes marrones a juego.

—Así que estos son tus chicos —dijo uno de los dos hombres.

—Saludad al señor Matricardi —dijo Minna.

—Hey —dijo Danny. Minna le golpeó en el brazo.

—Saluda como es debido.

—Hola —dijo Danny enfurruñado. Minna nunca había exigido buenas maneras. Los trabajos que habíamos hecho para él nunca habían tomado un matiz tan formal. Estábamos acostumbrados a pasear con él por el vecindario, moldeando, afinando nuestros insultos.

Pero notamos el cambio en Minna, el miedo y la tensión. Podíamos intentar complacerle, aunque el servilismo caía fuera de nuestra gama de habilidades.

Los dos ancianos seguían sentados con las piernas cruzadas, los dedos de una mano apoyados en los de la otra, observándonos con atención. Los trajes les sentaban bien, tenían la piel pálida y blanda, las caras también eran blandas, pero no gordas. El que se llamaba señor Matricardi tenía una marca en lo alto de su larga nariz, una cicatriz tersa y hundida como una ranura moldeada en plástico.

—Saludad —nos dijo Minna a Gilbert y a mí.

Pensé *señor metrincaste sueño madrigales senos magistrales* y no osé abrir la boca. En cambio acaricié los dientes de mi maravilloso tenedor robado, que apenas cabía en el bolsillo delantero de mis pantalones de pana.

—Está bien —dijo Matricardi. Sonreía frunciendo la boca, solo labios, nada de dientes. Sus gafas gruesas doblaban la intensidad de su mirada—. ¿Todos trabajáis para Frank?

¿Qué se suponía que debíamos decir?

—Claro —contestó Tony por propia iniciativa. Matricardi era un apellido italiano.

—¿Hacéis lo que os dice?

—Claro.

El segundo hombre se inclinó hacia delante.

—Escuchad —dijo—. Frank Minna es un buen hombre.

Una vez más estábamos perplejos. ¿Se esperaba que no estuviéramos de acuerdo?

Conté los dientes del tenedor, un, dos, tres, cuatro, un, dos tres, cuatro.

—A ver, decidnos qué queréis hacer —dijo el segundo anciano—. ¿Qué queréis ser? ¿A qué oficio os dedicaréis? ¿Qué tipo de hombres seréis? —No escondía los dientes, que eran de un amarillo brillante, como la furgoneta que habíamos descargado.

—Contestad al señor Rockaforte —nos apremió Minna.

—¿Hacen lo que les dices, Minna? —preguntó Rockaforte a Minna. De alguna manera, a pesar de las repeticiones, no era hablar por hablar. Había un intenso interés especulativo en la conversación. Demasiadas cosas dependían de la respuesta de Minna. Matricardi y Rockaforte eran así, las pocas veces que los vi: proveedores de comentarios banales que escondían una carga aterradora.

—Sí, son buenos chicos —dijo Minna. Tenía prisa. Llevábamos demasiado tiempo para una presentación.

—Huérfanos —le dijo Matricardi a Rockaforte. Repetía algo que le habían dicho, probando la valía de la información.

—¿Te gusta la casa? —preguntó Rockaforte señalando al techo. Me había pillado mirando al artesonado.

—Sí —contesté con cautela.

—Es el salón de su madre —explicó Rockaforte moviendo la cabeza en dirección a Matricardi.

—Tal como ella lo tenía —dijo Matricardi con orgullo—. No hemos cambiado nada.

—Cuando el señor Matricardi y yo éramos niños como vosotros, yo solía venir a visitar a su familia y nos sentábamos aquí, en el salón. —Rockaforte sonrió a Matricardi. Matricardi le devolvió la sonrisa—. Su madre, podéis creerlo, nos habría arrancado las orejas si le hubiéramos derramado algo en la alfombra, ni que fuera una gota. Ahora nos sentamos aquí a recordar aquellos tiempos.

—Todo está exactamente igual que ella lo tenía —dijo Matricardi—. Si pudiera verlo lo notaría. Ojalá estuviera aquí, bendita sea.

Quedaron en silencio. Minna tampoco decía nada, aunque me imaginaba que podía captar las ganas que tenía de salir de allí. De hecho, hasta me pareció que le oí tragar saliva.

Mi garganta seguía tranquila. En su lugar, manoseaba el tenedor robado. Entonces me pareció un amuleto tan potente que imaginé que si lo llevaba en el bolsillo nunca más sentiría la necesidad de decir tics en voz alta.

—Así que decid —prosiguió Rockaforte—, explicadnos qué vais a ser. Qué clase de hombres seréis.

—Como Frank —dijo Tony, confiado con todo derecho en que hablaba por todos nosotros.

La respuesta hizo reír a Matricardi, sin enseñar los dientes. Rockaforte esperó pacientemente a que su amigo terminara. Luego preguntó a Tony:

—¿Quieres ser músico?

—¿Qué?

—¿Quieres dedicarte a la música? —Parecía sincero.

Tony se encogió de hombros. Todos mantuvimos la respiración, esperando que algo nos aclarara la situación. Minna cambió el peso de pie, nervioso, consciente de que el encuentro se le escapaba de las manos.

—Las cosas que habéis trasladado hoy —dijo Rockaforte—, ¿sabes para qué son?

—Claro.

—No, no —dijo de repente Minna—. No pueden hacer eso.

—Por favor, no rechaces un regalo —dijo Rockaforte.

—No, de verdad, no podemos aceptarlo. Con todos mis respetos. —Para Minna parecía fundamental. El regalo, que valía miles de dólares, tenía que ser rechazado a toda costa. No valía la pena crearse ilusiones locas acerca de las guitarras eléctricas, los teclados y los amplificadores. Pero era demasiado tarde: mi cerebro había empezado a bullir con nombres para nuestro grupo, todos tomados de Minna: *Putos Merluzos, Los Cagones, Tony y los Remolcadores.*

—¿Qué pasa, Frank? —Matricardi—. Déjanos repartir un poco de alegría. Está muy bien que los huérfanos se dediquen a la música.

—No, por favor.

Memos de Ningún Lado. Espectáculo Circense Gratis. Me imaginé esto a modo de logotipo del grupo sobre la piel del tambor de la batería y decoré también los amplificadores.

—No dejaremos que ningún otro saque provecho de esa basura —dijo Rockaforte, encogiéndose de hombros—. Puedes dárselo a tus huérfanos, o puedes pegarles fuego con una lata de gasolina… Tanto da.

El tono de Rockaforte me hizo comprender dos cosas. Primera, que el ofrecimiento no significaba nada para él, nada en absoluto, y por tanto podía rechazarse. No obligarían a Minna a que nos permitiera quedarnos con los instrumentos.

Y segunda, que aquel curioso comentario que había hecho Rockaforte sobre una lata de gasolina no le resultaba nada nuevo. Era exactamente lo que pasaría con el equipo del grupo.

Minna también lo oyó y exhaló un profundo suspiro. El peligro había pasado. Pero en ese mismo momento giré una esquina en sentido contrario. Mi tenedor mágico falló. Empecé a querer pronunciar parte de los sinsentidos que me zumbaban en la cabeza. *Buen Dentado y los Donuts Rancios.*

—De acuerdo —dijo Matricardi. Alzó la mano, como un árbitro moderado—. Es evidente que no lo queréis, así que olvidemos este asunto. —La mano acabó en el bolsillo interior de la americana—. Pero insistimos en dar muestra de nuestra gratitud a estos huérfanos que tan bien nos han ayudado.

Sacó cuatro billetes de cien dólares. Se los pasó a Frank y asintió con la cabeza, sonriéndonos con magnificencia, ¿y por qué no? Estaba claro que de allí había tomado Frank la idea de ir repartiendo billetes de veinte por doquier, y de repente resultó infantil y barato que se tomara la molestia de ir engrasando al personal con menos de cien dólares.

—Muy bien —dijo Minna—. Fantástico, así se malcrían. No saben qué hacer con tanto dinero. —Ahora que acababa la visita se permitía bromear—. Dad las gracias, cabezas de chorlito.

Los otros tres estaban deslumbrados, yo estaba ocupado con mi síndrome.

—Gracias.

—Gracias.

—Gracias, señor Matricardi.

—¡Arf!

Minna nos sacó de allí, empujándonos por el extraño vestíbulo de la casa tan rápido que no pudimos ni echar un vistazo atrás. Matricardi y Rockaforte no se habían movido para nada de las sillas, se limitaron a sonreírnos y a sonreírse mutuamente hasta que nos fuimos. Minna nos metió a todos en la parte trasera de la furgoneta, donde comparamos nuestros billetes de cien —eran nuevos, con los números de serie consecutivos— e inmediatamente Tony trató de persuadirnos de que debía guardarnos los nuestros, de que en el orfanato no estaban a salvo. No mordimos el anzuelo.

Minna aparcó en Smith Street, cerca de Pacific, delante de un veinticuatro horas llamado Zeod, como el propietario. Esperamos sentados hasta que Minna apareció con una cerveza.

—A ver, memos, ¿qué tal se os da olvidar? —preguntó.

—Olvidar qué.

—Los nombres de los tipos que acabáis de conocer. No os hará ningún bien ir diciéndolos por ahí.

—¿Cómo deberíamos llamarlos?

—De ningún modo. Eso forma parte del trabajo. A veces los clientes son los clientes a secas. Sin nombres.

—¿Quiénes son?

—Nadie. Esa es la cuestión. Olvidad que los habéis visto.

—¿Viven allí? —preguntó Gilbert.

—No. Cuidan la casa, pero viven en Jersey.

—*Elestadojardín* —dije.

—Sí, el estado jardín.

—*¡Estuco y Ladrillo del Estado Jardín!* —grité. Estuco y Ladrillo del Estado Jardín era una empresa de restauración de edificios que pasaba unos anuncios cutrísimos en los canales 9 y 11 durante los partidos de los Mets y los Yankees y en las reposiciones de *La dimensión desconocida*. El extraño nombre de la empresa se había convertido en un tic ocasional. Ahora me parecía que Estuco y Ladrillo podían muy bien ser los nombres secretos de Rockaforte y Matricardi.

—¿Cómo dices?

—*¡Esburro y Pollino del Estado Jardín!*

Había hecho reír a Minna otra vez. Como a un amante, me encantaba hacer reír a Minna.

—Ja —dijo—. Esa sí que es buena. Llámalos Esburro y Pollino, maldito encanto de engendro. —Echó un trago de cerveza.

Y si la memoria no me falla nunca le oímos volver a pronunciar sus nombres verdaderos.

—¿Qué te hace pensar que eres italiano? —dijo Minna un día mientras íbamos todos en su Impala.

—¿A ti qué te parezco? —contestó Tony.

—No sé, a lo mejor eres griego —dijo Minna—. Conocía a un griego que iba por ahí tirándose a las chicas italianas de Union Street hasta que un par de hermanos mayores se lo llevaron debajo del puente. Me lo recuerdas, ¿sabes? Tenía el mismo colorcillo oscuro. Yo diría que eres medio griego. O puertorriqueño, o sirio.

—Vete a la mierda.

—Bien pensado, es muy probable que conozca a vuestros padres. Aquí nadie pertenece a la *jet set* internacional, ¿no?… un puñado de madres adolescentes, viviendo en un radio de unos tres kilómetros, si queréis saber la puñetera verdad.

Así fue, con sus habituales rebotes para bajarle los humos a Tony, como Minna nos anunció algo que ya sospechábamos: que no solo su vida estaba unida con estructuras de significado, las nuestras también, que aquellos planes maestros no tenían secretos para él y que ostentaba el poder de revelarlos, que conocía a nuestros padres y que en cualquier momento podría presentárnoslos.

Otras veces nos hostigaba haciéndose el tonto o el listo… no podíamos saber el qué. Un día estábamos los dos a solas cuando dijo: «Esserog, Essrog. Ese nombre…». Frunció los labios y bizqueó como si estuviera tratando de recordar algo, o de leer un nombre escrito en el lejano perfil de Manhattan.

—¿Conoces algún Essrog? —pregunté casi sin aliento, con el corazón a cien—. ¡*Error*!

—No. Es solo que… ¿Nunca lo has buscado en el listín telefónico? Por el amor de Dios, si no puede haber más de tres o cuatro Essrog. Es un apellido rarísimo.

Después, en el orfanato, lo comprobé. Había tres.

Las curiosas opiniones de Minna se iban filtrando a través de las bromas que explicaba o que le gustaba escuchar, o aquellas que cortaba a poco de que alguien empezara a explicarlas. Aprendimos a navegar por el laberinto de sus prejuicios, a ciegas. Los hippies eran peligrosos y extraños, y había algo triste en sus utopías erróneas. («Tus padres debían de ser hippies —me dijo—. Por eso has salido así de raro.») Los homosexuales eran recordatorios inofensivos del impulso latente dentro de todos nosotros... y ser «medio moñas» era más vergonzoso que serlo del todo. Ciertos jugadores de béisbol, específicamente los Mets (los Yankees eran sagrados pero aburridos, los Mets maravillosamente patéticos y humanos), eran medio moñas: Lee Mazzilli, Rusty Staub, más adelante Gary Carter. Así como la mayoría de las estrellas del rock y cualquiera que hubiera estado en el ejército sin ir a la guerra. Las lesbianas eran sabias y misteriosas y merecían todo el respeto (¿cómo íbamos nosotros, cuyo conocimiento sobre las mujeres dependía totalmente de Minna, a discutírselo cuando él mismo se mostraba reverente y desconcertado?), pero aun así podían parecer cómicas por tercas y estiradas. La población árabe de Atlantic Avenue resultaba tan distante e incomprensible como las tribus indias que habitaban nuestra tierra antes de que llegara Colón. Las minorías «clásicas» —irlandeses, judíos, polacos, italianos, griegos y puertorriqueños— eran la sal de la vida, divertidos por naturaleza, mientras que los negros y los asiáticos de todo tipo resultaban soberbios y sin gracia (probablemente los puertorriqueños deberían pertenecer a esta segunda clase pero habían sido elevados a la categoría de «clásicos» gracias exclusivamente a *West Side Story* y todos los hispanos eran «puertorriqueños» incluso aunque, como ocurría con frecuencia, se tratara de dominicanos). Pero la estupidez más supina, la enfermedad mental y la ansiedad sexual o familiar eran las chispas que ponían en marcha a las minorías clásicas, las fuerzas animadas que daban color a la vida humana y que, una vez aprendías a identificarlas, fluían en cualquier tipo de personalidad o interacción. Era una forma de racismo, no de respeto, que consideraba imposible que los negros y los asiáticos fueran estúpidos como los irlandeses y los polacos. Si no eras divertido, en realidad no existías. Y por regla general era preferible ser estúpido de remate, impotente, vago, glotón o un bicho raro que ir por ahí tratando de eludir tu propio destino u ocultarlo bajo patéticas poses de vanidad y serenidad. Así fue como yo, el Bicho Raro Supremo, me convertí en mascota de una cosmovisión.

Un día que me dejaron solo esperando a Minna en la oficina de un almacén durante veinte minutos, telefoneé a los Essrog que aparecían en el listín de Brooklyn, seleccionando muy despacio los números del pesado disco telefónico, intentando no obsesionarme con los agujeros para los dedos. Quizá había marcado un número de teléfono dos veces en toda mi vida.

Probé con F. Essrrog y Lawrence Essrog y Murray y Annette Essrog. F. no estaba en casa. En casa de Lawrence respondió un niño. Me quedé escuchando un momento cómo repetía «¿Diga? ¿Diga?», con las cuerdas vocales paralizadas, y luego colgué.

Murray Essrog contestó al teléfono. Tenía una voz jadeante y anciana.

—¿Essrog? —dije, y susurré *Fondón* fuera del auricular.

—Sí. Es la residencia de los Essrog, soy Murray. ¿Quién llama?

—Baileyrog —dije.

—¿Quién?

—Bailey.

Calló un momento, luego dijo:

—Bueno, ¿y en qué puedo ayudarle, Bailey?

Colgué. Memoricé los números, los tres. En los años siguientes no crucé ni una sola vez la línea trazada ni con Murray ni con los otros Essrog telefónicos —nunca me presenté en sus casas, nunca les acusé de ser parientes de una atracción de feria, nunca llegué siquiera a presentarme como es debido—, pero convertí en ritual el marcar sus números de teléfono y colgar tras un par de tics, o quedarme escuchando lo suficiente para oír la respiración de otro Essrog.

Una anécdota verdadera, aunque se repetía tan a menudo como un chiste, remolcando la barca sin parar, era la del poli que hacía la ronda por Court Street y acostumbraba a dispersar los grupos de adolescentes que se reunían por la noche en la entrada de las casas o delante de los bares atajando sus excusas con un «Sí, sí, me lo cuentas por el camino». Más que nada, aquella historia resumía mi idea de Minna: su impaciencia, el placer que obtenía comprimiendo, haciendo más expresivas, hilarantes y vívidas las cosas cotidianas refundiéndolas. Le encantaba charlar pero detestaba las explicaciones. Una expresión de cariño no tenía gracia si no acababa en insulto. Un insulto mejoraba si también era autocrítico; uno ideal debería servir como muestra de la filosofía callejera o como reanudación de algún debate aletargado. Y cualquier charla era mejor a la carrera, lejos de la acera, entre momentos de acción: aprendimos a contar nuestras historias caminando.

Aunque el nombre de Gerard Minna aparecía en la tarjeta de visita de L&L, solo le vimos dos veces y nunca durante una mudanza. La primera vez fue el día de Navidad de 1982, en el apartamento de la madre de Minna.

Carlotta Minna era una Cocina Vieja. Ese era el término adecuado en Brooklyn, según Minna. Era una cocinera que trabajaba en su propio apartamento preparando platos de calamares salteados y pimientos rellenos y tarros de sopa de callos que venía a comprarle a la puerta un constante flujo de clientes, en su mayoría amas de casa del vecindario que tenían demasiado trabajo o solteros, jóvenes y mayores, jugadores de bochas que se llevaban el plato al parque, aficionados a las carreras que se zampaban la comida de pie delante de la oficina de apuestas, barberos, carniceros y contratistas que se sentaban en alguna caja de la trastienda a devorar chuletas cogiéndolas con los dedos como si fueran gofres. Nunca comprendí cómo se enteraban de los precios y los horarios… quizá por telepatía. Lo cierto es que Carlotta usaba una cocina vieja, minúscula, esmaltada y con cuatro quemadores cubiertos por una costra de salsas rancias y sobre los que invariablemente hervían tres o cuatro ollas. El horno de aquel hercúleo electrodoméstico nunca estaba frío; la cocina entera irradiaba calor. Hasta la propia señora Minna parecía horneada, con su cara oscura y llena de surcos como los bordes de un *calzone* demasiado hecho. Jamás entramos sin tener que apartar de la puerta a algunos compradores ni salimos sin un cargamento de comida, aunque no sabíamos cómo podía permitírselo si nunca preparaba más que lo que necesitaba, nunca se tiraban sobras. Cuando estábamos con ella Minna desbordaba entusiasmo, no paraba de hablar con su madre y de insultar amistosamente a los presentes, repartidores, clientes, desconocidos (si es que eso era posible con Minna) mientras iba probando todo lo que ella había cocinado y hacía sugerencias para cada plato, toqueteando y pellizcando todos los ingredientes y masas a medio hacer y hasta a su propia madre, en las orejas o las mejillas, sacudiéndole la harina de sus brazos oscuros a manotazos. Ella rara vez –que yo lo viera, al menos– le prestaba la menor atención. Y en mi presencia nunca dijo ni una sola palabra.

Aquella Navidad Minna nos llevó a todos al apartamento de Carlotta y por una vez comimos en su mesa, después de apartar cucharones con salsa compactada y botes de comida de bebé sin etiquetar y llenos de especias para hacer un hueco donde dejar nuestros platos. Minna se quedó de pie junto a la cocina, probando el caldo, y Carlotta se paseó a nuestro alrededor mientras devorábamos sus albóndigas, recorriendo el respaldo de las sillas con sus dedos enharinados y acariciándonos la cabeza y la nuca. Fingimos no darnos cuenta, por vergüenza de mostrar a los demás y a nosotros mismos que bebíamos de su cariño con tanta avidez como mojábamos la salsa. Pero nos lo bebimos. Al fin y al cabo era Navidad. Nos manchamos, pisamos y golpeamos unos a otros por debajo de la mesa. En privado, saqué brillo al mango de la cuchara remedando en silencio los movimientos de Carlotta en mi nuca e intenté no revolverme y abalanzarme sobre ella. Me concentré en mi plato: comer resultaba para mí un bálsamo eficaz. Ella siguió acariciándonos todo el rato, con unas manos que nos habrían horrorizado de haberlas mirado de cerca.

Minna la vio y le dijo:

—¿Te resulta emocionante, Ma? Te he traído a todos los huérfanos de Brooklyn. Feliz Navidad.

La madre de Minna solo emitió un suspiro agudo y triste. Nosotros seguimos comiendo.

—Huérfanos de Brooklyn —repitió una voz que no conocíamos.

Era el hermano de Minna, Gerard. No nos habíamos percatado de su llegada. Un Minna más alto y rollizo. Los ojos y el pelo igual de oscuros, la boca igual de sardónica, con las comisuras de los labios muy marcadas. Llevaba un abrigo de piel de color marrón y habano, sin abrochar y con las manos hundidas en los bolsillos de plastrón.

—¿Así que esta es tu pequeña empresa de mudanzas? —dijo.

—Hola, Gerard —saludó Minna.

—Feliz Navidad, Frank —dijo Gerard Minna con gesto ausente, sin mirar a su hermano. Sus ojos nos inspeccionaban a nosotros cuatro, partiéndonos en dos con la mirada como las tenazas afiladas rompen los candados baratos. Acabó con nosotros en un segundo… dio esa impresión.

—Eso, feliz Navidad —contestó Minna—. ¿Dónde has estado?

—Por el norte.

—¿Cómo? ¿Con Ralph y esos? —Capté algo nuevo en la voz de Minna, un tono adulador y anhelante.

—Más o menos.

—¿Qué? ¿Solo vas a hablarme de las vacaciones? Entre tú y mamá esto parece un claustro.

—Te he traído un regalo. —Le entregó a Minna un sobre blanco, abultado. Minna se puso a rasgar un extremo y Gerard, en voz baja y cargada de vieja autoridad de hermano, añadió—: Ahora no.

Entonces nos dimos cuenta de que lo estábamos mirando fijamente. Todos menos Carlotta, que estaba junto a los fogones, sirviendo una bandeja increíblemente abundante para su hijo mayor.

—Que sea para llevar, madre.

Carlotta gimió otra vez y cerró los ojos.

—Volveré —dijo Gerard. Se acercó a su madre y apoyó las manos en ella, al modo de Minna—. Tengo que ver a unas personas, eso es todo. Volveré por la noche. Que lo pases bien con tu fiestecita para huérfanos.

Cogió la bandeja envuelta en papel de aluminio y se marchó.

—¿Qué estáis mirando? —dijo Minna—. ¡A comer! —Se embutió el sobre blanco en la chaqueta. El sobre me recordó a Matricardi y Rockaforte y sus impolutos billetes de cien dólares. Esburro y Pollino, rectifiqué en silencio. Luego Minna nos dio unos coscorrones, un pelín demasiado fuertes, golpeándonos con el anillo de oro que sobresalía de su dedo corazón en la coronilla, más o menos en el mismo lugar donde su madre nos había acariciado.

El comportamiento de Minna con su madre reproducía de forma peculiar lo que sabíamos de su estilo con las mujeres. Yo diría novias, pero él nunca las llamó así, y pocas veces le vimos dos veces con la misma. Eran chicas de Court Street, floreros de sala de billar o salón de cine, que salían de trabajar en la panadería con sus sombreros desechables de papel, se pintaban los labios sin dejar de mascar chicle, asomaban sus cuerpos de elegancia opulenta por ventanillas de automóvil o mostradores de pizzería y miraban por encima de nuestras cabezas como si midiéramos poco más de un metro. Por lo visto, todas y cada una de ellas habían empezado secundaria con Minna. «Sadie y yo estuvimos juntos en sexto», decía Minna mientras la despeinaba y le desordenaba la ropa. «Esta es Lisa: solía sacudir a mi mejor amigo en gimnasia.» Les lanzaba bromas como quien lanza una pelota de frontón por encima de una pared demasiado baja, las rodeaba con palabras como un estandarte enrollándose alrededor del mástil, les desabrochaba el sujetador con dedos como pinzas, las agarraba por las caderas y se inclinaba, como si intentara desviar la trayectoria de una bola del flipper, arriesgando la partida. Ellas nunca se reían, solo ponían los ojos en blanco y se lo quitaban de encima con una bofetada, o no. Nosotros nos fijábamos en todo, empapándonos con su feminidad indiferente, aquella esencia exótica que anhelábamos poder dar por descontada. Minna tenía ese don, y nosotros estudiábamos sus movimientos, los archivábamos con plegarias silenciosas, casi inconscientes.

—No es que solo me gusten las mujeres de tetas grandes —me explicó una vez, años más tarde, mucho después de que hubiera cambiado a las chicas de Court Street por su extraño y frío matrimonio. Íbamos paseando por Atlantic Avenue, creo, y pasó una mujer que le hizo volverse a mirarla. Yo también giré la cabeza, por supuesto, mis acciones son tan exageradas y de segunda mano como las de una marioneta—. Es un malentendido muy común —dijo, como si fuera un ídolo y su público, una audiencia masiva dedicada a desconcertarle—. Lo que pasa es que para mí una mujer tiene que tener cierta cantidad de *amortiguación*. ¿Me entiendes? Algo entre tú y ella, como un aislante. Si no, te das de narices con su alma desnuda.

La cosa tiene sus entresijos era otra de las expresiones de Minna, usada exclusivamente para burlarse de nuestras ideas sobre las coincidencias y la conspiración. Si nosotros, los Chicos, nos quedábamos embobados ante, por ejemplo, su manera de encontrarse con tres chicas que conocía de secundaria en una pasada por Court Street, con dos de las cuales se citaba de espaldas a la otra, se le salían los ojos de las órbitas y recitaba, *la cosa tiene sus entresijos*. Ningún Met había lanzado nunca una bola imposible de batear, pero Tom Seaver y Nolan Ryan las lanzaron después de ser traspasados a otro equipo… *Entresijos*. El barbero, el quesero y el corredor de apuestas se llamaban los tres Carmine… ah, sí, *entresijos*, a alto nivel. Estás sobre una buena pista, Sherlock.

Se sobreentendía que nosotros, los huérfanos, éramos idiotas en términos de enlaces, nos impresionaba demasiado cualquier traza de lo familiar que encontráramos en el mundo. Debíamos dudar de nosotros mismos cada vez que imagináramos una red de conexiones en funcionamiento. Esas cosas debíamos dejárselas a Minna. Igual que conocía la identidad de nuestros padres pero no nos la revelaba, únicamente Frank Minna estaba autorizado para especular acerca de los sistemas secretos que funcionaban en Court Street o en el mundo. Si osábamos meter las narices, era seguro que solo descubriríamos *que la cosa tenía aún más entresijos de lo que parecía.* Y aquí no ha pasado nada. La mierda de mundo de siempre… mejor acostumbrarse.

Un día de abril, cinco meses después de la comida de Navidad, Minna se presentó con las ventanillas de la furgoneta hechas trizas, convertida toda ella en una escultura cristalina cegadora, una bola de espejos sobre ruedas que reflejaba el sol. Claramente aquello era obra de un tipo con un martillo o una palanca y sin miedo a las interrupciones. Por lo visto Minna ni se había dado cuenta, nos condujo al trabajo sin mencionarlo. De regreso al orfanato, mientras íbamos dando botes sobre los adoquines de Hoyt Street, Tony señaló con la cabeza al parabrisas combado como una cortina de cuentas y preguntó:

—¿Qué ha pasado?

—¿Qué ha pasado con qué? —El juego de Minna, forzarnos a ser literales cuando él nos había enseñado a hablar con miradas, con triples indirectas.

—Alguien te ha jodido la furgoneta.

Minna se encogió de hombros, en un gesto demasiado despreocupado.

—La aparqué en el bloque ese de Pacific Street. —No sabíamos de qué estaba hablando.

—Los tipos del bloque tienen la manía de que afeo el vecindario. —A las pocas semanas de haberla pintado Gilbert, la furgoneta volvía a estar llena de grafitis, contornos rellenos de pintura formando letras ininteligibles e hinchadas, y una capa de firmas garabateadas con rotulador. Había algo en la furgoneta de Minna que la convertía en el blanco perfecto, los laterales planos y abollados como de vagón de metro, una superficie pública y hogareña que pedía a gritos pintura en espray en un lugar donde tanto los coches particulares como los camiones, más grandes y brillantes, permanecían intactos—. Me dijeron que no aparcara más por allí. Y como volví a hacerlo un par de veces, me lo han explicado de otro modo.

Minna levantó las dos manos del volante para componer un gesto de indiferencia. No acabó de convencernos.

—Alguien te envía un mensaje —dijo Tony.

—¿Cómo? —preguntó Minna.

—Digo que es un mensaje —repitió Tony. Yo sabía que Tony quería preguntarle sobre Matricardi y Rockaforte. ¿Estaban involucrados? ¿No podían proteger a Minna para que no le destrozaran las ventanillas? Todos nosotros queríamos preguntarle por ellos, pero nunca lo haríamos, a no ser que Tony preguntara primero.

—Ya, pero ¿adónde quieres ir a parar? —dijo Minna.

—*Putomensaje* —sugerí impulsivamente.

—Ya sabes lo que quiero decir —continuó desafiante Tony, sin prestarme atención.

—Sí, puede. Pero mejor dímelo tú. —Notaba el enfado de Minna desplegándose, suavemente, como una baraja de cartas nueva.

—*¡Quelejodan!* —Era como un niño pequeño montando una pataleta para que sus padres no se pelearan.

Pero no era tan sencillo distraer a Minna.

—Tranquilo, Engendro —dijo sin quitarle la vista de encima a Tony—. Explícame lo que acabas de decir —le repitió a Tony.

—Nada —dijo Tony—. Mierda. —Se estaba echando atrás.

Minna acercó la furgoneta al bordillo junto a una boca de incendios en la esquina de Bergen con Hoyt. Fuera, una pareja de negros bebía de una bolsa sentados en una escalinata de entrada. Nos miraron con cara de pocos amigos.

—Explícame lo que has dicho —insistió Minna.

Tony y él se miraban fijamente, el resto intentábamos pasar desapercibidos en la parte de atrás. Se me escaparon algunas variaciones.

—Solo que, bueno, ya sabes, alguien te está enviando un mensaje. —Tony se sonrió.

Aquello enfureció a Minna. De repente Tony y él hablaban un idioma privado donde *mensaje* tenía una gran importancia.

—Te crees que sabes algo.

—Lo único que digo es que veo lo que han hecho con tu furgoneta, Frank. —Tony se rascó los zapatos en la capa de cuadraditos de cristal que se habían desprendido de la ventanilla floja y estaban desperdigados por el suelo de la furgoneta.

—Eso no es lo único que has dicho, palurdín.

Esa fue la primera vez que oí a Minna emplear el término que en adelante ocuparía el nivel más alto en mi escala de tics: *palurdín*. No sabía si lo había copiado de alguien o se lo había inventado para la ocasión.

Aún hoy no sé qué significó para mí. Aunque a lo mejor quedó inscrito en mi vocabulario por el trauma de aquel día: nuestra pequeña organización estaba perdiendo la inocencia, si bien no sabría explicar cómo ni por qué.

—No puedo evitar ver lo que hay —dijo Tony—. Alguien te ha machacado las ventanillas.

—Te crees un listillo, ¿eh?

Tony le miró fijamente.

—¿Quieres ser Cara Cortada?

Tony no dio una respuesta, pero nosotros la sabíamos. Hacía un mes que habían estrenado *El precio del poder* y Al Pacino estaba de moda, un coloso personal a horcajadas sobre el mundo de Tony, tapándole el cielo.

—Lo que pasa con Cara Cortada —dijo Minna— es que antes de conseguir esa cara de cráter fue Cara Pústulas. Nadie se para a pensarlo. Primero tienes que querer ser Cara Pústulas.

Por un momento pensé que Minna iba a pegar a Tony, a golpearle en la cara para recalcar lo que quería decir. Tony también parecía estar esperándolo. Entonces toda la furia de Minna se esfumó.

—Fuera —dijo. Señaló fuera con la mano, César señalando a los cielos desde el techo recortado de su furgoneta de correos remodelada.

—¿Qué? —exclamó Tony—. ¿Aquí?

—Fuera —repitió con serenidad—. Os vais a casa a pie, mentecatos.

Nos quedamos sentados boquiabiertos, a pesar de que la cosa estaba bastante clara. De todas maneras faltaban solo cinco o seis manzanas para el orfanato. Pero no habíamos cobrado, no había ido a por cervezas ni porciones de pizza ni a por una bolsa de *zeppole* caliente y pringoso. Podía saborear la desilusión, el aroma a ausencia de azúcar en polvo. Tony abrió la puerta, cayeron más cristales, y salimos obedientemente de la furgoneta a la acera, a la luz del día, la repentina tarde informe.

Minna arrancó dejándonos allí, cabeceando torpemente ante los borrachos de la escalinata. Movieron la cabeza a modo de saludo a aquellos chicos blancos de aire estúpido a una manzana de las casas de protección oficial. Pero allí no corríamos peligro, y nosotros tampoco éramos peligrosos. Nuestra expulsión había sido tan genuinamente humillante que hasta Hoyt Street parecía ridiculizarnos, aquella modesta hilera de casas marrones, la tienda de comestibles cerrada. Nos parecíamos imperdonables a nosotros mismos. Otros se reunían en las esquinas de la calle, nosotros no, ya no. Nosotros íbamos en coche con Minna. El efecto fue deliberado: Minna conocía el valor del regalo que nos había retirado.

—*Mentecato* —dije con energía, calculando la forma de las palabras en mi boca, haciéndoles una audición previa para asegurar la riqueza del tic. Luego estornudé, por culpa del sol.

Gilbert y Danny me miraron con fastidio, Tony con algo peor.

—Cállate —dijo. Su sonrisa de dientes apretados transmitía una furia gélida.

—Porquetulodigas, mentecato —grazné.

—Será mejor que te tranquilices —me advirtió Tony. Arrancó un trozo de madera de una alcantarilla y dio un paso en mi dirección.

Gilbert y Danny se alejaron sin rumbo fijo. Les habría seguido, pero Tony me tenía arrinconado contra un coche. Los tipos de la escalinata volvieron a recostarse sobre los codos y a sorber licor de malta con aire pensativo.

—*Palurdín* —dije. Intenté disimularlo con otro estornudo, lo cual hizo saltar algo en mi garganta. Di una sacudida y volví a hablar—: ¡*Palurdodín!* ¡*Gilipollín!* —Estaba atrapado en un bucle del yo, uno demasiado familiar, el de refinar un tic verbal para zafarme de sus garras (sin saber todavía lo tenaces que serían las garras de aquellas sílabas en particular). Desde luego yo no buscaba que Tony se rebotara conmigo. Sin embargo, *palurdín* era lo que Minna le había llamado y yo se lo estaba repitiendo a la cara.

Tony sostenía el palo que había encontrado, un trozo de listón manchado de yeso. Le miré fijamente, anticipándome a mi propio dolor como había adivinado el de Tony a manos de Minna un minuto antes. En cambio Tony se acercó, con el palo colgando a su lado, y me agarró del cuello de la camisa.

—Vuelve a abrir la boca —dijo.

—*Patatín patatán patatón* —dije, prisionero de mi síndrome. Agarré a Tony, explorando el cuello de su camisa, recorriéndolo con los dedos como un amante ansioso y torpe.

Gilbert y Danny caminaban por Hoyt Street, rumbo al orfanato.

—Va, Tony —dijo Gilbert, ladeando la cabeza.

Tony no les hizo caso. Metió el palo en la alcantarilla, cuando lo volvió a sacar estaba manchado de mierda de perro, de olor acre y color amarillo mostaza.

—Abre —dijo.

Ahora Gilbert y Danny se escabullían con la cabeza gacha. La calle brillaba de lo vacía que estaba, era absurdo. No había nadie más que los negros de la escalinata, testigos impasibles. Sacudí la cabeza justo cuando Tony adelantó el palo —el tic como maniobra evasiva— y solo me rozó la mejilla. Suficiente para olerlo, lo opuesto al azúcar en polvo hecho tangible, pegado a mi cara.

—¡*Amibailey!* —grité. Me caí de espaldas sobre el coche que tenía detrás y giré la cabeza una y otra vez, sacudiéndome compulsivamente, consagrando el momento a la ticceografía. La mancha me seguía, firme, ardiente. O quizá fuera mi mejilla la que quemaba.

Nuestros testigos estrujaron su bolsa de papel, suspiraron meditabundos.

Tony dejó caer el palo y se volvió de espaldas. Se daba asco a sí mismo, no podía mirarme a los ojos. Estuvo a punto de decir algo, pero se lo pensó mejor y echó a correr en pos de Gilbert y Danny, que se alejaban por Hoyt Street encogiéndose de hombros, abandonando la escena.

No volvimos a ver a Minna hasta al cabo de cinco semanas, un domingo por la mañana a finales de mayo, en el patio del orfanato. Vino con su hermano Gerard; era la segunda vez que le poníamos la vista encima.

Ninguno de nosotros había visto a Frank en las semanas previas, pero sabía que los demás, como yo mismo, habían vagado por Court Street y asomado la nariz por alguno de los antros habituales de Minna, el barbero, la bodega, la sala de juegos. No estaba. No significaba nada, lo significaba todo. Quizá no volviera a aparecer, pero si volvía y no hablaba del tema nosotros no nos lo pensaríamos dos veces. Tampoco lo hablábamos entre nosotros, pero nos dominaba la tristeza, teñida de la melancolía típica del huérfano, esa resignación a sufrir siempre. Una parte de nosotros continuaba boquiabierta en la esquina de Hoyt con Bergen, donde habíamos sido expulsados de la furgoneta de Minna, donde habíamos caído cuando el sol fundió nuestras alas incompetentes.

Sonó un claxon, el del Impala, no el de la furgoneta. Luego bajaron los dos hermanos y se acercaron a la verja y esperaron a que nos reuniéramos. Tony y Danny estaban jugando a baloncesto, puede que con Gilbert hurgándose la nariz con denuedo en la banda. En cualquier caso, me lo imagino así. Yo no estaba en el patio cuando llegaron. Gilbert tuvo que entrar a sacarme de la biblioteca del orfanato, adonde me había retirado desde el ataque de Tony a pesar de que este no había dado muestras de ir a repetirlo. Gilbert me encontró apretujado en el asiento de una repisa, sentado al sol surcado por las sombras de los barrotes de la ventana, inmerso en una novela de Allen Drury.

Frank y Gerard iban demasiado abrigados para aquella mañana. Frank llevaba su cazadora de aviador y Gerard el abrigo de patchwork de cuero. El asiento trasero del Impala iba cargado de bolsas de la compra llenas de ropa de Frank y un par de maletas de cuero que seguramente pertenecían a Gerard. Que yo sepa Frank Minna no tuvo una maleta en su vida. Se quedaron de pie junto a la verja, Frank balanceándose nervioso sobre la punta de los pies y Gerard colgándose de la alambrada, con los dedos sobresaliendo de los agujeros y sin hacer nada por disimular su impaciencia ante su hermano, una impaciencia que bordeaba el fastidio.

Frank se sonrió, arqueó las cejas y sacudió la cabeza. Danny sostuvo la pelota de baloncesto entre la cadera y el antebrazo; Minna la señaló con la cabeza, imitó el gesto de un lanzamiento, dejando la mano muerta a la altura de la muñeca, y dibujó una «o» con los labios dando a entender los silbidos que seguirían al tiro.

Luego, como un estúpido, hizo como que le lanzaba un pase a Gerard. Su hermano no se dio por enterado. Minna sacudió la cabeza, luego se volvió hacia nosotros y nos apuntó con dos dedos a través de la verja, apretó los dientes para simular una ráfaga de metralleta, una pequeña masacre imaginaria en el patio de la escuela. Solo fuimos capaces de mirarle boquiabiertos, con cara de bobos. Era como si alguien le hubiera quitado la voz. Y Minna era su voz, ¿es que él no lo sabía? Sus ojos decían que sí, que lo sabía. Parecían aterrados, como si los hubieran enjaulado en el cuerpo de un mimo.

Gerard echó un vistazo distraído al patio, haciendo caso omiso del espectáculo. Minna compuso unas cuantas muecas más, crispando el rostro, riéndose en silencio, espantando alguna molestia invisible con un movimiento de la mejilla. Intenté no imitarle.

Luego carraspeó.

—Esto, yo… me marcho una temporadita fuera de la ciudad —dijo por fin.

Esperamos a que continuara. Minna solo movía la cabeza, lanzaba miraditas y sonreía con los labios apretados, como si estuviera agradeciendo unos aplausos.

—¿Al norte? —preguntó Tony.

Minna tosió sobre el puño.

—Sí. Un sitio al que va mi hermano. Opina que deberíamos ir a, bueno, que nos dé un poco el aire del campo.

—¿Cuándo vuelves? —dijo Tony.

—Ah, la vuelta —contestó Minna—. Ahí tienes una incógnita, Cara Cortada. Intervienen factores desconocidos.

Debimos de mirarle asombrados, porque añadió:

—Yo no esperaría bajo el agua, si eso es lo que pensabais hacer.

Estábamos en segundo de secundaria. Aquello se nos vino encima de golpe, ante nosotros se abrió una puerta de varios años a lo que hasta entonces había sido un futuro contabilizado en tardes. ¿Reconoceríamos a Minna cuando volviese? ¿Nos reconoceríamos entre nosotros?

Minna no estaría allí para decirnos lo que teníamos que pensar de que no estuviera, para darle un nombre a su ausencia.

—Muy bien, Frank —dijo Gerard, poniéndose de espaldas a la verja—. Los huérfanos de Brooklyn agradecen tu apoyo. Será mejor que nos pongamos en marcha.

—Mi hermano tiene prisa —explicó Frank—. Ve fantasmas por todos lados.

—Eso, ahora mismo estoy viendo uno —dijo Gerard, aunque en realidad no miraba a nadie, solo al coche.

Minna ladeó la cabeza hacia nosotros, por lo de su hermano, para decir *ya sabéis cómo va. Y perdón.*

Luego se sacó un libro del bolsillo, un libro pequeño de tapa blanda. Creo que nunca antes le había visto con uno.

—Ten —me dijo. Lo tiró al suelo y lo empujó por debajo de la alambrada con la punta del zapato—. Échale un vistazo. Por lo visto no eres el único engendro del circo.

Lo recogí. Se titulaba *Introducción al síndrome de Tourette*, era la primera vez que veía aquella palabra.

—Quería dártelo antes —dijo—. Pero he estado muy ocupado.

—Fabuloso —dijo Gerard, cogiendo a Minna del brazo—. Larguémonos de aquí.

Sospecho que Tony había estado buscando cada tarde después de clase. Tres días después encontró lo que buscaba y nos lo enseñó, al borde de la vía rápida Brooklyn-Queens, al final de Kane Street. La furgoneta estaba destrozada, apoyada sobre las llantas, con los neumáticos quemados. La explosión había hecho desaparecer de las ventanillas las lunas de vidrio desmenuzado, que ahora formaban una penumbra de granos esparcidos por la acera y la calle, junto con restos de pintura quemada y manchas de ceniza, cual mapa fotográfico de un campo de fuerzas. La pintura de los paneles laterales estaba cuarteada, todavía se veía el perfil blanco de los grafitis, todo lo demás —la capa chapucera de esmalte que le había dado Gilbert y el verde original de fábrica— se había vuelto de un negro terroso, delicado como la piel tostada por el sol. Era como una radiografía de la furgoneta de antes.

Dimos la vuelta alrededor, con un respeto extraño, con miedo de tocarla, y pensé *Cenizas, cenizas...* y luego eché a correr Kane arriba, hacia Court Street, antes de que se me escapara algún comentario.

Durante los dos años siguientes crecí en tamaño –ni engordé ni desarrollé demasiado músculo, solo aumenté de tamaño hasta tener aspecto de oso y en consecuencia era más difícil que Tony, un peso gallo, o cualquier otro me atizara– y crecí en rarezas. Con ayuda del libro de Minna contextualicé mis síntomas, eran propios del síndrome de Tourette; después descubrí qué contexto tan pobre era aquel. Mi constelación de comportamientos era «única como cada copo de nieve», qué alegría, y seguía evolucionando, como un cristal micros-cópico que se moviera lentamente, para revelar facetas nuevas y extenderse desde mi centro privado hasta cubrir toda la superficie y abarcar mi frente público. El número del engen-dro constituía ahora todo el espectáculo y me resultaba im-posible recordar con claridad mi anterior yo sin tics. En el libro descubrí algunos medicamentos que podrían ayudarme, Haldol, Klonopin y Orap, e insistí una y otra vez a la enfer-mera que visitaba semanalmente el orfanato para que me ayudara a conseguir diagnóstico y tratamiento, solo para to-parme con la intolerancia más absoluta: las drogas me ralen-tizarían el cerebro hasta el ritmo de una tortuga taciturna, sería poner palos a la rueda de mi conciencia. Podía burlar mis síntomas, disimularlos o incorporarlos, formularlos como excentricidad o vodevil, pero no los narcotizaría, no si ello significaba condenar el mundo (o mi cerebro, tanto da) a las penumbras.

Sobrevivimos al Sarah J. Hale cada uno a su manera. Gil-bert también había crecido, y se le había puesto cara de pocos amigos, así que aprendió a superar las dificultades a base de sorna y hostias. Danny se apoyó elegantemente en su habili-dad para el baloncesto y su sofisticado gusto musical, que había evolucionado desde «Rapper's Delight» y Funkadelic hacia Harold Melvin and the Bluenotes y Teddy Pendergrass.

Si le veía en según qué compañías, sabía que no valía la pena molestarse en saludarle, puesto que Danny era incapaz de reconocernos desde lo más profundo de su anhelada negritud. Tony más o menos abandonó los estudios –era difícil que te expulsaran oficialmente del Sarah J., así que muy pocos profesores controlaban la asistencia– y mató sus años de instituto en Court Street vagando por la sala de juegos, aprovechando contactos que había conocido a través de Minna para sacarles tabaco, trabajillos y viajes de paquete en alguna Vespa, y disfrutando de un par de ex novias de Minna, o al menos eso decía él. Durante seis meses trabajó tras el mostrador de la pizzería Queen, sacando porciones de pizza del horno, metiéndolas en bolsas de papel blanco y barato y tomándose descansos para fumar bajo la marquesina del cine porno de al lado. Yo solía pasarme a saludar y él me acribillaba a insultos fáciles, fintas indignas de Minna para divertir a los clientes más viejos, y luego, sintiéndose culpable, me pasaba una porción de pizza gratis para echarme después con más insultos y algún que otro manotazo en la cabeza o un codazo de broma demasiado realista y en pleno bazo.

En cuanto a mí, me convertí en una broma andante, ridículo, inverosímil, imperceptible. Mis arrebatos, expresiones y toqueteos eran ruido de fondo, interferencias, irritantes pero tolerables y acababan por aburrir salvo si provocaban la reacción de algún adulto que no me conociera, algún profesor nuevo o un sustituto. Mis compañeros, incluso las chicas negras más temibles e inalcanzables, entendían instintivamente lo que los profesores y consejeros escolares del Sarah J., endurecidos por las circunstancias extremas hasta convertirse en una suerte de fuerza paramilitar, tardaban en comprender: mi comportamiento no era en modo alguno una forma de rebeldía adolescente. Así que no tenía verdadero interés para los demás chavales. Yo no era duro, provocador, autodestructivo, sexy, no farfullaba ninguna especie de lenguaje secreto contracultural, no estaba desafiando a la autoridad ni revelando ningún yo oculto. No era ni siquiera uno de los dos o tres punkrockers de crestas verdes y ropa de cuero, tímidos e irresponsables, cuyo atrevimiento pedía a gritos una paliza. Yo solo estaba loco.

Para cuando Minna regresó Gilbert y yo estábamos a punto de graduarnos: no gran cosa, básicamente era cuestión de aparecer por clase, mantenerse despierto y, en el caso de Gilbert, copiarse sistemáticamente los deberes de mí. Tony había dejado de asomar la nariz por el Sarah J. y Danny se mantenía en un punto intermedio: no era más que una presencia en el patio y en el gimnasio, y siguiendo la tradición del lugar se había saltado la mayoría de sus clases de tercero y estaba quedándose «rezagado», aunque creo que este concepto resultaba demasiado abstracto para él. Podrías haberle dicho que lo enviaban de vuelta al jardín de infancia y se habría encogido de hombros, limitándose a preguntar a qué altura ponían las canastas del patio o si los aros aguantarían su peso.

Minna ya llevaba a Tony en el coche cuando aparcó frente a la escuela. Gilbert fue hasta el patio para sacar a Danny de un tres contra tres mientras yo me quedaba en el bordillo de la acera, inmóvil en medio de la ola de estudiantes que salía del edificio, mudo por un instante. Minna bajó del coche, un Cadillac nuevo, color moretón. Ahora yo era más alto que Minna, pero eso no menguó la influencia que tenía sobre mí, la manera en que su mera presencia implicaba automáticamente preguntarme quién era yo, de dónde venía, y en qué tipo de hombre o engendro me convertiría. Tenía que ver con cómo, cinco años antes, había empezado a descubrirme a mí mismo desde que Minna me arrancara de la biblioteca y me lanzara al mundo y con el modo en que su voz había hecho surgir la mía. Mis síntomas le querían. Estiré el brazo hacia Minna —aunque era mayo, llevaba gabardina— y le toqué el hombro, un golpecito, dos, dejé la mano muerta, luego la volví a levantar y me permití un arrebato de caricias touréticas con ritmo de staccato. Minna aún no había dicho nada.

—Alamierda, Minnardín —musité entre dientes.

—Eres la leche, Engendro —dijo Minna, completamente serio.

Pronto descubriría que el Minna que había vuelto no era el mismo que se había marchado. Había perdido su vieja jocosidad como los bebés pierden peso. Ya no veía curiosidades por todas partes, había perdido el gusto por toda la gama de la comedia humana. Los límites de su atención se habían estrechado, y lo que conseguía traspasarlos era ahora más agudo y amargo. Sus muestras de afecto eran más de refilón, su risa apenas una mueca. Le costaba menos mostrarse impaciente, le importaba menos que *contaras la historia* y más que *caminaras*. Pero en aquel momento su autoridad nos pareció de lo más particular: quería que todos subiéramos al coche, tenía algo que decir. Era como si hubiera estado fuera una semana o dos en lugar de dos años. Tenía un trabajo para nosotros, pensé, o deseé, y al instante desaparecieron los años de separación. Gilbert trajo a Danny. Nos sentamos detrás; Tony iba delante con Minna. Minna encendió un cigarrillo mientras manejaba el volante con los codos. Salimos de la Cuarta Avenida, bajamos por Bergen. Hacia Court Street, pensé. Minna guardó el mechero y se sacó varias tarjetas de presentación de los bolsillos de la gabardina.

SERVICIO DE AUTOMÓVILES L&L, decían. VEINTICUATRO HORAS. Y un número de teléfono. Esta vez sin eslogan, sin nombres.

—¿Tenéis permiso de conducir, merluzos? —preguntó Minna. Ninguno tenía.

—¿Sabéis dónde queda el DVM, en Schermerhorn? —Sacó un fajo de billetes, desprendió cuatro de veinte y los dejó en el asiento al lado de Tony, que los repartió. Para Minna todo costaba lo mismo, todo quedaba zanjado y pagado con veinte dólares. Eso no había cambiado—. Os acercaré hasta allí. Primero quiero que veáis algo.

Era una tienducha de Bergen Street, cerca de Smith Street, tan bien tapiada con tableros que parecía un edificio deshauciado. Pero yo, por una vez, ya estaba familiarizado con su interior. Unos años antes había sido un pequeño quiosco de golosinas, con una estantería de cómics y revistas, regentado por una hispana marchita que en una ocasión me había agarrado del brazo cuando me escabullía hacia la puerta con un ejemplar de *Heavy Metal* escondido en la chaqueta. Minna lo señaló con gesto grandilocuente: la futura sede del Servicio de Automóviles L&L.

Minna tenía una cita con un tal Lucas en la academia de conducir Corvairs, en Livingston Street: todos recibiríamos lecciones de conducción gratis a partir del día siguiente. El Caddy púrpura era el único vehículo del parque móvil de L&L, pero había más en camino. (El coche envenenaba con su olor a nuevo y la piel de los asientos chirriaba como un globo. Mis perspicaces dedos investigaron el cenicero del asiento de atrás: contenía diez uñas cortadas cuidadosamente.) Entretanto estaríamos ocupados sacándonos los carnets de conducir y rehabilitando la tienda ruinosa, instalando radios, material de oficina, artículos de escritorio, teléfonos, grabadoras, micrófonos (¿grabadoras?, ¿micrófonos?), una televisión y una nevera no muy grande. Minna tenía el dinero para costear todo aquello, y quería que le viéramos gastárselo. Mientras, podríamos buscarnos ropa más adecuada —¿ya sabíamos que nos parecíamos a los quinquis de *Welcome Back, Kotter?*—, lo único que teníamos que hacer era dejar el Sarah J. inmediatamente. La sugerencia no molestó a nadie. En un abrir y cerrar de ojos habíamos iniciado nuestra formación como huérfanos de Pavlov. Escuchamos las nuevas tonalidades de Minna, recelosas y severas, mientras se iban calentando hasta parecerse a la música de antes, más generosa, a la tonada que nos había faltado pero que no habíamos olvidado. Continuó: necesitaríamos un sistema de radio CB, esto era el siglo XX, joder, ¿es que no nos habíamos enterado? ¿Quién sabía manejar una CB? Silencio mortal, roto por «¡*Radiobailey!*» regulares. Bien, dijo Minna, el Engendro se ofrece voluntario. ¿Sí? ¿Sí? Éramos unos tontolabas acabados y le mirábamos con cara de no entender ni jota: ¿qué habíamos estado haciendo durante los últimos dos años, aparte de intentar averiguar cuántas veces al día podíamos darle al vicio solitario? Silencio. Cascársela, meneársela, *hacerse una paja*, ¿es que tenía que deletreárnoslo? Más silencio. ¿Sí? Eh, ¿habíamos visto *La conversación*? La mejor película del mundo, joder. Gene Hackman. ¿Conocíamos a Gene Hackman? Silencio otra vez. Solo le conocíamos de *Superman*: Lex Luthor. No parecía probable que Minna se refiriera a ese Gene Hackman. (*Lexluthor, menosuno, deluto*, pensaba mi cerebro, sondeando problemas: ¿dónde estaba Gerard, la otra L de L&L? Minna no lo había mencionado.) Bueno, ya veríamos, tendríamos que aprender un par de cosillas sobre vigilancia. Sin parar de hablar durante todo el trayecto nos condujo hasta Schermerhorn, al departamento de vehículos motorizados. Vi a Danny clavar los ojos en los chicos del Sarah J. que jugaban a baloncesto al otro lado de la calle… pero ahora nosotros estábamos con Minna, a mil kilómetros de distancia. Teníamos que obtener licencias para conducir limusinas, continuó. Solamente costaban diez dólares más, el examen era el mismo. No os riáis en la foto, pareceréis los Asesinos del Baile de Graduación. ¿Teníamos novia? Pues no, claro que no, ¿qué mujeres iban a interesarse por un puñado de memos de ninguna parte? A propósito, la Cocina Vieja había muerto. Carlotta Minna había pasado a mejor vida hacía quince días; Minna todavía estaba ocupándose de sus cosas. Nos preguntamos qué cosas, no lo preguntamos. Ah, y Minna se había casado, ahora que se acordaba. Él y su mujer iban a trasladarse al viejo apartamento de Carlotta, después de restregar los treinta años de salsas que cubrían las paredes. Nosotros, cabezas huecas, podríamos conocer a la esposa de Minna después de cortarnos el pelo. ¿Su mujer era de Brooklyn? Tony quería saberlo. No exactamente; se había criado en una isla. No, so memos, ni en Manhattan ni en Long Island… en una isla de verdad. Ya la conoceríamos. Por lo visto primero teníamos que ser conductores que manejaran cámaras, grabadoras y radios CB, con traje y pelo corto, y fotografías de carnet sin sonrisa. Primero teníamos que convertirnos en los Hombres de Minna, aunque nadie había pronunciado tales palabras.

Pero por fin, por fin llegó lo bueno. Minna enterró *la pistola de guerra* al admitirlo: el Servicio de Automóviles L&L no era en realidad ningún servicio de automóviles. Eso era solo una fachada. L&L era una agencia de detectives.

El chiste que Minna quería oír en la sala de urgencias, el chiste sobre Irving, dice así:

Una madre judía —llamémosla señora Gushman— entra en una agencia de viajes. «Quiero ir al Tíbet», dice. «Escuche, señora, créame, usted no quiere ir al Tíbet. Tengo aquí un fantástico viaje organizado a los cayos de Florida, o a Hawai si lo prefiere…» «No —dice la señora Gushman—, yo quiero ir al Tíbet.» «¿Viaja usted sola, señora? El Tíbet no es lugar para…» «¡Véndame un billete para el Tíbet!», grita la señora Gushman. «Vale, vale.» De modo que se va al Tíbet. Baja del avión y le pregunta al primero que encuentra: «¿Quién es el hombre más sagrado del Tíbet?». «Vaya, pues el Dalai Lama», le responden. «A ese quiero ver yo —dice la señora Gushman—. Lléveme a verle.» «Uy, no, usted no lo entiende, señora americana, el Dalai Lama vive recluido en la cima de la montaña más alta del país. Nadie puede ir a ver al Dalai Lama.» «Soy la señora Gushman, he recorrido un largo camino hasta aquí y ¡tengo que ver al Dalai Lama!» «Ya, pero nunca podrá…» «¿Qué montaña es esa? ¿Cómo se llega hasta allí?» Así que la señora Gushman se inscribe en un hotel al pie de la montaña y contrata varios sherpas para que la conduzcan hasta el monasterio de la cumbre. Durante todo el camino de subida tratan de explicarle a la señora que nadie puede ver al Dalai Lama: sus propios monjes tienen que ayunar y meditar durante años para que les permitan plantearle una única pregunta al Dalai Lama. Ella se limita a señalar la cima con el dedo y decir: «Soy la señora Gushman, ¡llévenme hasta la cumbre!».

Cuando llegan al monasterio los sherpas explican la situación a los monjes: una americana loca quiere ver al Dalai Lama. La señora pide que avisen al Dalai Lama de que ha llegado la señora Gushman. «Usted no lo entiende, señora, nosotros no podemos...» «¡Que lo avisen!» Los monjes se van y regresan sacudiendo la cabeza desconcertados. «No lo entendemos, pero el Dalai Lama dice que le concede audiencia. ¿Comprende usted el porqué de este honor?» «Sí, sí —dice ella—. ¡Llévenme ante el Dalai Lama!» Así que la conducen hasta el Dalai Lama. Los monjes van cuchicheando, abren la puerta y el Dalai Lama asiente en silencio: que le dejen a solas con la señora Gushman. Y el Dalai Lama mira a la señora Gushman y la señora Gushman dice: «Irving, ¿cuándo piensas volver a casa? ¡Tu padre está muy preocupado!».

OJOS INQUISITIVOS

Los Hombres de Minna llevan traje. Los Hombres de Minna van en coche. Los Hombres de Minna escuchan conversaciones grabadas. Los Hombres de Minna se quedan detrás de Minna con las manos en los bolsillos y aspecto amenazador. Los Hombres de Minna transportan dinero. Los Hombres de Minna recogen dinero. Los Hombres de Minna no hacen preguntas. Los Hombres de Minna contestan al teléfono. Los Hombres de Minna pasan a buscar paquetes. Los Hombres de Minna lucen un buen afeitado. Los Hombres de Minna cumplen órdenes. Los Hombres de Minna intentan ser como Minna, pero Minna está muerto.

Gilbert y yo salimos del hospital tan rápido y condujimos de vuelta tan aturdidos que cuando entramos en L&L y Tony dijo: «No digáis nada. Ya nos hemos enterado», fue como si me estuvieran dando la noticia por primera vez.

—¿Enterado, cómo? —preguntó Gilbert.

—Hace unos minutos se ha presentado un poli negro que os buscaba —dijo Tony—. Acaba de largarse.

Tony y Danny estaban de pie detrás del mostrador de L&L, fumando rabiosamente con la frente bañada en sudor, los ojos vidriosos y ausentes y apretando con fuerza los dientes tras los labios tensos. Como si alguien les hubiera dado una paliza y ahora quisieran desquitarse con nosotros.

El despacho de Bergen Street seguía como después de que lo renováramos hacía quince años: dividido en dos por el mostrador de formica; con un televisor en color de treinta pulgadas permanentemente encendido en la «zona de espera» del lado de la calle y teléfonos, archivadores y un ordenador junto a la pared del fondo, debajo de un inmenso mapa plastificado de Brooklyn lleno de números garabateados con el rotulador lavable de Minna que indicaban el precio del trayecto con L&L: cinco pavos a las Heights, siete a Park Slope o Fort Greene, doce a Williamsburg o Borough Park, diecisiete a Bushwick. A los aeropuertos o a Manhattan costaba de veinte para arriba.

El cenicero del mostrador rebosaba de colillas que habían estado entre los dedos de Minna y la libreta del teléfono estaba llena de las notas que había tomado el día anterior. El sándwich que descansaba sobre la nevera lucía la marca de sus bocados. Nosotros cuatro éramos un arreglo dispuesto alrededor de una pieza central ausente, tan incoherentes como una frase sin verbo.

–¿Cómo nos han encontrado? –pregunté–. Tenemos la cartera de Frank. –La abrí, saqué el puñado de tarjetas de presentación de Frank y me las guardé en el bolsillo. Luego dejé caer la cartera en el mostrador y golpeé cinco veces la formica para completar un recuento de seis golpes.

Solo a mí me importó. Aquel era mi público más antiguo y hastiado. Tony se encogió de hombros.

–Quizá lo último que dijo antes de morir fue L&L –sugirió–. ¿Una tarjeta de visita en el abrigo? ¿Gilbert se puso a dar nombres como un imbécil? Vosotros sabréis cómo nos han encontrado.

–¿Y el poli ese qué quería? –dijo Gilbert estoicamente. No era una lumbrera pero ponía voluntad; Gilbert siempre abordaba los problemas uno a uno, lo haría incluso si se amontonaran en una pila de aquí a la luna.

–Ha dicho que no os teníais que haber ido del hospital. Le diste tu nombre a una enfermera, Gilbert.

—Que le jodan —contestó Coney—. Que se joda el puto negro.

—Sí, ya, bueno, se lo podrás decir en persona porque volverá. Y también le puedes decir «que te jodan, puto negro inspector de homicidios», porque eso es exactamente lo que es. Un poli listo, además. Se le veía en la mirada.

Pensé en añadir «jodicidios».

—¿Quién se lo va a decir a Julia? —preguntó Danny en voz baja. El humo le cubría la boca, toda la cara, en realidad. Nadie contestó.

—Bueno, no pienso estar aquí cuando el poli ese vuelva —dijo Gilbert—. Estaré en la calle haciéndole el trabajo, atrapando al hijo de puta que lo hizo. Pasadme los clavos para su ataúd.

—Afloja, Sherlock —sugirió Tony, pasándole un cigarrillo—. Para empezar me gustaría saber cómo es posible que haya pasado esto. ¿Qué pintáis vosotros dos en este asunto? Creía que estabais en una misión de vigilancia.

—Frank se presentó por allí —explicó Gilbert, intentando encender su mechero gastado una y otra vez, sin conseguirlo—. Entró. Joder. Joder. —Tenía una voz tensa como un puño apretado. Vi la estúpida secuencia que transcurría tras sus ojos: coche aparcado, micrófono, semáforo, Brainum, la sucesión de banalidades que de algún modo conducía al contenedor ensangrentado y al hospital. La sucesión de banalidades que nuestra culpa había inmortalizado.

—¿Entró dónde? —preguntó Tony, pasándole a Gilbert una caja de cerillas. Sonó el teléfono.

—En un sitio rollo kung-fu. Pregúntale a Lionel, él sabe de qué va…

—Kung-fu no —empecé—, meditación…

—¿Intentáis decirme que lo mataron mediante meditación? —dijo Tony.

El teléfono sonó por segunda vez.

—No, no. Vimos al tipo que lo mató *conjeto consuturas*. Un polaco enorme *¡Barnamum Pierogi!* Enorme de veras. Le vimos solo de espaldas.

—¿Cuál de nosotros se lo va a decir a Julia? —insistió Danny. El teléfono sonó por tercera vez.

Lo cogí y contesté:

—L&L.

—Necesito un coche para Warren Street ciento ochenta y ocho, esquina con… —dijo una voz femenina y monótona.

—No hay coches —recité de memoria.

—¿No les quedan coches?

—No hay coches. —Tragué saliva, me sentía como una bomba de relojería.

—¿Cuándo podrán disponer de uno?

—¡*Lionel Calmamortal!* —grité al auricular. Aquello sorprendió a mi oyente, lo bastante para que colgara. Los otros Hombres de Minna me miraron, solo levemente distraídos de su profunda desesperación.

Un verdadero servicio de coches, incluso uno pequeño, cuenta con una flota de no menos de treinta coches trabajando en rotación y en todo momento tiene como mínimo diez en la calle. Elite, nuestro rival más cercano, con sede en Court Street, disponía de sesenta coches, tres telefonistas y probablemente veinticinco conductores por turno. Rusty's, en Atlantic Avenue, tenía ochenta coches. New Relámpago, un servicio dirigido por dominicanos cerca de Williamsburg, tenía ciento sesenta coches, y constituía un ejemplo magistral de economía sumergida del sector transporte, oculta en lo más profundo del barrio. Los servicios de coches dependen totalmente de los avisos telefónicos: los conductores tienen prohibido recoger clientes en la calle por ley, no vayan a hacer la competencia a los taxis municipales. Así que los conductores y los telefonistas ensucian el mundo con tarjetas de visita, las cuelan en los recibidores como menús de comida china a domicilio, las dejan en montoncitos detrás de los tiestos de flores en las salas de espera de los hospitales y las entregan con el cambio después de cada carrera. Empapelan las cabinas con pegatinas que llevan su número de teléfono en letras fluorescentes.

L&L tenía cinco coches, uno para cada uno de nosotros, que apenas sabíamos conducir. Nunca repartíamos tarjetas, nunca éramos amables con los que llamaban y hacía cinco años que habíamos eliminado nuestro número de las páginas amarillas y el letrero de la agencia de la fachada de Bergen Street.

No obstante, nuestro número circulaba por ahí, de manera que una de nuestras principales actividades consistía en contestar al teléfono para decir «no hay coches».

Mientras yo volvía a colgar el auricular, Gilbert explicaba obstinadamente lo que sabía sobre la misión de vigilancia. Por su manera de hablar se podría pensar que el inglés era su cuarta o quinta lengua, pero su entrega era incuestionable. Como *Lionel Esnob* era mi contribución más probable —mi cerebro murmurante había decidido que la tarea de aquella tarde consistía en rebautizarse constantemente—, no me encontraba en situación de criticarle. Salí a la calle, lejos de la confusión de un cigarrillo tras otro, a la noche fría y bañada de luz. Smith Street estaba viva, se oía el ronroneo de la línea F bajo el suelo, la pizzería, el ultramarinos coreano y el casino bullían de clientes. Podría haber sido una noche cualquiera: nada en la escena que ofrecía Smith Street requería que Minna hubiera muerto aquel día. Fui al coche y saqué la libreta de notas de la guantera, procurando no mirar las manchas de sangre del asiento trasero. Luego me acordé del último viaje de Minna. Me había olvidado de algo. Cuando conseguí armarme de valor para mirar atrás vi de qué se trataba: su reloj y su busca. Los saqué de debajo del asiento del acompañante, donde los había escondido, y me los metí en el bolsillo.

Cerré el coche con llave y sopesé varias posibilidades mentalmente. Podía regresar yo solo al zendo Yorkville y echar un vistazo. También podía buscar al inspector de homicidios, ganarme su confianza, y aunar fuerzas con él en lugar de con los Hombres. Podía pasear por Atlantic Avenue, sentarme en un local árabe donde me conocían y no me molestarían, y beberme una tacita de café negro y espeso como el fango mientras me comía un baklava o un nido de cuervo: ácido, calor y azúcar para envenenar las penas.

O podía volver al despacho. Volví al despacho. Gilbert explicaba entre titubeos el final de su historia, la carrera por la rampa de ambulancias, la confusión en el hospital. Quería que Tony y Danny supieran que habíamos hecho todo lo posible. Dejé la libreta en el mostrador y con un bolígrafo rojo rodeé con un círculo las palabras MUJER, GAFAS y ULLMAN, CENTRO CIUDAD, protagonistas recién incorporados a nuestro escenario. Por insustanciales e insignificantes que pudieran ser, ahora estaban más vivos que Minna.

Tenía más preguntas: el edificio del que habían hablado. La interrupción del portero. La mujer sin nombre que Frank no había podido controlar, la que se había perdido su *Rama-la-mading-dong*. El micrófono oculto: ¿qué esperaba Minna que oyera? ¿Por qué no me había dicho sencillamente qué tenía que escuchar?

—Le preguntamos, cuando iba en el asiento trasero —decía Gilbert—. Se lo preguntamos y no nos lo dijo. No sé por qué no nos lo dijo.

—¿Qué le preguntasteis? —dijo Tony.

—Quién le había matado —contestó Gilbert—. O sea, antes de que se muriera.

Me acordé del nombre Irving, pero no dije nada.

—Está claro que alguien va a tener que decírselo a Julia —dijo Danny.

Gilbert se fijó en la libreta. Se acercó y leyó lo que había marcado.

—¿Quién es Ullman? —preguntó Gilbert mirándome—. ¿Son tus notas?

—El coche —dije—. Son las notas que tomé en el coche. «Ullman, centro ciudad» es adonde se suponía que tenía que ir Frank con aquel coche. El tipo del zendo, el que lo mandó ir, lo envió allí.

—¿Adónde lo envió? —preguntó Tony.

—No importa —contesté—. No fue. En lugar de eso el gigante se lo llevó y lo mató. Lo importante es saber quién lo envió *¡Fraude! ¡Fraile! ¡Bailey!* quién era el tipo que había dentro del zendo.

—Yo no pienso decírselo a Julia —dijo Danny—. No me importa lo que digáis.

—Bueno, pues te aseguro que no voy a ser yo —contestó Gilbert fijándose por fin en Danny.

—Deberíamos volver al East Side *¡Vilzendo!* y echar un vistazo. —Intentaba llegar al meollo del asunto, y no me parecía que Julia lo fuera.

—Vale, vale —dijo Tony—. Tenemos que poner a trabajar la cabeza, todos.

Al oír la palabra *cabeza* tuve una visión repentina: sin Minna, nuestras cabezas, todas juntas, se quedaban tan vacías y endebles como globos. Sin la unión de Minna, el único interrogante era cuánto tardaría cada globo en irse por su lado, cuándo se separarían… o si reventarían o simplemente se desvanecerían.

—A ver —dijo Tony—. Gilbert, tenemos que sacarte de aquí. Eres el único nombre que tienen. Así que te mandaremos a patearte la ciudad. Te encargarás de buscar al tal Ullman.

—¿Cómo se supone que tengo que encontrarlo? —Gilbert no era exactamente un especialista en encontrar cosas escondidas.

—¿Por qué no me dejas que le ayude? —sugerí.

—Te necesito para otra cosa. Gilbert encontrará a Ullman.

—Sí, pero cómo —insistió Gilbert.

—A lo mejor sale en la guía —contestó Tony—. Ullman no es un apellido demasiado común. O quizá en la agenda de Frank… ¿La tenéis? ¿Tenéis la agenda de Frank?

Gilbert me miró.

—Estará en su abrigo —dije—. En el hospital. —Pero esto desencadenó un jueguecito compulsivo. Me palpé cada uno de mis bolsillos seis veces. Por lo bajo musité—: *agenfrank, agenciar, asesinar.*

—Genial —dijo Tony—. En serio, genial. Bueno, muestra algo de iniciativa por una vez en tu vida y encuentra al tipo ese. Por amor de Dios, Gilbert, es tu trabajo. Llama a ese amigo tuyo, el Poli Basuras… Tiene acceso al archivo de la policía ¿no? Encuentra a Ullman y mídelo. A lo mejor es el gigante. Quizá estuviera un poco impaciente por encontrarse con Frank.

—El tipo de la casa mandó subir a Frank —dije. Me sentía frustrado porque Gilbert y el idiota de su amigo de la unidad de salubridad de la policía fueran los encargados de buscar a Ullman—. Estaban juntos en esto, el tipo de la casa y el gigante. El tipo sabía que el gigante estaba abajo esperando.

—De acuerdo, pero aun así puede que el gigante sea el tal Ullman —dijo Tony, molesto—. Y por eso Gilbert va a descubrir si es verdad ¿vale?

Levanté las manos a modo de rendición, luego aparté una mosca imaginaria.

—Yo mismo iré al East Side —continuó Tony—. Me daré una vuelta por allí. A ver si puedo entrar en el edificio. Danny, tú te quedas a cargo del despacho.

—Explícate —dijo Danny apagando su cigarrillo.

—El poli ese volverá por aquí —dijo Tony—. Habla con él. Coopera, pero no se lo expliques todo. No queremos parecer presos del pánico. —La asignación de esta misión llevaba implícito el reconocimiento de la superioridad de Danny para relacionarse con el *puto poli negro.*

—Tal como lo dices parecemos sospechosos —dije.

—Así lo dijo el poli —contestó Tony—. No es cosa mía.

—¿Y yo? —pregunté—. ¿Quieres que *¡Criminal Essrog!* te acompañe? Conozco el lugar.

—No —dijo Tony—. Tú se lo explicas a Julia.

Julia Minna había regresado con Frank de dondequiera que hubieran estado entre la disolución de la empresa de mudanzas y la creación de la agencia de detectives. Por lo que sabíamos, quizá hubiera sido la última y mejor de las chicas de Minna; desde luego, tenía el aspecto requerido para el papel: alta, lujosa, rubia natural, y con mandíbula desafiante. Era fácil imaginarse a Minna tomándole el pelo, desabotonándole la camisa, recibiendo un codazo en el estómago. Pero para cuando nosotros la conocimos, ambos se habían adentrado en un largo y árido punto muerto. De su pasión inicial no quedaba más que una débil chispa que alentaba sus intercambios de insultos y desganados ataques verbales. Al menos eso era lo único que traslucía. Al principio Julia nos asustó, no por nada que hiciera, sino por el frío poder que tenía sobre Minna y también por lo tenso que él se ponía cuando estaba cerca de su mujer, siempre dispuesto a fustigarnos con sus comentarios.

Si Julia y Frank todavía hubieran estado animados, estimulados por el amor, quizá la hubiéramos reverenciado como niños, con una fascinación y un deseo todavía adolescentes. Pero la gélida relación que mantenían funcionó como detonante. En nuestra imaginación nos convertimos en Frank y la quisimos, calentamos su frialdad, alcanzamos la hombría entre sus brazos. Si estábamos enfadados con Frank Minna o nos decepcionaba por algo, nos sentíamos más cerca de su bella esposa enfadada y desengañada y quedábamos encantados. Julia se convirtió en un ídolo de la desilusión. Frank nos había enseñado lo que eran las chicas, y ahora nos mostraría una mujer. Y al fracasar en su intento de amarla, dejó margen para que nuestro amor creciera.

En nuestros sueños todos los Hombres de Minna éramos Frank Minna: nada nuevo. Pero esa vez apuntábamos un poco más alto. Si Julia fuera nuestra, lo haríamos mejor que Frank, la haríamos feliz.

Al menos en sueños. Supongo que con los años los otros Hombres de Minna domeñaron su miedo, reverencia y deseo por Julia, o en cualquier caso lo modularon encontrando mujeres propias a las que hacer felices e infelices, a las que encantar, desencantar y desechar.

Todos menos yo, claro.

Al principio Minna colocó a Julia en el despacho de un abogado de Court Street, un local tan pequeño como el de L&L. Nosotros, los Hombres, solíamos dejarnos caer por allí para llevarle algún encargo, mensaje o regalo de parte de Frank y la contemplábamos mientras respondía al teléfono, leía la revista *People* o preparaba un café asqueroso. Minna parecía ansioso por presumir de nosotros delante de ella, mucho más que por pasarse él mismo a visitarla. De igual modo, parecía gustarle tener a Julia en aquella vitrina de exposiciones, detrás de un cristal y en Court Street. Todos comprendimos de forma intuitiva el instinto de Minna para los símbolos humanos, para mandarnos por ahí marcando el territorio, así que en ese sentido Julia se había unido a los Hombres, formaba parte del equipo. Sin embargo, algo se torció, hubo algún problema entre Julia y el abogado y Minna se la llevó de vuelta al viejo apartamento de Carlotta Minna en un segundo piso de Baltic Street, donde permanecería durante más de quince años convertida en un ama de casa enfurruñada. No podía visitarla sin acordarme de los platos de comida de Carlotta que caras conocidas de Court Street bajaban por la escalera. Pero la vieja cocina ya no estaba. Julia y Frank solían comer fuera.

Así que fui al apartamento, llamé a la puerta, girando los nudillos para conseguir el sonido correcto.

—Hola, Lionel —dijo Julia cuando me vio por la mirilla de la puerta. Descorrió los cerrojos y se volvió de espaldas. Entré. Iba en combinación, con los brazos desnudos, pero por debajo llevaba medias y zapatos de tacón. El apartamento estaba a oscuras, excepto el dormitorio. Cerré la puerta tras de mí y la seguí hasta una maleta polvorienta que tenía abierta sobre la cama, rodeada de pilas de ropa. Por lo visto no sería mío el privilegio de ser el primero en darle la noticia. Entre un montón de lencería metida ya en la maleta descubrí un objeto oscuro y brillante, medio escondido. Una pistola.

Julia hurgaba en el ropero, todavía dándome la espalda. Me apoyé en la puerta del armario, sintiéndome violento.

—¿Quién te lo ha dicho, Julia? *Mierda, mierda, mierda...* —Apreté los dientes, tratando de controlar mis impulsos.

—¿Tú qué crees? Me llamaron del hospital.

—*Mierda, a la mierda, mierda...* —Aceleraba como un motor.

—¿Te estás metiendo conmigo, Lionel? —El tono fue despreocupado, aunque forzado—. Suéltalo, va.

—Puesalamierda —dije agradecido—. ¿Haces las maletas? No lo digo por la pistola. —Pensé en Minna riñendo a Gilbert en el coche unas horas antes. *Por eso duermo por las noches,* había dicho, *porque no vais armados*—. Me refiero a la ropa...

—¿Te pidieron los otros que vinieras a consolarme? —dijo secamente—. ¿Es eso lo que estás haciendo?

Se volvió. Vi la irritación de sus ojos y la carne flácida y pesada alrededor de su boca. Buscó a tientas un paquete de cigarrillos en el tocador, y cuando se llevó uno a sus labios hinchados por el dolor me palpé en busca de un mechero que sabía que no llevaba conmigo, solo por el gesto. Se encendió ella misma el pitillo, rascando con enfado una cerilla, haciendo saltar una chispa minúscula.

Aquella escena me inquietaba por mil motivos distintos. De algún modo Frank Minna seguía vivo en aquella habitación, vivo en Julia vestida con una combinación, las maletas a medio hacer, el cigarrillo, la pistola. En ese momento estaban más cerca el uno del otro de lo que jamás habían estado. Casados más de verdad. Pero ella se apresuraba para marcharse. Tuve la impresión de que si la dejaba ir, la esencia de Minna que detectaba también desaparecería.

Me miró, la punta del pitillo brilló con más intensidad, y luego dejó escapar una bocanada de humo.

—Vosotros lo matasteis, gilipollas.

El cigarro se balanceaba entre sus dedos. Me saqué de la cabeza una extraña imagen: Julia se prendía fuego a la combinación —parecía inflamable, de hecho, parecía que estuviera en llamas— y yo tenía que sofocarlo con un vaso de agua. Era un rasgo desagradable del síndrome de Tourette: mi cerebro escupía fantasías horribles, destellos de dolor, desastres evitados por muy poco. Le gustaba flirtear con imágenes así, como mis dedos acercándose a las aspas de un ventilador. Quizá también ansiaba una crisis que pudiera controlar, después de haberle fallado a Minna. Quería proteger a alguien y Julia podía ser ese alguien.

—No fuimos nosotros, Julia. No conseguimos mantenerle con vida. Lo mató un gigante, un tipo del tamaño de seis hombres.

—Estupendo. Me parece estupendo. Lo tienes todo controlado, Lionel. Hablas igualito que ellos. Detesto la manera que tenéis de hablar, ¿lo sabías? —Volvió a embutir ropa en la maleta de cualquier modo.

Imité su gesto al encender la cerilla, un único movimiento, manteniendo más o menos la calma. De hecho, quería pasear las manos sobre la ropa que había encima de la cama, abrir y cerrar los seguros de la maleta, lamer el plástico.

—¡*Gilijerga!* —dije.

No me hizo caso. Se oyó una sirena de policía en Smith Street con Baltic, qué más daba. Si la habían telefoneado del hospital, la policía no podía andar muy lejos. Pero las sirenas se detuvieron media manzana más allá. Solo un parón del tráfico, un robo. Cualquier tarde cualquier coche de Smith Street encaja con un perfil, algún perfil. La luz roja de los polis se colaba por el trozo de ventana que no cubría la persiana e iluminaba la cama y el perfil brillante de Julia.

—No puedes irte, Julia.

—Espera y verás.

—Te necesitamos. —Se sonrió.

—Os las apañaréis.

—No, de verdad, Julia. Frank puso L&L a tu nombre. Ahora trabajamos para ti.

—¿En serio? —preguntó Julia, interesada o fingiendo estarlo: me había puesto demasiado nervioso para distinguirlo—. ¿Todo lo que tengo ante mí me pertenece? ¿Eso es lo que me estás diciendo?

Tragué saliva y estiré la cabeza a un lado, como si Julia estuviera mirando detrás de mí.

—¿Crees que debería pasarme a controlar el día a día del negocio de coches, Lionel? ¿Echar un vistazo a los libros? ¿Te parece una ocupación digna para la viuda?

—Nosotros ¡*Detectifono!* ¡*Telectives!* somos una agencia de detectives. Pillaremos al tipo que lo hizo. —Incluso mientras hablaba trataba de ordenar mis pensamientos de acuerdo con ese principio: detectives, pistas, investigación. Debería estar reuniendo información. Por un momento me pregunté si Julia no sería aquel *ella* que Frank no había podido controlar según la voz insinuante que me llegó del zendo a través del micrófono.

Por supuesto, eso habría significado que a Julia le faltaba su *Rama-lama-ding-dong*. Fuera lo que fuera, no lograba imaginarme que le faltara a Julia.

—Es verdad —dijo—. Se me había olvidado. Soy la heredera de una agencia de detectives ineptos y corruptos. Aparta de mi camino, Lionel. —Dejó el cigarrillo en el borde del tocador y me empujó para pasar al ropero.

Inuptos y correptos, pensó el cerebro de Essrog el Idiota. ¡*Correpto, señor!*

—Dios, mira estos vestidos —dijo mientras revolvía por entre la barra llena de perchas. De repente hablaba con voz entrecortada—. ¿Los ves?

Asentí.

—Valen más que toda la agencia de coches junta.

—Julia…

—En realidad yo no me visto así. No es mi estilo. Ni siquiera me gustan.

—¿Cuál es tu estilo?

—No te lo imaginas. Ni yo misma me acuerdo. Casi no me acuerdo de cómo era antes de que Frank me disfrazara.

—Muéstramelo.

—Ja —miró a lo lejos—. Se supone que soy la viuda de negro. Te gustaría, ¿eh? Me quedaría muy bien. Para eso me guardaba Frank, para mi gran momento. No, gracias. Le dices a Tony que no, gracias. —Empujó los vestidos, hundiéndolos aún más al fondo del ropero. Luego cogió bruscamente un par de ellos por las perchas y los tiró en la cama; se extendieron sobre la maleta como se posan las mariposas. No eran negros.

—¿Tony? —dije. Estaba distraído, mi ojo de águila vigilaba la ceniza encendida del cigarrillo, el extremo brillante del pitillo abandonado acercándose a la madera del tocador.

—Eso es, Tony. El puto Frank Minna Junior. Perdona, Lionel, ¿querías ser Frank? ¿He herido tus sentimientos? Mucho me temo que Tony te lleva ventaja.

—Ese cigarro va a quemar la madera.

—Pues que la queme.

—¿Es una cita de una película? «Pues que la queme.» Me suena a una película: ¡*Quémate Bailey!*

Me dio la espalda, se dirigió de nuevo hacia la cama. Descolgó los vestidos de las perchas y embutió uno en la maleta, luego cogió otro y se coló dentro, con cuidado de no engancharse los tacones. Me agarré al marco de la puerta del ropero, sofocando un impulso de pestañear como un gatito ante el brillo de la tela mientras Julia se pasaba el vestido por las caderas hasta los hombros.

—Ven aquí, Lionel —dijo sin volverse—. Súbeme la cremallera.

Al acercarme sentí ganas de tocarle los hombros, dos veces cada uno, suavemente. No pareció importarle. Luego cogí la lengüeta de la cremallera, la subí. Mientras, ella se recogió el pelo con las manos, levantando los brazos por encima de la cabeza y volviéndose hasta quedar envuelta en mi abrazo.

Seguí sosteniendo la cremallera, en mitad de su espalda. De cerca sus ojos y su boca parecían recién rescatados de morir ahogados.

—No te pares —dijo.

Apoyó los codos en mis hombros y me miró a la cara mientras yo tiraba de la cremallera. Contuve el aliento.

—Sabes, antes de conocer a Frank nunca me había depilado las axilas. Él me dijo que lo hiciera. —Le habló a mi pecho, con voz grogui, ausente. Ya no estaba enfadada.

Subí la cremallera hasta la nuca de Julia y dejé caer las manos, luego di un paso atrás y solté el aire. Siguió recogiéndose en alto el pelo.

—A lo mejor me las dejo otra vez sin depilar. ¿A ti qué te parece, Lionel?

Abrí la boca y lo que salió, en voz baja pero inconfundible, fue:

—Dospechos.

—Todos los pechos van de dos en dos, Lionel. ¿No lo sabías?

—Ha sido solo un tic —dije, bajando la vista, incómodo.

—Dame las manos, Lionel.

Volví a levantar las manos y ella las tomó.

—Dios, qué grandes. Tienes las manos muy grandes, Lionel. —Tenía una voz soñadora y musical, como la de una niña, o una adulta que se hiciera pasar por niña—. Es decir… para lo rápido que las mueves cuando haces esas cosas tuyas, cogiendo y tocándolo todo. ¿Cómo se llama?

—Eso también es un tic, Julia.

—Siempre pienso que tus manos son pequeñas porque se mueven muy rápido. Pero son grandes.

Las colocó sobre sus pechos.

La excitación sexual calma mi cerebro touréttico, pero no me atonta, no nubla el mundo como el Orap o el Klonopin, esos medicamentos que todo lo amortiguan, sino que al fijar mi atención en algo más intenso, una vibración más sutil que reúne y engloba mi caos impaciente, lo recluta para una causa más importante, como un coro de voces que de algún modo conduce un chillido a la armonía. Sigo siendo yo mismo y siéndolo en calma, una combinación preciosa y poco habitual. Sí, me gusta mucho el sexo. No lo disfruto a menudo. Cuando lo hago, quiero ralentizarlo al máximo, vivir en ese lugar, llegar a conocer a mi yo calmado, darle algo de tiempo para que eche un vistazo por ahí. En cambio, las urgencias convencionales me meten prisa, esas yuxtaposiciones de personas torpes y fomentadas por el alcohol que hasta la fecha me han proveído de mis escasos momentos de refugio en la excitación. Pero aaah, ¡si pudiera pasar una semana con las manos en los pechos de Julia seguro que podría pensar con claridad!

¡Lástima! El primer pensamiento claro que tuve guió mis manos hacia otra parte. Recogí el cigarrillo encendido del tocador, rescatando lo poco que quedaba, y como Julia tenía los labios ligeramente entreabiertos lo dejé allí, por el extremo del filtro.

—Dos, ¿vés? —dijo mientras se colocaba el pitillo. Se peinó el pelo con los dedos, luego se estiró la combinación por debajo del vestido, donde yo la había tocado.

—¿Dos qué?

—Pues eso, dos pechos.

—No deberías reírte *¡Lírico Essrog! ¡Lionel Asno!* no deberías reírte de mí, Julia.

—No lo hago.

—¿Hubo algo…? ¿Hay algo entre Tony y tú?

—No sé. Al carajo con Tony. Tú me gustas más, Lionel. Solo que nunca te lo había dicho. —Se sentía dolida, insegura, su voz erraba afanosamente en busca de un lugar donde reposar.

—Tú también me gustas, Julia. No tiene *¡Carajotony! ¡Caracojón! ¡Camaofutón!* Perdón. No tiene nada de malo.

—Quiero gustarte, Lionel.

—Estás… ¿estás diciendo que pueda haber algo entre nosotros? —Me giré y di seis palmadas contra el marco de la puerta del ropero, con la cara tensa de vergüenza, lamentando al instante habérselo preguntado; deseando, por una vez, haber dejado escapar un tic en su lugar, alguna cosa odiosa que borrara el significado de aquella conversación, que desdibujara las palabras que me había permitido pronunciar.

—No —contestó secamente. Dejó el cigarrillo, lo que quedaba de él, de nuevo en el tocador—. Eres demasiado extraño, Lionel. Demasiado raro. O sea, mírate en el espejo. —Reanudó su tarea de prensar ropa en la maleta, más de la que parecía posible, como un mago embutiendo los accesorios para sus trucos.

Solo esperaba que no se disparara la pistola.

—¿Adónde vas, Julia? —pregunté, cansino.

—A un lugar de paz, Lionel.

—¿Un qué? *¿Lunar de pan? ¿Lustro lunar?*

—Ya me has oído. Un lugar de paz. —Se oyó un claxon.

—Mi coche —dijo—. ¿Podrías avisar de que bajaré en un minuto?

—Vale, pero *hurgar de más* suena muy extraño.

—¿Has salido alguna vez de Brooklyn, Lionel?

Pechos, pelo de las axilas y ahora Brooklyn: para Julia todo era prueba de mi inexperiencia.

—Claro —dije—. Esta misma tarde he ido a Manhattan.

Intenté no pensar en lo que había hecho allí, o dejado de hacer.

—Nueva York, Lionel. ¿Has salido alguna vez de Nueva York?

Mientras consideraba la pregunta me fijé en el cigarrillo, que finalmente había empezado a chamuscar la parte de arriba del tocador. La pintura ennegrecida representaba mi derrota. No podía proteger nada, y quizá menos que nada, a mí mismo.

—Porque si hubieras salido de aquí sabrías que cualquier otro lugar es un lugar de paz. Así que ahí es adonde voy. ¿Podrías avisar al coche que me espere, por favor?

El coche que esperaba aparcado en doble fila delante del edificio pertenecía a Legacy Pool, la competencia de mayor nivel en Brooklyn, con modelos de lujo de color negro, ventanas tintadas, teléfonos móviles para los clientes y cajas de pañuelos de papel fabricadas a medida y colocadas bajo la ventanilla de atrás. Julia huía con estilo. Hice un gesto al conductor desde la entrada del edificio, asintió y después volvió a recostar la cabeza en el asiento. Yo estaba imitando los movimientos de su cuello, *asentir, recostar,* cuando oí una voz grave a mi espalda.

—¿Para quién es el coche?

El inspector de homicidios. Había estado esperando, vigilándonos, escondido a un lado de la entrada, acurrucado dentro del abrigo para protegerse del frío nocturno de noviembre. Le calé enseguida —con el café de las diez en vaso de papel, la corbata gastada, la barba incipiente y aquellos ojos inquisitivos resultaba inconfundible— pero eso no significaba que él supiera quién era yo.

—Para la señora de dentro —dije, y le di un golpecito en el hombro.

—Cuidado —me advirtió, esquivándome.

—Lo siento, amigo. No puedo evitarlo. —Le di la espalda y entré de nuevo en el edificio.

Pero mi elegante retirada pronto quedó frustrada: Julia bajaba torpemente las escaleras con la maleta demasiado llena. Me apresuré a ayudarla mientras la puerta se cerraba lentamente haciendo chirriar los goznes. Demasiado lentamente: el poli coló el pie y mantuvo la puerta abierta para que saliéramos.

—Perdone —dijo con un tono autoritario cansino y sutil—. ¿Es usted Julia Minna?

—Lo era —contestó Julia.

—¿Lo era?

—Sí. Curioso, ¿verdad? Lo era hasta hace aproximadamente una hora. Lionel, mete esto en el maletero.

—¿Tiene prisa? —le preguntó el inspector. Les vi observarse mutuamente, como si yo hubiera pasado a ser tan insignificante como el conductor de la limusina. *Hace unos minutos*, quise decir, *mis manos…* En cambio levanté el equipaje de Julia y esperé a que se adelantara en dirección al coche.

—Más o menos —dijo Julia—. Tengo que coger el avión.

—¿Destino? —El poli estrujó el vaso de poliestireno vacío y lo tiró por encima del hombro fuera de la entrada, hacia los arbustos del vecino. Ya estaban decorados con otros desperdicios.

—Todavía no lo he decidido.

—Va a un *lupanar, lunapark, polirrelax…*

—Calla, Lionel.

El inspector me miró como si estuviera loco.

Historia de mi vida hasta el momento:

El profesor me miró como si estuviera loco.

El asistente social me miró como si estuviera loco.

El chico me miró como si estuviera loco y luego me pegó.

La chica me miró como si estuviera loco.

La mujer me miró como si estuviera loco.

El inspector negro de homicidios me miró como si estuviera loco.

—Me temo que no puede irse, Julia —dijo el inspector, sacudiéndose con un suspiro y una mueca la confusión provocada por mis palabras. El tipo ya había visto lo suyo aquel día, podía aguantar un poco más antes de verse obligado a cargar contra mí: tal fue la impresión que me dio—. Tendremos que hablar con usted sobre Frank.

—Tendrá que arrestarme —dijo Julia.

—¿Por qué ha tenido que decirlo? —se quejó el inspector.

—Para dejar las cosas claras. Arrésteme o me meto en el coche. Lionel, por favor.

Bajé la escalinata de entrada con la maleta enorme y casi imposible de manejar, y le indiqué al conductor que abriera el maletero. Julia me siguió con el inspector pisándole los talones. En los altavoces de la limusina retumbaba Mariah Carey mientras el conductor continuaba apaciblemente recostado en el reposacabezas. Cuando Julia entró en el asiento trasero, el inspector agarró la puerta con sus dos manos carnosas y se asomó por encima.

—¿No le importa quién haya matado a su marido, señora Minna? —Estaba claro que la indiferencia de Julia le ponía nervioso.

—Cuando descubran quién le mató, avísenme. Entonces ya le diré si me importa.

Empujé la maleta por encima del neumático de repuesto. Por un instante consideré la posibilidad de abrirla y confiscarle la pistola a Julia, pero comprendí que no quería aparecer con un arma delante del poli de homicidios. Podía malinterpretarme. Así que cerré el maletero.

—Para eso tendríamos que mantener el contacto —señaló el inspector.

—Ya se lo he dicho, no sé adónde voy. ¿Tiene una tarjeta?

Cuando el policía se enderezó para llevarse la mano al bolsillo de la americana, Julia dio un portazo, luego bajó la ventanilla y aceptó la tarjeta que le ofrecían.

—Podemos hacerla detener en el aeropuerto —dijo con severidad, intentando recordarle su autoridad a Julia, o a sí mismo. Pero aquel *podemos* era más débil de lo que pensaba.

—Sí —reconoció Julia—, pero suena como si hubiera decidido dejarme marchar. Se lo agradezco. —Guardó la tarjeta en el monedero.

—¿Dónde estaba esta tarde cuando mataron a Frank, señora Minna?

—Hable con Lionel —dijo Julia, mirándome—. Es mi coartada. Hemos pasado todo el día juntos.

—*A la mierda, Cara Coartada.* —Suspiré tan flojo como pude. El inspector me miró con el ceño fruncido. Abrí las manos y

puse cara de Art Carney rogando comprensión: mujeres, sos-
pechosas, viudas, ¿qué le vas a hacer? No se puede vivir con
ellas ni sin ellas, ¿no es cierto?

Julia volvió a subir la ventanilla tintada y la limusina Legacy Pool arrancó, con su radio idiota silenciándose en la distancia y dejándonos a mí y al inspector solos en la oscuridad
de Baltic Street.

–Lionel.

Coartada cortada colada colgada, cantaba mi cerebro, prescindiendo del habla. Me despedí del inspector y eché a andar
hacia Smith Street. Si Julia había conseguido dejarlo con un
palmo de narices, ¿por qué no yo?

Me siguió.

–Será mejor que charlemos, Lionel. –El tipo la había pi-
fiado, la había dejado marchar y ahora iba a compensarlo
conmigo, iba a ejercitar conmigo sus poderes de detective y
matón.

–¿No puede esperar? –conseguí preguntar sin volverme:
me costó un esfuerzo considerable no girar el cuello. Pero le
notaba pegado a mí, como la sombra de un paseante.

–¿Cuál es tu nombre completo, Lionel?

–Lailoney Baile.

–¿Cómo dices?

–Alibaibai Estop.

–Suena a árabe –dijo el inspector, poniéndose a mi lado–.
Aunque no tienes pinta de árabe. ¿Dónde estabais tú y la señora esta tarde, Alibabá?

–Lionel –me forcé a decir con claridad, y luego escupí–:
¡Arrésteme!

–Eso no va a funcionar dos veces la misma noche –contestó el poli–. No tengo que arrestarte. Solamente estamos
paseando, Alibabá. Aunque no sé adónde vamos. ¿No me lo
quieres decir?

–A casa –contesté, antes de recordar que el tipo ya había
estado en el lugar que yo llamaba mi casa aquella misma tarde
y que no era lo mejor para mis intereses llevarle allí–. Salvo

que en realidad me gustaría comprar primero algo de comer. Me muero de hambre. ¿Le apetece acompañarme a por un sándwich? Hay un local en Smith Street, el Zeod's, que no está mal, compramos unos sándwiches y después cada uno se va por su lado, no me gusta llevar gente a casa... –Mi lujuria por los hombros se activó en cuanto me volví para hablarle, y estiré el brazo para tocarle.

Me apartó la mano.

–Tranquilo, Alibabá. Pero ¿a ti qué te pasa?

–Síndrome de Tourette –dije con la triste sensación de lo inevitable. Tourette era mi otro nombre y, como con el verdadero, mi cerebro era incapaz de dejar en paz aquella palabra. Ni que decir tiene que produje mi propio eco–: *¡Tourette es un mierda!* –Asintiendo, tragando, estremeciéndome, intenté silenciarme, apresurar el paso hacia la tienda y mantener la vista baja para dejar los hombros del inspector fuera de mi alcance. Inútil, corría demasiado y cuando mis tics volvieron, bramé–: *¡Tourette es un mierda!*

–Un mierda, ¿eh? –Por lo visto el inspector creía que estábamos intercambiando las últimas novedades en argot callejero–. ¿Puedes llevarme hasta él?

–No, no, no existe ningún Tourette –dije conteniendo el aliento. Estaba muerto de hambre, loco por sacudir al inspector y ahogándome por culpa de unos cuantos tics inminentes.

–No te preocupes –dijo el inspector, hablándome en voz más baja–. No le diré quién me ha dado su nombre.

El tipo creía que estaba trabajándose a un soplón. Solo pude intentar no reír ni gritar. Que Tourette fuera sospechoso, así a lo mejor me libraba del poli.

Al llegar a Smith Street dimos la vuelta a la esquina para entrar en el veinticuatro horas de Zeod, donde el olor a salchicha ahumada y café malo se mezclaba con el del pistacho, los dátiles y el pan de San Juan. Si el poli quería un árabe, le daría un árabe. Zeod en persona estaba de pie en la tarima de detrás del mostrador de madera y plexiglás. Me saludó en cuanto me vio:

—¡Loco! ¿Cómo vamos, amigo?

—No muy bien —admití. El inspector pululaba a mi espalda, tentándome para que volviera la cabeza otra vez. Me resistí.

—¿Dónde está Frank? —preguntó Zeod—. ¿Cómo es que ya no le veo nunca?

He ahí mi oportunidad para dar por fin la noticia y mi corazón no estaba preparado.

—Está en el hospital —dije, incapaz ahora de no echar una mirada nerviosa al inspector de homicidios—. *¡Doctorchao!* —rememoró mi síndrome.

—Está bien loco —dijo Zeod, sonriendo con gesto cómplice a mi sombra oficial—. Le dices a Frank que Zeod ha preguntado por él, ¿vale, compañero?

—Claro —contesté—. Ya se lo diré. ¿Me pones un sándwich? Panecillo con semillas de amapola y pavo, con mucha mostaza.

Zeod hizo un ademán a su segundo, un indolente chaval dominicano que se dirigió hacia la rebanadora. Zeod nunca preparaba los sándwiches. Pero había enseñado muy bien a sus empleados, que cortaban el fiambre en lonchas muy finas y sabían colocarlas para que cayeran de la cuchilla formando ramilletes en lugar de amontonarse sin ninguna gracia y el sándwich adquiriera aquella densidad esponjosa que me enloquecía. Me dejé hipnotizar por el silbido de la hoja, el ritmo de la mano del chico recogiendo las lonchas y dejándolas caer sobre el panecillo con semillas de amapola. Zeod me observaba. Me sabía obsesionado por sus sándwiches y eso le gustaba.

—¿Y tu amigo? —preguntó magnánimamente.

El inspector sacudió la cabeza.

—Un paquete de Marlboro Lights —dijo.

—Muy bien. ¿Quieres un refresco, Loco? Sírvete tú mismo.

Fui al refrigerador y cogí una Coca-Cola mientras Zeod metía mi sándwich y los cigarrillos del poli en una bolsa de papel junto con un tenedor de plástico y un puñado de servilletas.

—Lo cargo a la cuenta de Frank, ¿te parece, amigo?

No pude hablar. Agarré la bolsa y salí a Smith Street.

—Te acuestas con la mujer del muerto —dijo el inspector—, y ahora comes a su cuenta. Hay que tener jeta.

—Lo ha entendido mal —dije.

—Pues será mejor que me lo expliques bien. Pásame el tabaco.

—Trabajo para Frank...

—Trabajabas. Está muerto. ¿Por qué no se lo has dicho a tu amigo, el árabe?

—¡*Ala B!* No lo sé. Por nada. —Le di al poli sus Marlboro—. *Alabailey, amabailey, amapaley.* ¿No podríamos continuar con esto en otro momento? Porque *¡cómeme!* porque ahora tengo prisa por llegar a casa *¡pélame! ¡pégame!* y comerme esto.

—¿Dónde trabajabas para él? ¿En la agencia de coches?

Agencia de detectives, le corregí en silencio.

—Eh, sí.

—Así que tú y su mujer estabais ¿qué? ¿Dando una vuelta en coche? ¿Y el coche?

—Quería ir de compras. —Afortunadamente la mentira me salió tan natural y sin tics que pareció verdad. Por eso o por cualquier otro motivo el inspector no la puso en duda.

—De modo que te describirías como ¿qué? ¿Un amigo del fallecido?

—¡*Archivo desaparecido! ¡Chivo desguarecido!*, exacto, eso mismo.

El tipo estaba aprendiendo a obviar mis estallidos verbales.

—¿Y adónde vamos ahora? ¿A tu casa? —Encendió un cigarrillo sin perder el paso—. Parece que has puesto rumbo al trabajo otra vez.

No quise explicarle qué poca diferencia había entre una cosa y otra.

—Entremos —dije, estirando el cuello a un lado mientras cruzábamos Bergen Street, dejándome guiar por aquel tic físico (sistema de navegación Tourette) hasta el interior del Casino.

El Casino era el nombre que Minna daba al minúsculo quiosco de Smith Street, que tenía una pared con revistas y un cajón con Pepsi y Snapple embutidos en el mismo espacio que ocuparía un armario no muy grande. El Casino tomaba su nombre de las colas que se formaban cada mañana para comprar la loto, el rasca y demás; de la fortuna que los inmigrantes coreanos que lo regentaban habían conseguido gracias a los juegos de azar y de los corazones que iban rompiéndose en silencio a lo largo del día. Había algo trágico en la disciplina con la que esperaban aquellos jugadores, muchos de ellos ancianos, otros inmigrantes recién llegados y analfabetos salvo en el pequeño idioma de juego elegido, respetuosos ante cualquiera que viniera a realizar una verdadera transacción, como comprar una revista, un paquete de pilas o una barra de brillo de labios. Eran de una docilidad conmovedora. Los juegos terminaban casi antes de empezar, la lámina se rascaba con una llave o una moneda de diez centavos y enseguida aparecían los «por los pelos» conseguidos. (Nueva York es una ciudad touréttica y este rascar, contar y rasgar a gran escala es un síntoma determinante.) La acera de delante del Casino estaba cubierta de boletos gastados, desechos de una esperanza frustrada.

Pero no me encontraba en condiciones de criticar las causas perdidas. No tenía ningún motivo para visitar el Casino salvo que lo asociaba con Minna, con Minna vivo. Si visitaba suficientes antros de los suyos antes de que la noticia de su muerte se extendiera por las calles Court y Smith, quizá pudiera convencerme a mí mismo de que lo que había visto con mis propios ojos era falso —así como el hecho de tener a un inspector de homicidios pisándome los talones—, quizá me convenciera de que no había pasado nada.

—¿Qué hacemos aquí? —preguntó el inspector.

—Eh… Necesito alguna lectura para acompañar la comida.

Las revistas estaban muriéndose de asco al fondo del revistero: no había más de uno o dos compradores al mes de *GQ*,

Wired o *Brooklyn Bridge*. En cuanto a mí, estaba marcándome un farol, yo no leía revistas de ningún tipo. De repente descubrí un rostro familiar en una revista llamada *Vibe*: El Artista Antes Conocido Como Prince. Posaba sobre un fondo borroso de color crema con la cabeza apoyada en una guitarra rosa y la mirada recatada. Llevaba el símbolo impronunciable por el que había reemplazado su nombre afeitado en la sien.

—*Escrubel* —dije.

—¿Qué?

—*Plafshac*.

Mi cerebro había decidido intentar pronunciar aquel símbolo impronunciable, cual incursión lingüística en el territorio *Más allá de la Z*. Cogí la revista.

—¿Me estás diciendo que piensas leerte el *Vibe*?

—Fijo.

—¿Te estás quedando conmigo, Alibabá?

—No, no, soy un gran fan de *Escursfshe*.

—¿De quién?

—El Artista Antes Conocido Como *Plinstk*. —No podía parar de intentar pronunciar el símbolo. Dejé caer la revista sobre el mostrador y Jimmy, el propietario coreano, dijo:

—¿Para Frank?

—Ajá. —Tragué saliva.

Apartó el dinero.

—Cógelo, Lionel.

De regreso en la calle, el poli esperó a que diéramos la vuelta a la esquina con la oscura Bergen Street, justo pasada la entrada de la línea F y a tan solo unas puertas del despacho de L&L, y entonces me agarró literalmente por el cuello, arrugándome las solapas de la chaqueta con ambas manos, y me empujó contra la pared de azulejos. Yo me aferré a la revista enrollada y a la bolsa de Zeod donde llevaba el sándwich y la cola, y las sostuve en alto delante de mí para protegerme, como haría una vieja con el bolso. Fui lo bastante listo para no devolverle el empujón al poli. De todos modos yo era más corpulento que él y en realidad no me asustaba, no físicamente.

—Basta ya de hablar con segundas —dijo—. ¿De qué va todo esto? ¿Por qué finges que Minna sigue vivo, Alibabá? ¿A qué juegas?

—Vaya. Esto no me lo esperaba. Es como el poli bueno y el malo todo junto, dos en uno.

—Sí, antes podían permitirse dos tipos. Pero ahora, con lo del recorte de presupuesto y toda esa mierda hacemos turno doble.

—¿No podríamos *putopolinegro* podríamos volver a charlar amigablemente?

—¿Qué has dicho?

—Nada. Suélteme. —Había conseguido reducir el tic a un murmullo… y tuve la decencia de agradecerle a mi cerebro enfermo que no hubiera pensado en algo así como *puto negrata de mierda*. A pesar de la bronca del inspector, o quizá gracias a ella, nuestra exaltación se había intensificado y apagado inmediatamente después: nos habíamos ganado un instante de calma compartida. La proximidad de los cuerpos invitaba a intimar. De no haber tenido las manos ocupadas habría empezado a acariciarle su ruda mandíbula o a darle palmaditas en el hombro.

—Explícate, Alibabá. Empieza a cantar.

—No me trate como a un sospechoso.

—¿Y por qué no?

—Trabajaba para Frank. Le echo de menos. Quiero atrapar al asesino tanto como usted.

—Bueno, pues comparemos información. ¿Los nombres de Alphonso Matricardi y Leonardo Rockaforte te dicen algo?

Me enmudeció.

Matricardi y Rockaforte: el poli de homicidios no sabía que no debían pronunciarse esos nombres en voz alta. En ningún sitio, pero especialmente no en Smith Street.

Yo nunca había oído sus nombres de pila, Alphonso y Leonardo. Me parecían equivocados, pero qué nombres no me lo habrían parecido. El equívoco rodeaba aquellos nombres y su pronunciación reservada exclusivamente a las grandes ocasiones. No digas Matricardi y Rockaforte.

Di «Los Clientes» si tienes que decir algo.

O di «Estuco y Ladrillo del Estado Jardín». Pero no esos nombres.

—Nunca los había oído —suspiré.

—¿Por qué será que no te creo?

—*Creemenegro.*

—Joder, qué mal estás.

—Sí —dije—. Lo siento.

—Deberías sentirlo. Se han cargado a tu colega y no me estás ayudando en nada.

—Atraparé al asesino. Así le ayudaré.

Me soltó. Ladré un par de veces. Le cambió la cara, pero ahora ya estaba claro que todo se atribuiría a una locura inofensiva. Había sido más inteligente de lo que yo mismo pensaba llevándome al poli hasta Zeod y permitiendo que oyera al árabe llamarme Loco.

—Quizá deberías dejármelo a mí, Alibabá. Pero asegúrate de que no te olvidas de explicarme todo lo que sabes.

—Por descontado.

Puse cara de honorable chico escolta. No quise precisarle al poli bueno que el poli malo no me había sacado nada, que se había cansado de preguntar.

—Me estás dando lástima, aquí con tu sándwich y tu revista. Vamos, largo.

Me alisé la chaqueta. Me inundaba una paz extraña. El poli me había hecho pensar en Los Clientes, pero los borré de mi mente. Se me daban bien estas cosas. Mi cerebro de Tourette salmodiaba *Quiero atraparlo tanto como lo echo de menos tanto como un sándwich* pero no necesitaba exteriorizarlo, podía dejarlo vivir dentro de mí, como un arroyo burbujeante o un hondo pozo de canciones. Fui hasta la oficina de L&L y entré con mi llave. No se veía a Danny por ninguna parte. Llamaban al teléfono. Lo dejé sonar. El poli me observaba, le saludé con la mano, cerré la puerta y pasé a la trastienda.

A veces me costaba admitir que vivía en el apartamento de encima de L&L, pero así era y así había sido desde el lejano día en que abandoné Saint Vincent. La escalera partía de la trastienda de la oficina. Aparte de esta incomodidad, intentaba mantener los dos sitios bien separados en mi cabeza decorando el apartamento de manera convencional con muebles estilo años cuarenta que conseguí en las decrépitas tiendas de saldos de Smith Street, no invitando nunca a los otros Hombres de Minna si podía evitarlo y cumpliendo ciertas normas arbitrarias: abajo bebía cerveza y arriba whisky, arriba tenía un teléfono de baquelita, etcétera. Durante una temporada incluso llegué a tener un gato, pero no funcionó.

La puerta de arriba estaba señalada con miles de marcas minúsculas que hacía al golpear con las llaves antes de entrar, a modo de ritual. Añadí seis rápidas impresiones de llave nuevas —ese día mi nervio contable se había quedado encallado en el seis, desde aquella bolsa fatal de White Castle— y después entré. El teléfono de la planta baja seguía sonando. Dejé las luces apagadas, por eso de las conexiones entre arriba y abajo. Luego repté hasta la ventana de delante y eché un vistazo fuera. Ningún poli en la esquina. De todas maneras, para qué arriesgarse. Las farolas de la calle dejaban entrar suficiente luz. Así que dejé las lámparas apagadas, aunque tuve que pasar las manos bajo las pantallas y acariciar los interruptores, un mero contacto ritual para sentirme en casa.

Me explico: la posibilidad de tener que hacer la ronda en cualquier momento y tocar todo objeto visible del apartamento había impuesto una suerte de falsa simplicidad japonesa en mi entorno. Bajo la lámpara de lectura tenía cinco libros de bolsillo intactos, que devolvería al Ejército de Salvación de Smith Street en cuanto los acabara. Las cubiertas ya estaban marcadas con miles de rayas minúsculas, resultado de pasear las uñas por encima. Tenía una cadena musical de plástico negro con altavoces independientes y una pequeña hilera de compactos de Prince/Artista Antes Conocido Como: no le había mentido al poli al decirle que era un fan. Junto a los CD había un tenedor, el que había robado catorce años antes de aquella mesa de Matricardi y Rockaforte llena de cubertería de plata. Coloqué la revista *Vibe* y la bolsa con el sándwich en la mesa, que por lo demás estaba limpia. Ya no me moría de hambre. Una bebida parecía más urgente. No me gustaba mucho el alcohol, pero lo esencial era el ritual.

El teléfono de abajo seguía sonando. En L&L no teníamos contestador: normalmente la gente se cansaba al cabo de nueve o diez timbrazos y lo intentaba con otra empresa. Desconecté. Me vacié los bolsillos de la chaqueta y volví a descubrir el reloj y el busca de Minna. Los dejé sobre la mesa, luego me serví un vaso de Walker Red hasta arriba, añadí un par de cubitos y me senté en medio de aquella oscuridad a tratar de asimilar el día, a tratar de encontrarle algún sentido. El resplandor de los cubitos me empujó a toquetearlos como un gato intentando cazar un pececillo de colores en una pecera, pero salvo por ese pequeño detalle, todo estaba bastante tranquilo. Solo faltaba que el teléfono de abajo parara de sonar. ¿Dónde estaba Danny? Hablando del tema, ¿Tony no tendría que haber vuelto ya del East End? No quería ni pensar que hubiera entrado en el zendo él solo, dejándonos fuera del tema a los demás Hombres de Minna. Aparté la idea de mi cabeza, intentando olvidarme de Tony, Danny y Gilbert por el momento, fingir que el caso era solamente mío y sopesar las variables y ordenarlas de manera que cobraran algún sentido, que apuntaran algunas respuestas o, al menos, alguna pregunta clara. Pensé en el gigantesco asesino polaco que habíamos visto conduciendo a nuestro jefe hasta un contenedor de basura: ya parecía como algo que me hubiera imaginado yo, una figura imposible, la silueta de un sueño. El teléfono de abajo seguía sonando. Pensé en Julia, en cómo había jugado con el inspector de homicidios y después había escapado, en cómo casi había parecido preparada para recibir las noticias del hospital, y examiné la amargura que teñía su dolor. Intenté no pensar en cómo había jugado conmigo y lo poco que significaba que lo hubiera hecho. Pensé en Minna, su misteriosa conexión con el zendo, la cáustica familiaridad con el traidor, su desastrosa preferencia por mantener a los Hombres en segundo plano y cómo había pagado por ello. Mientras miraba más allá de la luz de la calle, a las cortinas teñidas de reflejos azules de los dormitorios de la acera de enfrente de Bergen Street, seguí dándoles vueltas a mis míseras pistas: Ullman centro ciudad, la chica con gafas y pelo corto, «el edificio» que había mencionado aquella voz sarcástica del zendo Yorkville e Irving, si es que Irving era una pista.

Mientras pensaba en todas estas cosas, otra pista sonora de mi cerebro entonaba *cerebrotomía coartadamanía cortaestamanía yanomevalía pulpoeconomía.* Y el teléfono de la planta baja seguía sonando. Suspiré, resignado ante mi sino, y bajé a contestar.

—¡No hay coches! —dije con energía.

—¿Eres tú, Lionel? —preguntó Loomis, el amigo de Gilbert que trabajaba de inspector de sanidad… el Poli Basuras.

—¿Qué pasa, Loomis? —El tipo me desagradaba.

—Tenemos un problema.

—¿Dónde?

—En la comisaría del sexto, en Manhattan.

—¡*Palurdín!* ¿Qué estás haciendo en la comisaría, Loomis?

—Bueno, dicen que es demasiado tarde, que hoy ya no va a poder comparecer ante el juez, así que tendrá que pasar la noche en el calabozo.

—¿Quién?

—¿Tú qué crees? ¡Gilbert! Le acusan de haberse cargado a un tipo llamado Ullman.

¿Has sentido alguna vez, al leer una novela policíaca, un estremecimiento de alivio y remordimiento cuando asesinan a un personaje antes de hacer su entrada sobre el papel y cargarte con el peso de su existencia? De todas maneras, las novelas policíacas siempre tienen demasiados personajes. Y los personajes que salen al principio pero nunca se ven, que se limitan a pulular entre bastidores, adquieren cierto carácter profético bastante desagradable. Mejor que se larguen.

Sentí algo parecido a ese estremecimiento al oír las noticias del Poli Basuras: Ullman estaba muerto. Pero también sentí justo lo contrario, sentí pánico de que se derrumbara el mundo que conformaba el caso. Ullman había sido una puerta abierta, una dirección, un tufillo de algo. No podía permitirme sentir ninguna lástima por la muerte de Ullman, del ser humano Ullman —sobre todo el mismo día en que había muerto Frank Minna—, pero no obstante me lamenté: habían asesinado a mi pista.

Otras cosas que también sentí:

Fastidio: tendría que tratar con Loomis esa misma noche. Fin de las meditaciones. El hielo se desharía en el vaso de Walker Red en el piso de arriba. El sándwich de Zoed quedaría incomestible.

Confusión: mucho fulminar con la mirada y sacudir al personal, pero Gilbert nunca mataría a nadie. Y le había visto parpadear con cara de tonto al escuchar el nombre de Ullman. No había significado nada para él. Así que no había móvil, a no ser que hubiera sido en defensa propia. O que alguien le hubiera tendido una trampa. Por tanto:

Miedo: alguien iba a la caza de los Hombres de Minna.

Me acerqué hasta Manhattan en un coche de la agencia e intenté visitar a Gilbert en la comisaría, pero no tuve suerte. Ya lo habían trasladado desde la celda delantera hasta otra no visible donde pasaría con los demás recién arrestados una noche de lo que la policía, eufemísticamente, llamaba «terapia de calabozo»: comer sándwiches de salchicha, usar el baño al aire libre, obviar las insinuaciones de apropiación del reloj o la cartera y cambiar pitillos, si se tenían, por una hoja de afeitar con la que protegerse. Loomis, siempre tan diligente, había agotado la paciencia de los polis en todo lo relativo a los derechos y privilegios de Gilbert: había disfrutado ya de su llamada telefónica y la visita tras los barrotes de la celda, no se le permitiría nada más hasta la mañana siguiente como muy pronto. Para entonces quizá compareciera ante el juez y le enviaran a la prisión central a esperar que alguien pagara la fianza. Así que mi esfuerzo no se vio recompensado con ninguna información y encima tuve que cargar con Loomis de vuelta a Brooklyn. Aproveché la oportunidad para intentar averiguar qué le había oído explicar a Gilbert.

—No ha querido decir gran cosa sin un abogado, y no le culpo. Las paredes oyen, ¿sabes? Solo ha dicho que Ullman ya estaba muerto cuando llegó. Los de homicidios le pillaron saliendo del lugar como si hubieran recibido un chivatazo. Cuando conseguí verle no había explicado más que vaguedades y había pedido hablar con un abogado, pero le han dicho que tendrá que esperar hasta mañana. Supongo que intentó llamar a L&L pero nadie cogía el teléfono. Afortunadamente yo andaba cerca… A propósito, siento lo de Frank. Una lástima. Gilbert tampoco parecía llevarlo muy bien, te lo aseguro. No sé qué les habrá dicho, pero cuando aparecí los tipos no parecían muy contentos con él. Intenté razonar con ellos, les mostré la placa, pero me trataron peor que a un puto carcelero, ¿sabes? Iban de superiores.

Gilbert había conocido a Loomis hacia el final de secundaria, cuando ambos vagaban por el parque de Carroll Street contemplando a los viejos que jugaban a las bochas. Loomis atrajo el lado gandul y descuidado de Gilbert, el lado que se hurgaba la nariz y gorreaba pitillos, la parte de él que no quería tener que mantenerse siempre al nivel de Minna y el resto de sus Hombres. Loomis no se había espabilado del modo en que hasta el huérfano más recalcitrante y pasivo tenía que hacerlo: él era una especie de extensión amorfa del colchón, el televisor y el frigorífico paternos y había acabado independizándose pero de muy mala gana. En nuestros días de formación se había arrastrado por L&L en compañía de Gilbert, pero nunca mostró el menor interés ni en el servicio de coches que servía de tapadera ni en la agencia de detectives que asomaba por debajo: de todos modos se dejaba caer por si teníamos algún paquete abierto de Sno-Balls o Chocodiles sobre el mostrador.

Los padres de Loomis le empujaron hacia el oficio de policía. Suspendió dos veces las oposiciones para convertirse en un poli normal de los que hacen la ronda y algún consejero de buen corazón le empujó a su vez, en suave descenso, hacia los exámenes para policía de sanidad, que eran más sencillos y que aprobó por los pelos. Aunque antes de convertirse en el Poli Basuras, Minna solía llamarlo Culo de Confianza, término que empleaba no sin cierta ternura.

Los otros Chicos y yo lo dejamos pasar sin más las cinco o seis primeras veces, pensando que ya nos daría una explicación, antes de acabar preguntándole a Minna qué quería decir.

—Bueno, uno tiene a sus asesores, sus cerebros de confianza —dijo Minna—. Y luego están los demás. Los que permites que revoloteen a tu alrededor. O sea, los tontos del culo de confianza.

Nunca fui un gran partidario del Culo de Confianza. De hecho, detestaba a Loomis por infinidad de razones. Su pereza y falta de precisión volvían locos mis instintos impulsivos: su inconstancia, la manera en que incluso su forma de hablar estaba plagada de abandonos y problemas técnicos como una cinta de casete gastada, el modo en que sus plomizos sentidos rechazaban el mundo, su capacidad de atención, que era como una bola de la máquina del bar que volviera a colarse una y otra vez en el agujero sin encender ninguna luz ni mover un solo flipper… fin de partida. Le impresionaban las trivialidades más banales y era incapaz de impresionarse ante algo verdaderamente nuevo, con sentido o conflictivo. Y era demasiado imbécil para aborrecerse a sí mismo: así que yo tenía el deber de aborrecerlo en su nombre.

Aquella noche en particular, mientras cruzábamos por la rejilla metálica del puente de Brooklyn, me machacaba con su cháchara idiota de costumbre: nadie respeta a las fuerzas de sanidad.

—Uno pensaría que saben lo que significa ser poli en esta ciudad, esos tipos y yo estamos en el mismo bando, pero el poli que te digo no paraba de decir: «Oye, por qué no te pasas por mi bloque, algún cabrón me roba siempre la basura». De no haber sido por Gilbert le habría dicho dónde podían metérsela...

—¿A qué hora te llamó Gilbert? —interrumpí.

—No sé, hacia las siete o las ocho, puede que cerca de las nueve —contestó, demostrando sucintamente que no estaba capacitado para ser policía.

—Ahora *¡Tourette es un basura!* no son más que las diez, Loomis.

—Bueno, pues entonces debió de ser justo después de las ocho.

—¿Descubriste dónde vivía Ullman?

—En algún lugar del centro. Le di la dirección a Gilbert.

—¿No la recuerdas?

—Nop.

Loomis no iba a serme de gran ayuda. Él parecía saberlo tan bien como yo, y de inmediato se lanzó de cabeza a otra digresión, como para decir *Soy un inútil, ¿vale? Sin rencores.*

—¿Te sabes el de cuántos católicos se necesitan para enroscar una bombilla?

—Lo conozco, Loomis. Nada de chistes, por favor.

—Bah, venga. ¿Y el de en qué se parecen un tren que va por el viejo Oeste y una silla?

No dije nada. Salimos del puente, a la plaza Cadman. Pronto me libraría de Loomis.

—En que el tren va a Kansas City y la silla es por City Kansas. ¿Lo pillas?

Otra de las cosas que odiaba de Loomis. Años atrás se había enterado de que Minna organizaba concursos de chistes y había decidido competir. Pero se decantaba por las adivinanzas idiotas, sin ninguna gracia, sin carácter ni matices. No parecía comprender la diferencia.

—Lo pillo —admití.

—¿Y cómo excitas a un ocelote?

—¿Qué?

—Que cómo excitas a un ocelote. Ya sabes, un gato grande. Creo.

—Ya, un gato grande. ¿Y cómo lo excitas, Loomis?

—*Le oscilas el lote. ¿Lo pillas?*

—*¡A la mierda, ocelote!* —grité mientras virábamos hacia Court Street. La coña estúpida de Loomis se había colado bajo la piel de mis síntomas—. *Lancelote lanza el bote. ¡Al rebote! ¡Paquebote!*

El Poli Basuras se rió.

—Hostia, Lionel, me parto de risa contigo. No paras con la manía esa.

—No es una *maniana… manzanote* —grité entre dientes. Por fin, lo que más detestaba de Loomis: siempre, desde que nos conocimos siendo adolescentes hasta el momento presente, había insistido en que yo fingía y en realidad podía controlar mis tics si quería. Nada podría disuadirle, ningún ejemplo, demostración, ni programa educativo. Una vez le mostré el libro que Minna me había regalado, le echó un vistazo y se rió. Era una invención mía. Por lo que a Loomis se refería, mi Tourette no era más que una broma rara, una que existía básicamente en su cabeza, prolongándose desde hacía más de quince años.

—¡Naranjote! —dijo—. ¡Te pillé! —Le gustaba creer que jugaba conmigo.

—¡Vete a la miercelote! —Le palmeé el hombro recubierto por la gruesa tela del abrigo tan de repente que el coche giró bruscamente.

—¡Joder, cuidado!

Le di cinco palmaditas más, conduciendo ya con normalidad.

—No consigo cabrearme contigo —dijo—. Ni siquiera cuando pasan estas cosas. Supongo que es algo sentimental, una
forma de decir que ojalá Frank estuviera aquí. Al fin y al cabo
esa manía tuya siempre le hizo gracia.

Paramos delante de L&L. Las luces del despacho estaban
encendidas. Alguien había vuelto desde que yo saliera de ex-
cursión a la comisaría del sexto distrito.

—Creía que me llevabas a casa en coche. —Loomis vivía en
Nevins Street, cerca de las casas de protección oficial.

—Puedes ir caminando desde aquí, *follateunpoli*.

—Va, Lionel.

Aparqué en un hueco delante del despacho, pero en la otra
acera. Cuanto antes nos perdiéramos de vista Loomis y yo,
mejor.

—Ve andando —dije.

—Al menos déjame ir al lavabo —lloriqueó—. Esos idiotas de
la comisaría no me han dejado. Llevo todo el rato aguantándome.

—Si me haces un favor.

—¿Qué?

—La dirección de Ullman. Ya la encontraste una vez. La
necesito.

—La conseguiré mañana por la mañana, cuando vuelva al
trabajo. ¿Quieres que te telefonee aquí?

Me saqué una de las tarjetas de Minna del bolsillo y se la di.

—Llama al busca. Lo llevaré conmigo.

—Vale, muy bien, ¿ahora puedo echar un pis?

No dije nada, me limité a levantar y bajar automáticamente los seguros del coche seis veces, luego me apeé. Loomis me
siguió hasta el despacho y entró conmigo.

Danny salió de la trastienda, apagando de paso una colilla
en el cenicero del mostrador. Siempre fue el Hombre de
Minna mejor vestido, pero de repente parecía como si llevara

demasiados días con el mismo traje negro. Me recordó a un trabajador de pompas fúnebres en el paro. Nos miró a Loomis y a mí y frunció los labios pero no dijo nada, y no fui capaz de entrever nada en su mirada. Sentí que sin Minna ya no le conocía. Danny y yo funcionábamos como expresiones de dos extremos opuestos de los impulsos de Minna: Danny era un cuerpo alto y silencioso que atraía a las mujeres e intimidaba a los hombres, yo, una boca idiota e inquieta que cubría el mundo de nombres y descripciones. Sacando la media de los dos tendríamos de vuelta a Frank Minna, más o menos. Ahora, sin Minna que hiciera de conductor entre nosotros, Danny y yo debíamos empezar otra vez a intuir nuestras entidades, como si de repente volviéramos a tener catorce años y ocupáramos camas opuestas en el Orfanato para Chicos Saint Vincent.

De hecho, sentí un deseo repentino de que Danny tuviera una pelota de baloncesto entre las manos porque así podría decirle: «¡Buen tiro!» o animarle para que la metiera. En cambio, nos miramos fijamente.

—Permiso —dijo Loomis, pasando a toda prisa por mi lado y saludando a Danny con la mano—. Tengo que ir al baño. —Desapareció en la trastienda.

—¿Dónde está Tony? —pregunté.

—Esperaba que tú me lo dijeras.

—Bueno, pues no lo sé. Espero que le vaya mejor que a Gilbert. Le acabo de dejar en el calabozo del distrito sexto.

Dio la impresión de que había llegado a verle, pero no deshice el malentendido. Loomis no me lo haría notar, ni siquiera si me estaba escuchando desde el lavabo.

Danny no pareció demasiado sorprendido. Supuse que en comparación con la muerte de Minna aquel nuevo giro de los acontecimientos no podía causarle gran impresión.

—¿Por qué está detenido?

—¡*Ullmatanza!*... Ha aparecido asesinado el tipo que Tony mandó buscar a Gilbert. Le han colgado el muerto a Gilbert. —Danny se limitó a rascarse pensativamente la punta de la nariz.

—¿Dónde estabas? —dije—. Creía que tenías que cuidarte del despacho.

—Salí a comer algo.

—Estuve aquí tres cuartos de hora.

Mentira: dudaba que me hubiera quedado más de quince minutos, pero quería presionarle un poco.

—Supongo que nos cruzamos.

—¿Alguna llamada? ¿Has visto al *homosapiens, homogénicos, genocidios, domicilios, codicilios* poli de homicidios?

Sacudió la cabeza. Se estaba callando algo… Entonces caí en la cuenta de que yo también.

Los dos nos observábamos pensativos, esperando la pregunta siguiente. Sentí una vibración dentro de mí, tics que acechaban en lo más profundo, reuniendo fuerzas. O quizá era simplemente que por fin tenía hambre.

Loomis salió de la trastienda.

—Hostia, tíos, qué mala pinta tenéis. Menudo día, ¿eh?

Lo fulminamos con la mirada.

—Bueno, creo que le debemos a Frank un momento de silencio, ¿no os parece?

Quise precisar que lo que Loomis había interrumpido era precisamente un momento de silencio, pero lo dejé estar.

—¿Un detallito en su memoria? Bajad la cabeza, burros. Ese hombre era como vuestro padre. No acabéis el día discutiendo.

Loomis tenía algo de razón, la suficiente al menos para avergonzarnos a Danny y a mí y salirse con la suya. Así que seguimos de pie y en silencio, y cuando vi que Danny y Loomis habían cerrado los ojos yo también los cerré. Juntos formábamos una versión reducida e impropia de la agencia: Danny se representaba a sí mismo y a Tony, yo a mí mismo, y Loomis a Gilbert, supongo. En cualquier caso, me conmoví, un segundo.

Entonces Loomis lo estropeó todo con un pedo perfectamente audible que intentó disimular tosiendo, sin conseguirlo.

—Vale —dijo de repente—. ¿Qué, Lionel? ¿Me acercas hasta casa?

—Ve andando —dije.

Humillado por su propio cuerpo, el Poli Basuras no discutió, se encaminó hacia la puerta.

Danny se ofreció voluntario para quedarse de guardia junto al teléfono. Tenía un café al fuego, dijo, y le vi taciturno, con ganas de tener la oficina para él solo. Me pareció bien dejarle allí. Así que subí al piso sin haber intercambiado con Danny más que unas pocas frases.

Una vez en casa encendí una vela y la pegué en el centro de la mesa, junto al busca y el reloj de Minna. El burdo intento de ritual organizado por Loomis me perseguía. Necesitaba uno propio. Pero también tenía hambre. Tiré la bebida aguada y preparé una nueva, que también coloqué sobre la mesa. Luego desenvolví el sándwich de Zeod's. Me lo pensé un momento, resistiéndome a las ganas de hincarle el diente, luego fui hasta el armario y me traje un cuchillo de sierra y un plato pequeño. Corté el sándwich en seis trozos iguales, disfrutando con un placer inesperadamente intenso de la resistencia del panecillo a los dientes romos del cuchillo, y dispuse los trozos de manera equidistante. Devolví el cuchillo a la encimera, luego centré el plato, la vela y la bebida para apaciguar mi atormentado síndrome de Tourette. Si no contenía las necesidades de mi síndrome nunca libraría el espacio necesario para que mis penas pudieran manifestarse.

Entonces me acerqué a la cadena y puse la canción más triste de toda mi colección de compactos, «How Come U Don't Call Me Anymore», de Prince.

No sé si El Artista Antes Conocido Como Prince es touréttico u obsesivo-compulsivo en su vida privada, pero sé de cierto que lo es, y mucho, en su obra. La música nunca me había dicho gran cosa hasta un día de 1986 en que, en el asiento del acompañante del Cadillac de Minna, escuché por primera vez el sencillo «Kiss» brotando, con su estilo maníaco, de la radio del coche. Hasta ese instante de mi vida quizá hubiese escuchado en una o dos ocasiones música que jugaba con sensaciones de malestar claustrofóbico y desahogo por exteriorización, y que al hacerlo cautivaban mi síndrome de Tourette, lo embaucaban con la impresión de reconocerse, como Art Carney o el Pato Lucas: pero he aquí una canción que vivía por completo en dicho territorio, guitarra y voz temblaban y vibraban dentro de unos límites delimitados obsesivamente, ora silenciosas, ora oclusivas. Hasta tal punto latía con energías touréticas que me rendí a su ritmo atormentado y chillón y por una vez dejé que mi síndrome saliera de mi cerebro para vivir al aire libre.

—Apaga esa mierda —dijo Minna.

—A mí me gusta —protesté.

—Es la misma porquería que escucha Danny. —Aquí *Danny* significaba *demasiado negro*.

Supe que tenía que conseguir aquella canción, así que al día siguiente fui a buscarla a J&R Music World: el dependiente tuvo que explicarme qué quería decir la palabra «funk». Me vendió un casete y un walkman para que lo escuchara. Acabé con una versión «extended» de siete minutos —la canción que había oído en la radio más un apéndice catastrófico compuesto por cuatro minutos de cortes, gruñidos, bufidos y palmadas—, una coda pensada, aparentemente, como mensaje privado de reafirmación para mi feliz cerebro tourético.

La música de Prince me tranquilizaba tanto como la masturbación o las hamburguesas con queso. Cuando la escuchaba quedaba libre de síntomas. Así que empecé a coleccionar sus discos, en especial esas remezclas frenéticas y barrocas que vienen con los sencillos en CD. El modo que tiene de sacar cuarenta y cinco minutos de variaciones a partir de una única frase musical o verbal es, por lo que yo sé, lo más parecido en el mundo del arte a mi condición.

«How Come U Don't Call Me Anymore» es una balada, con un fondo de piano cubierto por un quejumbroso *falsetto*.

Lenta y melancólica, mantiene no obstante la precisión compulsiva y la brusquedad propias del síndrome de Tourette, esos silencios y chillidos repentinos que convirtieron la música de Prince en el bálsamo ideal para mi cerebro.

Puse la canción para que se fuera repitiendo automáticamente y me senté a esperar las lágrimas a la luz de mi vela. Solo después de que llegaran me permití comerme las seis porciones de sándwich de pavo, a modo de ritual en honor a Minna, alternándolas con sorbos de Walker Red. *El cuerpo y la sangre*, no podía evitar pensarlo aunque me sentía todo lo ajeno a cualquier tipo de sentimiento religioso que un hombre en duelo puede sentirse. Lo sustituí: *El pavo y el alcohol*. Una última cena por Minna, que no tuvo la suya. Prince gemía, acababa la canción, la volvía a empezar. La vela ardía y parpadeaba. Conté *tres* al acabarme una porción de sándwich, después *cuatro*. Hasta ahí mis síntomas. Contaba sándwiches y lloraba. Con el *seis* paré la música, apagué la vela y me fui a la cama.

(SUEÑOS DE TOURETTE)

(en los sueños de Tourette te despojas de tus tics)

(o tus tics se despojan de ti)

(y te vas con ellos, sorprendido de dejarte atrás a ti mismo)

GALLETAS MALAS

Hay días en que me levanto por la mañana, entro tambaleándome en el baño, abro el grifo y entonces levanto la vista y ni siquiera reconozco mi propio cepillo de dientes en el espejo. Quiero decir que el objeto parece raro, con un diseño peculiar, con un mango extraño que se va estrechando y unas cerdas cortadas a inglete y encajadas en el plástico, y me pregunto si alguna vez lo he mirado antes con atención o si se ha colado alguien por la noche y ha reemplazado mi cepillo de dientes viejo por uno nuevo. Tengo este tipo de relación con los objetos en general: a veces se me vuelven nuevos y vívidos de manera incontrolable y no sé si es un síntoma del síndrome de Tourette o no. Nunca lo he encontrado descrito en los libros sobre el tema. Es lo raro de tener un cerebro touréttico: carezco de control sobre la experiencia de ser yo. Lo que podría no ser más que una rareza es puesto a prueba por si hay que relegarlo al dominio de los síntomas, de igual modo que los síntomas siempre intentan inmiscuirse en otros dominios exigiendo la oportunidad de pasar una audición para alcanzar su momento de brillo y relevancia −¡ese podría ser lo que buscábamos!− entre los protagonistas. De formar parte de la personalidad. Hay mucho tránsito en mi cabeza, y en doble sentido.

Pero la rareza de esa mañana había resultado refrescante. Más que refrescante: reveladora. Me había despertado pronto y como no había corrido las cortinas, el techo encima de la cama, la mesa con la vela derretida, el vaso con el cubito deshecho y las migas del sándwich de mi comida ritual habían quedado atrapados por el resplandor blanco del sol, como el destello del proyector antes de empezar la película. Parecía posible que yo fuese el primero en despertarse al mundo, que el mundo fuera nuevo. Me vestí con mi mejor traje, me puse el reloj de Minna en lugar del mío y me enganché su busca en la cadera. Luego me preparé café y tostadas, limpié las migas de sombra alargada de la mesa, me senté y saboreé el desayuno, maravillándome a cada paso ante la riqueza de la existencia. El radiador gemía y estornudaba y yo imité sus ruidos con alegría compartida en lugar de impotencia. A lo mejor había esperado que la ausencia de Minna acabara con la existencia del mundo, o al menos con Brooklyn. Que se produjera una pérdida por simpatía. En cambio, me había despertado comprendiendo que era el heredero y el vengador de Minna, que la ciudad resplandecía de pistas.

Resultaba plausible que fuera un detective con un caso.

Me arrastré hasta el piso de abajo, pasé junto a Danny, que dormía apoyado en los brazos sobre el mostrador con la chaqueta del traje negro arrugándosele alrededor de los hombros y una pequeña mancha de baba en la solapa. Apagué la cafetera, donde se estaba quemando un culo de café que olía ácido, y salí a la calle. Eran las siete menos cuarto. El dependiente coreano del Casino todavía estaba levantando la persiana, metiendo los fajos de *News* y *Post*. Me despejé con el frío de la mañana.

Arranqué el Pontiac de L&L. Danny podía seguir durmiendo, Gilbert en la celda y Tony en paradero desconocido. Yo iría al zendo. Mejor que fuera demasiado temprano para los monjes y gángsters que se escondían allí: tendría el factor sorpresa de mi parte.

Para cuando hube aparcado y llegado hasta el zendo, el Upper East Side despertaba a la vida, los tenderos montaban los

puestos de fruta delante de las tiendas, los vendedores calle-
jeros de libros viejos descargaban sus cajas, las mujeres vestidas de negocios se miraban el reloj mientras recogían las
porquerías de sus perros en bolsitas de plástico. El portero
del edificio de al lado era nuevo, un chaval con bigote y
uniforme, no el que me había incordiado el día antes. Tenía
pinta de estar algo verde, de ser solo el tipo que cargaba con
el último turno de la noche. De todos modos pensé que
valía la pena intentarlo. Lo llamé con el dedo y salió al frío
de la calle.

—¿Cómo te llamas? —dije.

—Walter, señor.

—Walter señor qué. —Emití una vibración «poli o jefe».

—Walter es, esto, mi apellido. ¿En qué puedo ayudarle?

Parecía preocupado, por él y por su edificio.

—*Ayudamewalter*. Necesito el nombre del portero que estaba aquí anoche, a eso de las seis y media, siete. Mayor que tú,
de unos treinta y cinco, y con acento.

—¿Dirk?

—Puede. Tú sabrás.

—Normalmente es Dirk. —El chico no estaba seguro de si
debía explicármelo.

Desvié la vista de su hombro.

—Bien. Ahora dime qué sabes del zendo Yorkville. —Señalé a la placa de bronce con el pulgar—. *¡Palurdirk! ¡Porterín!*

—¿Cómo? —Me miró con los ojos como platos.

—¿Los ves entrar y salir?

—Supongo.

—¡Walter Suponrogg! —Carraspeé a propósito—. Colabora
conmigo, Walter. Seguro que ves muchas cosas. Cuéntame tus
impresiones.

Le vi abriéndose camino entre capas de cansancio, aburrimiento y estupidez.

—¿Es usted poli?

—¿Por qué te lo parece?

—Pues… habla de forma curiosa.

—Soy un tipo que necesita saber ciertas cosas, Walter, tengo prisa. ¿Has visto a alguien entrar o salir del zendo últimamente? ¿Algo que te llamara la atención?

Escrutó la calle para comprobar si alguien nos veía charlar. Aproveché para taparme la boca con la mano y emití un sonido parecido a un jadeo, como de perro excitado.

—Eh, no pasa gran cosa por las noches —dijo Walter—. Esta es una zona muy tranquila.

—Un lugar como el zendo tiene que atraer a algunos tipos extraños.

—No para de hablar del zendo.

—Está ahí mismo, grabado en bronce. —*Cagado en ponche.*

Dio un paso en dirección a la calle, dobló el cuello y leyó la placa.

—Humm, es como una escuela religiosa, ¿verdad?

—Verdad. ¿Nunca has visto a ningún tipo sospechoso merodeando por aquí? ¿Un polaco enorme?

—¿Cómo iba a saber si es polaco?

—Pues concéntrate en el tamaño. Me refiero a un tipo muy grande, grande de verdad.

Volvió a encogerse de hombros.

—Me parece que no. —Su mirada bovina no habría visto ni a una grúa con la bola de demoliciones entrando por la puerta, no digamos ya una figura humana de gran tamaño.

—Oye ¿te importaría controlarlo un poco? Te daré un número para que me llames. —Llevaba un alijo de tarjetas de Minna en el bolsillo y pesqué una para él.

—Gracias —dijo distraídamente, echando un vistazo a la tarjeta. Ya no me tenía miedo. Pero no sabía qué pensar de mí ahora que ya no representaba una amenaza. Le resultaba interesante, pero no sabía muy bien cómo interesarse.

—Te agradecería que me llamaras ¡*Porterín Portamemo Gilipuertas!* si ves algo raro.

—Usted es bastante raro —dijo muy serio.

—Aparte de mí.

—Vale, pero acabo dentro de media hora.

—Bueno, tú tenlo presente. —Walter estaba acabando con mi paciencia. Me permití darle una palmadita en el hombro a modo de despedida. Aquel tipo joven y tonto me miró la mano y luego se volvió para adentro.

Recorrí la manzana hasta la esquina y me volví, coqueteando con el zendo, buscando el valor para entrar. El lugar despertaba en mí sentimientos de reverencia y una especie de miedo mágico, como si estuviera aproximándome a un santuario: *el martirio de san Minna.* Quería reescribirles la placa para que explicara lo ocurrido. En cambio, llamé al timbre de la puerta, un timbrazo. Nadie contestó. Llamé cuatro veces más, en total iban cinco y me detuve, sobresaltado ante la sensación de algo completo.

Prescindí con indiferencia de mi viejo amigo el *seis.*

Me pregunté si tendría algo de conmemorativo: mi tic contable descendía un puesto en la lista, substraía un dígito por Frank.

Alguien va a la caza de los Hombres de Minna, pensé otra vez. Pero no podía sentir miedo. Aquella mañana yo no era la pieza, sino el cazador. En cualquier caso, había llegado al final del recuento: cuatro Hombres de Minna más Frank sumaban cinco. De modo que si estaba contando cabezas, debería contar hasta cuatro. Tenía un polizonte a bordo, pero quién. Quizá fuera Bailey. O Irving.

Pasó un minuto largo antes de que la chica morena del pelo corto y gafas abriera la puerta y me mirara con ojos entornados a contraluz. Iba con camiseta, vaqueros y descalza, y llevaba una escoba. Dibujó una sonrisa tenue e involuntaria, sinuosa. Y dulce.

—¿Sí?

—¿Podría hacerle unas preguntas?

—¿Preguntas? —No parecía reconocer la palabra.

—Si no es demasiado temprano… —dije con amabilidad.

—No, no. Estaba despierta. He estado barriendo. —Me mostró la escoba.

—¿La hacen limpiar?

—Es un privilegio. En la práctica zen limpiar se valora mucho. Es como el acto más elevado. Normalmente Roshi quiere barrer él mismo.

—¿No tienen aspirador?

—Demasiado ruido —dijo, y frunció el ceño como si la respuesta fuera obvia. Se oyó el rugido lejano de un autobús, contrariando su argumento. Lo dejé pasar.

Sus ojos se ajustaron a la luminosidad del sol y miró por encima de mí, a la calle, examinándola como si le sorprendiera descubrir que la puerta daba a un espacio urbano. Me pregunté si la chica no habría salido del edificio desde que la había visto entrar la noche anterior. Me pregunté si comía y dormía allí, si era la única o había docenas de soldados rasos del zen.

—Perdón —dijo—, ¿qué decía?

—Preguntas.

—Ah, sí.

—Sobre el zendo, ¿qué hacen aquí? —Me examinó de arriba abajo.

—¿Quiere pasar? Hace frío.

—Me encantaría.

Era verdad. No me sentí en peligro siguiéndola hasta el interior de aquel templo oscuro, la Estrella de la Muerte. Conseguiría la información desde dentro del caballo de Troya de su gentileza zen. Y era consciente de la ausencia de tics, no quería romper el ritmo de la conversación.

El vestíbulo y las escaleras eran sencillos, con paredes blancas sin adornos y un pasamanos de madera con aspecto de que ya estaban limpios antes de que la chica se hubiera puesto a barrer, de estar siempre limpios. Pasamos junto a una puerta y subimos las escaleras, la chica con la escoba a cuestas y dándome la espalda, confiada. Andaba con un ritmo delicadamente entrecortado, rápido como sus respuestas.

—Aquí —dijo, señalando un estante con hileras de zapatos.

—No hace falta, gracias —contesté, suponiendo que se me pedía que eligiera un par de aquellos variopintos modelos.

—No, que se descalce —susurró.

Hice lo que me decían, me saqué los zapatos y los coloqué ordenadamente al final de uno de los estantes. Sentí un escalofrío al recordar que Minna se había descalzado la noche anterior, presumiblemente en el mismo rellano.

La seguí en calcetines, pasamos de largo dos puertas cerradas y una abierta que daba a una habitación oscura y desnuda con hileras de esterillas de tela dispuestas sobre el parquet y que olía a cera o a incienso, un aroma que desde luego no era de aquella mañana. Quería echar un vistazo al interior, pero la chica siguió subiendo.

En el tercer piso me condujo hasta una cocina pequeña con una mesa y tres sillas de madera dispuestas alrededor de una ventana trasera cegada a través de la cual un rayo emancipado de sol sorteaba un laberinto de ladrillos. Si los enormes edificios de ambos lados hubieran existido cuando se construyó la cocina no se habrían molestado en abrir una ventana. La mesa, las sillas y los armarios de la cocina eran tan anodinos y domésticos como un diorama de museo sobre la vida de los colonos o de los indios cree, pero la tetera que sacó era japonesa, y sus caligramas pintados a mano la única nota de ostentación. Me senté de espaldas a la pared, de cara a la puerta, pensando en Minna y en la conversación que había escuchado por los auriculares. Retiró el agua de un fuego bajo y la vertió en la tetera, luego dejó delante de mí una tacita sin asa y la llenó con un confeti de té que cayó arremolinándose libremente.

Me calenté las manos a su alrededor, agradecido.

—Soy Kimmery.

—Lionel. —Sentí que el apellido *Besucón* quería salir al exterior, pero me resistí.

—¿Te interesa el budismo?

—Podrías decirlo así.

—En realidad no deberías hablar conmigo pero puedo explicarte lo que te dirán. No consiste en concentrarse ni en, bueno, acabar con el estrés. Mucha gente (quiero decir, estadounidenses) tienen esa idea. Pero es una disciplina religiosa de verdad, y nada sencilla. ¿Sabes algo de zazen?

—A ver, dime.

—Te dará un dolor de espalda terrible. Eso para empezar. —Puso los ojos en blanco, compadeciéndose de mí.

—Te refieres a la meditación.

—Se llama zazen. O sentada. Parece una chorrada, pero es el corazón de la práctica zen. No se me da muy bien.

Recordé a los cuáqueros que adoptaron a Tony, y su templo de ladrillos que daba a ocho carriles llenos de tráfico de Saint Vincent. Los domingos por la mañana los veíamos por sus altos ventanales, reunidos en silencio sentados sobre bancos duros.

—¿Qué significa que se te dé bien? —dije.

—No tienes ni idea. La respiración, para empezar. Y pensar, solo que en realidad se supone que no es pensar.

—¿Pensar en no pensar?

—No pensar en ello. Una Mente, dicen. Como comprender que todo posee la naturaleza de Buda, la bandera y el viento son la misma cosa, ese tipo de ideas.

No acababa de entenderla, pero una Mente única parecía un fin bastante honorable, si bien claramente quimérico.

—¿Podríamos… podría meditar contigo alguna vez? ¿O se hace a solas?

—De las dos maneras. Pero aquí, en el zendo, se realizan sesiones regulares. —Levantó la taza de té con ambas manos, y se le empañaron las gafas al instante—. Puede venir quien quiera. Y si te pasas hoy por aquí estarás de suerte. Han venido unos monjes muy importantes de Japón para visitar el zendo, y uno de ellos nos hablará esta tarde, después del zazen.

Monjes importantes, motos importadas, mocos impostados: el parloteo iba creciendo en el océano de mi mente como la espuma del mar, y pronto una ola lo escupiría sobre la playa.

—Así que lo dirigen desde Japón —dije—. Y ahora viene a controlaros un poco… como si viniera el Papa de Roma.

—No exactamente. Roshi montó el zendo por su cuenta. El zen no está centralizado. Existen diferentes maestros, que a veces van de visita.

—Pero Roshi llegó de Japón. —Por el nombre me imaginé un anciano marchito, algo mayor que Yoda en *El retorno del Jedi*.

—No, Roshi es americano. Antes tenía nombre americano.

—¿Cómo se llamaba?

—No lo sé. Roshi significa maestro, y ahora solo se llama así. Di unos sorbitos al té caliente.

—¿Este edificio se usa para algo más?

—¿Como qué?

—¡*Asesinarme*!... perdón. Cualquier cosa aparte de meditar.

—Aquí no se puede gritar así.

—Bueno, si ¡*besarme*! pasara algo raro, por ejemplo que Roshi estuviera metido en algún problema, ¿lo sabrías? —Retorcí el cuello, de haber podido, habría hecho un nudo con él, como con el borde de una bolsa de basura—. ¡*Comerme*!

—Creo que no sé de qué me hablas. —Se mostró extrañamente indiferente, sorbiendo el té y observándome por encima de la taza. Recordé las leyendas sobre maestros zen que abofeteaban y pateaban a los alumnos para inducirles a tener revelaciones repentinas. Quizá fuera una práctica habitual en este zendo, y así la chica se había hecho inmune a estallidos verbales y gestos abruptos y estrafalarios.

—Olvídalo —dije—. Oye, ¿habéis tenido visitas últimamente? —Pensaba en Tony, que habría aparecido por el zendo sin disimular nada después de nuestra conversación en L&L—. ¿Alguien vino a meter las narices por aquí anoche? —Pareció sorprendida, y levemente preocupada.

—No.

Consideré la posibilidad de insistir, describirle a Tony, luego decidí que los habría visitado a escondidas, al menos por Kimmery. Así que pregunté:

—¿Ahora hay alguien más?

—Bueno, Roshi vive en el piso de arriba.

—¿Y ahora está? —dije, asustado.

—Claro. Está en sesshin, una especie de retiro prolongado, por lo de los monjes. Hizo voto de silencio, así que esto ha estado bastante tranquilo últimamente.

—¿Tú vives aquí?

—No. He venido a limpiar para el zazen de la mañana. Los otros alumnos vendrán dentro de una hora. Ahora están por ahí trabajando. Por eso el zendo puede permitirse pagar un alquiler aquí. Wallace ya está abajo, pero en esencia es como te he dicho.

—¿Wallace? —Estaba distraído con las hojas de té de mi taza, que iban formando gradualmente un montoncito de poso, como astronautas en un planeta sin apenas gravedad.

—Es uno de esos viejos hippies que lo único que hacen es estar sentados. Creo que tiene piernas de plástico o algo así. Pasamos por su lado al subir.

—¿Dónde? ¿En la habitación de las esteras?

—No, no. Es como un mueble, resulta fácil no verlo.

—¿O sea que es un grandullón?

—No tan grande. Lo digo porque es tranquilo, se sienta y no se mueve. —Y susurró—: Siempre me pregunto si no estará muerto.

—Pero no es un tipo grande de veras.

—Pues no.

Hundí dos dedos en la taza, necesitaba volver a remover las hojas flotantes, obligarlas a reanudar su danza. Si la chica lo vio, no dijo nada.

—No habrás visto a nadie enorme de verdad últimamente, ¿no? —Aunque todavía no me había topado con ellos, Roshi y Wallace no parecían prometer mucho como sospechosos de ser el gigante polaco. Me pregunté si, en cambio, no podía ser alguno de ellos el conversador sarcástico al que había oído mofarse de Minna por los auriculares.

—Hummm, no —dijo.

—*Monstruo pierogi* —dije, luego tosí cinco veces para disimular. Los pensamientos sobre los asesinos de Minna habían podido más que la influencia tranquilizadora de la chica: mi cerebro chisporroteaba palabras, mi cuerpo gestos.

En respuesta la chica se limitó a rellenarme la taza, luego se llevó la tetera al mármol. Mientras estaba de espaldas acaricié su silla, deslicé la palma por la superficie cálida donde había estado sentada, toqué las barras del respaldo cual arpa insonora.

—¿Lionel? ¿Te llamas así?

—Sí.

—No pareces muy tranquilo, Lionel. —Se giró, a punto de cogerme acosando a su silla, y se apoyó contra la encimera en lugar de volver a su asiento.

Por regla general no dudaba en revelar mi síndrome, pero esta vez algo en mí se resistía.

—¿Tienes algo de comer? —dije. A lo mejor las calorías restauraban mi equilibrio.

—Eh, no sé. ¿Quieres pan? Puede que quede algún yogur.

—Es que esto tiene mucha teína. El té parece inofensivo, pero solo lo parece. ¿Bebéis esto todo el rato?

—Bueno, es casi una tradición.

—¿Forma parte del zen acabar grogui para poder ver a Dios? ¿Eso no es hacer trampas?

—Más bien es para mantenerse despierto. Porque en realidad, en el budismo zen no tenemos Dios. —Me dio la espalda y se puso a rebuscar en los armarios, pero sin abandonar sus cavilaciones—. Nos sentamos e intentamos no quedarnos dormidos, de modo que supongo que, en cierto sentido, mantenerse despierto es ver a Dios, más o menos. Así que tienes razón.

El pequeño triunfo no me emocionó. Me sentía atrapado, con el maestro marchito un piso más arriba y el hippie de piernas de plástico uno por debajo. Quería salir del zendo ya, pero todavía no había pensado en mi siguiente movimiento. Y cuando me fuera quería llevarme a Kimmery conmigo. Quería protegerla: el impulso me invadió, buscando un objeto adecuado al que aferrarse. Ahora que le había fallado a

Minna, ¿quién merecía mi protección? ¿Tony? ¿Julia? Deseé que Frank me susurrara una pista al oído desde el más allá. Entretanto, Kimmery podía servir.

—Mira, ¿quieres galletas Oreo?

—Muy bien —dije distraído—. ¿Los budistas comen Oreo?

—Comemos lo que queremos, Lionel. Esto no es Japón.

Sacó un paquete azul de galletas y lo dejó en la mesa.

Me serví, ansioso por comerme las galletas y feliz de que no estuviéramos en Japón.

—Conocía a un tipo que trabajaba en Nabisco —dijo pensativa mientras mordisqueaba una galleta—. La empresa que fabrica las Oreo, ¿sí? Decía que tenía dos plantas principales para fabricar Oreo, en dos lugares distintos. Dos pasteleros jefe, dos controles de calidad.

—Y… —Cogí una galleta y la mojé en el té.

—Y el tipo juraba que era capaz de diferenciarlas con solo probarlas. Cuando comíamos Oreo, se ponía a olisquear el paquete y a probar el chocolate y después amontonaba las galletas malas en una pila. En fin, un paquete era bueno de verdad si menos de un tercio había acabado en la pila de las malas, porque eran de la planta equivocada. Pero a veces no encontraba más de cinco o seis buenas en todo el paquete.

—Espera un momento. ¿Me estás diciendo que todos los paquetes de Oreo contienen galletas de las dos plantas?

—Ajá.

Intenté no pensar en ello, intenté mantener la cuestión en el punto ciego de mis obsesiones, igual que apartaba la vista de un hombro tentador. Pero fue imposible.

—¿Por qué razón iban a mezclar lotes distintos en un mismo paquete?

—Muy sencillo. Si corriera la voz de que una planta es mejor que la otra… Bueno, no creo que quieran que la gente rechace paquetes enteros, o puede que hasta camiones enteros de Oreo. Tienen que mezclarlas y así te compras un paquete sabiendo que al menos te tocarán algunas de las buenas.

—Lo que quieres decir es que transportan lotes de las dos fábricas a una empaquetadora central solamente para mezclarlas, ¿no es eso?

—Eso parece, ¿no? —dijo orgullosa.

—Qué estupidez —contesté, pero no fue más que el ruido de mi resistencia que se derrumbaba.

Se encogió de hombros.

—Yo solo sé que nos las comíamos y el tipo levantaba pilas de galletas malas como un loco. Después me las enseñaba y decía: «¿Ves? ¿Ves?». Pero nunca noté ninguna diferencia.

No, no, no, no.

Alamierdaoreo, pronuncié en silencio. Rebusqué ruidosamente otra galleta en la funda de celofán, después mordisqueé la parte sobrante del baño de chocolate. Dejé que las migas pulverizadas saturaran mi lengua, luego cogí otra galleta y repetí la operación. Eran idénticas. Puse las dos galletas mordidas en la misma pila. Tenía que encontrar una buena, o mala, para descubrir la diferencia.

A lo mejor siempre había comido solo de las malas.

—Pensaba que no me habías creído —dijo Kimmery.

—Lo compruebo —farfullé, con los labios pastosos de masa de galleta y los ojos desorbitados ante la perspectiva de la tarea que mi cerebro había encomendado a mi desdichada lengua. Había tres paquetes dentro de la caja de Oreo. Acabábamos de empezar el primero.

Kimmery señaló con la cabeza mi pila de galletas rechazadas.

—¿Qué son? ¿Buenas o malas?

—No lo sé. —Probé a oler la siguiente—. ¿El tipo ese era tu novio?

—Temporal.

—¿También era budista zen?

Resopló flojito. Mordisqueé otra galleta y empecé a desesperarme. En ese momento me habría sentido feliz de que me interrumpiera algún tic habitual, algo que alejara mis obsesiones de sabueso de aquel aroma. Los Hombres de Minna estaban hundidos en el caos, sí, pero llegaría al fondo del acertijo de las Oreo.

Me levanté de un salto, balanceando las dos tazas de té. Tenía que salir de allí, acallar mi pánico, reanudar la investigación, alejarme de las galletas.

—¡*Barnamum Bollero!* —aullé, tranquilizándome.

—¿Qué?

—Nada. —Sacudí la cabeza hacia los lados, luego la giré lentamente, como para aliviar una tortícolis—. Será mejor que nos vayamos, Kimmery.

—¿Adónde? —Se inclinó hacia delante, con las pupilas grandes y confiadas. Me estremeció que se me tomara tan en serio. Esto de ir de visita sin Gilbert podía convertirse en costumbre. Por una vez hacía de detective jefe, en lugar de interludio cómico (o touréttico).

—Abajo —dije, a falta de una respuesta mejor.

—Vale —contestó, susurrando en tono de conspiración—: Pero no hagas ruido.

Nos arrastramos por delante de la puerta entreabierta del segundo piso y recuperé mis zapatos. Esta vez eché un vistazo a Wallace. Estaba sentado de espaldas a nosotros, con la melena rubia y lacia recogida detrás de las orejas y dejando vía libre a una calva incipiente. Llevaba un suéter, pantalones de chándal y estaba sentado inmóvil, como si estuviera en un anuncio, inerte, dormido o, supongo, muerto; aunque en aquel momento la muerte no era para mí algo sereno, sino más bien una cuestión de marcas de derrapes manchadas de sangre y la vía rápida Brooklyn-Queens. De todos modos Wallace parecía inofensivo. La idea que Kimmery tenía de un hippie consistía, por lo visto, en un blanco de más de cuarenta y cinco años que no llevara traje. En Brooklyn le habríamos llamado un perdedor.

Kimmery abrió la puerta de entrada del zendo.

—Tengo que acabar de limpiar —dijo—. Por los monjes, ya sabes.

—Monjesimportantes —dije en un suave tic.

—Sí.

—No deberías estar aquí sola. —Miré a la parte alta y baja del edificio para ver si nos estaban observando. Sentí un pinchazo en el cuello, provocado por el frío y el miedo. Los habitantes del Upper East Side habían vuelto a tomar las calles y paseaban ajenos a todo, arrugando bolsas para cacas de perro, el *New York Times* y el papel parafinado con que se envuelven los bagels. Mi sensación de ventaja, de haber empezado la investigación mientras el mundo seguía dormido, había desaparecido.

—Estoy *conpreocupado* —dije, Tourette había vuelto a destrozarme el discurso. Quería alejarme de ella antes de echarme a gritar, ladrar o pasarle los dedos por el cuello de la camiseta.

Sonrió.

—¿Eso qué es? ¿Como confuso y preocupado?

Asentí. Se parecía bastante.

—Estaré bien. No estés conpreocupado. —Hablaba con calma, y me calmó—. Luego volverás, ¿verdad? A meditar.

—Por supuesto.

—Muy bien. —Se puso de puntillas y me dio un beso en la mejilla. Me quedé petrificado de puro asombro, sintiendo la huella de su beso ardiéndome en la carne en medio del aire frío de la mañana. ¿Era algo personal o algún tipo de complicada coerción zen? ¿Tan desesperados estaban por ocupar esterillas en el zendo?

—No hagas eso —dije—. Acabas de conocerme. Esto es Nueva York.

—Ya, pero ahora somos amigos.

—Tengo que irme.

—De acuerdo. El zazen es a las cuatro.

—Allí estaré.

Cerró la puerta. Volví a quedarme solo en la calle, mi investigación ya estaba en punto muerto. ¿Había descubierto algo en el zendo? Me sentía aturdido por semejante desastre: había penetrado en la ciudadela y me había pasado todo el rato contemplando a Kimmery y las Oreo. Tenía la boca llena de chocolate, la nariz llena del aroma de Kimmery gracias a su beso inesperado.

Dos hombres me agarraron por los codos y me arrastraron hasta el interior de un coche que esperaba en la cuneta.

Los cuatro llevaban trajes azules idénticos con ribetes negros en las piernas e idénticas gafas de sol negras. Parecían un grupo de los que tocan en las bodas. Cuatro tipos blancos, gruesos, con mala cara, granos e indistinguibles. El coche era de alquiler. Fornido esperaba sentado en el asiento trasero y cuando los dos que me habían cogido me empujaron junto a él, inmediatamente me rodeó el cuello con el brazo en una especie de abrazo fraternal asfixiante. Los dos que me habían sacado de la calle —Granos e Indistinguible— se metieron detrás de mí, de modo que los cuatro estábamos en el asiento trasero. Íbamos un poco apretados.

—Pasa delante —dijo Fornido, el que me agarraba por el cuello.

—¿Yo? —dije.

—Cállate. Larry, sal. Somos demasiados. Ponte delante.

—Vale, vale —dijo el del final, Indistinguible o Larry. Salió del asiento trasero y se metió en el asiento del acompañante y el que conducía (Mala Cara) arrancó. Fornido me soltó en cuanto nos mezclamos con el tráfico de la Segunda Avenida, pero dejó el brazo encima de mis hombros.

—Coge la autopista —dijo.

—¿Qué?

—Dile que se meta por East Side Drive.

—¿Adónde vamos?

—Quiero meterme en la autopista.

—¿Por qué no conducimos en círculos sin más?

—Tengo el coche aparcado aquí —dije—. Podéis dejarme aquí mismo.

—Calla. ¿Por qué no podemos conducir en círculos?

—Tú te callas. Tiene que parecer que vamos a alguna parte, estúpido. Si conducimos en círculos no le vamos a asustar.

—No importa cómo conduzcáis, os escucho igual —dije, intentando que se sintieran mejor—. Sois cuatro y yo uno.

—No basta con que escuches —dijo Fornido—. Queremos que te asustes.

Pero no estaba asustado. Eran las ocho y media de la mañana y nos enfrentábamos al tráfico de la Segunda Avenida. No había ni círculos por los que conducir, solo camiones de reparto lanzando bocinazos y rodeados de peatones. Y cuanto más de cerca me miraba a aquellos tipos, menos me impresionaban. Para empezar, la mano con que Fornido me cogía el cuello era suave, tenía la piel suave, y me rodeaba con bastante ternura. Y él era el más duro del grupo. No eran fríos, no eran buenos en lo que hacían, y no eran tipos duros. Ninguno, por lo que sabía, iba armado.

Para continuar, las gafas de sol de los cuatro todavía llevaban colgando la etiqueta del precio, óvalos de color naranja fluorescente donde se leía ¡6,99 dólares!

Estiré la mano y empujé la etiqueta de Granos. Como se giró se me enganchó el dedo en la patilla y le quité las gafas, que le cayeron en el regazo.

—Mierda —dijo Granos, y se apresuró a colocarse otra vez las gafas como si fuera a reconocerle sin ellas.

—Eh, nada de tonterías —dijo Fornido, y volvió a abrazarme. Me recordó mi lejano tic del besuqueo, por la manera en que me acunaba cerca de él.

—De acuerdo —dije, aunque sabía lo difícil que sería no tocar las etiquetas del precio si quedaban a mi alcance—. Pero ¿de qué va esto, chicos?

—Se supone que tenemos que asustarte un poco —dijo Fornido, distraído, mirando cómo conducía Mala Cara—. Mantente alejado del zendo, ese tipo de cosas. Eh, que cojas la puta autopista. En la calle Setenta y cuatro hay un acceso.

—No puedo cruzar hasta allí —se quejó Mala Cara, contemplando los carriles atestados.

—¿Qué tiene de bueno la FDR? —dijo Indistinguible—. ¿Por qué no nos podemos quedar por aquí?

—¿Qué quieres? ¿Arrimarte a la acera y darle una paliza en Park Avenue? —contestó Fornido.

—Puede que el susto sin la paliza ya baste —sugerí—. Acabemos con esto, que el día es muy largo.

—No le dejes hablar tanto.

—Ya, pero no le falta razón.

—¡*Amilarrazón*!

Fornido me tapó la boca con la mano. En ese instante oí una señal compuesta por dos notas muy agudas. Ellos cuatro, y yo, empezamos a mirar por el coche en busca de la fuente del ruido. Era como si estuviéramos en un videojuego y hubiéramos pasado al nivel siguiente, a punto de ser destruidos por alienígenas que ni siquiera veíamos acercarse. Entonces me di cuenta de que el pitido venía del bolsillo de mi abrigo: el busca de Minna.

—¿Qué es eso?

Me retorcí hasta soltarme la cara. Fornido no se resistió.

—Busca Barnamum —dije.

—¿Y eso qué es? ¿Uno especial? Quítaselo. ¿Es que no lo habéis cacheado?

—Que te jodan.

—Joder.

Me pusieron las manos encima y enseguida encontraron el busca. El mensaje digital mostraba un teléfono con prefijo Brooklyn-Queens-Bronx.

—¿Qué es eso? —preguntó Granos.

Fruncí el ceño y me encogí de hombros: no lo sabía. De veras, no conocía el número. Supuse que sería alguien para quien Minna seguía vivo y me estremecí. Aquello me daba más miedo que mis raptores.

—Hazle llamar —dijo Mala Cara desde delante.

—¿Quieres pararte para dejarle llamar?

—Larry, ¿llevas el teléfono?

Indistinguible se volvió y me ofreció un móvil.

—Llama al número del busca.

Lo marqué, esperaron. Avanzábamos lentamente por la Segunda Avenida. El aire del coche estaba cargado de tensión. El teléfono móvil llamó, *dit-dit-dit*, una miniatura, un juguete que sin el menor esfuerzo atrajo por completo nuestro interés, toda nuestra atención. Podría habérmelo metido en la boca y tragármelo en lugar de llevármelo a la oreja. *Dit-dit-dit*, volvió a llamar, luego alguien contestó.

El Poli Basuras.

—¿Lionel? —dijo Loomis.

—Hummm —repliqué, sofocando un arrebato verbal.

—A ver si lo pillas. ¿En qué se diferencian trescientas sesenta y cinco pajas de un neumático radial?

—¡*Medaigual!* —grité. Los cuatro del coche dieron un bote.

—Uno es un Goodyear, y el otro un gran año —dijo Loomis muy ufano. Sabía que esta vez había dado en el clavo, sin titubeos, ni una palabra fuera de lugar.

—¿Desde dónde me llamas? —pregunté.

—Eres tú el que ha llamado.

—Me has llamado al busca, Loomis. ¿Dónde estás?

—No lo sé —su voz se debilitó—: eh, ¿cómo se llama este sitio? ¿Ah, sí? Gracias. ¿B-B-Q? ¿En serio? ¿Solo así, tres letras? Imagínate. Lionel, ¿sigues ahí?

—Sí.

—Estoy en una cafetería que se llama B-B-Q, como barbacoa, solo tres letras. ¡Siempre como aquí y ni siquiera lo sabía!

—¿Por qué me has llamado, Loomis? —*Busca y Rebusca están sentados en una valla…*

—Me lo pediste. Querías la dirección, ¿no? De Ullman, el muerto.

—Ah, es verdad —dije, haciéndole un gesto de indiferencia a Fornido, que seguía agarrándome del cuello aunque un poco menos fuerte, para que pudiera hablar por teléfono. Me miró con cara de pocos amigos, pero no era culpa mía que estuviera confuso. Yo también estaba confuso. Confuso y conpreocupado.

—Bueno, la tengo —dijo el Poli Basuras lleno de orgullo.

—¿Qué hacemos paseándole en coche mientras miramos cómo habla por teléfono? —se quejó Granos.

—Quítaselo —dijo Mala Cara desde el asiento del conductor.

—Dale un puñetazo en el estómago —dijo Indistinguible—. Asústale.

—¿Estás con alguien más? —preguntó Loomis.

Los cuatro del coche habían empezado a irritarse al ver que se desvanecía la poca autoridad que tenían, delegada a la tecnología moderna, al trocito de plástico y cables que sostenía en la palma de la mano. Tenía que encontrar la manera de calmarlos. Asentí con los ojos muy abiertos para mostrar mi disposición a cooperar, y articulé un «esperad» mudo, con la esperanza de que recordaran el protocolo del cine negro: pretender que no estaban escuchando y así reunir información a escondidas.

No podía evitar que estuvieran escuchando de verdad.

—Dime la dirección —dije.

—Vale, apunta —dijo Loomis—. ¿Tienes un boli?

—¿La dirección de quién? —me susurró Fornido en la otra oreja. Había pillado mi insinuación. Estaba lo bastante instruido en clichés para resultar manipulable; de sus compatriotas no lo tenía tan claro.

—Dime la dirección de Ullman —dije por ellos. *Donación de úlcera*, pensó mi cerebro. Tragué saliva con ganas para evitar que pasara a mayores.

—Sí, lo pillo —contestó el Poli Basuras con sorna—. ¿Qué otra ibas a querer?

—¿Ullman? —le dijo Fornido a Granos, no a mí—. ¿Está hablando sobre Ullman?

—*¿Quién quiere una úlcera?* —chillé.

—Aj, para de una vez —dijo Loomis, que ya estaba harto. Mi otro público no se mostraba tan displicente. Granos me arrancó el teléfono móvil de la mano y Fornido me retorció el brazo por detrás de la espalda de modo que me doblé hacia adelante, rozando casi el asiento del conductor. Estaba como él me quería, doblado sobre sus rodillas a la espera de una paliza. Entretanto, delante, Mala Cara e Indistinguible empezaron a discutir con virulencia sobre dónde aparcar, que si cabían o no en un hueco.

Granos se llevó el teléfono a la oreja y escuchó, pero Loomis había colgado, o a lo mejor solo estaba callado y escuchando también, de modo que los dos permanecieron en silencio. Mala Cara consiguió aparcar, no sé si en doble fila: no podía saberlo desde la postura forzada en que estaba. Los dos de delante seguían hablándose en murmullos, pero Fornido estaba callado, retorciéndome el brazo un par de grados más, experimentando la posibilidad de hacerme daño de verdad, probando a ver qué tal.

—No te gusta oír hablar de Ullman —dije con un gesto de dolor.

—Ullman era un amigo —dijo Fornido.

—No le dejes hablar de Ullman —intervino Mala Cara.

—Esto es una estupidez —se quejó Indistinguible, indignado.

—Tú sí que eres estúpido —dijo Fornido—. Se supone que tenemos que asustarle, pues vamos a ello.

—No estoy demasiado asustado. Parece que yo os asusto más a vosotros. Os asusta que hable de Ullman.

—Ya, bueno, si estuviéramos asustados no sabrías por qué —contestó Fornido—. No intentes adivinarlo. Ni se te ocurra abrir la boca.

—Os asusta un polaco enorme —dije.

—Esto es una estupidez —repitió Indistinguible. Parecía a punto de llorar. Salió del coche dando un portazo.

Granos por fin dejó de escuchar el silencio que Loomis había dejado en el teléfono móvil, colgó y lo dejó en el asiento entre los dos.

—¿Y qué si le tuviéramos miedo? —preguntó Fornido—. Te aseguro que haríamos bien. No trabajaríamos para él si no se lo tuviéramos. —Aflojó la presión sobre mi brazo, de modo que pude enderezarme y echar un vistazo alrededor. Estábamos aparcados delante de un famoso café de la Segunda Avenida.

La ventana estaba llena de chavales huraños trabajando con minúsculos ordenadores y leyendo revistas. Ni nos vieron.

¿Por qué iban a hacerlo? No éramos más que un coche cargado de matones.

Indistinguible no estaba a la vista.

—Lo comprendo —dije, intentando que siguieran hablando—. A mí también me da miedo ese tipo. Lo que pasa es que no puedes asustar muy bien a nadie cuando tú mismo estás asustado.

Pensé en Tony. Si hubiera ido al zendo la noche anterior, ¿no tendría que haber hecho saltar la misma alarma que yo? ¿No tendría que haber atraído a aquellos aprendices de duro, aquel coche cargado de payasos recién licenciados en la Facultad de Clowns?

—¿Qué es lo que no asusta de nosotros? —preguntó Mala Cara—. Dale ya —le dijo a Fornido.

—Podéis hacerme daño pero así no me asustaréis —dije en tono distraído. Una parte de mi cerebro pensaba *Cuidado, frágil, atado, ágil,* y cosas por el estilo. Otra parte seguía dándole vueltas al tema Tony.

—¿Quién era el del teléfono? —preguntó Granos, que continuaba ocupado con el problema que había elegido para sí.

—No te lo creerías —dije.

—Inténtalo —dijo Fornido, retorciéndome el brazo.

—Un tipo que investiga para mí, eso es todo. Quería saber la dirección de Ullman. Han arrestado a un compañero mío por el asesinato.

—Ya ves, no deberías tener a nadie investigando en el caso —replicó Fornido—. Ese es el problema. Meter las narices, ir al apartamento de Ullman, es justo el tipo de cosas por las que tenemos que asustarte.

Asústame ¡Uh!, cantaba mi enfermedad. *Barnamum ¡Pum! ¡Mamá!*

—Dale fuerte, asústalo y larguémonos de aquí —sugirió Mala Cara—. Esto no me gusta. Larry tenía razón, es una estupidez. Me da igual a quién esté investigando.

—Pues yo todavía quiero saber quién estaba al teléfono –dijo Granos.

—Oye –dijo Fornido, tratando de razonar conmigo, ahora que la moral y la atención (y el número de miembros) de su banda menguaba–. Venimos de parte del tipo grandullón ese que dices, ¿entiendes? Nos ha enviado él. –Me deleitó con la teoría de la resonancia mórfica–: Así que si el tipo te asusta, nosotros también deberíamos asustarte sin necesidad de hacerte daño.

—Los tipos como vosotros podrían matarme sin llegar a asustarme –dije.

—Esto ha sido una mala idea –concluyó Granos, y también salió del coche. Ahora los asientos delanteros estaban vacíos, sin nadie al volante–. No es nuestro estilo –dijo inclinándose para hablar con Granos y Fornido–. Esto no es lo nuestro.

Me miró arqueando las cejas. Cerró la puerta. Volví la cabeza y le vi alejarse a toda prisa, caminando como un pájaro agitado.

—¡*Mamadero!* –grité.

—¿Un madero? –preguntó Fornido soltándome el brazo al instante. Los dos giraron la cabeza aterrorizados, con los ojos como locos detrás de las gafas oscuras y las etiquetas anaranjadas bailando como señuelos para pescar. Yo, por fin libre, también volví la cabeza, en busca de nada, claro, solo por el placer de imitar sus movimientos.

—Al carajo –musitó Granos.

Fornido y Granos huyeron del coche de alquiler, pisándole los talones a Mala Cara, y dejándome a mí solo.

Mala Cara se había llevado las llaves del coche, pero el teléfono móvil de Indistinguible seguía abandonado en el asiento, a mi lado. Me lo metí en el bolsillo. Luego me incliné sobre el asiento, abrí la guantera y encontré la tarjeta de registro y el recibo de la agencia de alquiler de coches. El coche tenía un *lease* de seis meses a nombre de la Fujisaki Corporation,

Park Avenue 1030. El código postal, casi seguro, pertenecía a la zona del zendo. Que resultó ser donde yo mismo me encontraba. Le di cinco golpecitos a la puerta de la guantera del coche de alquiler, pero no resultó particularmente satisfactorio ni resonó de forma especial.

De camino hacia el 1030 de Park Avenue abrí el teléfono móvil y llamé a L&L. Nunca antes había llamado por la calle, y me sentí como el capitán Kirk.

—L&L —dijo una voz, la que yo había esperado oír.

—Tony, soy yo —dije—, Essrog. —Minna siempre empezaba las llamadas telefónicas así: *Lionel, soy Minna*. A ti te llamo por el nombre de pila, yo me llamo por el apellido. En otras palabras: tú eres el memo y yo el jefe del memo.

—¿Dónde estás?

En la Setenta y seis cruzando Lexington era la respuesta. Pero no quería decírselo.

¿Por qué? No estaba seguro. En fin, dejé que un tic hablara por mí.

—¡Bésame, miedica!

—Me tenías preocupado, Lionel. Danny me dijo que habías salido con el Poli Basuras a no sé qué misión.

—Bueno, más o menos.

—¿Ahora está contigo?

—*Listo Basuras* —dije en serio.

—¿Por qué no vienes para acá, Lionel? Tenemos que hablar.

—Estoy investigando en un caso —dije. *Incubando un fracaso*.

—¿Ah, sí? ¿Y adónde te llevan tus investigaciones?

Un hombre con traje azul y bien peinado apareció por Lexington Street delante de mí. Llevaba un móvil pegado a la oreja. Me coloqué detrás de él e imité su forma de caminar.

—A sitios varios —dije.

—Dime uno.

Cuanto más preguntaba Tony, menos quería contarle.

—Estaba pensando que quizá podríamos comparar informaciones.

—Pues ponme un ejemplo, Lionel.

—Por ejemplo, ¿*trotemoche* anoche sacaste algo del, esto, del zendo ese?

—Ya te explicaré cuando nos veamos. Ahora tenemos un asunto importante, deberías volver. ¿Dónde estás, en una cabina?

—¡*Movidófono*! ¿Por casualidad no habrán tratado de asustarte?

—¿De qué coño hablas?

—¿Y la chica que vi entrar delante de Minna? ¿Has descubierto algo acerca de ella? —Incluso mientras preguntaba conocía la respuesta a mi pregunta, la verdadera pregunta.

No me fiaba de Tony.

Lo comprendí durante el silencio que dejó antes de contestar.

—He descubierto algunas cosillas —dijo—. Pero ahora mismo lo que tenemos que hacer es unir fuerzas, Lionel. Tienes que volver. Porque se avecinan problemas.

Ahora incluso captaba el tono mentiroso de su voz. Sonaba relajado, casual. No se esforzaba demasiado. Al fin y al cabo, solo estaba hablando con Essrog.

—Conozco los problemas —dije—. Gilbert está detenido acusado de asesinato.

—Bueno, ese solo es uno.

—Anoche no fuiste al zendo —dije. El hombre del traje azul giró hacia Park Avenue, sin dejar de parlotear. Le dejé marchar y me quedé en la esquina, esperando en medio de la multitud a que cambiara el semáforo.

—Pues igual deberías preocuparte por tus asuntos y no por mí, Lionel. ¿Dónde cojones estabas tú anoche?

—Hice lo que tenía que hacer. —Ahora quería provocarle—. Se lo dije a Julia. De hecho, ella ya lo sabía. —Me salté lo del poli de homicidios.

–Interesante. Hace tiempo que me pregunto adónde irá Julia. Espero que lo hayas descubierto.

Se dispararon las alarmas. Tony intentaba que su voz pareciera casual, pero no funcionó.

–¿Desde cuándo? ¿Quieres decir que sale mucho de la ciudad?

–Puede.

–De todas maneras, ¿cómo sabías que se ha ido?

–¿Qué coño te crees tú que hacemos aquí, Lionel? Averiguamos cosas.

–Ya, somos un equipo líder. Gilbert está en la cárcel, Tony.

De repente se me llenaron los ojos de lágrimas. Sabía que debería estar concentrándome en el problema de Julia, pero sentía más cercana la traición a Gilbert.

–Ya lo sé. Allí estará más seguro. Va, ven, tenemos que hablar, Lionel.

Crucé con la multitud pero me detuve a medio camino, en la isla peatonal que hay en mitad de Park Avenue. La esquinita de jardín tenía un cartel que anunciaba NARCISO VALIENTE (NORTEAMÉRICA), pero el suelo estaba revuelto, lleno de terrones y vacío, como si alguien acabara de desenterrar una plantación de bulbos secos. Me senté en el muro de contención y dejé que la multitud me adelantara, hasta que el semáforo cambió a rojo y el tráfico empezó a pasar zumbando por mi lado. Una tira de sol surcaba la avenida y me calentaba. Las sombras adornaban los gigantescos bloques de apartamentos de Park Avenue a la luz de media mañana. Era como un náufrago en mi isla, en un río de taxis amarillos.

–¿Dónde estás, Engendro?

–No me llames Engendro.

–¿Cómo debería llamarte… Guapetona?

–Narciso Valiente –espeté–. Coartada Indecente.

–¿Dónde estás, Narciso? –preguntó Tony con bastante dulzura–. ¿Quieres que vayamos a buscarte?

–Esa es buena, guapetona –dije, dejando caer tics entre las lágrimas. Al llamarme Engendro (el mote de Minna), Tony había despertado mi síndrome, había cortado por lo sano a través de capas y capas de estrategias con las que me defendía del Tourette y llamado directamente a mi atolondrada voz adolescente. Debería haberme aliviado el poder dar rienda suelta a mis tics con alguien que me conocía tan bien. Pero no confiaba en él. Minna estaba muerto y no me fiaba de Tony, y no sabía lo que significaba.

—Explícame adónde te ha llevado tu investigacioncilla —dijo Tony.

Miré Park Avenue, las paredes monolíticas del dinero viejo se extendían formando un surco de piedra.

—Estoy en Brooklyn —mentí—. *Mierdagreenpoint.*

—¿Ah, sí? ¿Qué pasa en Greenpoint?

—Estoy buscando ¡*Westpoint!* al tipo que mató a Minna, el polaco. ¿Qué te parece?

—Así que vagas por ahí a ver si le encuentras, ¿no?

—¡*Vagón!*

—¿Pasándote por bares polacos y ese tipo de cosas?

Ladré y chasqueé la lengua. Mi agitada mandíbula golpeó el botón de rellamada y desencadenó una secuencia de tonos. El semáforo cambió y los taxis que cruzaban Park Avenue pitaron, tratando de abrirse paso en medio de una paralización total del tráfico. Otra ráfaga de peatones cruzó mi isla y regresó al río.

—Lo que se oye no suena como Greenpoint —dijo Tony.

—Están filmando un película. Tendrías que verlo. Han dejado Greenpoint *Gringopoint Casioboy* Greenpoint Avenue como si fuera Manhattan. Llena de edificios y taxis falsos y extras vestidos como si estuvieran en Park Avenue o así. Eso es lo que oyes.

—¿Quién sale?

—¿Qué?

—¿Quién sale en la peli?

—Un tal Mel *Guiso, Piso, Ipso.*

—Mel Gibson.

—Eso. Pero no le he visto, solo a un montón de extras.

—¿Y en serio han montado un decorado de edificios?

—¿Te acostaste con Julia, Tony?

—¿Y ahora por qué sales con eso?

—¿Lo hiciste?

—¿A quién intentas proteger, Narciso? Minna ha muerto.

—Quiero saberlo.

—Te lo diré en persona cuando vengas.

—¡Narciso Valiente! ¡Valiente Machito! ¡Nachito Picante!

—Ah, eso ya lo había oído antes.

—¡Nixon saliente! Sin ton ni ente mitón mutante pitón humeante putón caliente matón gorrón mormón…

—Puto Remolcador.

—Adiós, Tonybailey.

El 1030 de Park Avenue era otro edificio de piedra, indistinguible de sus vecinos. Las puertas de roble marcaban la diferencia entre magnificencia y robustez militar, ventanas minúsculas y con barrotes de hierro: Refugio Antiaéreo Colonial Francés. En el toldo solo constaba el número, ningún nombre pretencioso y chabacano como los que se ven en Park West o Brooklyn Heights: aquí no quedaba nada por probar y el anonimato se consideraba más valioso que el carisma. El bloque contaba con una zona privada de carga y descarga y una suave rampa en el bordillo, que sin embargo olía a dinero, sobornos a los funcionarios municipales y tacones de mujer demasiado frágiles para tropezar en el habitual escalón de un centímetro, demasiado caros para arriesgarse a enfangarse con mierda de perro. Un vigilante de bordillos especiales patrullaba la entrada, listo para abrir puertas de coche o patear perros o deshacerse de visitantes indeseables antes de que deslucieran el vestíbulo. Llegué caminando a paso ligero y en el último momento me colé por la puerta, despistando al tipo.

El vestíbulo era amplio y oscuro, diseñado para deslumbrar al visitante no familiarizado que entrara de la luz de la calle. Una multitud de porteros con guantes blancos y los habituales trajes azules con ribetes negros en las perneras me rodearon en cuanto crucé la puerta. Era el mismo uniforme que llevaban los matones del coche alquilado.

Así que no eran matones de profesión, algo bastante obvio. Eran porteros: nada de lo que avergonzarse. Pero *¿hombres de paz?*

—¿En qué puedo ayudarle?

—¿Necesita ayuda, señor?

—¿Cómo se llama?

—Debemos anunciar a todos los visitantes.

—¿Algún reparto?

—Su nombre, por favor.

Me rodearon, cinco o seis, no porque cumplieran una misión especial, sino por mero ejercicio de su profesión. Luz en la oscuridad. Con sus guantes blancos y el contexto correcto resultaban mucho más terroríficos que amontonados en un coche de alquiler y jugando torpemente a los matones. Su corrección resultaba aterradora. No vi a Mala Cara, ni a Granos, ni a Fornido ni a Indistinguible, pero el edificio era grande. En su lugar había atraído a Cara Sombría, Cara Sombría, Cara Sombría, Cara Sombría Alto y Cara Sombría.

—Vengo a ver a Fujisaki —les dije—. Sea hombre, mujer o empresa.

—Debe de ser un error.

—Seguramente se equivoca de bloque.

—Aquí no hay ningún Fujisaki.

—¿Cuál era el nombre?

—Fujisaki Management Corporation —dije.

—No.

—No. Aquí no. Es un error.

—No.

—¿Su nombre, señor?

Saqué una de las tarjetas de Minna.

—Frank Minna —dije. El nombre me salió con facilidad, no sentí ninguna necesidad de distorsionarlo como habría hecho normalmente.

La banda de porteros que me rodeaba se relajó al ver una tarjeta de presentación. Había mostrado una primera señal de legitimidad. Eran porteros de primera, perfectamente atentos, siempre vigilantes a instintos amantes del gatillo.

—¿Le están esperando?

—¿Perdón?

—¿Le está esperando la persona que viene a visitar? ¿Tiene una cita? ¿Un nombre? ¿Un contacto?

—Pasaba por aquí.

—Hum.

—No.

—No.

Siguió una reconsideración mínima. Se agruparon. La tarjeta de Minna desapareció.

—Debe de haber alguna confusión.

—Sí.

—Probablemente.

—Seguro que se equivoca de edificio.

—En caso de que hubiera destinatario para el mensaje, ¿cuál sería el mensaje?

—Por si acaso el destinatario en cuestión estuviera aquí. El señor me comprende, ¿verdad?

—Sí.

—Sí.

—Ninguno —dije. Le di un golpecito en el pecho al portero que tenía más cerca. Me miró con cara de pocos amigos. Pero ahora eran pingüinos. Tenía que tocarlos a todos. Me acerqué al siguiente, el más alto, intenté palmearle el hombro y solo lo rocé. El círculo a mi alrededor se ensanchó de nuevo al tiempo que yo giraba. Por su forma de alejarse parecía que los estuviera marcando con pintura invisible para una futura identificación o colocándoles micrófonos ocultos o repartiendo microbios.

—No.

—Cuidado.

—No puede ser.

—Esto no puede ser.

—Fuera.

Entonces dos de ellos me agarraron por los codos y me sacaron a la acera.

Di un paseo alrededor de la manzana, solo para ver si conseguía alguna información de la cara norte del bloque. El vigilante de la acera me siguió, claro, pero no me importaba. La entrada de servicio olía a brigada privada de limpieza y los cubos de la basura contenían indicios de encargos de comida al por mayor, quizá de una tienda de comestibles. Me preguntaba si el edificio contaría también con chef privado. Pensé en echar un vistazo, pero el vigilante murmuraba en tono bastante tenso por un walkie-talkie e imaginé que sería mejor largarse de allí. Me despedí del tipo y él me devolvió el saludo de forma refleja: todo el mundo tiene sus tics a veces.

Entre bocado y bocado de perrito caliente y tragos de zumo de papaya llamé a la oficina del Poli Basuras. El Zar Papaya de la calle Ochenta y seis con la Tercera Avenida es el tipo de local que me gusta: lleno de pegatinas de color naranja y amarillo chillón pegadas por todas partes y anunciando a gritos ¡LA PAPAYA ES EL MAYOR REGALO DE DIOS PARA LA SALUD! ¡NUESTROS FRANKFURTS SON EL FILET MIGNON DE LA CLASE OBRERA! ¡SOMOS NEOYORQUINOS EDUCADOS, APOYAMOS AL ALCALDE GIULIANI! Etcétera. Las paredes del Zar Papaya están tan cubiertas de palabras que en cuanto cruzo la puerta me sereno inmediatamente, como si hubiera penetrado en un interior a escala de mi propia cabeza.

Me ayudé a bajar los restos ácidos de la primera salchicha con un trago mientras sonaba el teléfono. Los productos del Zar Papaya efectivamente emulaban ese deshacerse en tu boca de la carne más cara: por lo visto sus frankfurts no tenían piel y ni el pan ni la salchicha salían demasiado crujientes de la plancha, de modo que se te fundían en la lengua formando una especie de crema de perrito caliente. Tales virtudes podían exagerarse hasta dejarlo a uno muriéndose de ganas de saborear la superficie más resistente de una salchicha del Nathan's, pero ese día el cuerpo me pedía un Zar. Tenía otros cuatro perritos calientes cuidadosamente alineados sobre la barra en la que estaba sentado, cada uno con una estilizada línea de mostaza amarilla como una exclamación. El *cinco* seguía siendo mi número.

En cuanto a la papaya en sí, lo mismo podría estar bebiendo néctar de semilla de trufa o leche de grifo, no conocía la fruta más que en forma del brebaje terroso que servían en el Zar.

—Inspector de sanidad Loomis —contestó el Poli Basuras.

—Oye, Loomis. Estoy trabajando en lo de Gilbert. —Sabía que tenía que atacar por los problemas de su amigo si quería conseguir la atención de Loomis. En realidad, Gilbert era la última cosa que tenía en la cabeza—. Necesito que me consigas una información.

—¿Eres tú, Lionel?

—Sí. Oye. Park Avenue, mil treinta. Apúntalo. Necesito datos del edificio, la empresa que lo lleva, el jefe de la plantilla, lo que sea. A ver si te encuentras con algún nombre que te suene.

—¿Que me suene de qué?

—De, eh, del vecindario. —Estaba pensando *Frank Minna* pero no quería decirlo—. Ah, sí, uno en particular. Fujisaki. Es japonés.

—No me suena ningún Fujisaki del vecindario.

—Tú echa un vistazo al registro, Loomis. Llámame cuando tengas algo.

—¿Dónde te llamo?

Me había liado con el busca y el teléfono móvil. Iba recogiendo los aparatitos de los demás. De hecho, no sabía el número del teléfono que había tomado prestado del portero con gafas de sol. Por primera vez me pregunté con quién acabaría hablando si contestaba a las llamadas entrantes.

—Olvídalo —dije—. ¿Todavía tienes el número del busca de Minna?

—Claro.

—Úsalo. Yo te llamaré.

—¿Cuándo vamos a pagar la fianza de Gilbert?

—Estoy en ello. Mira, Loomis, ahora tengo que irme. Llámame, ¿vale?

—Pues claro, Lionel. Y, oye, tío.

—¿Sí?

—Tienes clase, tío —dijo Loomis—. Lo estás llevando muy bien.

—Eh, gracias, Loomis. —Colgué y volví a guardarme el teléfono en el bolsillo de la chaqueta.

—Joo-der —dijo un tipo que estaba sentado a mi derecha. Tenía unos cuarenta años. Llevaba traje. Como Minna había dicho en más de una ocasión, en Nueva York cualquier cabeza de chorlito puede ir con traje. Comprobado que no fuera un portero, me olvidé de él y ataqué el perrito caliente número tres—. Estaba en un restaurante de L.A. —empezó—. Un sitio cojonudo, como de millón de dólares. Todo alta cocina ¿entiendes? Alta cocina, ¿sí? Y había una pareja en una mesa, los dos hablando por el puto móvil, como ese que tienes ahí. Estuvieron hablando en dos conversaciones diferentes toda la comida, cotorreando a cual más fuerte, lo que dijo Cindy, la escapada del fin de semana, que si tengo que mejorar mi juego… No podías ni oír tus propios pensamientos con aquel jaleo.

Me acabé el perrito caliente número tres en cinco mordiscos espaciados regularmente, me chupé la mostaza del pulgar y cogí el número cuatro.

—Pensé, es L.A., está bien. Hay que aguantarse. Es lo que hay. Así que desde hace un par de meses estoy tratando de impresionar a un cliente y lo llevo al Balthazar, ¿lo conoces? Está en el centro. Como de millón de dólares, créetelo. Alta cocina, cocina *estirada*. ¿Y qué me encuentro? Un par de individuos hablando por el teléfono móvil en el bar. Se me están calentando los humos, pero pienso, es el bar, está bien. Hay que adaptarse, bueno, todo eso. Así que consigo una mesa después de pasarme un puñetero cuarto de hora esperando, me siento y suena el teléfono de mi cliente, ¡y el tío lo saca en la mesa! ¡El tipo al que acompañaba! ¡Allí sentado y cotorreando! ¡Diez, quince minutos!

Disfruté de mi cuarto perrito caliente en una calma y un silencio zen, a modo de práctica para el zazen.

—Pero nunca creí que lo vería aquí. La puta California, Balthazar, en fin, todos esos tíos con el pelo enmierdado y relojes de un millón de pavos a lo Dick Tracy… Supongo que tengo que adaptarme al mundo moderno pero pensaba que como mínimo podría sentarme aquí a comerme un perrito caliente de mierda sin tener que escuchar todo ese bla, bla, bla. —Había reservado un quinto de mi zumo de papaya para remojar el último perrito caliente. De repente sentí la urgencia de largarme de allí, embutí un puñado de servilletas en el bolsillo de la chaqueta, cogí el perrito caliente y la bebida y me dirigí de vuelta al frío de la calle.

—¡Hasta los huevos, de tíos que hablan consigo mismo en público como si estuvieran todos locos!

El busca se disparó en cuanto llegué al coche. Lo saqué para echar un vistazo: otro número desconocido que empezaba por 718. Me metí en el coche y llamé desde el móvil, preparado para enfadarme con Loomis.

—*Dick Tracyfono* —dije al auricular.

—Aquí Matricardi y Rockaforte —contestó una voz grave. Rockaforte. Aunque solo les había oído hablar dos o tres veces en quince años, habría reconocido aquella voz en cualquier parte.

Al otro lado del parabrisas veía la calle Ochenta y tres a mediodía, era noviembre. Un par de mujeres con abrigos caros representaban en mimo para mí una conversación típica de Manhattan, tratando de persuadirme de que eran reales. Al teléfono, sin embargo, oía la respiración de un anciano y lo que veía por el parabrisas no tenía nada de real.

Recordé que estaba contestando al busca de Minna. ¿Sabían ellos que había muerto? ¿Debería darles la noticia a los Clientes? Se me constreñía la garganta, agarrotada por el miedo y las palabras amontonadas.

—Habla —ordenó Rockaforte.

—Coronel Gong —dije en voz baja, intentando comunicar mi nombre. ¿Lo conocían los Clientes?—. Papaya Pispack. —Estaba atenazado por los tics, sin remedio—. No Minna —dije por fin—. Frank, no. Frank, muerto.

—Lo sabemos, Lionel —dijo Rockaforte.

—¿Quién se lo ha dicho? —susurré, ahogando un ladrido.

—Todo se sabe. —Hizo una pausa, respiró, continuó—. Lo sentimos por ti.

—¿Se enteraron por Tony?

—Nos enteramos. Nos enteramos de lo que necesitamos saber. Nos informamos.

¿Y matan?, quería preguntar. *¿Dan órdenes a un gigante polaco?*

—Nos preocupas —dijo—. Tenemos información de que vas corriendo de un lado para otro, no puedes estarte quieto. Nos hemos enterado, es preocupante.

—¿Qué información?

—Y que Julia ha abandonado el hogar en esta hora de duelo. Que nadie sabe dónde ha ido, solo tú.

—Nojulia, nonadie, nadiesabe.

—Sigues sufriendo. Lo vemos y también sufrimos.

Me resultó un tanto incomprensible, pero no iba a preguntar nada.

—Queremos hablar contigo, Lionel. ¿Vendrás a hablar con nosotros?

—Estamos hablando —suspiré.

—Queremos verte. Es importante en momentos de dolor como este. Ven a vernos, Lionel.

—¿Adónde? ¿A Nueva Jersey? —Con el corazón acelerado, dejé que permutaciones tranquilizadoras me recorrieran el cerebro: *Estado jardín esburro pollino esmalo y ladino esbirro latino.* Mis labios susurraban al teléfono, al borde de darle vida a las palabras.

—Estamos en la casa de Brooklyn —dijo—. Ven.

—*¡Cara Cortada! ¡Casa Tomada!*

—¿Qué te hace ir de un lado para otro, Lionel?

—Tony. Han hablado con Tony. Les ha dicho que voy corriendo de un lado para otro. No es verdad.

—Lo parece.

—Estoy buscando al asesino. Tony intenta detenerme, creo.

—¿Tienes problemas con Tony?

—No me fío de él. Se comporta *¡Queserón!* se comporta de un modo extraño.

—Déjame a mí —dijo una voz de fondo. La voz de Matricardi, más aguda, más meliflua, como un whisky de malta solo en lugar de un Dewar's, sustituyó a la de Rockaforte—. ¿Qué pasa con Tony? —preguntó Matricardi—. ¿No te fías de él para este asunto?

—No me fío de él —repetí como un tonto. Pensé en dar por concluida la conversación. Volví a consultar mis otros sentidos: estaba al sol de Manhattan, en un coche de L&L hablando por el teléfono móvil de un portero. Podía deshacerme del busca de Minna, olvidarme de la llamada, ir a cualquier lado. Los Clientes eran como actores de un sueño. No deberían haber sido capaces de tocarme con sus voces etéreas y antiguas. Pero no tuve el valor de colgarles.

—Ven a vernos —dijo Matricardi—. Charlaremos. Tony no tiene por qué estar presente.

—Olvidáfono.

—¿Recuerdas nuestra casa? Degraw Street. ¿Sabes dónde está?

—Por supuesto.

—Ven. Haznos el honor de visitarnos en esta hora de dolor y decepción. Nosotros hablaremos con Tony. Enderezaremos lo que se haya torcido.

Mientras meditaba qué hacer usé una vez más el teléfono del portero, llamé a información y conseguí el número de la página de necrológicas del *Daily News* y pagué una esquela por Minna. La cargué a la tarjeta de crédito de Minna, donde él me había incluido. Tuvo que pagar por su propia esquela, pero sabía que él lo habría querido así, le habrían parecido cincuenta pavos bien empleados. Siempre fue un ávido lector de necrológicas, cada mañana las repasaba en el despacho de L&L como si fueran una página de propina, una oportunidad para trabajar o descubrir un nuevo enfoque. La mujer del teléfono lo hizo todo de memoria, como yo: información para el recibo, nombre del fallecido, fechas, familiares vivos, hasta que llegamos a la parte donde yo le recitaba un par de líneas acerca de quién había sido Minna.

—Querido algo —dijo la mujer, sin malos modos—. Suele ser Querido algo.

¿Querida Figura Paterna?

—O algo relativo a sus contribuciones a la comunidad —sugirió.

—Ponga detective —le dije.

UNA MENTE

Siempre hubo dos únicas cosas de las que Frank Minna no habló en los años posteriores a su regreso del exilio y la creación de la Agencia Minna. La primera era la naturaleza de su exilio, las circunstancias que rodearon su desaparición aquel día de mayo en que su hermano Gerard se lo llevó de la ciudad. No sabíamos por qué se fue, adónde se marchó ni qué hizo mientras estuvo fuera, ni por qué regresó cuando lo hizo. No sabíamos cómo conoció a Julia y se casó con ella. No sabíamos qué pasó con Gerard. Nunca más se mencionó ni se vio a Gerard. La estancia «fuera de la ciudad» quedó cubierta por una bruma tan espesa que a veces costaba creer que había durado tres años.

La otra cosa eran los Clientes, a pesar de que su presencia se sentía como una palpitación ocasional en el cuerpo de la agencia.

L&L ya no era una empresa de mudanzas, y nunca más vimos el interior de aquella casa vacía de Degraw Street. Pero lo mismo éramos el chico de los mandados que detectives, y en aquellos primeros días no costaba sentir la sombra de Matricardi y Rockaforte cerniéndose sobre cierto porcentaje de nuestros recados. Los suyos se distinguían por la profunda inquietud que provocaban en Minna. Sin mediar explicación, Minna cambiaba de hábitos, no se dejaba caer por la barbería ni la sala de juegos durante una semana, cerraba el despacho de L&L y nos decía que nos perdiéramos por ahí unos días. Incluso cambiaba la forma de caminar, toda su manera de ser. En los restaurantes se negaba a sentarse en otro sitio que no fueran los rincones, cosa que yo, por supuesto, convertí en un tic para toda mi vida. Para disimular bromeaba más que antes pero a ráfagas, su lluvia de comentarios e insultos crecía y se llenaba de silencios lúgubres, sus gracias dejaban de tener sentido. Y los trabajos que hacía para los Clientes también eran discontinuos. Eran historias con fisuras, desarrollos a los que les faltaban una introducción y un desenlace claros. Cuando los Hombres de Minna seguíamos a una mujer por encargo de algún marido o vigilábamos a un empleado sospechoso de hurto o de amañar los libros, dominábamos sus patéticos dramas, rodeábamos sus vidas insignificantes con nuestra gran experiencia del mundo. Lo que obteníamos con nuestros micros y cámaras y recogíamos en nuestros informes era la verdad al completo. Bajo la guía de Minna éramos maestros de lo secreto, que escribían una suerte de historia social por duplicado de Cobble Hill y Carroll Gardens en sus expedientes. Pero cuando la mano de Matricardi y Rockaforte controlaba a los Hombres de Minna, no éramos más que herramientas, contemplando desde el margen historias demasiado grandes para que las entendiéramos, donde al final acabábamos rechazados y sin entender nada.

En una ocasión, al principio de existir la agencia, se nos mandó montar guardia alrededor de un coche, un Volvo, a plena luz del día y pudimos comprobar las instrucciones fragmentarias y autoritarias que los Clientes daban a Minna. A simple vista el coche parecía vacío. Lo habían aparcado en Remsen Street, cerca de Promenade, una plácida rotonda al final de una calle con vistas a Manhattan. Gilbert y yo nos sentamos en un banco del parque de espaldas a Manhattan tratando de aparentar naturalidad mientras Tony y Danny holgazaneaban en la bocacalle de Remsen y Hicks, controlando a cualquiera que diera la vuelta a la esquina. Solo sabíamos que debíamos largarnos a las cinco, hora en que vendría una grúa a llevarse el coche.

Las cinco dieron paso a las seis, luego a las siete, y seguía sin aparecer ninguna grúa. Nos turnamos para hacer pis en el parque infantil de Montague Street, agotamos los cigarrillos y paseamos. Los paseantes del anochecer tomaron Promenade: parejas, adolescentes con botellas de cerveza ocultas en bolsas de papel, gays que nos confundieron con policías. Los manteníamos alejados de nuestro final de calle, murmurábamos y consultábamos el reloj. El Volvo no habría llamado menos la atención de ser invisible, pero para nosotros relucía, chillaba, hacía tic tac como una bomba. Cualquier chaval en moto o borracho tambaleándose nos parecía un asesino, un ninja disfrazado cuyo objetivo era el coche.

Cuando empezó a ponerse el sol Tony y Danny se enzarzaron en una discusión.

—Esto es una estupidez —dijo Danny—. Vámonos de aquí.

—No podemos —contestó Tony.

—Hay un cadáver en el maletero, y tú lo sabes.

—¿Cómo se supone que tendría que saberlo?

—¿Qué otra cosa puede ser? Los viejos se han cargado a alguien.

—Qué tontería.

—¿Un cadáver? —preguntó Gilbert, visiblemente alterado—. Creía que el coche estaba lleno de dinero.

Danny se encogió de hombros.

—A mí me es igual, pero ahí hay un cadáver. Y te diré algo más: nos quieren cargar el muerto a nosotros.

—Eso es una estupidez.

—¿Qué sabe Frank? Él solo hace lo que le mandan. —Incluso en plena sublevación Danny obedecía la norma de Minna de no pronunciar los nombres de los Clientes.

—¿En serio piensas que hay un cadáver, Danny? —le preguntó Gilbert.

—En serio.

—Yo no quiero quedarme aquí si hay un cadáver, Tony.

—Gilbert, eres un gordo cagón. ¿Y qué si lo hay? ¿Qué te crees tú que hacemos aquí? ¿Piensas que trabajando para Minna nunca vamos a toparnos con uno? Apúntate a la patrulla basura, joder.

—Me largo —dijo Danny—. De todos modos tengo hambre. Y esto es una estupidez.

—¿Qué tengo que decirle a Minna? —preguntó Tony, desafiante.

—Lo que te dé la gana.

Una deserción alarmante. Tony, Gilbert y yo éramos todos problemáticos, cada uno a su modo, pero el silencioso y elegante Danny constituía el pilar de Minna, su igual.

Tony no podía enfrentarse a aquel amotinamiento. Estaba acostumbrado a intimidarnos a Gilbert y a mí, no a Danny. Así que la tomó conmigo.

—¿Y tú qué dices, Engendro?

Me encogí de hombros, luego me besé la mano. Era una pregunta imposible. La devoción por Minna había quedado reducida a aquel sufrimiento de horas vigilando el Volvo. Ahora solo cabía esperar el desastre, la traición, la carne en descomposición.

Pero ¿qué implicaría alejarse de Minna? Odié a los Clientes.

La grúa apareció renqueando por Remsen Street antes de que abriera la boca. La conducían un par de matones gordos que se chotearon de lo nerviosos que estábamos y no nos dijeron nada acerca del coche, solo nos echaron a patadas y luego encadenaron el parachoques del Volvo a la grúa. Todavía más Chicos trajeados que Hombres, nos sentimos como si nos hubieran preparado una prueba para demostrar nuestra joven templanza. Y no la habíamos superado, aunque Minna y los Clientes no lo supieran.

De todas maneras nos curtimos, Minna se volvió imperturbable, y acabamos asumiendo el papel de los Clientes en la vida de la agencia con más calma. ¿Quién necesitaba entenderlo todo? Además no siempre estaba claro cuándo trabajábamos para ellos. Confiscar un equipo determinado en cierta oficina: ¿era por orden de los Clientes o no? Recoger una cantidad de tal y cual persona: ¿cuando le pasábamos la colecta a Minna él la entregaba a los Clientes? Abrir este sobre, pinchar aquel teléfono: ¿los Clientes? Minna nos mantenía en la inopia y nos convertía en profesionales. La presencia de Matricardi y Rockaforte se volvió subliminal.

El último trabajo del que tuve conciencia clara de que fuera para los Clientes lo hicimos más de un año antes del asesinato de Minna. Llevaba su marca habitual de total inexplicabilidad. A principios de verano habían quemado y arrasado un supermercado de Smith Street, el solar estaba lleno de ladrillos rotos y se había convertido en un mercadillo de venta ambulante improvisado: los vendedores de fruta —naranjas o mangos, por ejemplo— colocaban cuatro cajas y montaban su pequeño negocio estival al lado de los carritos de perritos calientes y hielo que habían empezado a congregarse en el lugar. Al cabo de un mes o así unos feriantes hispanos tomaron el solar, montaron unos caballitos y una noria enana a dólar el viaje, un tenderete de salchichas a la parrilla y un par de salas de juegos cutres: con globos y pistolas de agua y un garfio sobre una urna de cristal llena de peluches de color rosa y violeta. La basura y la peste a fritanga resultaban insoportables si te acercabas demasiado, pero la noria estaba bordeada de fluorescentes blancos y por la noche se convertía en una visión gloriosa, una brillante girándula sorpresa de casi tres pisos de altura.

Aquel estaba siendo un verano tan aburrido que habíamos acabado trabajando como un servicio de coches normal, contestábamos a las llamadas, llevábamos a casa a las parejas que salían de los locales nocturnos, a ancianitas de ida y vuelta al hospital o a veraneantes hasta La Guardia para que cogieran el vuelo de fin de semana a Miami Beach. Entre un trayecto y otro jugábamos al póquer bajo el aire acondicionado de la oficina. Un viernes por la noche, pasada la una y media, Minna se presentó en la agencia. Loomis también estaba, perdiendo mano tras mano y comiéndose todas las patatas fritas. Minna le dijo que se largara, que se fuera a casa de una vez.

—¿Qué ocurre, Frank? —preguntó Tony.

—No pasa nada. Que tenemos trabajo, nada más.

—¿Qué trabajo? ¿Para quién?

—Un trabajo y punto. ¿Tenemos alguna palanca o algo parecido? —Minna fumaba con furia para disimular su inquietud.

—¿Una palanca?

—Algo que puedas blandir. Como una palanca. Tengo un bate y una llave inglesa en el maletero. Ese tipo de cosas.

—Pues suena como si quisieras una pistola —dijo Tony, enarcando las cejas.

—Si quisiera una pistola conseguiría una pistola, so bobo. No hace falta una pistola.

—¿Te sirven unas cadenas? —preguntó Gilbert, tratando de resultar útil—. En el Pontiac hay un buen puñado de cadenas.

—Palanca, palanca, palanca. ¿Por qué perderé el tiempo con vosotros, buscadores místicos? Si quisiera que me leyeran el pensamiento llamaría a Gladys Knight, coño.

—Dionne Warwick —dijo Gilbert.

—*¡Psicofono!*

—¿Qué?

—El Teléfono Psíquico es de Dionne Warwick, no de Gladys Knight.

—*¡Di en guardia!*

—Abajo hay alguna tubería —musitó Danny, que solo entonces dejó sobre la mesa la mano que estaba jugando cuando Minna entró en la oficina. Era un full de jotas y ochos.

—Que se pueda blandir —dijo Minna—. Veamos.

Llamaron al teléfono y contesté:

—L&L.

—Diles que no tenemos coches —dijo Minna.

—¿Hacemos falta los cuatro? —pregunté. Estaba acariciando la idea de perderme el encargo de la palanca y la llave inglesa, cualquiera que fuese, y llevar a alguien en coche hasta Sheepshead Bay.

—Sí, Engendrín. Vamos todos.

Despaché la llamada. Veinte minutos más tarde íbamos en el viejo Impala de Minna —el menos distinguido de los numerosos coches de L&L y otra mala señal en caso de querer interpretar indicios– cargados con tuberías, llave inglesa, gato del coche y un bate de los Yankees recuerdo del Día del Bate. Minna nos llevó por Wyckoff, pasamos por delante de las casas de protección oficial, después dio la vuelta, giró en dirección sur por la Cuarta Avenida, siguió hacia President Street y de vuelta hacia Court Street. Estaba haciendo tiempo, comprobando la hora en su reloj.

Giramos por Smith y Minna aparcó una manzana antes de llegar al solar vacío del supermercado. La feria ambulante ya había cerrado por esa noche, tablones de contrachapado cubrían los tenderetes, las atracciones habían sido acalladas, y los vasos vacíos de cerveza y los envoltorios de las salchichas se destacaban contra el horizonte de basuras iluminado por la luna. Nos arrastramos hasta el solar con nuestras herramientas, siguiendo a Minna en silencio, sin que nos irritara ya su liderazgo, al contrario, dejándonos arrullar por el profundo ritmo obediente que nos convertía en sus Hombres. Señaló hacia la noria.

—Fuera con eso.

—¿Eh?

—Cargaos la noria, boniatos confitados.

Gilbert lo entendió el primero, quizá porque la tarea se adecuaba a la perfección a su temperamento y habilidades. Atizó la tira de fluorescentes que le quedaba más cerca con su trozo de tubería, pulverizándola sin problemas y desencadenando una lluvia de polvo plateado. Tony, Danny y yo seguimos sus pasos. Atacamos el cuerpo de la rueda, primero con golpes vacilantes, midiendo nuestras fuerzas, luego arremetiendo sin piedad. Era fácil romper los fluorescentes, pero no dañar el armazón de la rueda; de todos modos pusimos manos a la obra, embestimos contra juntas y soldaduras vulnerables, arrancando el cable eléctrico y machacándolo con el borde más afilado de la llave inglesa hasta que el aislante y el alambre quedaron a la vista, destrozados y pelados. Minna blandía el bate de los Yankees, astillándolo contra los protectores que asían los pasajeros a sus asientos, sin romperlos, pero deformándolos. Gilbert y yo nos metimos dentro del armazón y tiramos con todas nuestras fuerzas de uno de los asientos hasta que conseguimos arrancarlo de sus goznes. Entonces encontramos el freno y dejamos girar la noria para poder aplicar nuestras malas intenciones a todo el conjunto. Un par de adolescentes dominicanos nos observaban desde el otro lado de la calle. Les ignoramos, hundidos en la noria, con prisas pero no frenéticos, a las órdenes absolutas de Minna a pesar de no necesitar su dirección. Destrozamos aquella atracción comportándonos como un solo hombre. Era la agencia en el culmen de su madurez: cumpliendo una misión a conciencia y sin preguntas, incluso cuando bordeaba el puro dadá.

—Frank te quería, Lionel —dijo Rockaforte.

—Esto, eh, lo sé.

—Por eso nos ocupamos de ti, por eso nos preocupas.

—Aunque no te hemos visto desde que eras niño —dijo Matricardi.

—Un niño que ladraba —dijo Rockaforte—. Nos acordamos. Frank te trajo a casa y te estuviste de pie en esta misma habitación y ladraste.

—Y Frank nos habló muchas veces de tu enfermedad.

—Te quería aunque te consideraba un engendro.

—La palabra es suya.

—Le ayudaste en su empresa, fuiste uno de sus chicos, y ahora eres un hombre y vienes a nosotros en estos momentos de pena y confusión.

Matricardi y Rockaforte me habían parecido tétricos de adolescente y ahora no tenían peor aspecto, con la piel momificada, el pelo fino que daba un lustre como de tela de araña a sus calvas brillantes, las orejas de Matricardi y su nariz llena de cicatrices destacándose sobre el resto de sus rasgos y la cara de Rockaforte aún más hinchada y con más aspecto de patata.

Iban vestidos como gemelos, con traje negro, no sé si por el luto o por otras razones. Estaban sentados los dos juntos en un sofá de relleno apretado; cuando crucé el umbral me pareció que estaban cogidos de las manos, apoyándolas en los cojines que había entre los dos, y que las colocaron cada uno sobre su propio regazo justo al entrar yo. Me mantuve lo bastante alejado como para no sentir la tentación de tocarles, de darles palmaditas en las manos o en el sitio donde las habían tenido apoyadas.

La casa de Degraw Street seguía igual, por fuera y por dentro, salvo por una densa y uniforme capa de polvo que ahora cubría los muebles, la alfombra y los marcos de las fotos del salón. El aire de la habitación estaba cargado de polvo revuelto, como si Matricardi y Rockaforte acabaran de llegar. Supuse que visitaban su santuario de Brooklyn con menos frecuencia que antes. Me pregunté quién los habría traído en coche desde Nueva Jersey y si se habrían tomado alguna molestia para ocultar su presencia o les daba lo mismo. Quizá no quedara nadie vivo en Carroll Gardens que pudiera reconocerles.

Los señores secretos de un vecindario también podían ser Hombres Invisibles.

—¿Qué pasa entre tú y Tony? —preguntó Matricardi.

—Quiero encontrar al asesino de Frank. —Me había oído decirlo demasiadas veces y la frase empezaba a perder significado. Amenazaba con convertirse en una especie de tic moral: *encontraralasesinodefrank.*

—¿Por qué no sigues a Tony en esto? ¿No deberíais actuar a una, como hermanos?

—Yo estaba allí. Cuando se llevaron a Frank. Tony *¡hospitalbailey!* Tony no.

—Entonces quieres decir que es él quien debería seguirte a ti.

—No debería interponerse. *¡Interpulpo! ¡Pulponerse!* —Me estremecí, odiaba tener tics delante de ellos.

—Estás alterado, Lionel.

—Desde luego. —¿Por qué debía de haber confesado mi desconfianza a gente de quien desconfiaba? Cuanto más nombraban a Tony, más me convencía de que los tres estaban juntos en esto y que Tony tenía muchísimo más trato con los Clientes del que yo había tenido desde nuestra primera visita a aquella cripta, aquel mausoleo. Yo había salido de allí con un tenedor, Tony con algo más. ¿Por qué iba a acusar a una parte ante la otra de conspiración? En cambio bizqueé y volví la cabeza y fruncí los labios, intentando evitar lo evidente, pero acabé por rendirme al poder de sugestión de los Clientes y ladré, una vez, en voz alta.

—Estás afectado y lo sentimos. Un hombre no debería ir corriendo por ahí, ni debería ladrar como un perro. Debería encontrar la paz.

—¿Por qué Tony no quiere que investigue el asesinato de Frank?

—Tony quiere que se haga de forma correcta y cuidadosa. Trabaja con él, Lionel.

—¿Por qué hablan en nombre de Tony? —Lo dije con los dientes apretados. No eran exactamente tics, pero había empezado a repetir los ritmos verbales de los Clientes, el claustrofóbico ping-pong de su dicción.

Matricardi suspiró y miró a Rockaforte. Rockaforte arqueó las cejas.

—¿Te gusta esta casa? —preguntó Matricardi.

Pensé en el salón cubierto de polvo, en el montón de muebles antiguos entre la alfombra y el artesonado del techo, en cómo todo colgaba suspendido dentro del caparazón de la casa-almacén de ladrillos rojos. Sentí la presencia del pasado, de madres e hijos, negocios y tratos, una mano muerta estrechando otra igual: las manos muertas anidaban en Degraw Street como una serie de cajas chinas. Incluyendo la de Frank Minna. Había tantas razones por las que no me gustaba que no sabía por cuál empezar, solo que sabía que no debía empezar por ninguna.

—No es una casa —dije, presentando la menor de todas mis objeciones—. Es una habitación.

—Dice que es una habitación —dijo Matricardi—. Lionel, estamos en la casa de mi madre. Y tú estás aquí, tan lleno de rabia que pareces un perro acorralado.

—Han matado a Frank.

—¿Estás acusando a Tony?

—¡*Acusartoca! ¡Excusatonta! ¡Esclusarrota!* —Cerré los ojos con fuerza, tratando de interrumpir el flujo de lenguaje.

—Entiéndenos, Lionel. Lamentamos la muerte de Frank. Le echamos mucho de menos. Llevamos un dolor clavado en el corazón. Nada nos gustaría más que ver a su asesino desgarrado por aves y devorado por insectos voraces. Debes ayudar a Tony para conseguir que llegue ese día. Tienes que seguirle.

—¿Qué pasa si mis averiguaciones me llevan hasta Tony?

Había permitido que los Clientes me condujeran hasta aquella situación y ahora ya no había razón para fingir.

—Los muertos siguen vivos en nuestros corazones, Lionel. Frank nunca nos abandonará. Pero ahora Tony ha reemplazado a Frank en el mundo de los vivos.

—¿Eso qué significa? ¿Han reemplazado a Frank por Tony?

—Significa que no deberías actuar en contra de Tony. Porque estamos con él.

Entonces lo entendí. Por fin había llegado la apoteosis italiana de Tony. Me alegré por él.

A no ser que hubiera sido así durante años sin que yo lo supiera. Tony Vermonte y los Clientes actuaban a escondidas de Frank Minna y los Hombres.

Sopesé el término *reemplazado*. Decidí que era hora de marcharse.

—Con el permiso de ustedes… —empecé, pero me detuve.

¿Quiénes eran los Clientes y en qué consistía su permiso? ¿En qué estaba pensando?

—¿Sí, Lionel?

—Voy a seguir buscando —anuncié—. Con o sin la ayuda de Tony.

—Sí. Es evidente. Por eso tenemos una tarea para ti. Una sugerencia.

—Algo a lo que aplicar tus ansias de justicia.

—Y tu talento como detective. La formación adquirida.

—¿Qué? —Solo una muestra de la luz sesgada del día penetraba las densas cortinas del salón. Repasé una fila de rostros malcarados de mediados de siglo que me contemplaban desde las fotografías enmarcadas, preguntándome cuál sería la madre de Matricardi. Los perritos calientes que me había comido me daban vueltas en el estómago. Me moría de ganas de estar fuera, en las calles de Brooklyn, en cualquier sitio menos en aquella casa.

—Hablaste con Julia —dijo Matricardi—. Tú deberías dar con ella. Tráela aquí como nosotros te hemos traído a ti. Tenemos que hablar con Julia.

—Tiene miedo —dije. *Minudodeshilachado.*

—¿Miedo de qué?

—Como yo. No se fía de Tony.

—Tienen algún problema. —Resultaba agotador.

—Claro que tienen un problema —dije—. Se acostaban juntos.

—Hacer el amor une a la gente, Lionel.

—A lo mejor se sienten culpables por lo de Frank.

—Culpables, sí. Julia sabe alguna cosa. La llamamos para que viniera a vernos. Y en lugar de venir, huye. Tony no sabe adónde ha ido.

—¿Piensan que Julia tiene algo que ver con el asesinato de Frank? —Dejé que mi mano dibujara una línea en el polvo de la repisa de mármol de la chimenea. Un error. Intenté olvidar que lo había hecho.

—Algo le ronda la cabeza, algo la atormenta. Si quieres ayudarnos, Lionel, encuéntrala.

—Adivina qué esconde y comparte sus secretos con nosotros. Hazlo sin decírselo a Tony.

Perdí el control y metí un dedo en el borde estriado de la repisa, empujé y junté un montoncito de polvo y pelusa.

—No lo entiendo —dije—. ¿Ahora quieren que trabaje a espaldas de Tony?

—Escuchamos, Lionel. Oímos. Meditamos. Surgen preguntas. Si tus sospechas son fundadas puede que Julia tenga las respuestas. Tony no ha sido demasiado claro en esta cuestión. Por extraño que seas, tú serás nuestros pies y nuestras manos, nuestros ojos y oídos, te enterarás de lo que pasa y volverás a explicárnoslo.

—*Fondeadas* —dije. Alcancé el final de la repisa y empujé la bola de suciedad acumulada por encima del borde, como un lanzador de un solo dedo.

—Si es que lo están —dijo Matricardi—. No lo sabes. Eso es lo que tendrás que descubrir.

—No, he dicho fondeadas, como halladas. No quería decir fundadas.

—Se está corrigiendo —le explicó Rockaforte a Matricardi con los dientes apretados.

—*¡Encuéntrala, Essrog! ¡Fondeador! ¡Fundador! ¡Frotador!*

Intenté limpiarme el dedo con la chaqueta y me hice una raya gris de la que colgaba suciedad.

Entonces eructé de verdad y noté el sabor de los perritos calientes.

—Tienes algo de Frank —dijo Matricardi—. A ese algo nos dirigimos y ese algo nos entiende. El resto de ti puede muy bien ser inhumano, una bestia, un engendro. Frank acertó al usar esa palabra. Eres un engendro de la naturaleza. Pero la parte de ti que Frank Minna apreciaba y que tan presente tiene su memoria es la parte que nos ayudará a encontrar a Julia y traerla de vuelta a casa.

—Ahora vete, porque nos pone enfermos verte jugar con el polvo que se junta en la casa de su querida madre, bendita sea su alma deshonrada y atormentada.

Las conspiraciones son una versión del síndrome de Tourette, establecer y seguir conexiones inesperadas es un tipo de susceptibilidad, una expresión del deseo de tocar el mundo, de besarlo todo con teorías, de acercarlo. Como el Tourette, en última instancia todas las conspiraciones son solipsistas; el enfermo, conspirador o teórico sobrestima su importancia y una y otra vez encuentra un placer traumático en la reacción, lo accesorio y la causalidad, por caminos alejados de la Roma del yo.

El segundo pistolero del montículo de césped no formaba parte de la conspiración: los enfermos del síndrome de Tourette lo sabemos seguro. Tenía un tic, imitaba la acción que le había sorprendido y cautivado, los tiros disparados. Solo era su forma de decir: ¡Yo también! ¡Estoy vivo! ¡Aquí, mirad! ¡Repetid la secuencia!

El segundo pistolero estaba remolcando la barca.

Había aparcado a la sombra de un olmo viejo y tullido, con el tronco retorcido y nudoso a causa de las enfermedades sufridas y cuyas raíces habían ido levantando poco a poco la acera de pizarra. No vi a Tony esperando en el Pontiac casi hasta meter la llave en la cerradura. Estaba sentado en el asiento del conductor.

—Entra. —Se inclinó y abrió la puerta del copiloto. La acera de ambos lados estaba vacía. Consideré la posibilidad de alejarme paseando, pero me topé con el habitual problema de decidir adónde ir—. Entra, Engendro.

Pasé al otro lado y me senté junto a Tony, entonces alargué desconsoladamente el brazo y le acaricié en el hombro, dejando un rastro de polvo. Tony me dio una bofetada a un lado de la cabeza.

—Me mintieron —dije, apartándome.

—Menuda sorpresa. Pues claro que te han engañado. ¿Qué eres? ¿Un bebé recién nacido?

—*Bebé Bailey* —mascullé.

—¿Qué mentira en particular te tiene preocupado, Marlowe?

—Te avisaron de que venía, ¿verdad? Me engañaron. Era una trampa.

—¿Qué coño pensabas que iba a pasar?

—No importa.

—Te crees muy listo —dijo Tony con la voz gangosa de puro desdén—. Te piensas que eres el puto Mike Hammer. Pues eres el hermano subnormal de los Hardy Boys. —Me dio otra bofetada—. Tú no das ni para Boy, Hardly Boy.

Mi barrio nunca se había parecido tanto a una pesadilla como ese soleado día ante la casa de Rockaforte en Degraw: una pesadilla repetitiva y claustrofóbica. De ordinario disfrutaba de la imperturbabilidad de Brooklyn, los matones, el abrazo de su larga memoria que tanto me recordaba a Minna. En aquel momento ansiaba ver el vecindario arrasado, reemplazado por rascacielos y apartamentos de varias plantas. Deseaba perderme en la danza de renovación amnésica de Manhattan. Olvidar que Minna había muerto y permitir que sus Hombres se dispersaran. Solo quería que Tony me dejara en paz.

—Tú sabías que tenía el busca de Frank —dije tímidamente, atando cabos.

—No, los viejos tienen rayos X en los ojos, como Superman. No se enteran de una mierda si yo no se la explico, Lionel. Necesitas encontrar una nueva línea de trabajo, McGruff. Sherlock de los cojones.

Estaba lo bastante acostumbrado a la beligerancia de Tony para saber que tenía que dejarla pasar un rato, que se agotara por sí sola. En cuanto a mí, deslicé las manos por encima de la guantera, junto a la base del parabrisas, y me puse a retirar las migas y el polvo acumulado, metiendo los dedos en la rejilla de plástico de la ventilación. Luego empecé a sacarle brillo a la esquina del parabrisas con la punta del pulgar. La visita al salón de la madre de Matricardi había disparado mi compulsión por limpiar el polvo.

—Anormal y encima, idiota.

—*Busqueamedosveces.*

—Sí, ven, que le saco brillo al busca.

Alzó la mano y volví a esquivarle, agachándome como un boxeador. Mientras lo tuve cerca le lamí el hombro del traje, intentando limpiarle la mancha de polvo que había dejado. Tony se apartó de golpe con asco, un viejo eco del pasillo de Saint Vincent.

—Vale, Lionel. Sigues igual de maricona. Me has convencido.

No dije nada, que ya tenía su mérito. Tony suspiró y apoyó las manos sobre el volante. Parecía que había acabado de abofetearme por el momento. El hilillo de saliva que había dejado en el tejido de su chaqueta se evaporó.

—En fin, ¿qué te han dicho?

—¿Los Clientes?

—Claro, los Clientes. Matricardi y Rockaforte. Frank está muerto, Lionel. No creo que vaya a salir disparado de la tumba porque digas sus nombres.

—*Muertealdente* —susurré; luego eché un vistazo a la entrada por encima del hombro—. Roquefort.

—No está mal. Bueno, y ¿qué te han dicho?

—Lo mismo que los *¡Potreros! ¡Porreros! ¡Porretas!* lo mismo que los porteros: manténte alejado de este caso. —Los tics se habían apoderado de mí, recuperando el tiempo perdido, sintiéndose como en casa. En ese sentido Tony seguía resultándome un consuelo.

—¿Qué portero?

—Porteros. Un buen puñado de porteros.

—¿Dónde?

Pero los ojos de Tony me decían que sabía perfectamente dónde, solo necesitaba evaluar cuánto sabía yo. También parecía algo asustado.

—En el mil treinta de Park Avenue. —*Mi tren de parvenues.* Tony apretó con fuerza el volante. En vez de mirarme, fijó la vista a lo lejos, entornando los ojos.

—¿Estuviste allí?

—Seguía una pista.

—Contesta a mi pregunta. ¿Estuviste allí?

—Desde luego.

—¿A quién viste?

—Solo a un montón de porteros.

—¿Has hablado de esto con Matricardi y Rockaforte? Dime que no lo has hecho, maldito bocazas.

—Ellos hablaban y yo escuchaba.

—Sí, ya puede ser. Joder.

Por extraño que parezca me descubrí a mí mismo tratando de tranquilizar a Tony. Él y los Clientes me habían arrastrado de vuelta a Brooklyn y me habían tendido una emboscada en el coche, pero la vieja solidaridad entre huérfanos contrarrestaba la claustrofobia que sentía. Tony me daba miedo, pero los Clientes más. Y ahora sabía que todavía asustaban también a Tony. Cualquiera que fuera el trato al que Tony hubiese llegado con ellos, todavía no estaba cerrado.

En el coche hacía frío, pero Tony estaba sudando.

—Ahora en serio, Lionel. ¿Saben algo del edificio?

—Yo siempre hablo en serio. Es la tragedia de mi vida.

—Contéstame, Engendro.

—*¡Cualquieredificio! ¡Ningunedificio!* Nadie ha dicho nada de ningún edificio. —Estiré la mano hacia el cuello de su camisa, quería alisarlo, pero lo impidió de un manotazo.

—Has estado dentro bastante rato. No me vengas con hostias, Lionel. ¿De qué habéis hablado?

—Quieren que encuentre a Julia —dije, preguntándome si sería buena idea mencionar su nombre—. Piensan que sabe algo.

Tony se sacó una pistola de debajo del brazo y me apuntó.

Había vuelto a Brooklyn con la sospecha de que Tony podía estar compinchado con los Clientes y ahora —¡dulce ironía!— Tony sospechaba lo mismo de mí. Tampoco era una idea tan loca. Matricardi y Rockaforte no tenían ningún motivo para seguirme la corriente. De haber confiado en Tony no le habrían pedido que me esperara fuera y me cazara en el coche. Le habrían escondido dentro, detrás de la proverbial cortina, para que escuchara toda la conversación.

Tenía que reconocérselo a los Clientes. Habían jugado con nosotros como quien toca un Farfisa.

Por otra parte, Tony les ocultaba un secreto: el edificio de Park Avenue. Y a pesar de sus temores el secreto seguía intacto. Ninguno de los vértices de aquel particular cuadrilátero ostentaba el monopolio informativo. Tony sabía una cosa que los Clientes ignoraban. Yo sabía algo que Tony ignoraba. ¿Seguro? Eso esperaba. Y Julia sabía una cosa que ni Tony ni los Clientes sabían, o quizá supiera algo de lo que Tony no quería que se enteraran los Clientes. Julia, Julia, Julia, tenía que imaginarme el punto de vista de Julia, incluso aunque Matricardi y Rockaforte también quisieran que lo hiciera.

¿O me estaba pasando de listo? Sabía lo que habría dicho Minna. Entresijos de los entresijos.

Nunca me había enfrentado con Tony a punta de pistola, pero hasta cierto punto llevaba toda la vida preparándome para ese momento. Parecía de lo más natural. Una suerte de culminación, el enrarecido punto final de nuestra larga asociación. Eso sí, de haberle apuntado yo con la pistola, entonces sí que habría alucinado.

La pistola también sirvió para concentrar mi atención a las mil maravillas. Mis ansias compulsivas se tranquilizaron y una oleada de exceso lingüístico se evaporó al instante, como las manchas de mentira en un anuncio de la tele. El tiroteo: otra cura perfectamente inútil.

Tony no parecía demasiado impresionado por la situación. Se le veían los ojos y los labios cansados. No eran más que las cuatro de la tarde y ya llevábamos demasiado rato sentados en aquel coche aparcado. Tenía preguntas que hacerme, preguntas urgentes y concretas, y la pistola ayudaría a que la cosa avanzara.

—¿Has hablado con alguien más sobre el edificio? —preguntó.

—¿A quién iba a decírselo?

—A Danny, por ejemplo. O a Gilbert.

—Acabo de salir de allí. Todavía no he visto a Danny. Y Gilbert está en prisión. —No mencioné al Poli Basuras y recé para que el busca de Minna no sonara en los próximos minutos.

Entretanto, Tony me estaba explicando con sus preguntas más de lo que yo le decía: Danny y Gilbert no estaban con él en el asunto de Park Avenue. Sí, este Hardly Boy todavía seguía en el caso.

—Así que solo tú —dijo Tony—. Eres el mamón con el que tengo que lidiar. Pedazo de Sam Spade.

—Se supone que cuando matan a tu compañero tienes que hacer algo.

—Minna no era tu compañero. Era el patrocinador de tu espectáculo, Engendro. Él era Jerry Lewis y tú el tipo en silla de ruedas.

—Entonces ¿por qué ayer me llamó a mí y no a ti cuando se vio con problemas?

—Fue una estupidez.

Una sombra se deslizó junto al coche, indiferente a nuestro pequeño melodrama. Era la segunda vez que estaba en peligro dentro de un vehículo aparcado en el espacio de tres horas. Me preguntaba qué espectáculos contemplaría si hacía carrera como paseante de aceras.

—Háblame de Julia, Tony *¡Tápame la lluvia!* —La magia curativa de que me apuntara con una pistola empezaba a desvanecerse.

—Calla un rato. Estoy pensando.

—¿Y Ullman? —Ya que me dejaba preguntar, preguntaría—. ¿*Quimera* Quién era Ullman? —Quería preguntarle sobre la Fujisaki Corporation, pero me imaginé que el alcance de mis informaciones era una de las pocas cosas que yo sabía y Tony no. Necesitaba mantener esa ventaja, por minúscula que fuera. Además, no quería oír la tajada que mi síndrome sería capaz de sacarle a la palabra Fujisaki.

Tony puso una cara particularmente avinagrada.

—Ullman es un tipo que se equivocó con los números. Bueno, uno más de un grupito que intentaba enriquecerse. Frank era otro.

—Y por eso entre tú y el polaco lo quitasteis de en medio, ¿eh?

—Estás tan equivocado que hace gracia.

—Pues explícate, Tony.

—¿Por dónde empezar? —Capté una nota de amargura en su voz, y me pregunté si podría jugar con ella. Era probable que, a su modo, Tony echara de menos a Minna y la agencia por muy corrupto que estuviera o por peligrosa que fuera la información que él poseía y yo ignoraba.

—Sé un sentimental para variar. Dime que tú no le mataste.

—Anda y que te den.

—Qué persuasivo. —Puse cara de mayordomo inglés borde y estirado, y añadí—: *Très persuasif, milord.*

—Tu problema, Lionel, es que no tienes ni idea de cómo funciona el mundo en realidad. Todo lo que sabes proviene de Frank y los libros. No sé qué es peor.

—Películas de gángsters. —Intenté no volver a poner cara de inglés.

—¿Qué?

—He visto un montón de pelis de gángsters, igual que tú. Todo lo que ambos sabemos proviene de Frank Minna o las películas de gángsters.

—Frank Minna era dos tipos —dijo Tony—. El que me enseñó y el chorras que te encontraba divertido y consiguió que lo mataran. Tú solo conocías al chorras.

Tony agitaba la pistola entre los dos, para acompañar sus gestos, marcar énfasis. Yo solo esperaba que tuviera presente lo literal que aquel trasto podía llegar a ser enfatizando. Ninguno de nosotros había ido nunca armado salvo Minna, al menos que yo supiera. Ahora me preguntaba qué entrenamientos privados se habrían realizado en mi ausencia, hasta qué punto debía tomarme en serio la tesis de Tony acerca de los dos Minna.

—Supongo que fue el Minna listo el que te enseñó a ir por ahí blandiendo una pistola —dije. Me salió un poco más sarcástico de lo que intentaba, luego me interrumpí al grito de *¡FrankEinstein!* Pero lo cierto es que Tony blandía la pistola. Aunque solo se apuntaba a sí mismo.

—La llevo para protegerme. Ahora mismo te estoy protegiendo con ella, convenciéndote para que cierres la boca y dejes de hacer preguntas. Y te quedes en Brooklyn.

—Espero que no tengas que protegerme *¡Protegebailey! ¡Detectibaby!* apretando el gatillo.

—Esperemos que así sea. Lástima que no fueras tan listo como Gilbert y te dejaras proteger por la poli durante una semanita.

—¿Ahora es esa la pena por asesinato? ¿Una semana?

—No me hagas reír. Gilbert no ha matado a nadie.

—Pareces decepcionado.

—Estoy más que decepcionado de que a Frank le gustara rodearse de una cabalgata de payasos. Era un estilo de vida. Yo no voy a cometer el mismo error.

—No, tú conseguirás un buen puñado de payasos nuevos.

—Ya vale. ¿Es que nunca sabes dar por terminada una conversación? Sal del coche.

En ese instante golpearon en la ventanilla del lado del conductor. Con el cañón de un revólver. El brazo que sostenía el arma salía de detrás del tronco del olmo. También asomaba una cabeza: la del inspector de homicidios.

—Caballeros —dijo—, salgan del coche: despacio.

Emboscadas de las emboscadas.

El inspector conservaba aquel aire raído y hastiado de «el café ya no me hace nada» incluso a la luz del día. No tenía aspecto de haber salido del traje desde la noche anterior. De todos modos, me resultaba más convincente con una pistola que Tony. Nos ordenó que nos colocáramos delante del coche y separásemos las piernas, para asombro de un par de ancianitas, y luego le quitó la pistola a Tony. Hizo que Tony se abriera la americana y le enseñara la funda vacía y se levantara las perneras del pantalón para demostrar que no llevaba nada enganchado a los tobillos. Luego intentó cachearme pero yo empecé a cachearle a él también.

—Joder, Alibabá, para ya. —Seguía gustándole el mote que había inventado para mí. Así consiguió gustarme él a mí.

—No puedo evitarlo.

—¿Qué es eso? ¿Un teléfono? Sácalo.

Tony me miró con extrañeza, me encogí de hombros.

—Adentro. Pero primero dadme las llaves.

Tony le pasó las llaves del coche y entramos de nuevo en los asientos delanteros. El inspector de homicidios abrió la puerta trasera y se colocó detrás de nosotros, apuntándonos con la pistola en la nuca.

—Las manos sobre el volante y la guantera. Muy bien. Vista al frente, caballeros. Nada de mirarme. Sonreíd como si os sacaran una foto. Pronto lo harán.

—¿Qué hemos hecho? —dijo Tony—. ¿Es que ya no se le puede enseñar una pipa a un amigo?

—Calla y escucha. Esto es una investigación por asesinato. Y yo estoy a cargo de la investigación. Me importa un carajo tu pipa de mierda.

—Pues devuélvamela.

—Me parece que no, señor Vermonte. Me sacáis de quicio. En las últimas veinticuatro horas he descubierto algunas cosillas sobre el vecindario.

—*Arma de digresión.*

—Calla, Alibabá.

¡Calla calla calla! Yo sobaba la espuma petrificada de la guantera del Pontiac como un gatito amamantándose, concentrándome en mantenerme quieto y callado. Un día cam-

biaría mi nombre por Calla y le ahorraría un montón de tiempo a todo el mundo.

—El caso es mío porque hicisteis la gracia de llevar a Frank Minna hasta el Brooklyn Hospital. Allí murió y esa es mi jurisdicción. No trabajo a este lado de Flatbush Avenue demasiado a menudo, ¿entendéis? No sé gran cosa del vecindario, pero estoy en ello, me voy enterando.

—No hay tantos asesinatos por esta zona, ¿eh, jefe? —dijo Tony.

—No hay tantos negratas de mierda a este lado de Flatbush, ¿eso es lo que intentas decir?

—Uau, tranquilo. Le está insinuando las respuestas al testigo. ¿Eso no va en contra de las normas? —Tony mantuvo las manos sobre el volante y sonrió al parabrisas. No creo que el poli de homicidios hubiera tenido intención de provocar esa sonrisa.

—Vale, Tony —dijo el poli con la voz algo ronca. Le oía respirar con dificultad por la nariz. Supongo que desenfundar la pistola le había alterado un poco. Me imaginé que notaba el cañón de su pistola apuntando a mi oreja, luego a la de Tony—. Explícame qué quieres decir. Acláramelo.

—Solo quería decir que no se cometen demasiados asesinatos… ¿Me equivoco?

—No, lo tenéis todo bajo control. Ni asesinatos ni negros de mierda. Calles limpias, solo viejecitos encantadores con sus lapicitos y el boleto para las carreras. Me ataca los nervios.

Fue honrado al admitirlo. Me preguntaba con qué historias de horror mafioso se habría topado en su día de investigación.

—Por aquí la gente se preocupa por el prójimo —dijo Tony.

—Ya, hasta que os liquidáis entre vosotros. ¿Qué conexión había entre Minna y Ullman, Tony?

—¿Quién es Ullman? —preguntó Tony—. No conozco al tipo.

Un minnaísmo: *no conozco al tipo.*

—Ullman llevaba los libros de una promotora inmobiliaria de Manhattan —dijo el inspector de homicidios—. Hasta que vuestro amigo Coney se lo cepilló. Tiene toda la pinta de un ojo por ojo. Me impresiona lo rápido que os ponéis manos a la obra.

—¿Cómo se llama, agente? —preguntó Tony—. Puedo preguntárselo, ¿verdad?

—Nada de agente, Tony. Inspector. Me llamo Lucius Seminole.

—¿Sucius? Me toma el pelo.

—Lucius. Llámame inspector Seminole.

—¿Y eso qué es? ¿Un nombre indio?

—Del sur —explicó Seminole—. Un nombre de esclavo. Ya puedes reírte, ya.

—*¡Semimole!*

—Alibabá, no me haces gracia.

—*¡Nomemola!*

—No le mate, Superfly —dijo Tony, con una amplia sonrisa—. Ya sé que es penoso, pero no puede evitarlo. Considérelo un espectáculo de circo gratuito.

—*¡Luzcomasenbolas!* —No poder volver la cabeza me estaba volviendo loco: tenía que rebautizar lo que no veía.

—¿Lleváis una empresa de coches o una troupe de comediantes? —preguntó Seminole.

—Lionel está celoso porque me lo pregunta todo a mí —dijo Tony—. Le gusta charlar.

—Ya hablé con Alibabá anoche. Casi me vuelve loco con su cháchara. Ahora quiero que tú me des unas cuantas respuestas, hombre cuerdo.

—No somos una empresa de taxis —dije—. Somos una agencia de detectives. —La afirmación se me escapó, un tic disfrazado de comentario normal.

—Gírate, Alibabá. Hablemos de la señora que ha huido a Boston, la señora del difunto.

—¿A Boston? —dijo Tony.

—*Somosunagenciadedetectives* —insistí.

—Reservó el vuelo a su nombre —explicó Seminole—. No es la primera vez. ¿Qué hay en Boston?

—Primera noticia. ¿Va mucho por allí?

—No te hagas el tonto.

—No tenía ni idea —dijo Tony. Me miró con el ceño fruncido y yo le contesté con cara de lelo, sin saber qué decir. ¿Julia en Boston? Me pregunté si Seminole estaría en lo cierto.

—Estaba preparada para irse —explicó Seminole—. Alguien la había avisado.

—La llamaron del hospital —dije.

—Nanai —contestó Seminole—. Lo he comprobado. Prueba con otro. A lo mejor vuestro Gilbert la llamó. A lo mejor retiró a Frank Minna de circulación antes de hacer lo propio con Ullman. A lo mejor está compinchado con la señora.

—Qué tontería —dije—. Gilbert no ha matado a nadie. Somos detectives.

Por fin atraje la atención de Seminole.

—También he investigado ese rumor —dijo—. Según el ordenador ninguno de vosotros tiene licencia de detective. Solo carnet de limusina.

—Trabajamos para Frank Minna —dije, oyendo la nostalgia de mi voz, mi melancolía—. Colaboramos con un detective. Somos, eh, agentes.

—Por lo que yo he visto, lo que sois es títeres de un matón de pacotilla. Un matón de pacotilla muerto. Vais en el bolsillo de un tipo que vivía en el bolsillo de Alphonso Matricardi y Leonardo Rockaforte, dos viejales relativamente misteriosos. Solo que parece que alguien ha vuelto el bolsillo del revés.

A Tony se le escapó una mueca: los clichés duelen.

—Trabajamos para los clientes que se dejan caer por la agencia —dijo; curiosamente, parecía sincero. Por un instante Minna volvió a vivir en la voz de Tony—. No hacemos preguntas indebidas, de lo contrario no tendríamos ningún cliente. Los polis hacen lo mismo, no me diga que no.

—Los polis no tenemos clientes —repuso el inspector de homicidios con altivez. Me habría gustado ver al verdadero Minna manejando a Seminole.

—¿Usted quién es? ¿Abraham Jefferson Jackson? —dijo Tony—. ¿Espera conseguir un ascenso por el discursito? Denos un respiro.

Solté una risotada. A pesar de todo, Tony me lo estaba haciendo pasar de miedo. Aporté una flor de mi cosecha:

—*¡Abracadraba Jackson!*

La pistola de Seminole y el que fuera agente de la ley no importaban: la entrevista se le estaba yendo de las manos. Tony y yo, distanciados como estábamos, habíamos vuelto a reunirnos gracias a la pistola del inspector. En la era post-Minna sus Hombres estábamos algo asustados y demasiado verdes para componérnoslas cada uno por su cuenta. Pero reunidos gracias a Seminole habíamos vuelto a descubrir el parentesco que latía en nuestras viejas rutinas. Si no podíamos confiar el uno en el otro, al menos se nos recordó que éramos tal para cual, sobre todo a ojos de un poli. Y Tony, al detectar que la confianza del inspector flaqueaba, se revolvió contra él con su antigua fiereza de huérfano. Un matón conoce los parámetros y el funcionamiento que rigen una amenaza declarada: solo no tener pistola resulta menos amenazador que una pistola a la que nadie presta la menor atención. Con el rato que llevábamos allí el poli ya debería habernos arrestado o herido o vuelto a uno en contra del otro, pero no lo había hecho. La lengua de Tony le haría pagar caro su error.

Entretanto pensé en lo que Seminole había dicho, y traté de sacar algo de información de sus ridículas teorías. Si a Julia no la habían llamado del hospital, ¿cómo se había enterado de la muerte de Minna?

Volví a preguntármelo: ¿Era Julia la que se había perdido su *Rama-lama-ding-dong*? ¿Lo tenía en Boston?

—Escuchad, montón de mierda —dijo Seminole. Intentaba compensar a la desesperada la caída en picado de su autoridad—. Preferiría ocuparme todo el día de los travelas que hacen la calle que mezclarme en esta basura de mafiosos italianos. Pero que no se os suban los humos: me doy perfecta cuenta de que no sois más que un par de idiotas. Lo que me preocupa son los tíos listos que manejan los hilos.

—Genial —dijo Tony—. Un poli paranoico. *Tíos listos que manejan los hilos.* Me parece que lee usted demasiados cómics, Cleopatra Jones.

—*¡Cloroplasto Bailey Johnson!*

—Os pensáis que soy estúpido —continuó Seminole, hecho una furia—. Creéis que el memo del poli negro este va a caer de bruces en vuestra pequeña ratonera y se va a tragar todo lo que le digan. Servicio de coches, agencia de detectives, ¡por favor! Pienso cargar con este caso hasta que logre endosárselo a la Oficina Federal de Investigación y después voy a poner mi culo a salvo, bien lejos de aquí. Hasta puede que me tome unas vacaciones, me iré a la playa a leer la prensa para ver cómo os va, pringaos.

Caer de bruces: la elección de palabras le traicionaba. Realmente tenía miedo de haber ido demasiado lejos para su seguridad. Yo quería encontrar la manera de disipar sus miedos, sinceramente. El inspector de homicidios me gustaba. Pero todo lo que salía por mi boca sonaba vagamente a insulto racista.

—¿La oficina de qué? —dijo Tony—. No los conozco.

—Subamos a ver si el tío Alphonso y el tío Leonardo te lo saben explicar —sugirió Seminole—. Algo me dice que ellos sí que están familiarizados con el FBI.

—No creo que los viejos sigan en casa —dijo Tony.

—¿Ah no? ¿Y adónde han ido?

—Se han largado por un túnel subterráneo —explicó Tony—. Debían regresar a su escondite, es que tienen a James Bond

(¿o era Batman?, ahora no me acuerdo) tostándose a fuego lento.

—¿De qué estás hablando?

—Pero no se preocupe. Batman siempre consigue escapar. Estos supervillanos no aprenden nunca.

—¡*Tío Batman!* —grité. No podían imaginar el trabajo que me costaba mantener las manos sobre el salpicadero y el cuello quieto—. ¡*Tío Bailey!* ¡*Tom Barnamum!*

—Basta ya, Alibabá —dijo Seminole—. Sal del coche.

—¿Qué?

—Que te pierdas, vete a casa. Me atacas los nervios, tío. Tony y yo vamos a charlar un ratito.

—Hombre, Blacula —se quejó Tony—. Llevamos horas hablando. No tengo nada más que decir.

—Con cada mote nuevo que me pones se me ocurren más preguntas —dijo Seminole. Me apuntó con la pistola—. Largo.

Miré a Seminole con la boca abierta, incrédulo.

—Lo digo en serio. Va.

Abrí la puerta. Luego pensé en buscar las llaves del Pontiac y pasárselas a Tony.

Tony me fulminó con la mirada.

—Vuelve al despacho y espérame allí.

—Sí. Claro. —Salí a la acera.

—Cierra la puerta —dijo Seminole, apuntando sus ojos y su pistola contra Tony.

—Gracias, *Conde Chocula* —contesté y me alejé de un salto, literalmente.

¿Ya te has dado cuenta de que relaciono todo con mi síndrome de Tourette? Ajá, lo has adivinado, es un tic. Contar es un síntoma, pero contar síntomas también es un síntoma, un tic *plus ultra*. Tengo meta-Tourette. Al pensar en los tics mi mente se acelera, mis pensamientos se estiran para tocar cualquier síntoma posible. Tocar toqueteos. Contar conteos. Pensar pensamientos. Mencionar el síndrome mencionando. Es algo así como hablar de teléfonos por teléfono, o enviar cartas donde se describe la ubicación de varios buzones de correos. O como un *remolcador* cuya anécdota favorita gira en torno a barcos remolcadores.

El metro de Nueva York no tiene nada de touréttico.

Aunque a cada paso sentía los ojos de un ejército de porteros invisibles clavándose en mi nuca, estaba exultante por haber regresado al Upper East Side. Bajé en la calle Ochenta y seis y recorrí a toda prisa Lexington Street, faltaban solo diez minutos para las cinco, la hora del zazen. No quería llegar tarde a mi primer zazen. De todos modos, todavía en la calle, saqué el teléfono móvil y llamé a Loomis.

—Sí, ahora iba a llamarte. —Le oí mascar un sándwich o un muslo de pollo, y me imaginé su boca abierta, sus labios ruidosos. ¿No había comido ya un par de horas antes?—. Tengo información sobre el edificio.

—A ver, dime… Rápido.

—El tipo de Archivos tenía mucho que explicar. Bonito edificio, Lionel. De categoría.

—Está en Park Avenue, Loomis.

—Bueno, está Park Avenue y Park Avenue. Hay que tener un millón de dólares para entrar en la lista de espera de ese edificio, Lionel. Esa gente tiene una isla por segunda residencia.

Oí a Loomis citar a alguien más listo que él.

—Ya, bueno, y ¿qué pasa con Fujisaki?

—Paciencia, ahora te explico. En este tipo de sitios tienen de todo… Es como un puñado de mansiones juntas. Tienes pasadizos secretos, bodegas, servicio de lavandería, piscina, cuartos para el servicio, chef privado. Toda una microeconomía secreta. Solo hay cinco o seis edificios así en la ciudad… El sitio donde se cargaron a Bob Dylan, cómo se llamaba, ¿Nova Scotia? En comparación es la caseta del perro. Este sitio es para el dinero viejo, nada de Seinfield ni *Nixon*. Les importan un carajo.

—Puedes incluirme en esa categoría —dije, incapaz de discernir algo de utilidad en el parloteo del Poli Basuras—. Solo me interesan los nombres, Loomis.

—Tu Fujisaki es la empresa que lo gestiona. Hay un montón de nombres japoneses más… Supongo que si te pones a escarbar, resultará que son los dueños de medio Nueva York. Estamos hablando de una operación monetaria muy seria, Lionel. Ullman, por lo que yo sé, solo era el contable de Fujisaki. Anda, échame un cable: ¿por qué iba Gilbert a interesarse por un contable?

—Ullman era el último tipo que Frank tenía que conocer —dije—. Nunca llegó hasta él.

—¿Minna tenía que matar a Ullman?

—No lo sé.

—¿O al revés?

—No lo sé.

—¿O el mismo tipo se cargó a los dos?

—No lo sé, Loomis.

—Así que no has conseguido gran cosa, aparte de lo que yo te he descubierto.

—Vete a la mierda, Loomis.

—Me alegro mucho de que hayas venido —dijo Kimmery al abrirme la puerta—. Llegas justo a tiempo. Ya están casi todos sentados. —Volvió a besarme en la mejilla—. Todo el mundo está muy nervioso por lo de los monjes.

—Yo también estoy muy nervioso. —De hecho la euforia me invadió al instante gracias a la presencia tranquilizadora de Kimmery. Si esto era una pequeña muestra de lo que me aportaría el zen ya me sentía listo para empezar.

—Tendrás que subir un cojín ahora mismo. Siéntate en cualquier sitio menos en primera fila. Trabajaremos tu postura en otro momento… por ahora, siéntate y concéntrate en la respiración.

—Eso haré. —La seguí escaleras arriba.

—De todos modos, básicamente consiste en eso, en respirar. Podrías pasarte el resto de tu vida trabajando la respiración.

—Probablemente tendré que hacerlo.

—Quítate los zapatos.

Kimmery señaló con el dedo y añadí mis zapatos a la hilera de calzado del pasillo. Descolocaba un poco entregar el calzado y con él la posibilidad de salir corriendo a la calle, pero en realidad mis pezuñas doloridas agradecieron la oportunidad de estirarse y respirar.

La sala de meditación del segundo piso parecía lúgubre, la iluminación del techo seguía apagada y la luz de noviembre, cada vez más tenue, resultaba insuficiente. Esta vez descubrí el origen del denso olor de la habitación: un bote de incienso quemaba junto a un Buda de jade sobre una estantería elevada. Las paredes estaban cubiertas de pantallas de papel lisas, un montón de cojines delgados hacían resplandecer el parquet del suelo. Kimmery me guió hasta un lugar cerca del fondo de la sala y se sentó a mi lado, dobló las piernas, enderezó la espalda y luego asintió con los ojos muy abiertos para indicarme que imitara sus movimientos. Si supiera. Me senté y conseguí colocar mis enormes piernas en posición, agarrándome los tobillos con ambas manos y solo en una ocasión empujé al tipo de delante, que se volvió a echarme un vistazo rápido, antes de regresar a su postura de gracia. Las filas de cojines de alrededor estaban casi todas ocupadas por practicantes zen, en total conté veintidós, algunos vestidos de negro, otros con ropas estilo beatnik, con pantalones de pana o de chándal y suéter de cuello cisne, pero ninguno con traje como yo. En aquella penumbra no fui capaz de distinguir las caras.

Así que me senté a esperar mientras me preguntaba qué hacía allí exactamente, aunque me costaba mantener la espalda erguida como la gente que veía a mi alrededor. Eché un vistazo a Kimmery. Tenía los ojos cerrados y en paz. En veinticuatro horas —pocas más habían pasado desde que Gilbert y yo aparcáramos en la acera el día anterior— mi confusión acerca de la importancia del zendo se había doblado y redoblado, ocultándose bajo capas sucesivas de desconcierto. La conversación que había escuchado a través de los auriculares, aquellas insinuaciones desdeñosas, ahora me resultaban incompatibles con el lugar. Ahora solo lograba oír la voz de Kimmery, ingenua, incapaz de conspirar. Su voz sobre el fondo de mi propio murmullo interior, por supuesto. Mientras permanecía sentado junto a Kimmery, cobijado dentro de su campo inhibidor de tics, sentía más vivamente la fuerza inquieta y a medio bloquear de mi generador lingüístico, mi multimente, esa maraña de respuestas e imitaciones, de interrupciones de interrupciones.

Volví a mirar a Kimmery. Meditaban sinceramente, sin preocuparse de mí. Así que cerré los ojos, intentando recibir yo también la iluminación, tratando de unificar mi mente y concentrarme en mi naturaleza buda.

Lo primero que oí fue la voz de Minna: *Te desafío a que te calles veinte minutos alguna vez, Engendro.*
La aparté, en su lugar pensé en *Una mente*. Una mente.
Cuéntame un chiste, Engendro. Uno que no me sepa.
Quiero ir al Tíbet.
Una mente.
Me concentré en mi respiración.
Vuelve a casa, Irving.
Una mente. Mente enferma. Mente sucia. Mente Bailey.
Una mente.
Una Oreo.

Cuando abrí los ojos, me había acostumbrado a la penumbra. En la parte de delante había un enorme gong de bronce y los cojines que quedaban más cerca estaban vacíos, como preparados para que los ocuparan las celebridades, tal vez aquellos monjes tan importantes. Las filas de cabezas habían desarrollado rasgos, aunque mayoritariamente veía orejas y cogotes, el borde de los peinados. La reunión era mixta, la mayoría de las mujeres eran delgadas, con pendientes y peinados que costaban lo suyo, y la media de los hombres se veían más mantecosos y desaliñados, con el pelo descuidado. Vi la coleta, la calva incipiente y la postura tiesa como de mueble de Wallace bastante adelante, casi en primera fila. Una fila por delante de mí, más cerca de la entrada, estaban sentados Mala Cara e Indistinguible, mis aprendices de raptores. Por fin lo comprendí: efectivamente, eran hombres de paz. ¿Sufrían una acuciante escasez de seres humanos en el Upper East Side que obligaba a que el mismo reducido reparto de porteros se disfrazara ora de matones ora de buscadores de la serenidad? Al menos se habían quitado los trajes azules de portero, habían encarado con mayor entrega esta nueva identidad. Lucían togas negras y posturas admirablemente erectas, presumiblemente resultado de un largo entrenamiento, de años de sacrificio. No habían trabajado tanto tiempo su pose de tipos duros, eso seguro.

Eso en cuanto a mi respiración. Al menos logré controlarme la voz. Mala Cara e Indistinguible tenían los ojos cerrados y yo había llegado el último, de modo que me encontraba en situación de ventaja. De todos modos los tipos tampoco coincidían exactamente con mi idea de un problema grave. Pero me recordaron que el móvil robado y el busca prestado que llevaba en la chaqueta podían pulverizar aquel ancestral silencio oriental en cualquier momento. Moviéndome con el máximo sigilo, los saqué y apagué el timbre del teléfono, luego ajusté el busca de Minna en la función «vibrar». Mientras volvía a deslizarlos en el bolsillo interior de mi chaqueta una mano abierta me golpeó en la nuca, con fuerza.

Me volví sorprendido. Pero mi atacante ya me había dejado atrás y marchaba solemnemente entre las esteras de delante, encabezando una fila de seis japoneses calvos, envueltos todos en túnicas que dejaban entrever una piel oscura y flácida y pelillos blancos en las axilas. Monjes importantes. El monje que encabezaba el desfile se había desviado de su camino para propinarme la colleja. Me habían reprendido o quizá me hubiesen ofrecido un golpe de iluminación: ¿conocía ahora el sonido de una palmada? En cualquier caso, notaba el calor de la sangre subiendo hacia las orejas y el cuero cabelludo.

Kimmery no se había dado cuenta, había continuado meditando plácidamente durante toda la secuencia. A lo mejor se encontraba en un punto mucho más avanzado de su senda espiritual de lo que ella creía.

Los seis se dirigieron al frente y ocuparon las esteras vacías cerca del gong. Entonces entró un séptimo monje, un poco por detrás de los otros, también con túnica y el cráneo reluciente. Pero no era pequeño ni japonés y sus pelos corporales no eran blancos ni tampoco se limitaban a las axilas. Tenía penachos de pelos negros y sedosos en la espalda y los hombros, trepando de todos lados hasta bordearle el cuello. No era muy probable que el diseñador de la túnica hubiera tenido en mente un look como el suyo. Avanzó al frente y se sentó en el último asiento VIP disponible sin darme tiempo a verle la cara, pero pensé en la descripción de Kimmery y decidí que aquel debía de ser el maestro americano, el fundador del zendo, el roshi.

Irving. ¿Cuándo vas a regresar a casa, Irving? *La familia te echa de menos.*

No paraba de darle vueltas a aquel chiste, pero sin conseguir nada útil. ¿Sería ese el nombre verdadero de Roshi, su nombre americano: Irving? ¿Era Roshi-Irving la voz de los auriculares?

De ser así, ¿por qué? ¿Qué conexión había entre Minna y aquel lugar?

Los de delante se sentaron a meditar. Me quedé mirando la fila de cabezas rapadas, los seis monjes y Roshi, pero no descubrí nada. Hasta Mala Cara e Indistinguible meditaban serenamente. Los minutos se arrastraban despacio y yo era el único que mantenía los ojos abiertos. Alguien tosió y le imité. De todos modos, si no le quitaba ojo a Kimmery permanecía casi tranquilo. Era como tener una bolsa de White Castle a mi lado en el asiento del coche. Me preguntaba hasta dónde podía alcanzar su influencia sobre mi síndrome si se le daba oportunidad, cuánta de dicha influencia sería capaz de importar. Cuánto podría acercarme. Cerré los ojos, confiando en que Mala Cara e Indistinguible continuarían plantados sobre sus cojines, y me zambullí en agradables pensamientos sobre cuerpos, el cuerpo de Kimmery, sus extremidades nerviosas y elegantes. Quizá esa fuera la clave del zen. *En realidad no tenemos dios*, había dicho. *Solo nos sentamos y tratamos de mantenernos despiertos.* Bueno, yo no estaba teniendo demasiados problemas para seguir despierto. Y a medida que se me endurecía el pene se me ocurrió que quizá hubiera encontrado la mente única.

Un ruido junto a la puerta me arrancó de mi ensueño. Abrí los ojos y me volví, el gigante polaco estaba de pie en la entrada de la sala de meditación, sus espaldas cuadradas llenaban el quicio de la puerta. Llevaba una bolsa de plástico en la mano con naranjitas chinas y contemplaba la sala de practicantes zen con una extraña expresión de absoluta serenidad. No usaba túnica, pero a juzgar por la benignidad de su mirada podría haber sido el mismísimo Buda.

Antes de que pudiera pensar algún plan o respuesta se desencadenó una conmoción en la parte delantera de la sala. Conmoción para los estándares locales, se entiende: uno de los monjes japoneses se levantó y se inclinó ante Roshi, luego ante los otros monjes y después ante la sala en general. Todavía habría podido oírse un alfiler al caer, pero el sonido de la túnica había bastado para que todos abrieran los ojos. El gigante entró en la habitación, sosteniendo las naranjas como una bolsa de peces de colores, y tomó asiento en una esterilla —en realidad en dos— al otro lado de Kimmery, entre nosotros y la puerta. Me recordé a mí mismo que el gigante nunca me había visto, al menos no el día anterior. Desde luego no parecía prestarme especial atención, ni a mí ni a nadie. Se acomodó en su sitio, listo para la lección del monje. Formábamos una bonita reunión, ángeles y diablos esperando a que hablara el pequeño sabio del este. Quizá Mala Cara e Indistinguible fueran verdaderos estudiantes zen jugando a hacerse los duros, pero indudablemente el monstruo Pierogi era justo lo contrario. Me parecía bastante evidente que las naranjas serían una ofrenda: pero ¿no eran una fruta china en lugar de japonesa? Quería atraer a Kimmery entre mis brazos, ponerla fuera del alcance del asesino, pero, en fin, quería hacer un montón de cosas: como siempre.

El monje volvió a inclinarse ante nosotros, recorrió nuestros rostros brevemente y luego empezó a hablar, tan bruscamente como si reanudara una conversación que estaba manteniendo consigo mismo.

—En el día a día, vuelo en avión, cojo un taxi para visitar el zendo Yorkville. —Esto sonó *zendaaa Yolkville*—. Estoy nervioso, pienso, trato de anticiparme a lo que mi amigo Jerry-Roshi me mostrará. ¿Iré a un restaurante muy bueno de Manhattan, dormiré en un cama muy buena de algún hotel de Nueva York? —Dio un pisotón como si estuviera comprobando la calidad de un colchón con la sandalia.

¡Quiero ir al Tíbet! El chiste seguía insistiendo. Mi tranquilidad recibía presiones por todos lados, había matones por doquier y el discurso del monje me provocaba ecolalia. Pero no podía volverme y reponer mi dosis de Kimmery sin pensar también en el titánico asesino de Minna: era tan grande que su perfil enmarcaba a Kimmery por completo a pesar de que él estaba más lejos, un efecto óptico que no me encontraba en condiciones de considerar fascinante.

—Todos estos estados de ánimo, impulsos, esta vida diaria, no tienen nada de malo. Pero la vida diaria, isla, comida, avión, cóctel, la vida diaria no es zen. En la práctica del zazen solo importa meditar, practicar. Americano, japonés, no importa. Solo meditar.

¡Quiero hablar con el lama! El monje americano, Roshi, se había girado para contemplar mejor al maestro de allende el océano. El perfil que se dibujaba bajo la cúpula brillante de Roshi me despertó. Reconocí en sus rasgos una autoridad y un carisma terribles.

¿Jerry-Roshi?

Mientras tanto el gigante seguía sentado de forma irreverente, pellizcando la piel de una naranjita, apretándosela contra sus labios monstruosos y sorbiendo el zumo.

—Es fácil practicar la forma externa del zen, sentarse en el cojín y perder el tiempo. Muchas formas de zen-nada, de zen sin sentido, solo una forma de zen verdadero: establecer contacto real con el buda propio.

El Dalai Lama la recibirá.

—Está el zen *chikusho*, el zen de animales domesticados que se acurrucan sobre almohadas como los gatos, a esperar que los alimenten. Se sientan para matar el tiempo entre las comidas. ¡Zen de animales domesticados inútil! Debería apalearse y expulsarse del zendo a los que practican chikusho.

Me obsesioné con la cara de Jerry-Roshi mientras el monje seguía despotricando.

—Está el zen *ningen*, que se practica para mejorar uno mismo. Egozen. Mejorar la piel, mejorar el tránsito intestinal, tener pensamientos positivos e influir en la gente. ¡Mierda! ¡El zen ningen es una mierda!

Irving, vuelve a casa, decía mi cerebro. *Zendo* y *cozendo*. *Tibetopópamo*. *Zentada zen*. *Dalai Oscillama Taladro*. Las sílabas oscilantes del monje, la insistencia del chiste sobre el Tíbet, el miedo que le tenía al gigante… todo conspiraba para hacerme estallar. Quería repasar el perfil fascinante de Roshi con la punta del dedo: quizá descubriera su importancia mediante el tacto. No obstante, practiqué zen Essrog y me enderecé.

—Pensad en el zen *gaki*: el zen de fantasmas insaciables. Quienes estudian el zen gaki persiguen la iluminación como espíritus que reclaman alimento o venganza con un hambre que nunca será saciada. ¡Estos fantasmas están tan ocupados aullando en las ventanas que nunca entran siquiera en la casa del zen!

Roshi se parecía a Minna.

Tu hermano te echa de menos, Irving.

Lama igual a Irving, Roshi igual a Gerard.

Roshi era Gerard Minna.

Gerard Minna era la voz de los auriculares.

No sabría decir qué fue lo primero que me lo indicó, su perfil delante de mí o la persistencia subliminal del chiste. Dejémoslo en empate. Por supuesto, el chiste estaba pensado para facilitarme las cosas y ahorrarme el tener que descubrirlo en el vientre de la ballena. Mal asunto.

Intenté apartar la vista, imposible. Delante, el monje continuaba enumerando zens falsos, las diversas maneras en que podíamos equivocarnos. Personalmente imaginaba unas cuantas con las que el monje probablemente todavía no se habría encontrado.

Pero Minna, ¿por qué habría enterrado la información en un chiste? Se me ocurrieron un par de motivos. Uno: no quería que supiéramos nada de Gerard a menos que muriera. Si sobrevivía al ataque quería que su secreto sobreviviera con él. Dos: no sabía en cuál de sus Hombres podía confiar, ni siquiera si podía confiar en Gilbert Coney. Podía estar seguro de que yo le daría vueltas a la pista de Irving mientras que Gilbert la daría por perdida, como nuestra mutua inanidad.

Y tenía la impresión, acertada, de que ninguna conspiración contra él podía en modo alguno incluir a su mascota Engendro. Los otros Chicos nunca me dejarían jugar con ellos. Podía sentirme halagado por la confianza implícita o insultado por la falta de respeto. La verdad es que ya no importaba.

Seguí mirando fijamente a Gerard. Ahora entendía la fuerza carismática de su perfil, pero solo me inspiraba amargura. Era como si el mundo se imaginara que podía llevarse a Minna y ofrecer a cambio aquel tosco sustituto genético. Un parecido.

—El zen rollito California. Es el zen de un sushi tan lleno de aguacate y crema de queso que lo mismo podría tratarse de malvavisco. El acre pescado del zazen suavizado en placeres sencillos, pícnics, reuniones… ¡El zendo se convierte en una agencia matrimonial!

—*¡Zenganza!* —grité.

No todas las cabezas se giraron. Pero la de Gerard Minna sí. Como la de Mala Cara y la de Indistinguible. Y la del gigante. Kimmery se contó entre quienes siguieron ejercitando su serenidad prescindiendo de mí.

—*Zendaaa trampaaa* —dije en voz alta. Mi erección desapareció, la energía se desvió a otros asuntos—. *Monstruo Pierogi maestro pielroja por esto se enoja. Zazen zagala vaca sagrada.* —Le golpeé en la cabeza al tipo que tenía sentado delante—. *Zsa Zsa cebada.*

La habitación llena de gurús y acólitos cobró una vida agitada, pero ninguno dijo ni una palabra, así que mi explosión de verborrea cantaba se vio rodeada de silencio. El monje conferenciante me miró y sacudió la cabeza. Otro de su pandilla se levantó del cojín y descolgó de un gancho de la pared una palmeta de madera que yo no había visto hasta entonces, después avanzó hacia mí por entre las filas de estudiantes. Solo Wallace seguía sentado inmóvil, con los ojos cerrados, meditando. Empecé a comprender su reputación de imperturbable.

—*¡Pieroginaranjitasushifono! ¡Fantasmalvaviscogramofono! ¡Insaciable antropófago! ¡Pierifono teleroshi!* —La oleada de palabras llegó con tal fuerza que retorcí el cuello y casi las ladré.

—¡Silencio! —ordenó el monje conferenciante—. ¡Muy malo molestar en el zendo! ¡Lugar y momento para todo! —El enfado no le iba bien a su inglés—. Gritar es para fuera, ¡ciudad Nueva York llena de gritos! No en el zendo.

—*¡Ring ring zendo!* —grité—. *¡Pito pito monjito!*

El monje de la paleta se acercaba. La agarraba con las manos cruzadas, como Hank Aaron el bate. El gigante se levantó, se metió la bolsa de naranjitas en el bolsillo de su chaqueta solo para socios y se frotó las manos pringosas, preparándose para usarlas. Gerard se giró y se quedó mirándome, pero si reconoció en mí al adolescente nervioso que había dejado tras la alambrada del Saint Vincent hacía diecinueve años, no lo demostró. Tenía el ceño y los labios ligeramente fruncidos y expresión desconcertada. Kimmery apoyó la mano en mi rodilla y yo puse mi mano sobre la de ella, tic de reciprocidad. Incluso en una tormenta de mierda como en la que me encontraba en ese momento, mi síndrome sabía que Dios vive en los detalles.

—El keisaku es más que llevar a cabo un ceremonial —dijo el monje de la paleta. Me dio con ella en los omóplatos con la suavidad de una caricia—. Estudiante indisciplinado tendrá bastante con un golpe. —Esta vez me atizó en la espalda con el mismo júbilo budista muscular que su colega me había aplicado en la nuca al entrar.

—¡Au!

Busqué la paleta a mi espalda, la agarré y estiré. El monje tuvo que soltarla y se tambaleó hacia atrás. Para entonces el gigante venía en nuestra dirección. Los que quedaban en su camino se agacharon o se escabulleron rápidamente, en la medida que se lo permitió su habilidad para desmontar los elaborados cruces de piernas. Kimmery se alejó como el rayo en cuanto el gigante se alzó sobre nosotros, no quería que la aplastaran. Pierogi no había dejado los zapatos a la entrada.

Entonces vi el gesto de asentimiento.

Gerard Minna indicó su asentimiento al gigante con un levísimo gesto de la cabeza y el gigante le contestó igual. No hizo falta más. El mismo equipo que había sentenciado a Frank Minna volvía a la carga. Yo sería la secuela.

El gigante me envolvió entre sus brazos y me izó, la paleta golpeó contra el suelo.

Peso casi noventa kilos, pero el gigante no se hernió por bajarme por las escaleras hasta la calle y cuando me dejó caer sobre la acera yo me sentía mucho más débil y agotado que él. Me alisé el traje y me aseguré de que mi cuello siguiera en su sitio estirándolo varias veces mientras él se sacaba la bolsa de naranjas y volvía a sorberles el zumo y la pulpa, reduciéndolas a simples cáscaras que en sus inmensas manos parecían pasas de naranjas.

La callejuela estaba casi a oscuras, y los que habían salido a pasear al perro estaban lo bastante lejos como para respetar nuestra intimidad.

—¿Quieres una? —dijo ofreciéndome la bolsa. Su voz nacía amortiguada del fondo de la garganta, pero resonaba en el tremendo torso hasta alcanzar la grandeza, como un cantante mediocre sobre el escenario de una magnífica sala de conciertos.

—No, gracias. —Aquí era donde debía crecerme de furia, cara a cara con el asesino de Minna justo en el punto donde había sido raptado. Pero me sentía apagado, me dolían las costillas del abrazo del gigante, estaba confuso y preocupado (conpreocupado) por haber descubierto a Gerard Minna en el zendo y me sentía infeliz porque Kimmery y mis zapatos se habían quedado arriba. Notaba el pavimento frío a través de los calcetines y un hormigueo me recorría los pies a medida que volvía a fluir la sangre que la postura zen les había negado.

—¿Y a ti qué te pasa? —preguntó deshaciéndose de otra naranjita estrujada.

—Tengo el síndrome de Tourette.

—¿Ah, sí? Mira, las amenazas no funcionan conmigo.

—Síndrome de Tourette.

—¿Cómo? Soy duro de oído. Perdona. —Volvió a guardar la bolsa de la fruta y cuando sacó otra vez la mano sostenía una pistola—. Entra. —Señaló con el mentón tres escalones que daban a un estrecho canal entre el zendo y el edificio de apartamentos de la derecha, un callejón infestado de cubos de basura y oscuridad. Fruncí el ceño, el gigante se acercó y con la mano que le quedaba libre me empujó hacia los escalones—. Venga —insistió.

Pensé en nosotros dos como en un retablo. Tenía ante mí al hombre que había estado persiguiendo y deseando encontrar, clamando por que se me concediera una oportunidad para vengarme como un fantasma insaciable o un sentimental y, sin embargo, ¿había planeado alguna manera de sacarle provecho, algún método o aparato que me colocara en situación de ventaja real, que redujera al menos la inmensa diferencia de fuerza que implicaban sus proporciones? No. Me había presentado patéticamente desarmado. Y ahora encima el tipo tenía una pistola. Me empujó otra vez, con el brazo recto contra mi hombro, y cuando intenté, por culpa de mis tics, devolverle el empujón, descubrí que me mantenía a una distancia excesiva, que no llegaba a rozarle el hombro ni siquiera estirando los dedos al máximo, y evoqué un viejo recuerdo del gato Silvestre boxeando en un ring con un canguro. Mi cerebro susurraba: *Solo es una rata enorme, papi, un canalla vigoroso, grande como una casa, un sofá, un hombre, plano, un canal, apocalipsis.*

—*Apocarrata* —farfullé, las palabras se me escapaban sin freno.

—Te he dicho que entres, Chillón. —¿Había captado mi referencia ratonil incluso con sus problemas auditivos? Pero ¿quién no iba a ponerse a chillar delante de él? Era tan grande que solo tenía que encogerse de hombros para ocultarte el horizonte. Di un paso atrás. Yo tenía Tourette, él amenazas—. Venga —repitió.

Era la última cosa que quería hacer y la hice.

En cuanto entré en la oscuridad me atizó con la pistola en la cabeza.

Han sido tantos los detectives a los que han golpeado y han caído en extrañas oscuridades mareantes, tal la cantidad de vacíos surrealistas («Algo rojo se retorcía como un germen bajo el microscopio», Philip Marlowe, *El sueño eterno*) y no obstante no tengo ninguna contribución que aportar a esta dolorosa tradición. Mi caída y mi ascensión a través de la oscuridad se caracterizaron únicamente por la nada, la vacuidad, la ausencia y el resentimiento porque fuera así. Salvo por los granos. Fue una nada granulada. Un desierto de granos. ¿Cuánto te pueden gustar los granos insípidos en el desierto? ¿En qué medida son mejores que la nada absoluta? Soy de Brooklyn, no me gustan los espacios abiertos. Y no quiero morir. ¿Y qué?

Entonces recordé un chiste, un juego de palabras como los que contaba el Poli Basuras, y fue mi salvavidas, sonaba a coro de voces etéreas llamándome desde el borde de las tinieblas:

¿Por qué no te mueres de hambre en el desierto? Por la arena que hay.*

¿Por qué no quería morirme ni irme de Nueva York?

Por los sándwiches. Me concentré en los sándwiches. Por un momento no existió nada más, y fui feliz. Los sándwiches eran muchísimo mejores que el desierto de granos.

—¿Lionel?

Era la voz de Kimmery.

—Mmm.

—Te he traído los zapatos.

—Oh.

—Creo que deberíamos irnos. ¿Te tienes en pie?

—Rrrpp.

—Apóyate en la pared. Con cuidado. Pararé un taxi.

---

* En inglés «Because of the sand which is there» podría entenderse también como «Por los sándwiches que hay». *(N. de la T.)*

—Taxitax.

Parpadeé, despierto de nuevo, mientras cruzábamos el parque de este a oeste por un carril taxi de piedra y cubierto por la copa de los árboles y apoyaba la cabeza en el hombro huesudo de Kimmery. Ella me estaba calzando, levantando mis pies muertos, primero uno y luego el otro, y haciéndome los nudos. Sus manitas y mis zapatones convertían la operación en algo parecido a ensillar un caballo en coma. Lograba ver la licencia del taxista —se llamaba Omar Dahl, nombre que invitaba a emitir unos cuantos tics que yo, en mi estado, no conseguía formular— y la vista que ofrecía la ventanilla lateral. Por un momento pensé que estaba nevando y todo me pareció distante y precioso: Central Park en un globo de nieve. Luego me di cuenta de que dentro del taxi también nevaba. Otra vez los granos. Cerré los ojos.

El piso de Kimmery estaba en la calle Setenta y ocho, en un edificio de apartamentos con casera que resultaba maravillosamente viejo y genuino después del lustre del East Side, en especial del gélido vestíbulo del 1030 de Park Avenue. Me erguí y entré en el ascensor por mi propio pie, Kimmery solo tuvo que aguantarme la puerta abierta, que era como a mí me gustaba: sin porteros. Subimos hasta la planta veintiocho en un ascensor vacío, y Kimmery se apretó contra mí como si todavía siguiéramos en el taxi. Ya no necesitaba su apoyo para mantenerme en pie, pero no lo evité. Me zumbaba la cabeza —donde Pierogi me había atizado sentía como si estuviera intentando echar un cuerno sin conseguirlo— y el contacto con Kimmery venía a ser la compensación. Cuando llegamos a su planta se separó de mí con ese andar rápido y nervioso que yo ya consideraba su sello característico, la confesión de que poseía una pizca de agitación que yo podría cultivar y adorar, y abrió la puerta de su casa con tantas prisas que me pregunté si no pensaría que nos habían seguido.

—¿Te ha visto el gigante? —pregunté en cuanto entramos.

−¿Qué?

−El gigante. ¿Le tienes miedo al gigante? −Sentí la memoria corporal y me estremecí. Todavía *me temblaban un poco las patas*, como habría dicho Minna.

Me miró con extrañeza.

−No… El apartamento está subarrendado y es ilegal. En este bloque hay gente incapaz de ocuparse solo de sus asuntos. Deberías sentarte. ¿Quieres agua?

−Gracias. −Miré alrededor−. ¿Dónde me siento?

Su apartamento se componía de un breve vestíbulo, una cocina minúscula −más bien la cabina de mando de un astronauta llena de menaje de cocina− y una gran habitación central en cuyo suelo de poliuretano se reflejaba el vasto horizonte urbano iluminado por la luna que mostraba una gran ventana sin cortinas. El reflejo no lo interrumpían ni alfombras ni muebles, solo algunas cajitas apiladas en los rincones, un tocadiscos pequeño y un montón de cintas, y un gran gato que permanecía en medio de la sala, observando nuestra aparición con escepticismo. Las paredes estaban vacías. La cama de Kimmery consistía en un colchón chato tirado sobre el suelo del vestíbulo en el que nos encontrábamos, nada más cruzar la puerta del apartamento. Casi estábamos encima de la cama.

−Adelante, siéntate en la cama −dijo, con una media sonrisa nerviosa.

Al lado de la cama había una vela, una caja de pañuelos de papel y una pequeña pila de libros en rústica. Era una zona privada, un cuartel general. Me pregunté si tendría muchos invitados: me sentía como si fuera el primero.

−¿Por qué no duermes allí? −pregunté señalando a la gran sala vacía. Mis palabras sonaron pesadas y estúpidas, como las de un boxeador derrotado en el vestuario, o las de un actor del método, mientras interpreta a un boxeador derrotado. Mi cerebro touréttico prefería la precisión, los bordes más afilados. Se estaba despertando.

−La gente me mira −dijo Kimmery−. No estoy cómoda.

—Deberías poner cortinas. —Señalé la enorme ventana.

—Es demasiado grande. En realidad no me gusta esa habitación. No sé por qué. —Ahora parecía arrepentida de haberme llevado a su casa—. Siéntate. Te traeré algo de agua.

La habitación que no le gustaba era todo el apartamento. Prefería vivir en el vestíbulo. Pero decidí no decir nada más sobre el tema. De todos modos había algo en su manera de aprovechar el espacio que me convenía, como si hubiera planeado esconderme allí, como si supiera que temía el horizonte urbano, el gran mundo de conspiraciones y porteros que configuraban Manhattan.

Me senté en su cama, con la espalda contra la pared y las piernas estiradas sobre el colchón de manera que me sobresalieran los zapatos. Notaba el suelo contra la rabadilla a través de aquel colchón fino como una crepe. Entonces vi que Kimmery me había atado los zapatos con doble nudo. Me entretuve tontamente con ese detalle, empleándolo para medir mi recuperación del conocimiento, dejando que mi tendencia obsesiva jugueteara con lo intrincado de los nudos y mis recuerdos estroboscópicos de Kimmery estirando de mis pies en el taxi. Me imaginé que notaba la abolladura de mi cráneo y el lenguaje herido fluyendo en una dirección nueva a través de la topografía interior recién alterada con palabras como *sándwiches sándwiches quiero un helado polvo al polvo* y demás.

Decidí distraerme con los libros apilados junto a la cama. El primero se titulaba *La sabiduría de la inseguridad*, de Alan Watts. De entre sus páginas sobresalía, como un punto demasiado grande, un panfleto, un tríptico brillante. Estiré del panfleto. Era de Yoshii's, un nuevo centro budista de retiro además de restaurante japonés y tailandés situado en una carretera de la costa sur de Maine. El número de teléfono que se indicaba al dorso, a los pies de un mapa de carreteras esquemático, estaba marcado por un círculo en boli azul. El encabezamiento de la cara delantera del panfleto decía UN LUGAR DE PAZ.

Lupanar.

Alcatraz.

El gato entró desde la sala grande, se subió a mis muslos estirados y empezó a masajearlos con las patas de delante; tenía las uñas escondidas solo a medias y se enganchaban en la tela del pantalón haciendo *poca-poca-poca*. El gato era blanco y negro con un bigote hitleriano y cuando por fin se dio cuenta de que yo también tenía cara me miró con ojos entornados. Doblé el panfleto y me lo guardé en el bolsillo de la chaqueta, luego me saqué la chaqueta y la dejé en la esquina de la cama de Kimmery. El gato reanudó el masaje de mis músculos.

—Seguro que no te gustan los gatos —dijo Kimmery, de vuelta con dos vasos de agua.

—*Gatopollo* —dije, soltando tics como un estúpido—. *Crema de sopa sándwich de lechuga.*

—¿Tienes hambre?

—No, no —contesté, aunque quizá sí la tuviera—. Y me gustan los gatos. —Pero mantuve las manos apartadas, no quería obsesionarme con el cuerpo del animal: no quería empezar a masajearlo o imitar sus ronroneos socarrones e irregulares.

No puedo tener gato porque mi comportamiento los vuelve locos. Lo sé porque lo he intentado. Tuve una gata, gris y delgada, la mitad de grande que el de Kimmery, que se llamaba Gallina por sus gorjeos y arrullos, porque sus primeras inspecciones olfativas de mi apartamento me recordaron a una gallina picoteando en el corral. Al principio le gustaban mis atenciones, mis caricias algo excesivas. Ronroneaba y se apretaba contra mi mano cuando le daba palmaditas, disfrutaba. Refiné mis impulsos tanto como pude, le acariciaba el cuello con dulzura, le restregaba las mejillas hacia fuera para estimular sus recuerdos de los lametones que había recibido cuando era un cachorro, o lo que sea que hace que a los gatos les entusiasme esa sensación. Pero desde el primer momento a Gallina le desconcertaron mis movimientos bruscos de cabeza y mis comentarios y, en especial, mis ladridos. Volvía la cabeza para ver sobre qué me había abalanzado, qué intentaba atrapar en el aire con la mano. Gallina reconocía aquellos comportamientos: se suponía que eran los suyos. Nunca lograba relajarse. Se acercaba cautelosamente a mi regazo, en un juego interminable de medias tintas y distracciones imaginarias antes de acomodarse. Entonces yo soltaba una retahíla de alaridos que había estado aguantándome y palmeaba la cortina.

Peor aún, sus brotes de felicidad conseguida gracias a mis cariñosas manos se convirtieron en foco de atención de mis juegos de interrupción touréticos. Gallina ronroneaba y me empujaba suavemente la mano y yo empezaba a acariciarle su cara suave de tiburón. Ella insistía y yo respondía a sus presiones, hasta que la gata acababa arqueada sobre mi mano, lista para sucumbir. Entonces llegaba el tic y retiraba la mano. Otras veces sentía la necesidad de seguirla por todo el apartamento y toquetearla cuando intentaba resultar invisible o ladina; la acechaba, a pesar de que resultaba obvio que, como cualquier otro gato, Gallina prefería ser ella la que se acercara. O me obsesionaba por los límites del placer que le producía que la tocaran: ¿seguiría ronroneando si la acariciaba a contrapelo? ¿Si le pellizcaba las quijadas me dejaría cogerle simultáneamente su sacrosanta cola? ¿Me permitiría limpiarle las legañas de los ojos? A menudo la respuesta era afirmativa, pero a costa de algo más. Como con una muñeca de vudú, empecé a investigar mis tics en mi homólogo menor: la gata tourética. Gallina había quedado reducida a un puñado de reacciones recelosas y asustadizas, estremecimientos y ataques anticipados. A los seis meses tuve que buscarle un nuevo hogar con una familia dominicana del bloque de al lado. Consiguieron curarla, tras cierto período de reflexión que la gata pasó escondida detrás de la cocina.

El gatazo nazi continuó arrancándome hilos de los pantalones, por lo visto trataba de reinventar el velcro él solito. Entretanto

Kimmery regresó con el agua, dos vasos que dejó en el suelo junto a mis pies. Aunque la habitación estaba en penumbra –la débil bombilla del vestíbulo daba tanta luz como el cielo nocturno reflejado en la sala grande que quedaba a nuestra espalda– solo entonces se quitó las gafas de sol, y sus ojos me parecieron tiernos, pequeños e inquisitivos. Se sentó de espaldas a la pared, así que quedamos colocados como agujas de reloj unidas por los pies. De acuerdo con nuestro reloj eran las cuatro en punto. Intenté no ilusionarme con la medianoche.

–¿Hace mucho que vives aquí? –pregunté.

–Ya lo sé, parece que esté de acampada –dijo–. Llevo más o menos un mes. Acabo de romper con un tipo. Resulta bastante evidente, ¿no?

–¿Con el hombre Oreo? –Me imaginé un cowboy azotado por los elementos frente a una puesta de sol y llevándose una galleta a los labios como si fuera un pitillo. Luego, desesperado por compensarlo, evoqué un palurdo atormentado con gafas de culo de vaso y escrutando migas de galleta en un microscopio, tratando de distinguir los números de serie.

–Ajá. Una amiga mía se mudaba y me dejó instalarme aquí. Ni siquiera me gusta. Casi nunca estoy en casa.

–¿Adónde vas? ¿Al zendo?

Asintió.

–O al cine.

No tenía demasiados tics por un par de razones. La primera, la propia Kimmery, un bálsamo sereno y sin precedentes para mí a aquellas horas finales del día. La segunda, el día en sí mismo, el tumulto consecutivo de pistas sin resolver, la catástrofe de mi visita al zendo; la muesca extra de mi cerebro tenía mucho trabajo pendiente ensartando cuentas, ordenando la secuencia: Kimmery, porteros, Matricardi y Rockaforte, Tony y Seminole, monjes importantes, Gerard Minna y el asesino. El asesino de Minna.

–¿Has cerrado la puerta con llave? –dije.

—Realmente tienes miedo, ¿eh? —dijo Kimmery, abriendo mucho los ojos—. Del, eeh, el gigante.

—¿No le has visto? ¿El grandullón que me ha sacado a la calle? —No mencioné lo que había ocurrido a continuación. Ya me daba bastante vergüenza que Kimmery hubiera tenido que recoger los restos.

—¿Es un gigante?

—Bueno, ¿cómo lo llamarías tú?

—Pero ¿el gigantismo no es genético?

—Diría que sí. Desde luego la altura no la ha comprado.

Me toqué la zona delicada de la cabeza con una mano, dejé la otra quieta a mi lado, obviando el impulso de devolverle al gato los golpecitos de sus patas. En cambio, toqueteé el cobertor cosido a mano del colchón de Kimmery, recorrí sus costuras desiguales y nada elegantes.

—Supongo que no me he fijado. Estaba, pues eso, meditando.

—¿Nunca le habías visto antes?

Negó con la cabeza.

—Pero a ti tampoco, hasta hoy. Supongo que debería haberte avisado de que no trajeras a nadie así al zendo. Y que no hicieras ruido. Me he perdido toda la conferencia.

—¡No querrás decir que después han continuado!

—Pues claro, ¿por qué no? Después de que tú y tu amigo el gigante os habéis ido.

—¿Y tú por qué no te has quedado?

—Porque no se me da tan bien concentrarme —dijo con un tono filosófico amargo—. Si eres verdaderamente zen puedes meditar en medio de las distracciones, como Roshi. Y Wallace. —Puso los ojos en blanco.

Sentí la tentación de recordarle que había tenido que moverse para evitar ser aplastada, pero solo era una objeción más entre miles.

—No lo entiendes —dije—. Yo no lo llevé conmigo al zendo. Nadie sabía que yo iba a ir.

—Bueno, pues supongo que te siguió. —Se encogió de hombros, no quería discutir. Para ella resultaba evidente que el gigante y yo éramos fenómenos duales. Yo había provocado su presencia en el zendo, probablemente era hasta responsable de que existiera.

—Mira, sé cuál es el nombre americano de Roshi. No es quien tú te piensas.

—No pienso que sea nadie en particular.

—¿Qué quieres decir?

—Yo no te he dicho algo así como que Roshi en realidad es Johny Carson ni nada. Solo te he dicho que no lo sabía.

—Ya, pero no es un profesor de zen. Está mezclado en un asesinato.

—Qué tontería. —Consiguió que pareciera un mérito, como si lo hubiera dicho para tenerla entretenida—. Además, todo el que enseña zen es un maestro zen, me parece. Probablemente incluso aunque fuera un asesino. Igual que cualquiera que asiste a las sesiones es un estudiante. Hasta tú.

—¿Qué pasa conmigo?

—Nada, al menos desde la perspectiva del zen. Eso es lo que trato de explicarte.

—Entendido.

—No te pongas borde, Lionel. Solo es una broma. ¿Seguro que no te molesta el gato?

—¿No tiene nombre? —Felino Hitler se había instalado pesadamente entre mis muslos, ronroneaba a ráfagas inconexas y había empezado a dejar escapar burbujitas de baba por la comisura de la boca.

—Balda, pero nunca le llamo así.

—¿Balda?

—Sí, ya sé, es de lo más estúpido. No se lo puse yo. Yo solo cuido del gato.

—De modo que ni el piso ni el gato son tuyos.

—Digamos que estoy pasando un período de crisis. —Cogió su vaso de agua y yo hice lo mismo de inmediato, agradecido: el reflejo me rascó cierto picorcillo mental. De todos modos, tenía sed. Balda no se movió—. Por eso me he metido en el zen —continuó Kimmery—. Para ganar en desprendimiento.

—¿Como lo de no tener piso ni gato? ¿De cuántas cosas puedes desprenderte? —Mi voz resultaba irracionalmente amarga. El desengaño se había adueñado de mí, y era totalmente incapaz de justificarlo ni definirlo con exactitud. Supongo que nos había imaginado a ambos cobijados en el vestíbulo infantil de Kimmery, su casa en el árbol del West Side, donde se escondían tres gatos. Pero ahora entendía que Kimmery no tenía raíces, que vivía alienada en aquel espacio. La casa del hombre Oreo era su hogar, o quizá el zendo, igual que L&L era el mío o el de Balda estaba en algún otro sitio. Ninguno de los tres podía ir a esos lugares, así que nos habíamos acurrucado allí juntos, esquivando la sala grande y el bosque de rascacielos.

Entonces, antes de que Kimmery pudiera replicar, dejé escapar un tic en voz alta.

—¡*No-te-desprendas-de-mí!* —Intenté bloquearme, interrumpir mis tics con el vaso de agua, que me llevé a los labios justo a tiempo para gritar en su interior, agitando la superficie del agua con mi aliento—. *¡Que-te-den-por-balda!*

—¡Guau!

No dije nada. Me tragué el agua y volví a acariciar las costuras del cobertor, buscando que mi yo touréttico se perdiera en la textura.

—Cuando te enfadas dices unas cosas rarísimas —dijo.

—No estoy… —Giré el cuello, dejé el vaso de agua en el suelo. Esta vez empujé a Balda, que me miró con sus ojos de jade—. No estoy enfadado.

—Pues entonces ¿qué te pasa? —Lo preguntó sin alterarse, sin sarcasmo ni miedo, como si realmente le interesara la respuesta. Sus ojos ya no me parecían pequeños sin la montura oscura enmarcándolos. Resultaban tan redondos e inquisitivos como los del gato.

—Nada… al menos desde la perspectiva del zen. Simplemente a veces grito. Y toco cosas. Y cuento cosas. Y pienso demasiado en ellas.

—Creo que he oído hablar de eso.

—Pues entonces eres la excepción que confirma la regla.

Estiró la mano hacia mi regazo y le dio unos golpecitos en la cabeza al gato, que dejó de observarla con mirada interrogativa. El gato cerró los ojos con fuerza y estiró el cuello para apretarse contra la palma de Kimmery. Yo me había estirado tanto como él.

—¿No quieres saber el verdadero nombre de Roshi? —pregunté.

—¿Para qué?

—¿Qué?

—A no ser que vayas a dejarme de una piedra y resulte que es J. D. Salinger o alguien así, ¿qué más me da? O sea, será Bob o Ed o cualquier cosa por el estilo, ¿a que sí?

—Gerard Minna. —Quería que para ella significara tanto como Salinger, quería que lo entendiera todo—. Es el hermano de Frank Minna.

—Vale, pero ¿quién es Frank Minna?

—El tipo que se han cargado. —Extraño, ahora tenía un apelativo para él, un apelativo sencillo, terrible y cierto: *el tipo que se han cargado*. Antes nunca había podido responder a esa pregunta, o si había empezado a responderla nunca había acabado. Frank Minna es el rey secreto de Court Street. Frank Minna habla y se mueve, es un gesto y una palabra, un detective y un tonto. *Frank Minna c'est moi.*

—Oh, es horrible.

—Sí. —Me pregunté si alguna vez podría compartir con ella todo lo horrible que era.

—Vamos, debe de ser una de las cosas más horribles que he oído en mi vida.

Kimmery se inclinó un poco más, para consolar al gato, no a mí. Pero me sentí consolado. Kimmery y yo íbamos aproximándonos a medida que ella empezaba a entender. A lo mejor el vestíbulo había estado esperando ese momento, a mí y a mi historia, para convertirse en espacio real en vez de provisional. Allí se lloraría a Minna como es debido. Allí encontraría el fin de mi dolor y la respuesta al rompecabezas de

Tony y los Clientes y por qué Minna y Ullman tenían que morir y dónde estaba Julia y quién era Bailey, y allí la mano de Kimmery pasaría de la cabeza de Balda a mi muslo y nunca más tendría un tic.

—Envió a su hermano a la muerte —dije—. Le tendió una trampa. Lo oí. Solo que todavía no sé el motivo.

—No lo entiendo. ¿Cómo lo oíste?

—Frank Minna llevaba un micrófono oculto cuando entró en el zendo. Le oí hablando con Gerard. Tú también estabas en el edificio. —Recordé haber revisado los apuntes tomados durante la vigilancia, intentando decidir si consideraba a Kimmery una chica o una mujer, y la mano con la que escribo tembló y remedó el gesto de tachar sobre los hilos suaves del cobertor.

—¿Cuándo?

—Ayer —dije, aunque parecía que había pasado mucho tiempo.

—Pues es imposible. Debía de ser otra persona.

—¿Por qué?

—Roshi ha hecho voto de silencio. —Susurró, como si ella estuviera rompiendo el voto—. No ha dicho una palabra desde hace cinco días. Así que no puedes haberle oído hablar.

Por una vez me quedé sin saber qué decir. La lógica del hombre Oreo invadía mi puzzle moral. O sería otro acertijo zen: ¿Cuál es el sonido de un monje silencioso condenando a muerte a su hermano?

Cuanto más callado el monje, más fuerte el golpe, pensé recordando la conversación de los auriculares.

—No me puedo creer que vayas por ahí poniéndole micrófonos ocultos a la gente —dijo, todavía entre susurros. A lo mejor creía que había un micrófono escondido en la habitación—. ¿Intentabas incriminar al tal Frank?

—No, no, no. Frank quería que le escuchara.

—¿Quería que le cazaran?

—Él no había hecho nada. Solo dejarse liquidar por su hermano, el monje silencioso.

Aunque me miraba con escepticismo, Kimmery continuó rascando el cuello y la cabeza del gato mientras seguía acurrucado en mi regazo. Tenía más razones aparte de los pánicos habituales para obviar aquellas sensaciones cautivadoras, los roces y arrullos en la zona baja. Estaba suprimiendo dos tipos diferentes de respuesta, dos formas posibles de reciprocidad. Mantuve los ojos a la altura de la cara de Kimmery.

—Creo que estás algo liado —dijo con amabilidad—. Roshi es un hombre muy amable.

—Bueno, Gerard Minna es un gamberro de Brooklyn. Y ambos son el mismo tipo, seguro.

—Hum. No sé, Lionel. Roshi me dijo una vez que nunca había estado en Brooklyn. Es de Vermont o Canadá o algo así.

—¿Maine? —pregunté, recordando el panfleto que me había escondido en la chaqueta, el centro de retiro junto al mar.

Se encogió de hombros.

—No lo sé. Pero deberías fiarte de lo que te digo, no es de Brooklyn. Es un hombre muy importante. —Lo dijo como si ambas ideas se excluyeran mutuamente.

—*¡A la mierda Roshi Brooklyn!*

Los tics nacían de pura frustración. Al conciliar sus opiniones con las mías me encontraba no solo con todo un mundo de informaciones por construir sino con otro preexistente que tenía que derrumbar. Para ella cualquiera vagamente zen era irreprochable. Y Gerard Minna, mediante el barato acto de afeitarse la cabeza, que probablemente ya se le estaría quedando calva, se había asegurado un puesto en el panteón de los santos.

Y Gerard tenía además la desfachatez de renegar del barrio.

—¿Lionel?

Agarré el vaso, bebí otro sorbo de agua, aparté la mirada de los ojos de Kimmery.

—¿Cómo te sientes cuando haces eso? —dijo—. ¿En qué piensas?

Ahora la tenía muy cerca, y sucumbí por completo, le toqué el hombro cinco veces, cinco golpecitos rápidos con dos dedos. Luego dejé el vaso de agua en el suelo y me incliné hacia delante, obligando a Balda, adormilado y aturullado de placer, a recolocarse en mi regazo, y alisé el cuello de la camisa de Kimmery con ambas manos. La tela era flácida e intenté enderezarla como si estuviera almidonada, colocar las puntas del cuello como los pulgares del pie de una bailarina. Y mi cerebro pensaba *Cómo te sientes y cómo piensas y piensas cómo te sientes*, hasta convertirlo en el estribillo, la banda sonora de mi firme necesidad de jugar con el cuello.

—¿Lionel? —No me retiró las manos.

—*Liante* —dije en voz baja y mirando al suelo—. ¡*Comomesiento*!

—¿Qué significan las palabras?

—Solo son palabras. No significan nada. —La pregunta me deprimió un poco, le quitó viento a mis velas, y eso era bueno: pude soltarle el cuello, sin que los dedos dejaran de retorcerse.

Kimmery me tocó una mano, brevemente, cuando ya la retiraba. De todos modos ahora ella me consideraba un bobo. Ya no aliviaba mis tics y la atención que había empezado a prestarles me resultaba humillante. Necesitaba que la conversación retomara los cauces oficiales. Quedarme allí sentado ronroneando y dejando que me ronronearan no iba a servir de nada. Por la ciudad del otro lado de la puerta vagaba un asesino gigante y sin miedo, y mi trabajo consistía en encontrarle.

—¿Qué sabes del mil treinta de Park Avenue? —pregunté, reanudando la investigación, mis legítimas indagaciones.

—¿Es ese edificio de apartamentos tan grande? —Volvía a acariciar suavemente el pelo de Balda, con el cuerpo todavía más cerca del mío.

—Sí, el edificio grande.

—Muchos estudiantes de Roshi realizan allí sus servicios sociales —dijo despreocupadamente—. Trabajan en la cocina, limpian, ese tipo de cosas. Ya te he hablado del tema, ¿no te acuerdas?

—¿Porteros? ¿Alguno es portero? —Mi síndrome quería llamarlos porqueros, polleros, bolleros. Apreté los dientes.

Kimmery se encogió de hombros.

—Creo que sí. Nunca he ido. ¿Lionel?

—¿Sí?

—En realidad no has ido al zendo porque te interese el budismo, ¿verdad?

—Pensaba que a estas alturas resultaba evidente.

—Es evidente.

No sabía muy bien qué decir. Había conseguido centrarme en un asunto concreto, solo pensaba en Frank y Gerard y los lugares adonde tendría que ir para completar la investigación. Me había cerrado a la ternura de Kimmery, hasta a la ternura que yo sentía por ella. Kimmery era una testigo incompetente, además de una distracción. Y yo era un detective que ya se suministraba suficientes distracciones él solito, demasiadas.

—Has venido a causar problemas —dijo.

—He venido a causa de ciertos problemas, sí.

Kimmery frotó el pelo del costado de Balda en el sentido equivocado, exasperando mis sentidos. Puse la mano en el gato por primera vez, apartando los dedos de Kimmery del caos de pelos levantados que había provocado y volví a colocar bien los pelos con una caricia.

—Bueno, de todos modos me alegro de haberte conocido —dijo.

Contesté con un ruido, medio canino, medio gatuno, algo así como *Chaarff*.

Nuestras manos chocaron sobre la piel de Balda, la de ella desordenando la zona que yo acababa de peinar, la mía deslizándose más abajo, a modo de prevención para preservar mi trabajo. Hacía falta un gatazo tan indiferente como Balda para aguantar aquello; Gallina ya se habría largado a la otra punta de la habitación a peinarse por su cuenta con la lengua.

—Me resultas extraño —dijo Kimmery.

—No te apures.

—No, pero también quiero decir extraño en el buen sentido.

—Ah.

Kimmery estiraba de mis dedos y yo le devolví el gesto, sistemáticamente, de modo que nuestras manos se enredaban y retorcían sobre el colchón del gato, un colchón que vibraba como los de un hotel barato.

—Puedes decir lo que quieras —susurró Kimmery.

—¿Qué quieres decir?

—Las palabras.

—No necesito decir nada si me tocas la mano así.

—Me gusta.

—¿Tocar?

Tocar hombros, tocar pingüinos, tocar a Kimmery: ¿a quién no le gustaba tocar? ¿Por qué no iba a gustarle a ella? Pero no podía ir más allá de estas preguntas vagas. No solo era extraño para Kimmery, en ese momento lo era para mí mismo: forcejeando, arrullado, reticente. Conpreocupado.

—Sí. A ti. Aquí…

Buscó a tientas en la pared que quedaba a sus espaldas y apagó la luz. Seguíamos perfilados de blanco, la radiación de Manhattan se colaba desde la sala grande. Entonces Kimmery se acercó más: las doce y un minuto. En algún momento mientras se acomodaba a mi lado, el gato se había liberado y, generosamente, se había alejado de nosotros.

—Así se está mejor —dije sin convicción, como si leyera un guión.

La distancia que nos separaba se había estrechado, pero la distancia entre yo y yo era enorme. Parpadeé, mirando al frente a media luz. Ahora su mano descansaba en mi muslo, donde había estado el gato. Imitándola, dejé que mis dedos juguetearan tímidamente en el punto paralelo de su pierna.

—Sí.

—Parece que no logro interesarte en mi caso.

—Oh, sí estoy interesada. Solo que… cuesta hablar de las cosas que de verdad te importan. Con alguien nuevo. Todo el mundo es tan extraño… ¿no crees?

—Tienes razón.

—Así que al principio tienes que confiar en la gente. Porque las cosas cobran sentido al cabo de un tiempo.

—¿Es lo que estás haciendo conmigo?

Asintió, luego apoyó la cabeza en mi hombro.

—Pero no me estás preguntando nada sobre mí.

—Lo siento —dije, sorprendido—. Supongo… Supongo que no sé por dónde empezar.

—Ves, es lo que te decía.

—Sí.

No tuve que volverle la cara para besarla. Ya estaba allí cuando me volví. Tenía los labios pequeños y suaves y algo cortados. Nunca había besado a una mujer sin haberme tomado unas copas antes. Y nunca había besado a una mujer que tampoco se hubiera tomado unas cuantas. Mientras la saboreaba, Kimmery dibujaba círculos en mi muslo con el dedo, yo hice otro tanto.

—Haces todo lo que hago yo —me susurró en la boca.

—En realidad no tengo por qué hacerlo —repetí—. No estando así de juntos. —Era la verdad. Nunca tenía menos tics que en esa situación: excitado, apretándome contra otro cuerpo, abandonando el mío. Pero así como Kimmery me había ahorrado tener que incorporar tics en mi conversación, ahora me sentía libre para agregar un elemento del síndrome de Tourette en nuestros tanteos, como si Kimmery estuviera negociando un nuevo entendimiento entre mis dos contrariados cerebros.

—Está bien —dijo—. Pero necesitas un afeitado.

Entonces nos besamos, así que no pude replicar, no quise. Noté su pulgar presionándome suavemente en la nuez, un gesto que no podía devolver con exactitud. En su lugar le acaricié la oreja y el mentón, atrayéndola hacia mí. Luego bajó la mano, yo también, y en ese instante mi mente y mi mano perdieron su particularidad, su precisión, su estar siempre contando, y se convirtieron en nubes de conciencia general, etéreas y complacientes por curiosidad. Mi mano era menos una mano que el guante de un catcher, o la mano de Mickey Mouse, algo vasto, romo y suave. No conté cuando la toqué. Realicé un reconocimiento general, tomé una muestra tierna.

—Estás excitado —suspiró.

—Sí.

—Está bien.

—Ya.

—Solo quería mencionarlo.

—Bien.

Me desabrochó los pantalones. Yo tanteé los suyos, que llevaban un fajín muy fino atado delante a modo de cinturón. No pude soltarlo con una mano. Respirábamos cada uno dentro de la boca del otro, los labios se juntaban y se separaban, las narices se chafaban. Conseguí colarme por detrás en su fajín anudado, le saqué la camisa de los pantalones. Le toqué el ombligo, luego encontré el borde rugoso del vello púbico, lo toqueteé con un dedo. Kimmery se estremeció y deslizó la rodilla entre las mías.

—Puedes tocarme —dijo.

—Te estoy tocando —dije, buscando la precisión.

—Estás muy excitado. Está bien.

—Sí.

—Está bien. Oh, Lionel, eso está bien. No pares, está bien.

—Sí. Está bien. —*Bien, bien*: he aquí el tic de Kimmery, finalmente en evidencia. No pude envidiárselo. Di la vuelta a la mano, recorriendo a Kimmery, rodeándola. Se relajó entre mis brazos. Entretanto Kimmery había encontrado la abertura de mis boxers. Noté el contacto de dos dedos que habían entrado por esa ventana, los cinco ciegos y el elefante. Quería y no quería que continuara, con todas mis fuerzas.

—Estás muy excitado —repitió, hipnotizadora.

—Sí. —Me empujó, y me libró de mis boxers y de mí mismo.

—Guau, Lionel, es enorme.

—Y torcida —dije para que no tuviera que decirlo ella.

—¿Eso es normal?

—Supongo que tiene un aspecto poco común. —Jadeé, con la esperanza de acabar con el tema.

—Nada común, Lionel.

—Alguien… Una mujer me dijo que parecía una lata de cerveza.

—Algunas sí, pero la tuya… No sé, es como una lata estrujada, como para reciclar.

Mi vida. En mi mísera historia nunca había quedado al descubierto sin tener que oír algún comentario al respecto: un engendro dentro de un engendro. Kimmery podía pensar lo que quisiera, no le impedí que me liberara de mis boxers y la hiciera desaparecer en su mano, tan fría que dolía. Cubrimos una vuelta completa: bocas, rodillas, manos y lo que sostenían. La sensación estaba bien. Intenté igualar el ritmo de su mano con la mía, pero no lo conseguí. Me lamía el mentón, después su lengua volvía a mi boca. Gemí, un sonido que no pertenecía a ninguna palabra. El lenguaje había sido destruido. Bailey se había marchado de la ciudad.

—Habla, está bien —susurró.

—Ajá.

—Me gusta, hum, me gusta que hables. Que hagas ruidos.

—Bien.

—Dime algo, Lionel.

—¿Qué?

—Quiero decir que digas algo. Como haces tú.

La miré boquiabierto. Su mano empujaba a emitir sonidos que eran todo menos verbales. Intenté distraerla de la misma manera.

—Habla, Lionel.

—Ah. —De verdad que no pude pensar en nada más. Me besó entre jadeos y se retiró, mirándome expectante.

—¡Una mente! —dije.

—¡Sí! —dijo Kimmery.

—¡*Fonebone!* —grité.

Otro colaborador clave para mi léxico touréttico fue un dibujante llamado Don Martin, con el que topé por vez primera en una pila de revistas *Mad* destrozadas y metidas en una caja que había en la sala de ping-pong del sótano de Saint Vincent cuando tenía once o doce años. Solía estudiar minuciosamente sus dibujos, tratando de descubrir qué pasaba con los personajes, que tenían unos ojos, narices, barbillas, nueces y rodillas exageradamente salidos, lenguas, dedos y pies alargados que agitaban como banderas, se llamaban Professor Bleent, P. Carter Franit, Mrs. Freenbeen y Mr. Fonebone, que me tocó una fibra particularmente sensible. Su idea de la vida era estridente y explosiva, las cabezas se estiraban y encogían, los cirujanos levantaban narices y colocaban cerebros y cosían manos cortadas, caían cajas de caudales y planchas de metal que aplastaban hombres o los convertían en cajitas, los niños se tragaban colgadores y saltadores y adquirían la forma de lo que engullían. Sus desesperados personajes avanzaban por las viñetas de forma esperpéntica, como obligándose a dirigirse hacia su catastrófico contacto con mangueras contra incendios, cuchillas afiladas y puentes levadizos, y sus gracias petulantes e inmaduras solían basarse en lecturas literales o inversas —«Los niños están arriba con la oreja pegada a la radio»— o en la pura y mera destrucción. *Mad* reservaba a menudo la última viñeta de una tira de Don Martin para la página siguiente, y parte del placer de su obra radicaba en no saber nunca si el desenlace sería una broma visual o un juego lingüístico o simplemente la imagen de un tipo de cuerpo entero cayendo de una ventana en el camino de una apisonadora. Pero lo que más recuerdo es la distorsión, la torsión de los cuerpos que dibujaba: sus personajes habían topado con el desastre al nacer en aquellas páginas y sus destinos más extremos solo eran la realización de su naturaleza esencial. Para mí tenía sentido. Y Fonebone también. Tenía un nombre con el que podía comulgar. Durante un tiempo casi suplantó a Bailey, y todavía podían encontrarse rastros de él en mi tendencia a añadir el sonido *fon* y *bon* al final de una frase.

Cuando tenía relaciones sexuales con alguien y mi cuerpo empezaba a convulsionarse y moverse más rápido, los dedos gordos del pie se me encogían y ponía los ojos en blanco, me sentía como un personaje de Don Martin, un Fonebone, todo codos y patizambo con un pene como un boomerang y la garganta gorjeante rodeado por un halo de gotas de sudor y efectos de sonido: *fip, zuat, zuip, esproing, flabadab.* Más que el Pato Lucas, más que Art Carney, más que ningún otro icono de mi desasosiego, en los dibujos de Don Martin latía la sugestión de que lo disruptivo es sexual. Aunque el medio le negaba cualquier referencia explícita, sus personajes rebosaban energías lascivas que tenían que manifestar mediante tics y ataques, erupciones y deformaciones. Sus pobres Fonebones parecían trazarme el camino entre el tic y el orgasmo, la manera en que el deseo sexual calma los tics y luego los reemplaza con un doblete violento: muerte pequeña, tic grande. Así que a lo mejor era culpa de Don Martin que siempre esperara ser castigado después del sexo, que me encogiera ante la perspectiva de la apisonadora o el yunque cayendo en picado que vendrían luego.

Kimmery debió de notarlo, ese pavor antes de pasar la página que desvelaría alguna maldición absurda en la última viñeta de mi tira. Otro detalle sobre Don Martin: nunca recurría al mismo personaje dos veces, cada uno era un títere inocente sin continuidad de un episodio a otro, ni compresión de cuáles eran su papel y su destino. Un Fonebone era un sustituto temporal, un clon o títere de usar y tirar. Un Culo de Confianza.

—¿Ocurre algo? —dijo, dejando de hacer lo que estaba haciendo, lo que yo también estaba haciendo.

—Todo va bien. Mejor que bien.

—No pareces a gusto.

—Solo una cosa, Kimmery. Prométeme que no volverás al zendo. Al menos por unos días.

—¿Por qué?

—Tú confía en mí, ¿de acuerdo?

—Bien.

Con eso, su palabra mágica, se acabó la charla.

Cuando Kimmery se quedó dormida me vestí y fui de puntillas hasta el teléfono, que estaba en el suelo de la sala grande. Balda me siguió. Le di cinco golpecitos, reavivando instantáneamente sus ronroneos entrecortados, y luego lo eché de mi lado. El teléfono tenía un número apuntado debajo de la ventanilla de plástico. Grabé el número en el teléfono móvil del portero, estremeciéndome a cada tono que retumbaba en el silencio de la habitación como un disparo musical. Kimmery no se revolvió en el colchón. Siguió despatarrada como un niño puro e inocente. Quería ir junto a ella, arrodillarme y recorrer su contorno con la punta de los dedos o el aliento. En lugar de eso, cogí su llavero y separé las cinco llaves. La llave del apartamento resultó fácil de identificar, y fue la única que le dejé: Kimmery tendría que apañárselas con sus desconfiados vecinos para que la dejaran entrar en la escalera. Cogí las otras cuatro, con la idea de que una me franquearía la entrada en el zendo. Las otras dos probablemente abrirían la casa del hombre Oreo. Las perdería.

AUTOCUERPO

Imagíname a la una de la mañana, bajándome de otro taxi delante del zendo, escrutando la calle por si me ha seguido algún coche, atento al brillo de colillas tiradas desde las ventanillas de los coches aparcados en la calle sin salida, moviéndome con las manos en los bolsillos asiendo lo que podría suponerse un revólver, el cuello levantado para protegerme del frío como Minna, sin afeitar también como Minna y haciendo resonar los zapatos en la acera: o sea, imagina un dibujo para colorear del detective Green Hornet, el Avispón Verde. Ese se suponía que era yo, aquella silueta negra de un hombre con abrigo, ojo avizor y mirada desconfiada asomándose por encima del cuello y encaminándose al conflicto con hombros encorvados.

Este era yo en realidad: la misma silueta de hombre para colorear pero pintada por la mano de un loco, un despreocupado o un niño retrasado, con pinceladas de colores idiotas, una ventisca de rayotes saliéndose de los bordes que diferenciaban al hombre de la calle, del mundo. Algunos de esos colores eran mis recuerdos aún frescos de Kimmery, que me retrotraían al West Side de hacía una hora, rayas y flechas de colores como bengalas lanzadas al cielo nocturno de Central Park. Otros no eran tan bonitos, rugientes garabatos de manías, *encuentra-altipo-mata-el-teléfono-jode-el-plan* en letras de tres metros de alto dibujadas como relámpagos o llamas de un coche de carreras Hot Wheels atravesando el espacio de mi mente. Y la maraña de virutas de acero ennegrecido formada por mi investigación trastornada por la culpa: imaginaba las voces de los dos hermanos Minna y Tony Vermonte y los Clientes retorciéndose a mi alrededor en una red de traiciones que tenía que penetrar y disolver, un mundo ostensible del que yo acababa de descubrir que no era más que una nube privada que llevaba conmigo a todas partes y cuyo exterior nunca había visto. Así que, al cruzar la calle de camino al zendo, quizá pareciera menos un Avispón Verde solitario que un enjambre de Avispones Verdes enardecidos.

Lo primero que hice fue presentarme en la puerta de al lado. Encontré al portero original, Dirk, dormido en su taburete.

Le levanté la cabeza con la mano y se despertó con un respingo, soltándose de mí.

—¡Hola! —gritó.

—¿Te acuerdas de mí, Dirk? Estaba sentado en un coche. Me dijiste que tenías un mensaje para mí de parte de mi amigo.

—¿Eh? Sí, me acuerdo. Lo siento, hago lo que me mandan.

—Por supuesto. Y supongo que nunca habías visto antes a aquel tipo, ¿verdad, *jodirk jodido*?

—No, nunca le había visto —admitió, con los ojos como platos.

—Un tipo muy grande, ¿no?

—¡Sí! —Levantó la vista para demostrármelo. Luego extendió las manos, rogándome que tuviera paciencia. Retrocedí un poco y el hombre se levantó y se arregló el abrigo. Le eché una mano, sobre todo alrededor del cuello. El tipo estaba demasiado dormido o confundido por mis preguntas para ponerme objeciones.

—¿Te pagó para que me mintieras o se limitó a meterte miedo? —le pregunté con más amabilidad. Se me había agotado el enfado con Dirk. De todos modos, me sentía vagamente agradecido de que me hubiera confirmado la existencia del gigante. Aparte de él, el único testigo fiable que tenía era Gilbert, que estaba en prisión. Kimmery había conseguido que empezara a dudar de lo que había visto.

–Un tipo tan grande no necesita pagar –contestó Dirk con sinceridad.

Entré con una de las llaves robadas. Esta vez me aferré a mis zapatos y pasé de largo junto a la sala de meditación, escaleras arriba, dejé la planta donde había tomado el té con Kimmery y seguí hasta las dependencias privadas de Roshi, también conocido como el escondite de Gerard Minna. Los pasillos iban oscureciéndose a medida que subía, hasta que en el último piso tuve que avanzar a tientas hacia una delgada franja de luz que se colaba por debajo de una puerta cerrada. Giré el picaporte y empujé la puerta, movido por la impaciencia que me provocaba el miedo.

Su dormitorio poseía la integridad de su reinvención de sí mismo. Carecía de mobiliario salvo por una estantería larga y baja en la pared, en realidad, una tabla apoyada en ladrillos y sobre la que descansaban algunos libros y unas pocas velas, un vaso de agua y un cuenco para cenizas decorado con caligrafía japonesa, presumiblemente algún tipo de altar minúsculo. Lo espartano del lugar me recordó el estudio vacío de Kimmery, pero me molestó la comparación, no quería considerar a Kimmery influida por las pretensiones zen de Gerard, no quería imaginármela visitando sus dependencias privadas, su guarida. Gerard estaba sentado sobre unos cojines en un colchón delgado colocado directamente en el suelo, con las piernas cruzadas y un libro cerrado sobre las rodillas, en actitud serena, como si me estuviera esperando. Me encaré con él quizá por primera vez: no sé si en alguna ocasión me había dirigido a él abiertamente, con algo más que una mirada furtiva de adolescente. A la luz de las velas lo primero que distinguí fue su silueta: había engordado alrededor de la mandíbula y el cuello, de modo que parecía que la cabeza, afeitada, le saliera de los hombros como el sombrerete de una cobra.

Podría haberme dejado influir demasiado por aquella cabeza calva, pero mientras mis ojos se adaptaban a la penumbra no pude evitar considerar la diferencia entre sus rasgos y los de Minna equivalente a la que distinguía al Brando de *Apocalypse Now* y el de *La ley del silencio*.

—*Elhorrorelhorror. ¡Enelotrocontenedor!* —Era como un pareado.

—Eres Lionel Essrog, ¿verdad?

—*Liebre Veloz* —corregí. Mi garganta latía rebosante de tics. Tenía demasiado presente la puerta abierta a mis espaldas, así que mi cuello también se sacudía movido por el impulso de mirar por encima del hombro. Los porteros podían entrar por puertas abiertas, todo el mundo lo sabía—. ¿Hay alguien más en el edificio?

—Estamos solos.

—¿Te importa que cierre?

—Adelante. —No cambió de postura, se limitaba a contemplarme desde el colchón sin inmutarse. Cerré la puerta y me adentré en la habitación lo justo para no sentir la tentación de tantear a mis espaldas en busca de la puerta. Nos miramos a la luz de las velas desde extremos opuestos del dormitorio, ambas figuras salidas de nuestros pasados respectivos, ambas representando al ausente, el hombre asesinado el día anterior.

—Has roto el voto de silencio —dije.

—He acabado el sesshin. De todos modos, tú mismo has puesto punto final al silencio en la meditación de hoy.

—Me parece que tu asesino a sueldo también ha colaborado.

—Hablas sin pensar. Recuerdo tus dificultades con esta cuestión.

Respiré hondo. La serenidad de Gerard despertaba en mí una tormenta de voces compensatorias, una miríada de chillidos e insultos que contener. Una parte de mí quería engatusarlo para que abandonara su fachada zen, poner en evidencia al Señor de Court Street que ocultaba, convertirlo de nuevo en el hermano mayor de Frank. Lo que salió de mi boca fue el principio de un chiste, uno proveniente de lo más hondo del archivo «una vez hizo reír a Frank Minna».

–Hay una orden de monjas, ¿sí?

–Una orden de monjas –repitió Gerard.

–¡*Ordinarias*!… una orden de monjas. Como un claustro. Ya sabes, un monasterio.

–Los monasterios son para monjes.

–Bueno, pues un monjasterio. ¡*Un connivento, un condimento*!… un convento. Y todas, las monjas se entiende, han hecho voto de silencio, voto de silencio de por vida, ¿sí? –No podía detenerme, al borde de las lágrimas solo deseaba que Frank estuviera vivo para venir a rescatarme, para decir que ya se lo sabía. En cambio tuve que seguir adelante–. Salvo por un día al año en que una monja puede hablar. Se van turnando, una monja por año. ¿Comprendes?

–Creo que sí.

–Así que llega el gran día –¡*Gran sor Barnamum*! ¡*Grandeur y glamour*!–. Ha llegado el gran día y todas las monjas se sientan a la mesa del comedor y a la que le toca hablar dice «La sopa es horrible». Las otras monjas se miran pero nadie dice nada por lo del voto de silencio y eso es todo, vuelta a la normalidad. Otro año de silencio.

–Un grupo muy disciplinado –dijo Gerard, no sin cierta admiración.

–Sí. Así que un año después llega el día de hablar y le toca el turno a otra monja. Están sentadas y la segunda monja se vuelve hacia la primera y dice: «No sé, a lo mejor soy yo, pero a mí no me parece que la sopa esté tan mala». Y se acabó, silencio. Otro año.

–Hum. Imagínate el estado de contemplación que se puede alcanzar en un año así.

–Nunca lo había pensado. En fin, pasan las hojas del calendario, y llega otra vez el gran día –¡*Fujisaki*! ¡*Fujimeti*! ¡*Metisaki*!–, llega otra vez el día especial. La tercera monja, es su turno –¡*Monjasake*!–, la tercera monja mira a la primera y a la segunda y dice «Peleas, peleas y más peleas».

Siguió un momento de silencio, luego Gerard asintió y dijo:

—Supongo que esa era la gracia.

—Sé lo del edificio —dije, intentando contener la respiración—. Y la Fujisaki Corporation. *¡Jo-qué-saque!* —susurré por lo bajo.

—Ah. Pues ya sabes mucho.

—Sí, algo sé. Y he conocido a tu máquina asesina. Pero eso ya lo has visto, cuando me ha arrastrado escaleras abajo. El devora-naranjitas.

Deseaba desesperadamente verle estremecerse, impresionarle con la ventaja que tenía, las cosas que había descubierto, pero Gerard no se alteró. Arqueó las cejas, gesto que dio mucho juego al lienzo vacío de su frente.

—Tú y tus amigos, ¿cómo se llaman?

—¿Quiénes? ¿Los Hombres de Minna?

—Sí… Hombres de Minna. Muy buena descripción. Mi hermano era muy importante para vosotros cuatro, ¿verdad?

Asentí, o no, pero de todos modos Gerard continuó.

—Os enseñó todo lo que sabéis, supongo. Hablas igual que él. Qué vida más extraña. Te das cuenta, ¿verdad? ¿De que Frank era un tipo muy raro que vivía de una manera extraña y anacrónica?

—¿Qué tienen de *comiquera*?

—Anacrónica —dijo Gerard con paciencia—. De otra época.

—Sé lo que significa. Pero ¿qué tiene de *acacrónica*? —Estaba demasiado atrapado para retroceder y reparar la erupción de tics de mi discurso—. De todos modos, ¿*anocómica* por oposición a qué? ¿A un místico culto japonés de un millón de años de antigüedad?

—Llevas tu ignorancia con la misma agresividad que Frank. Tú mismo me estás dando la razón.

—¿En qué?

—Mi hermano solo os enseñó lo que sabía, y ni siquiera todo. Os mantuvo encantados y embelesados, pero también en la ignorancia, de modo que incluso vuestra idea de su pequeño mundo era reducida, bidimensional. Como de cómic, si prefieres. Lo que me sorprende es que no supieras nada del edificio hasta ahora. Debe de ser un shock.

—Ilumíname.

—Seguro que tienes dinero de mi hermano en el bolsillo mientras hablamos, Lionel. ¿De verdad te crees que procede del trabajo de detectives, de esos trabajillos y escaramuzas que se ingeniaba para mantener a sus niños ocupados? O a lo mejor te imaginas que cagaba dinero. Es igual de probable.

¿Lo de cagar había sido un resquicio en la fachada zen de Gerard, una pizca de Brooklyn asomando la cabeza? Recordé al monje más anciano proclamando la futilidad del «Zen Pro Tránsito Intestinal».

—Frank confraternizaba con gente peligrosa —continuó Gerard—. Y les robaba. La remuneración y el riesgo eran considerables. Las probabilidades de que triunfara para siempre en esa vida, muy pocas.

—Háblame de *fingepami*… Fujisaki.

—Son los dueños del edificio. Minna participaba en la gestión. La cantidad de dinero que hay de por medio es mareante, Lionel. —Me miró con expectación, como si, en vez del dinero, su afirmación tuviera que marearme y sorprenderme tanto como para que abandonara la investigación, y su dormitorio.

—Esta gente tiene una isla por segunda residencia —dije, citando al Poli Basuras, aunque no era probable que la frase fuera suya.

Gerard me sonrió de un modo extraño.

—Para todos los budistas, Japón es su segundo hogar. Y sí, es una isla.

—¿Qué budista? Me refería al dinero. —Suspiró, sin perder la sonrisa.

—Te pareces mucho a Frank.

—¿Cuál es tu papel, Gerard? —Quería asquearle tanto como yo lo estaba—. Quiero decir además de enviar a tu hermano a morir en los brazos del polaco.

Ahora sonreía con munificencia. Cuanto más le atacara, más profundos serían su perdón y su gracia: eso quería decir su sonrisa.

—Frank tenía mucho cuidado de no exponerme a ningún peligro si podía evitarlo. Nunca me presentó a nadie de Fujisaki. Todavía no he conocido a ninguno de ellos, excepto al hombretón que trajiste ayer.

—¿Quién es Ullman?

—Un contable, otro de Nueva York. El socio con el que Frank desplumaba a los japoneses.

—Pero *no conoces al tipo.*

Quería que captara el sarcasmo, o mejor dicho, la cita del sarcasmo de Frank Minna.

—No. Yo solo aportaba la mano de obra, a cambio de una módica suma equivalente a la hipoteca del zendo. El budismo se expande utilizando todos los medios que encuentra disponibles.

—¿Mano de obra para qué? —Mi cerebro jugaba con *se expande por los medios disponibles, se esconde por razones punibles, se esconde por blasones ponibles*, pero no le presté atención.

—Mis estudiantes realizaban los trabajos de mantenimiento y servicio del edificio como parte de su formación. Limpiar, cocinar, el tipo de tareas que harían en un monasterio, solo que en un entorno algo diferente. En un edificio como ese estos servicios cuestan millones. Mi hermano y Ullman se embuchaban la diferencia.

—Porteros.

—Sí. Porteros también.

—Así que Fujisaki lanzó al gigante contra Frank y el contable.

—Supongo que sí.

—¿Y ayer usó el zendo como cepo por casualidad? —Aireé otro minnaísmo—: A mí no me la das con queso. —Ahora desenterraba costumbres de Minna con cualquier excusa, como si pudiera construir un golem con su lenguaje y darle vida, una imagen de la venganza para dar caza al asesino o asesinos.

Era consciente de que estaba en el cuarto de Gerard, plantado de pie en su suelo, con los brazos a los lados, sin acercarme al lugar donde él seguía sentado irradiando amabilidad zen en mi dirección, obviando mis acusaciones y tics. Yo era un tipo grande, pero ni un golem ni un gigante. No había sorprendido a Gerard profundamente dormido ni noqueado su serenidad con mi hostilidad. No le apuntaba con un arma. Gerard no tenía por qué contestar a mis preguntas.

—No creo en asesinos sofisticados —dijo Gerard—. ¿Tú sí?

—*Haymininospontificados*.

—La Fujisaki Corporation es implacable y despiadada… como todas las corporaciones. Pero incluso como corporación, aplican la violencia a distancia, mediante fuerzas que solo en teoría controlan. En el gigante del que me hablas parecen haber encontrado una entidad primitiva cuya verdadera naturaleza consiste en matar. Y la han lanzado, como tú dices, contra el hombre por el que se sienten traicionados. No estoy seguro de que el comportamiento del asesino sea explicable en sentido real, Lionel. En sentido humano.

La persuasión de Gerard constituía una variante del estilo Minna, ahora lo entendía. Sentí su fuerza, conmoviéndome sinceramente. Sin embargo su incursión contra la noción de un asesino sofisticado también me recordó a Tony burlándose del inspector Seminole con bromas sobre los supervillanos de Batman y James Bond. ¿Se había delatado? ¿Era una pista de que Gerard y Tony estaban confabulados? ¿Y qué pasaba con Julia? Quería citar la conversación entre Frank y Gerard la noche del asesinato: *Será culpa tuya si a ella le falta su Rama-lama-ding-dong*, averiguar qué significaba. Quería preguntar acerca de Boston, y quería preguntar sobre el matrimonio de Frank y Julia: ¿había asistido Gerard a la ceremonia? Quería preguntarle si echaba de menos Brooklyn y cómo había conseguido una calva tan reluciente. Busqué una única pregunta que pudiera representar al millón que tenía en la cabeza y lo que salió fue lo siguiente:

—¿Qué es el sentido humano?

—En el budismo, Lionel, llegamos a comprender que en la tierra todo es un contenedor de la naturaleza de Buda. Frank tenía naturaleza buda. Tú la tienes. Lo noto.

Gerard dejó pasar un minuto largo mientras meditábamos sus palabras. *Nariz buda*, estuve a punto de escupir. Cuando continuó hablando, lo hizo con la confianza de que entre nosotros fluía un entendimiento libre de dudas y miedos.

—Hay otro Hombre de Minna, Lionel. Está metiendo las narices en este asunto, y me temo que haya despertado la ira del asesino. Tony, ¿puede ser?

—Tony Vermonte —dije maravillado, era como si Gerard me hubiera leído la mente.

—Sí. Le gustaría seguir los pasos de mi hermano. Pero a partir de ahora Fujisaki vigilará con lupa su dinero. No hay nada que ganar y puede perderlo todo. Quizá puedas hablar con él.

—Tony y yo no somos exactamente… No nos comunicamos demasiado bien desde ayer.

—Ah.

Me inundó la preocupación, por Tony. No era más que un aventurero inconsciente, con una necesidad conmovedora de imitar a Frank Minna en todo. Formaba parte de mi familia: L&L, los Hombres. Se había metido en algo demasiado complicado para él, le amenazaban por todos los flancos, el gigante, el inspector Seminole, los Clientes. Solamente Gerard y yo comprendíamos el peligro que le acechaba.

Debí de permanecer callado un minuto más o menos: todo un sesshin para mí.

—Tony y tú compartís el dolor por la muerte de mi hermano —dijo Gerard en voz baja—. Pero todavía no os habéis reunido en la realidad. Ten paciencia.

—Hay otra cuestión —dije, vacilante, arrullado por su tono compasivo—. Puede que haya más gente metida en esto. Dos tipos, en realidad ¡*Matricidio y Robacoches!* eh, Matricardi y Rockaforte.

—No digas eso.

—Ya lo he dicho.

—No te imaginas cuánto siento oír esos nombres. —*¡Nunca mientes sus nombres!*, me advirtió Minna en la sala de ecos de mi memoria. Gerard prosiguió—: Esos dos son el prototipo de la tendencia de mi hermano a establecer asociaciones peligrosas… y de su tendencia a explotarlas de modo peligroso.

—¿Les robaba?

—¿Te acuerdas de que una vez tuvo que dejar Nueva York por una temporada?

¡Que si me acordaba! De repente Gerard amenazaba con resolver el rompecabezas más difícil de mi existencia. Casi tenía ganas de preguntarle quién era Bailey.

—Ojalá hubieran desaparecido del mapa —dijo Gerard, pensativo. Era lo más parecido a un estallido de rabia que le había visto, lo más cerca que había estado de tocarle un punto débil. Solo que no estaba seguro de que quisiera que ocurriera—. Evítalos, Lionel, si puedes. Son peligrosos.

Volvió a mirarme a la cara, pestañeó, movió sus expresivas cejas. De haber estado a mi alcance, habría intentado rodearle la cabeza con las manos y acariciarle las cejas con la punta de los pulgares, solo para aliviar aquella pequeña preocupación que yo había despertado.

—¿Puedo preguntarte otra cosa? —Casi le llamo Roshi, tan completa había sido mi conversión—. Luego me marcharé.

Gerard asintió. *El Dalai Lama la recibirá, señora Gushman.*

—¿Hay alguien más *¡zenbón!* alguien más en el zendo metido en este asunto? ¿Alguien *¡Besamemás! ¡Matameyá! ¡Mámamela!* alguien a quien busque el asesino? ¿El hippie ese, Wallace? ¿O la chica *¡Quiéreme!* Kimmery? —Intenté no divulgar la carga de ternura y esperanza que ocultaba la pregunta. No sabría decir hasta qué punto la retahíla de chillidos que se me escaparon mientras la planteaba me habían hecho parecer indiferente.

—No. —Gerard contestó con benevolencia—. Me he comprometido personalmente, pero no a mis estudiantes ni mi ejercicio como profesor. Wallace y Kimmery están a salvo. Deberías preocuparte más por ti mismo.

También me preocupan Mala Cara e Indistinguible, quise decirle. Dudaba de que los estudiantes pudieran comprometerse más todavía.

Y además estaba aquel gesto cómplice que había visto cruzarse entre Gerard y el gigante.

Los tres —Mala Cara, Indistinguible y el gesto— eran tres notas desafinadas en una bonita canción. Pero mantuve la boca cerrada, con la impresión de que ya había averiguado lo que podía sacar de aquel lugar y había llegado la hora de irse. Quería encontrar a Tony antes que el gigante. Y necesitaba salir del brillo de la vela de la persuasión de Gerard para discernir las mentiras de las verdades, el zen de la paja y el heno de nuestra larga conversación.

—Me voy —dije torpemente.

—Buenas noches, Lionel. —Seguía mirándome cuando cerré la puerta.

Pensándolo mejor, el metro de Nueva York sí que tiene algo vagamente touréttico, sobre todo a altas horas de la noche: ese baile de atención, de miradas distraídas, en el que tienen que participar todos los viajeros. Además en el metro hay montones de cosas que no debes tocar, en especial en cierto orden: esta barra y luego tus labios, por ejemplo. Y las paredes de los túneles están cubiertas, como las de mi cerebro, de lenguaje explosivo e incoherente…

Pero tenía muchísima prisa, más bien, dos prisas: regresar a Brooklyn y ordenar mis ideas sobre Gerard antes de llegar allí. No podía perder ni un minuto pensando en mí en cuanto cuerpo que viajaba en el metro de Lexington Avenue a Nevins Street: lo mismo podrían haberme teletransportado, o llevado sobre una alfombra mágica hasta Brooklyn, porque la inmediatez plagada de grafitis del tren de las cuatro no consiguió distraerme ni cautivarme.

Las luces de la oficina de L&L estaban encendidas. Me acerqué desde la acera de enfrente, confiando en que la oscuridad de la calle me haría invisible a los de dentro: había permanecido del otro lado de aquella placa de vidrio solo dos o tres mil noches como preparación para espiar a mis compañeros desde la calle. No quería entrar tan campante en una trampa. El inspector Seminole podía estar en la oficina o, quién sabe, quizá Tony con un puñado de porteros. Si había algo que descubrir a lo lejos, lo descubriría.

Ya eran casi las dos y media y en Bergen Street todo estaba cerrado a cal y canto, la noche era tan fría que los bebedores habituales de las escalinatas se habían metido dentro de las casas. En Smith Street había más vida, la tienda de Zeod brillaba como un faro, sirviendo a los fumadores nocturnos, los polis de los coches patrulla que necesitaban un bagel, unos caramelos Chimos o cualquier otro tipo de aro. Había cuatro coches de L&L aparcados en las cercanías de la oficina: el coche donde había muerto Minna, que nadie había movido desde que Gilbert y yo lo aparcáramos a la vuelta del hospital, el Pontiac donde Tony me había metido a la fuerza delante de la casa de los Clientes, un Caddy que a Minna le gustaba conducir y un Tracer, una inutilidad modernista de coche que normalmente nos tocaba conducir a Gilbert o a mí. Aminoré el paso al llegar a la altura de la oficina y volví la cabeza. Resultaba agradable tener, por una vez, una buena razón para girar el cuello, a modo de validación retroactiva de un billón de tics. Al pasar por delante, distinguí la silueta de dos Hombres: Tony y Danny, ambos envueltos en una nube de humo de cigarrillos. Danny estaba sentado detrás del mostrador con un periódico doblado, irradiando calma, y Tony paseaba, irradiando lo contrario a la calma. Estaba puesta la tele.

Seguí de largo hasta la esquina de Smith Street, luego giré y volví atrás. Esta vez monté mi tienda de campaña en la pequeña escalinata de entrada a un gran bloque de apartamentos situado justo enfrente de L&L. Un puesto de avanzada seguro. Podía agachar la cabeza y observarlos por las ventanillas de los coches aparcados si me parecía que corría peligro de ser descubierto. De lo contrario me sentaría en los laterales de la escalinata y los observaría a la luz de la oficina hasta que pasara algo o decidiera qué hacer.

Danny: le dediqué a Danny Fantl un poco de mi tiempo. Sorteaba la crisis como había sorteado la vida hasta la fecha, con tanto aplomo que parecía una presencia incorpórea. Gilbert estaba en la cárcel y a mí me acorralaban por todos lados mientras Danny se pasaba el día sentado en la oficina, rechazando las llamadas que pedían un coche, fumando y leyendo la prensa deportiva. No era exactamente mi candidato ideal para cerebro criminal de una conspiración, pero si Tony conspiraba con alguien del círculo de L&L, si llegaba a confiar en alguno de nosotros, ese sería Danny. Decidí que visto el ambiente dominante no podía confiar en Danny, darle la espalda tranquilamente.

Lo cual significaba que no iba a entrar a hablar con ninguno de ellos mientras siguieran juntos. Si es que llegaba a hacerlo: la imagen de Tony apuntándome con la pistola temblorosa seguía demasiado fresca para que sintiera ninguna prisa.

De todos modos pasó algo antes de que decidiera qué hacer: ¿por qué no me sorprendía? Pero fue algo relativamente banal, tranquilizador incluso. Un tic del reloj que marcaba la vida cotidiana en Bergen Street, una vida cotidiana que ya me despertaba nostalgia.

Una manzana más al este, en la esquina de Bergen y Hoyt, había una taberna renovada con elegancia llamada Boerum Hill Inn, con una barra antigua decorada con espejitos incrustados, una *jukebox* para compactos que se inclinaba por la Blue Note y Stax y una clientela manhattanizada compuesta por profesionales solteros demasiado buenos para los bares con televisión, los trayectos en metro hasta casa o para los gustos de los Hombres. Solo Minna había estado en el Boerum Hill Inn, y aseguraba que todos los que iban allí de copas eran ayudantes de alguien: de un fiscal de distrito, de un director de revista o de un videoartista. La elegante clientela de la taberna farfullaba y flirteaba todas las noches de la semana hasta las dos de la mañana, ajena a la realidad pasada y presente del vecindario y luego iban a dormirla en sus sobrevalorados apartamentos o en la mesa de sus despachos del Midtown. A la hora del cierre solía ocurrir que algún grupillo se acercara tambaleándose hasta L&L y tratara de conseguir un coche que los llevara de vuelta a casa: a veces era una mujer sola o una pareja recién formada y demasiado borracha para unir sus destinos, y aceptábamos el trabajo. La mayor parte de las veces decíamos que no había coches disponibles.

Pero las camareras de la taberna eran un par de chicas a las que adorábamos, Siobhain y Bienvenida. Siobhain tenía un nombre normal, mientras que Bienvenida cargaba con el estigma de los ideales hippies de sus padres, pero ambas eran de Brooklyn e irlandesas de pura cepa, al menos eso había dicho Minna. Compartían piso en Park Slope, posiblemente eran amantes (de nuevo según Minna) y trabajaban de camareras mientras estudiaban en el instituto. Cada noche le tocaba a una cerrar la taberna: el dueño era un roñoso que no las dejaba trabajar a las dos a partir de medianoche. Si no estábamos ocupados con alguna misión siempre llevábamos a casa a la que cerraba.

Bienvenida estaba en la puerta de L&L. Entró. Vi a Tony hacerle un gesto a Danny y entonces este se levantó, aplastó la colilla, comprobó que las llaves estuvieran en el bolsillo y le devolvió el gesto a Tony. Danny y Bienvenida se acercaron a la puerta y salieron. Agaché la cabeza. Danny la condujo hasta el Caddy, al principio de la fila de coches aparcados, en la esquina de Smith Street. Ella dio la vuelta hasta el asiento del acompañante, no como una cliente normal, que se habría sentado detrás. Danny cerró de un portazo y la luz interior del coche se apagó, luego arrancó. Eché un vistazo y vi a Tony revolviendo en los cajones de detrás del mostrador de L&L, buscaba alguna cosa, de repente toda su energía de forajido arremetía hacia un objetivo. Tony usaba las dos manos, sostenía el cigarrillo con los labios y tiraba los papeles sobre el mostrador a toda prisa. Conseguí una información algo vaga, supongo: Tony no confiaba en Danny para todo.

Luego vi agitarse una sombra descomunal, en un coche aparcado en la acera de L&L, a pocos metros de la oficina.

Inconfundible.

El Bigfoot de las naranjitas.

El coche era un modelo barato, rojo chillón, y lo llenaba como si hubieran fabricado la carrocería con su cuerpo como molde. Le vi inclinarse para seguir con la mirada al Cadillac de Danny y Bienvenida, que giró por Smith Street y desapareció con un destello de la luz de frenos. Luego volvió a centrar su atención en la oficina; adiviné el movimiento porque desapareció la nariz de la silueta y fue sustituida por una oreja mastodóntica. El gigante estaba haciendo lo mismo que yo, vigilar L&L.

Él observaba a Tony y yo los observaba a los dos. De momento Tony resultaba mucho más interesante. No le había visto leer a menudo, y nunca con tanta atención. Buscaba alguna cosa entre el fajo de papeles que había sacado de los cajones de Minna con la frente arrugada, el pitillo en los labios, con aspecto del hermano punky de Edward R. Murrow. No estaba satisfecho, rebuscó en otro cajón y revisó una libreta que incluso desde el otro lado de la calle reconocí como la que contenía mis anotaciones de la vigilancia realizada el día anterior. Intenté no tomármelo como algo personal cuando la echó a un lado todavía con menos miramientos y continuó abriendo cajones.

La sombra grande lo procesaba todo, complacida. Su mano apareció desde algún punto por debajo del nivel de la ventanilla y le cubrió brevemente la boca, masticó y luego se inclinó hacia delante para escupir algún hueso o pepita. Esta vez sería una bolsa de cerezas o aceitunas, algo que un gigante se zamparía a puñados. O dulces Cracker Jack, y no le gustaban los cacahuetes. Observaba a Tony como un asistente a la ópera que conociera el libreto, interesado solo por los detalles de aquella representación particular de un argumento familiar.

Tony agotó los cajones y empezó con los archivadores.

El gigante masticaba. Yo parpadeaba al compás de sus mandíbulas, y contaba mordiscos y parpadeos, ocupando mi cerebro touréttico con esta agitación casi invisible, intentando por lo demás permanecer tan quieto como un lagarto en la escalinata. Le bastaba con volver la cabeza en mi dirección para descubrirme. Toda mi ventaja consistía en ver sin ser visto; no tenía nada más para enfrentarme al gigante, nunca lo había tenido. Si quería preservar aquella nimia ventaja necesitaba encontrar un escondite mejor, y tampoco me iría mal salir de aquel viento gélido y tenaz.

Los otros tres coches de L&L eran la mejor opción. Pero el Pontiac, el que hubiera preferido, estaba delante del vehículo del gigante, en su campo visual. Y tenía claro que no quería enfrentarme a los fantasmas o restos olfativos todavía más tangibles de Minna que pudiesen haber quedado atrapados dentro de las ventanas selladas del Coche de la Muerte. Lo cual me dejaba con el Tracer. Me palpé el bolsillo en busca del manojo de llaves, encontré las tres más largas, una de las cuales abría y arrancaba el Tracer. Estaba a punto de salir agachado calle abajo hasta colarme en el Tracer cuando el Cadillac reapareció a toda velocidad por Bergen Street, con Danny al volante.

Aparcó en el mismo hueco delante del edificio y volvió andando a L&L. Yo me desplomé en la escalinata, me hice el borracho. Danny no me vio. Entró, sorprendió a Tony manoseando los archivos. Intercambiaron algunas palabras, luego Tony cerró el cajón y le gorreó otro pitillo a Danny. La sombra del coche pequeño seguía observando, con una confianza y tranquilidad sublimes. Tony y Danny no habían visto nunca al gigante, supongo, así que no tenía que preocuparse tanto como yo por no llamar la atención. Pero eso no bastaba para explicar la compostura del gigante. Si no era estudiante de Gerard, debería haberlo sido: poseía una verdadera naturaleza buda, habría superado a su maestro. Ciento cincuenta y pico kilos instilan una dimensión cósmica de gravedad, supongo. Ahora recordaba una broma: *¿Qué le dice un budista a un vendedor de perritos calientes?*, uno de los ridículos acertijos de Loomis. *Hazme uno con todo.* En aquel momento me habría sentido feliz de ser uno con todo.

Qué diablos, hazme uno con todo.

Además, pensándolo bien, tenía bastante hambre. Una operación de vigilancia solía ser una celebración gastronómica y empezaba a sentir ese cosquilleo que pide algo entre dos rebanadas de pan. ¿Y por qué no iba a tener hambre? Me había saltado la cena, la había cambiado por Kimmery.

El sexo y la comida desviaron mi atención, así que me llevé un buen susto cuando Tony salió de la oficina con la misma expresión fiera con la que había revisado los papeles. Por un momento pensé que me habían descubierto. Pero Tony giró hacia Smith Street, cruzó Bergen, y desapareció a la vuelta de la esquina.

El gigante le observó, impávido, despreocupado. Esperamos.

Tony regresó con una bolsa grande de plástico, probablemente de la tienda de Zeod. Solo logré distinguir un cartón de Marlboro que asomaba por el borde, pero la bolsa iba muy llena. Tony abrió la puerta del Pontiac, del lado del acompañante, y dejó la compra sobre el asiento, echó un rápido vistazo a la calle sin descubrirnos ni al gigante ni a mí y luego cerró el coche y regresó a L&L.

Me imaginé que por el momento todo seguiría igual y regresé por Bergen, subí por Hoyt Street y di la vuelta a la manzana por el camino más largo para hacer, yo también, una visita a Zeod.

A Zeod le gustaba trabajar tarde, toda la noche, repasar el reparto de la prensa a las seis de la mañana y luego dormir durante las horas de más luz hasta la tarde. Era como el sheriff de Smith Street, se mantenía despierto mientras los demás dormíamos, veía a los borrachos arrastrarse hasta casa, vigilaba los suministros cruciales, las galletas Entenmann y los Ding Dongs, el licor de malta de litro y las tazas de café tamaño «normal» con un dibujo del Partenón. Solo que ahora tenía compañía unas calles más allá, en L&L, donde Tony, Danny, el gigante y yo mismo representábamos nuestra extraña vela, nuestro rondó de vigilancia. Me pregunté si Zeod se habría enterado ya de lo de Minna. Mientras me acercaba al mostrador el adormilado dependiente castigaba la máquina cortadora con una toalla blanca y humeante que mojaba en una palangana de agua caliente con jabón mientras Zeod le animaba, explicándole cómo hacerlo mejor, tratando de sacarle algo de provecho antes de que el chaval se largara como todos.

—¡Loco!

—Chist. —Imaginé que Tony o el gigante podrían oír a Zeod a través de la ventana de la tienda y la vuelta a la esquina.

—¿Trabajas hasta tan tarde por Frank? Algún asunto importante, ¿eh? Tony acaba de estar aquí.

—*¡Fracs importantes! ¡Franks importantes!*

—Ja, ja, ja.

—Oye, Zeod. ¿Qué ha comprado Tony?

Zeod hizo un mueca, la pregunta causó sensación.

—¿No puedes preguntárselo tú?

—No, no puedo.

Se encogió de hombros.

—Un paquete de seis cervezas, cuatro sándwiches, un cartón de cigarrillos, Coca-Cola… Todo un pícnic.

—Bonito pícnic.

—No para él. No he conseguido arrancarle ni una sonrisa. Igual que tú, Loco. Un caso muy serio, ¿eh?

—¿Qué *porquedillos, paquetillos* qué bocadillos se ha llevado?

Fue mi apetito repentinamente voraz el que preguntó.

—¡Ah! —Zeod se frotó las manos. Siempre estaba dispuesto a saborear sus productos en nombre de otro—. Pavo con salsa rosa, fantástico sobre un panecillo con semillas de amapola, salchichón con queso y relleno de pimientos y dos de pan de centeno con rosbif y rábano picante.

Tuve que aferrarme al mostrador para no desfallecer ante semejante tormenta de incentivos embriagadores.

—Parece que te gusta lo que oyes —dijo Zeod.

Asentí, giré la cabeza, observé la cortadora reluciente, la elegante curva del protector que recubría la hoja.

—Te apetece algo, ¿eh, Loco?

Vi al dependiente poner los ojos en blanco, adivinando aburrido lo que pasaría. La cortadora rara vez veía demasiada acción a las dos o tres de la madrugada. Tendría que volver a limpiarla con agua y jabón antes de que la noche llegara a su fin.

—Por favor *porplatón, salchimpón, amaplón*, eh, lo mismo que Tony, por favor.

—¿Quieres lo mismo? ¿Los cuatro iguales?

—Sí —jadeé. No podía pensar en otra cosa que no fuera la lista de sándwiches de Tony. Sentí un hambre inmensa. Tenía que imitar a Tony sándwich a sándwich, un tic de imitación gastronómica: me imaginé que llegaría a entenderle cuando me hubiera comido los cuatro sándwiches. Alcanzaríamos una fusión mental absoluta marca Zeod, aliñada con salsa rosa.

Mientras Zeod controlaba a su dependiente para que se encargara del pedido me escondí al fondo del local, cerca de las cajas de bebidas, cogí una Coca-Cola de litro y una bolsa de patatas fritas y ordené y conté una estantería llena de latas de comida de gato desordenadas.

—Muy bien, Lionel. —Zeod siempre era más amable conmigo cuando me entregaba su preciado cargamento: compartíamos idéntica reverencia por sus productos—. A cuenta de Frank, ¿sí? —Metió el refresco y las patatas en un bolsa grande junto con los sándwiches envueltos en papel.

—No, no… —Rebusqué en los bolsillos un billete de veinte cuidadosamente doblado.

—¿Qué ocurre? ¿Por qué no paga el jefe?

—Quiero pagarte yo. —Empujé el billete por encima del mostrador. Zeod lo cogió y arqueó las cejas.

—Qué asunto más raro —dijo, y chasqueó la lengua contra la mejilla.

—¿Qué?

—Igual que Tony antes. También ha dicho que quería pagar él. Lo mismo.

—Oye, Zeod. Si Tony vuelve por aquí esta noche… —Contuve un aullido que luchaba por escapárseme, el grito de un depredador de sándwiches ante la presa fresca y todavía por devorar—. No le digas que me has visto, ¿de acuerdo?

Zeod guiñó un ojo. Por alguna razón le pareció que aquello tenía sentido. Noté una náusea o una oleada de paranoia, no sé: a lo mejor Zeod era un agente de Tony, le tenía en el bolsillo y le llamaría por teléfono en cuanto saliera de la tienda o tal vez mi estómago se anticipaba a la comida con unos cuantos espasmos.

—De acuerdo, jefe —dijo Zeod, y salí.

Volví a dar la vuelta a la calle por el camino más largo, me aseguré rápidamente de que Tony y el gigante siguieran en su sitio, luego viré bruscamente hacia la otra acera y me deslicé hasta el Tracer llave en mano. El coche del gigante se encontraba a seis vehículos de distancia, pero desde donde estaba abriendo el mío no veía su silueta de acantilado. Tenía la esperanza de que entonces él tampoco pudiera verme. Dejé la bolsa de Zeod en el asiento del copiloto, entré en el coche, cerré la puerta tan rápido como pude, rezando para que el gigante no hubiera captado el breve destello de la luz interior. Luego me hundí en el asiento para resultar invisible ante la probabilidad mínima de que si el gigante se giraba lograra discernir algo a través de doce parabrisas oscuros. Mientras, entretuve las manos desenvolviendo el paquete de uno de los especiales de rosbif y rábano picante de Zeod. Una vez abierto, me zampé el sándwich como una nutria partiendo una ostra contra su estómago en algún reportaje sobre la naturaleza: con las rodillas levantadas contra el volante, el pecho como mesa y la camisa por mantel. Ahora sí era una vigilancia como es debido; solo me faltaba saber qué estaba esperando que ocurriera. Tampoco es que pudiera ver gran cosa desde dentro del Tracer. El coche del gigante permanecía quieto en su sitio pero no podía confirmar la existencia de su ocupante. Y desde aquel ángulo extremo solo alcanzaba a ver una franja delgada de la ventana iluminada de L&L. En dos ocasiones Tony se acercó a la fachada de la oficina, dándome tiempo para identificar su silueta en sombras y una fugaz visión de un codo, un resto de una bocanada de humo dejado al borde del mapa de destinos de Minna, con los aeropuertos de Queens al margen izquierdo mostrando el garabato del rotulador lavable de Minna: 18 dólares. Bergen Street era un vacío en mi retrovisor, Smith Street solo un punto ligeramente más brillante delante de mí. Eran las cuatro menos cuarto. Sentí el estruendo del convoy de la línea F debajo de Bergen, primero al disminuir la marcha para entrar en la estación y frenar, luego un segundo temblor al marcharse. Al cabo de un minuto el autobús 67 rodaba por Bergen como un gran electrodoméstico a pilas, sin más pasajeros que el conductor. El transporte público marcaba el pulso de la noche, era el bip en el monitor junto a la cama del paciente. En unas horas esos mismos trenes y autobuses estarían atestados de caras cafeinadas y parlanchinas, sucios de periódicos y chicles blandos. De momento mantenían la fe. En cuanto a mí, tenía el frío para mantenerme despierto, eso y un litro de Coca-Cola además de mi misión, mi intención de influir en el resultado del extraño punto muerto de la noche. Todo ello tendría que darse de tortas con los poderes soporíficos del sándwich de rosbif, la influencia soñadora de mis recuerdos de Kimmery y las punzadas que sentía en el lugar de la cabeza donde el gigante me había atizado con la pistola.

¿A qué esperaba el gigante?

¿Qué buscaba Tony en los archivos de Minna?

¿Por qué tenía los sándwiches en el coche?

¿Por qué Julia se había ido a Boston?

¿Quién era Bailey?

Abrí la bolsa de patatas, bebí un sorbo de cola, y puse manos a la obra con esas preguntas de hoy y de siempre y mi intento de seguir despierto.

El insomnio es una variante del síndrome de Tourette: el cerebro despierto corretea degustando el mundo cuando este ya le ha dado la espalda, tocándolo por todas partes, negándose a calmarse, a participar del asentimiento colectivo. El cerebro insomne es también una especie de teórico de la conspiración, que cree demasiado en su propia importancia paranoica: como si en caso de que pestañeara y se adormilara, el mundo sería aplastado por alguna calamidad que, no se sabe cómo, sus obsesivas cavilaciones mantienen a raya.

He pasado noches interminables en ese lugar. Esa noche, sin embargo, se trataba de repetir ese estado que tantas veces me había esforzado por esquivar. Ahora estaba solo, sin Minna, sin los Hombres, era mi propio jefe en una operación de vigilancia que cualquiera sabía cómo acabaría. Si me quedaba dormido el pequeño mundo de mi investigación se vendría abajo. Tenía que encontrar mi yo insomne, agitar mi cerebro resuelve-problemas para, si no solucionar problemas reales, al menos preocuparse por ellos con el fin de mantener abiertos mis ojos entumecidos.

Evitar devenir uno con todo: mi gran reto del momento. Las cuatro y media. Conciencia distendida, tics como islas en un océano de niebla.

¿Quién necesitaba dormir?, me preguntaba. *Ya dormiré cuando me muera*, le habría gustado decir a Minna.

Supongo que ahora tendría su oportunidad.

Ya moriré cuando me muera, recitaba mi cerebro con la voz de Minna. ¡Ni un minuto antes, empanados kosher!

Dorar el pan. Sobar de pie.

No, ni en la cama. Ni en el coche. Ni al teléfono. Teléfono.

El teléfono móvil. Lo saqué, llamé al número de L&L. Dio tres timbrazos antes de que lo cogieran.

—No hay coches —dijo Danny sin ganas. Vaya si le conocía, había estado durmiendo con la cabeza sobre el mostrador, cansado de fingir que escuchaba lo que fuera que Tony estuviera despotricando.

Qué no hubiera dado yo, claro, por saber de qué se quejaba Tony.

—Soy yo, Danny. Que se ponga Tony.

—Hola —dijo. Imposible sorprenderle—. Ahora mismo.

—¿Qué? —dijo Tony.

—Soy yo —dije—. *Fisgón.*

—Puto engendro —dijo Tony—. Te voy a matar. —Solo le sacaba a Tony unos veinte kilos.

—Ya tuviste tu oportunidad —me oí decir. Tony seguía despertando al romántico que llevaba dentro de mí. Seríamos dos Bogart hasta el final—. Solo que de haber apretado el gatillo, ahora tendrías un agujero en el pie, tú o algún chavalillo que pasara por allí con la moto.

—Tranquilo, habría apuntado mejor —contestó Tony—. Ojalá te hubiera metido un par de balas. Dejarme con el poli del carajo.

—Recuérdalo como te plazca. Ahora mismo intento ayudarte.

—Esa sí que es buena.

—¡*Una mierda Saint Vincent!* —Mantuve el teléfono alejado de mi cara hasta estar seguro de haber completado el tic—. Corres peligro, Tony. Ahora mismo.

—¿Tú qué sabes?

Quería decirle: *¿Te vas de la ciudad? ¿Qué hay en los archivos? ¿Desde cuándo te gusta el rábano picante?* Pero no podía revelar que estaba fuera y hacerle salir corriendo para acabar cayendo en las garras del gigante.

—Confía en mí —dije—. Ojalá lo hagas.

—Vaya, pues si confío en ti… para hacer de Bozo el payaso. La cuestión es, ¿qué puedes decirme que valga la pena escuchar?

—Eso duele, Tony.

—¡No me jodas! —Ahora fue Tony el que se apartó el auricular de la boca para renegar—. Tengo problemas, Engendro, y tú eres uno de los prioritarios.

—De ser tú, me preocuparía más de la Fujisaki.

—¿Qué sabes de la Fujisaki? —resopló—. ¿Dónde estás?

—Sé *desviste-un-teléfono, impresiona-un-payaso* sé unas cuantas cosas.

—Será mejor que te escondas. Reza para que no te encuentre.

—Mira, Tony. Estamos los dos igual.

—No me hagas reír, porque no me hace gracia. Te voy a matar.

—Somos una familia, Tony. Minna nos reunió…

Me descubrí con ganas de citar al Poli Basuras, de proponer otro *momento de silencio*.

—Habría mucho que decir sobre el tema, Engendro. No tengo tiempo.

Antes de que pudiera abrir la boca colgó.

Pasaban de las cinco, y empezaban a circular los camiones del pan. Pronto, una camioneta llevaría la prensa hasta la tienda de Zeod con la esquela de Minna.

Me encontraba en estado casi comatoso cuando Tony salió de L&L y se metió en el Pontiac. Una parte de mi cerebro había mantenido la guardia delante del despacho mientras el resto dormía, así que me asombró descubrir el sol en lo alto y Bergen Street llena de tráfico. Consulté el reloj de Minna: las siete menos veinte. Estaba helado, me zumbaba la cabeza y sentí como si me hubieran dejado la lengua a macerar toda la noche en una mezcla de Coca-Cola y rábano picante. Sacudí la cabeza y me crujió el cuello. Intenté fijar la vista en la escena mientras movía las mandíbulas hacia los lados tratando de reavivar el mecanismo de mi cara. Tony sumó el Pontiac al tránsito de Smith Street. El gigante incorporó su coche un poco después, pero primero dejó que pasaran un par de coches detrás de Tony. Giré la llave de contacto del Tracer y el motor resucitó entre soplidos, luego me coloqué detrás de ellos, dejando también mi propia distancia de seguridad.

Tony nos condujo por Smith hasta Atlantic Avenue, en dirección al mar, entre el flujo de trabajadores de la periferia y camiones de reparto. Con tanto tráfico enseguida perdí de vista a Tony, pero seguí al bonito coche rojo del gigante.

Al final de Atlantic Avenue Tony cogió la vía rápida Brooklyn-Queens. El gigante y yo le seguimos. Greenpoint, fue lo primero que pensé. Me estremecí al recordar el contenedor de detrás de la fábrica Harry Brainum, junto al McGuiness Boulevard, donde Minna había encontrado la muerte. ¿Cómo se las habría ingeniado el gigante para atraer a Tony hasta allí?

Pero me equivocaba. Pasamos de largo la salida de Greenpoint, seguimos hacia el norte. Vi el Pontiac negro a lo lejos al girar hacia los aeropuertos y Long Island, pero me mantuve retrasado, al menos dos coches por detrás del rojo. Tenía que confiar en que el gigante siguiera a Tony, otro ejercicio de serenidad zen. Pasamos los diversos desvíos y tréboles a Brooklyn, cruzamos Queens en dirección a las salidas del aeropuerto. Cuando giramos hacia el JFK elaboré una nueva teoría: alguien de Fujisaki estaba desembarcando en la terminal de Japan Air Lines, algún jefe de operaciones o un correo con un paquete por entregar que hacía tictac. Quizá la muerte de Minna fuera el primer golpe de una oleada internacional de ejecuciones. Y la llegada del vuelo explicaba la larga y nerviosa espera de Tony durante toda la noche. Incluso mientras me decidía por esta explicación, vi al coche saltarse la opción del aeropuerto y tomar el desvío al norte de Whitestone Bridge.

Cuatro sándwiches, claro. De no haber sido propenso a los sándwiches múltiples, quizá le habría sacado más partido a esta pista. Cuatro sándwiches y un paquete de seis latas. Íbamos a salir de la ciudad. Afortunadamente yo había recogido mi versión clónica del pícnic de Tony, así que también iba preparado. Me pregunté si el gigante tendría algo más de comer aparte de la bolsa de cerezas o aceitunas que le había visto engullir. De hecho, nuestra pequeña formación de carretera me recordaba a un sándwich, un Hombre de Minna a cada lado del gigante: éramos un sándwich de huérfano con relleno de matón y sobre ruedas. Mientras cruzábamos disparados el puente Whitestone me bebí otro trago doble de Coca-Cola. Tendría que pasarme sin el café de la mañana. El único problema por solventar eran unas ganas bastante acuciantes de hacer pis. Así que me apresuré a acabar la Coca-Cola, con la idea de aliviarme en la lata.

Media hora después habíamos dejado atrás las salidas de Pelhams, White Plains, Mount Kiosco y otros nombres que asociaba a las afueras de la ciudad de Nueva York, adentrándonos en Connecticut primero por la carretera del río Hutchinson, luego por algo llamado Merritt Parkway. No le quitaba ojo al cochecito rojo. El tráfico era lo bastante denso para camuflarme sin problemas. De vez en cuando el gigante se acercaba tanto al Pontiac de Tony como para permitirme comprobar que seguíamos siendo tres, unidos cual amantes secretos a través de kilómetros de tráfico indiferente.

Conducir por la autopista resultaba de lo más relajante. El flujo constante de atención y esfuerzo —apretar el acelerador y controlar los espejos y los puntos ciegos con un giro del cuello— mantenía completamente subsumidos mis tics. Seguía adormilado, falto de sueño, pero la novedad de aquella persecución extraña y de estar más lejos de Nueva York que nunca sirvió para mantenerme despierto. Ya había visto árboles antes: hasta ahí Connecticut no me ofrecía nada que no conociera por el Long Island suburbial, o incluso por Staten Island. Pero la idea de Connecticut me resultaba más o menos interesante.

El tránsito se volvió más intenso al bordear la pequeña ciudad de Hartford, y por un momento quedamos atrapados en un atasco de cinco carriles. Fue justo antes de las nueve y habíamos pillado la simpática versioncilla Hartford de una hora punta. Veía a Tony y al gigante por delante de mí, el gigante iba por el carril de mi derecha y avanzando a pasitos acabamos casi a la par. El coche rojo era un Contour, ahora estaba al alcance de mi vista. Yo era un Tracer persiguiendo a un Contour. Como si hubiera cogido un lápiz y repasara la ruta del gigante sobre un mapa de carreteras. Mi carril avanzaba poco a poco, mientras que el suyo se había detenido y pronto quedé a su altura. El tipo masticaba alguna cosa, se le movían la mandíbula y el cuello y volvió a llevarse la mano a la boca. Supongo que para mantener aquella envergadura tenía que alimentarse sin parar. Probablemente el coche estaría repleto de snacks; a lo mejor Fujisaki le pagaba los trabajos directamente en comida, para que no tuviera que molestarse en comprarla. Aunque tendría que haberle conseguido un coche más grande.

Frené para continuar teniéndolo por delante de mí. El carril de Tony empezó a adelantarse a los otros y el gigante se unió a ellos sin hacer ninguna señal, como si el Contour transmitiera la autoridad que emanaba de su cuerpo descomunal. Me pareció bien dejar que se abriera una pequeña distancia entre nosotros y al poco rato el atasco en miniatura de Hartford se aligeró. *Jartón jabón jalón jalar*, decía la cancioncilla de mi cerebro. Seguí el ejemplo del gigante y rebusqué en la bolsa de los sándwiches que llevaba en el asiento del acompañante. Busqué a tientas el especial, quería paladear el crujir húmedo de los pimientos marinados de Zeod mezclados con el salchichón correoso y picante.

Me había devorado medio especial cuando vi que el Pontiac negro de Tony se detenía en un área de descanso mientras que el Contour del gigante pasaba alegremente de largo.

Solo podía significar una cosa. Llegado este punto, el gigante ya no necesitaba seguir a Tony. Sabía adónde iba y, de hecho, prefería llegar antes, estar esperándole cuando Tony llegara.

No era Boston. Quizá Boston quedara de camino, pero no era el destino. Por fin había juntado *hombre de paz* y *lugar de paz*. No soy tan tonto.

Y como correspondía al estilo de la vigilancia nocturna y la persecución de la mañana, yo me medía con el gigante como este se medía con Tony. Sabía adónde se dirigía el gigante —*un engendro persiguiendo un contexto*—, sabía adónde iban los dos. Y tenía motivos para querer llegar el primero. Seguía buscando alguna ventaja sobre el gigante. A lo mejor podía envenenarle el sushi.

Salí en la siguiente área de descanso y llené el depósito, meé y compré ginger ale, una taza de café y un mapa de Nueva Inglaterra. Parecía claro que la diagonal a través de Connecticut pasaba por Massachusetts, el borde de la costa de New Hampshire y acababa en la entrada al peaje de la autopista de Maine. Saqué el folleto del «Lugar de paz» de mi chaqueta y situé el punto en que desaparecía la autopista y empezaba el rudimentario mapa del folleto, un pueblo costero llamado Musconguspoint Station. El nombre poseía un regusto masticable y nada familiar que despertó tentaciones en mi síndrome. En el mapa había otros nombres parecidos. Ya me impresionara más la naturaleza salvaje de Maine que los suburbios de Connecticut o viceversa, las señalizaciones de la carretera me mantendrían entretenido.

Lo único que tenía que hacer ahora era tomar la delantera en aquella carrera interestatal. Confiaba en el exceso de seguridad en sí mismo del gigante: estaba tan convencido de que era el perseguidor que nunca se había parado a considerar la posibilidad de que le estuvieran siguiendo. Por supuesto, yo tampoco había perdido tiempo mirando por encima del hombro. Espanté la idea con unos cuantos tirones de cuello y regresé al coche.

Contestó al segundo timbrazo, con voz algo adormilada.

—Kimmery.

—¿Lionel?

—*Sisrog.*

—¿Dónde estás?

—En… Casi en Massachusetts.

—¿Qué quieres decir, casi? ¿Es un estado mental o algo así, Massachusetts?

—No, quiero decir que estoy casi en Massachusetts, literalmente. Estoy en la autopista, Kimmery. Nunca me había alejado tanto de Nueva York.

Permaneció un minuto en silencio.

—Cuando desapareces lo haces a conciencia.

—No, no, no me entiendas mal. Tenía que irme. Por la investigación. Estoy *investido-cagón, en-un-marrón.* —Me aplasté la lengua contra la jaula de los dientes apretados, tratando de taponar el flujo verbal.

Me resultaba particularmente desagradable tener tics con Kimmery, ahora que la había declarado mi cura.

—¿Que qué?

—Voy pisándole los talones al gigante —dije, retorciendo las palabras—. Bueno, en realidad no, pero sé adónde va.

—Todavía sigues buscando a tu gigante —dijo, pensativa—. Porque te sientes mal por lo del tipo ese que mataron, Frank, ¿verdad?

—No. Sí.

—Me das pena, Lionel.

—¿Por qué?

—Pareces tan, no sé, culpable.

—Oye, Kimmery. Llamaba porque *¡Añorabailey!* porque te añoraba. Es decir, te añoro.

—Es curioso que digas eso. Hum, ¿Lionel?

—¿Sí?

—¿Has cogido mis llaves?

—Como parte de la investigación. Perdona.

—Bueno, lo que tú digas, pero me ha parecido bastante rastrero.

—No tenía intención.

—No puedes ir haciendo esas cosas. Da muy mal rollo, ¿sabes?

—Lo siento mucho, de veras. Te las devolveré.

Volvió a quedarse en silencio. Conducía por el carril rápido con una pandilla de acelerados y de vez en cuando me cambiaba al derecho para dejar paso a alguno particularmente frenético. El viaje por la autopista había empezado a inspirarme una fantasía touréttica: los capós y los guardabarros de los coches eran hombros y cuellos de camisa que no podía tocar. Tenía que mantener cierta distancia para no sentir la tentación de frotarme contra aquellos brillantes cuerpos por delegación.

No había visto ni rastro de Tony ni del gigante, pero no tenía motivos para no pensar que al menos Tony había quedado rezagado. El gigante tendría que pararse a poner gasolina si no lo había hecho ya, y entonces le adelantaría.

—Voy a un lugar que quizá conozcas —dije—. El Yoshii. Un retiro.

—Buena idea —concedió a regañadientes, la curiosidad pudo más que el enfado—. Siempre he querido ir. Roshi dice que es fantástico.

—A lo mejor…

—¿Qué?

—A lo mejor podríamos ir juntos algún día.

—Tengo que colgar, Lionel.

La llamada me había puesto nervioso. Me comí el segundo sándwich de rosbif. Massachusetts era igual que Connecticut.

La volví a llamar.

—¿A qué te referías con *culpable*? —dije—. No lo entiendo. —Suspiró.

—No lo sé, Lionel. Es solo que no tengo muy claro todo esto de la investigación. Da la impresión de que vas de un lado para otro intentando no sentirte triste o culpable o lo que sea por lo del tal Frank.

—Quiero atrapar al asesino.

—¿Tú te oyes lo que dices? Eso podría haberlo dicho O. J. Simpson. La gente normal, cuando le matan a algún conocido o cualquier otra cosa, no va por ahí intentando atrapar al asesino. Van a un funeral.

—Soy detective, Kimmery. —Casi le dije *Soy un teléfono*.

—No paras de decirlo, pero no sé. No acabo de creérmelo.

—¿Por qué no?

—Supongo que creía que los detectives eran más, hum, sutiles.

—A lo mejor piensas en los detectives de las películas y la televisión. —Menudo yo para explicar la diferencia—. En la tele son todos iguales. Los detectives reales son tan dispares como las huellas digitales, o los copos de nieve.

—Muy gracioso.

—Intento hacerte reír. Me alegra que lo hayas notado. ¿Te gustan los chistes?

—¿Sabes lo que son los *koans*? Son como chistes zen, solo que sin gracia al final.

—¿A qué esperas? Tengo todo el día. —En realidad la autopista se había ensanchado con unos cuantos carriles extra y varias salidas y entradas que la complicaban aún más. Pero no iba a interrumpir a Kimmery mientras las cosas fueran así de bien, sin tics por mi parte y burbujeante de digresiones por la suya.

—Uy, nunca los recuerdo, son demasiado vagos. Montones de monjes golpeándose en la cabeza entre ellos y cosas así.

—Suena hilarante. Los mejores chistes suelen incluir animales.

—Salen muchos animales. Por ejemplo… —Oí un roce de páginas cuando Kimmery sujetó el teléfono entre el hombro y la barbilla y hojeó un libro. Me la imaginé en medio de la habitación vacía y grande: ajusté la visión, la vi alargando el teléfono para llegar hasta la cama, quizá con Balda en el regazo—. Dos monjes están peleándose por un gato y otro monje lo parte por la mitad… Vaya, este no es muy bonito.

—Qué dices. Me parto de risa.

—Calla. Ah, sí, uno que me gusta. Va sobre la muerte. Llega un monje joven a visitar a otro viejo para preguntarle por otro monje aún más viejo que acaba de morir. Tendo, el muerto se llama Tendo. Así que el monje joven pregunta por Tendo y el viejo le va diciendo cosas como «¿Has visto ese perro?» y «¿Te apetece darte un baño?»… ese tipo de cosas irrelevantes. Sigue y sigue hasta que el joven recibe la iluminación.

—¿Qué iluminación?

—Supongo que la idea es que no hay nada que decir sobre la muerte.

—Ya veo. Es como *Solo los ángeles tienen alas*, cuando Joe, el mejor amigo de Cary Grant, muere al estrellarse su avión y entonces Rosalind Russell le pregunta: «¿Qué pasa con Joe?» y «¿No piensas hacer nada?» y Cary Grant le contesta: «¿Quién es Joe?».

—Hablando de ver demasiadas películas y mucha tele.

—Exacto. —Me gustaba lo rápido que volaban ahora los kilómetros, sin tics, rodeado por la voz de Kimmery y con el tráfico cada vez menos denso.

Sin embargo, justo cuando estaba pensando en cómo discurrían nuestra conversación y la jornada, nos quedamos en silencio.

—Roshi dice una cosa sobre la culpa —dijo Kimmery al cabo de un rato—. Que es egoísta, solo un modo de eludir el tener que cuidar de uno mismo. O pensar sobre uno mismo. Supongo que son dos cosas distintas. No me acuerdo.

—Por favor, no me cites a Gerard Minna en relación al tema de la culpa. En las actuales circunstancias resulta algo duro de digerir.

—¿De verdad piensas que Roshi es culpable?

—Tengo que hacer más averiguaciones —admití—. Estoy en ello. Por eso me llevé tus llaves.

—¿Y por eso vas al Yoshii?

—Sí.

En la pausa subsiguiente detecté el ruido de Kimmery al creerme, creyendo en mi caso por primera vez.

—Ten cuidado, Lionel.

—Claro. Siempre tengo cuidado. Pero tú mantén tu promesa, ¿de acuerdo?

—¿Qué promesa?

—No vayas al zendo.

—Bueno. Ahora tengo que colgar, Lionel.

—¿Lo prometes?

—Está bien, vale, sí.

De repente me encontré rodeado de edificios de oficinas, cocheras, pilares de autopistas elevadas colapsadas de coches. Comprendí demasiado tarde que tal vez debería haber rodeado Boston en lugar de cruzar la ciudad. Avancé a paso de tortuga, mordisqueando patatas fritas e intentando no aguantarme la respiración y al poco rato el abrazo de la ciudad aflojó y dejó paso a una expansión urbana descontrolada, a la infinita y desnuda carretera interestatal. Solo esperaba no haber dejado que Tony y el gigante se me adelantaran, no haber perdido la cabeza, la delantera. *Tengo que llevarles la delantera.* Empezaba a obsesionarme demasiado con *delantera*: delantera de un coche, de una carretera, de una visión y lo que allí se cernía, persistente e insustancial. Qué extraño empezaba a parecerme que los coches tuvieran cuerpos que nunca debían tocarse, que sería un desastre tocar.

¡No te ciernas sobre mi punto ciego, Fonebone!

Me sentía a punto de tener tics con el cuerpo del coche, ganas de flirtear con el hombro de la autopista o todos los cuerpos que me rodeaban, veloces, rápidos, si no volvía a oír su voz.

—Kimmery.

—Lionel.

—Otra vez yo.

—¿Esos teléfonos de coche no son muy caros?

—No pago yo —farfullé. Estaba exultante ante aquella tecnomagia recurrente, el teléfono móvil cruzando tiempo y espacio para unirnos de nuevo.

—Pues quién.

—Un felpudo zen que conocí ayer en un coche.

—¿Un felpudo?

—Bueno, portero.

—Hum. —Kimmery estaba comiendo—. Llamas demasiado.

—Me gusta hablar contigo. Conducir es… aburrido.

Vendí mi angustia por debajo de su precio real, dejé que solo una palabra representara a todas las demás.

—Sí, hum… Pero ahora no quiero, bueno, locuras en mi vida.

—¿Qué quieres decir con locuras? —Sus bruscos cambios de tono me habían vuelto a pillar por sorpresa. Aunque supongo que era esa extraña danza a bandazos lo que tenía encantado a mi cerebro desdoblado.

—Solo que… Muchos tíos, bueno, te dicen que entienden que necesitas tu propio espacio y esas cosas, saben hablar sobre el tema y que tú necesitas oír todo eso. Pero en realidad no tienen ni idea. Acabo de pasar por una mala racha, Lionel.

—¿Cuándo he dicho yo nada sobre tu propio espacio?

—Lo único que quiero decir es que van muchas llamadas en muy poco rato.

—Mira, Kimmery. Yo no soy como, ah, otras personas que conoces. Mi vida gira en torno a ciertas compulsiones. Pero contigo es distinto, me siento distinto.

—Eso está muy bien, es bonito…

—No tienes ni idea.

—… pero acabo de salir de una relación bastante intensa. O sea, es como si estuvieras perdidamente enamorado de mí, Lionel. En realidad, resultas un poco abrumador, por si no lo sabías. Es decir, a mí también me gusta charlar contigo, pero no me parece buena idea llamar tres veces seguidas, sabes, solo hemos pasado la noche juntos.

Me quedé en silencio, sin saber muy bien cómo descodificar aquel notable discurso.

—Lo que quiero decir es que esto es exactamente el tipo de locura por la que acabo de pasar, Lionel.

—¿Qué tipo?

—Como esta —dijo con voz mansa—. Como contigo.

—¿Quieres decir que el Hombre Oreo tenía el síndrome de Tourette? —Sentí una extraña punzada de celos. Nos coleccionaba, coleccionaba engendros, por fin lo entendí. Así claro que se nos tomaba con mucha calma, claro que aliviaba nuestros síntomas. Al fin y al cabo yo no tenía nada de especial. O quizá solo pudiera alegar un pene con forma de puño.

—¿Quién es el Hombre Oreo?

—Tu novio de antes.

—Oh. ¿Y la otra cosa que has dicho?

—No importa.

Permanecimos un rato en silencio. Mi cerebro pensaba *errores Tourette hedores turbadores mutuamente besadores…*

—Lo único que quiero decir es que ahora mismo no me siento preparada para nada demasiado intenso. Necesito espacio para descubrir lo que quiero. No puedo dejarme abrumar y obsesionar como la última vez.

—Me parece que ya he oído bastante sobre el tema por el momento.

—Bien.

—Pero… —Me preparé, iba a zambullirme en un territorio mucho más desconocido para mí que Connecticut y Massachusetts—. Creo que entiendo a qué te refieres cuando hablas de espacio. Sobre dejar espacio entre las cosas para no obsesionarte.

—Ajá.

—¿O es ese el tipo de discurso que no quieres escuchar? Supongo que estoy confuso.

—No, está bien. Pero podemos hablarlo más adelante.

—Bueno, vale.

—Adiós, Lionel.

Llamada y rellamada estaban sentados en una valla. Llamada se cayó. ¿Quién quedó?

Ring. Ring. Ring.

Clic. «Ha llamado usted al dos uno dos, tres cero cuatro...»

—Holakimmeryyasequenodeberiallamarteperoacabode...

Clunk.

—¿Lionel?

—Sí.

—Basta ya.

—Eh...

—Deja de llamarme ya. Se parece demasiado a experiencias muy desagradables que he tenido, ¿entiendes? No es nada romántico.

—Sí.

—Bien, adiós, Lionel, esta vez de veras, ¿vale?

—Sí.

Rellamada.

«Ha llamado usted...»

—¿Kimmery? ¿Kimmery? ¿Kimmery? ¿Estás ahí? ¿Kimmery?

Víctima una vez más de los engaños de mi síndrome. Ahí estaba yo, imaginándome que disfrutaba de una mañana sin Tourette y, sin embargo, cuando la nueva manifestación apareció, resultó que estaba oculta a la vista de todos, *El tic robado.*

Marcando la tecla de rellamada demostraba un tic consistente en llamar a Kimmery tan compulsivo como cualquier golpe o sílaba grosera.

Quería arrojar el móvil del portero en el césped de la mediana de la autopista. En cambio, aturdido por el desprecio que sentía hacia mí mismo, marqué otro número, uno que llevaba grabado en la memoria aunque hacía tiempo que no lo usaba.

—¿Sí? —Era una voz cansina, cargada de años, tal como yo la recordaba.

—¿Essrog? —dije.

—Sí. —Una pausa—. La residencia de los Essrog. Soy Murray Essrog. ¿Quién llama?

Tardé un poco en contestar.

—A la mierda, Bailey.

—Dios. —La voz se alejó del teléfono—. Mamá, mamá, ven aquí. Quiero que escuches esto.

—Essrog Bailey —dije, casi en un susurro, pero para que me oyeran.

Se oyó un ruido de fondo.

—Otra vez él, mamá —dijo Murray Essrog—. Es el maldito niño Bailey. Todavía sigue por ahí. Después de tantos años.

Para él seguía siendo un niño, igual que para mí él había sido un anciano desde la primera llamada.

—No sé por qué te preocupas —dijo la voz de una anciana, cada palabra suya era como un suspiro.

—Baileybailey —dije en voz baja.

—Va, chaval, di lo que tengas que decir —dijo el anciano.

Oí que el teléfono cambiaba de manos y la respiración de la anciana a través de la línea telefónica.

—Essrog, Essrog, Essrog —recité, como un grillo atrapado en una pared.

Estoy atado con una cuerda tensa. Soy un cañón flojo. Toda mi vida transcurre en el espacio entre ambas palabras, tenso, flojo, y ahí no hay mucho sitio: deberían ser una sola palabra, tensoflojo. Soy un airbag del salpicadero, empaquetado, plegado capa tras capa a la espera del momento de explotar, expandirse a tu alrededor y ocupar todo el espacio libre. Aunque, a diferencia de un airbag, vuelvo a plegarme nada más explotar, vuelvo a estar tenso y listo para explotar de nuevo: como secuencias de seguridad cortadas en bucle, lo único que hago es comprimirme y relajarme, una y otra vez, sin salvar y satisfacer nunca a nadie, y menos que nadie a mí mismo. Sin embargo la cinta sigue avanzando inútilmente, el airbag obsesivo explota una y otra vez mientras la vida sigue por su lado, fuera del alcance de estos gastos ridículos.

La noche anterior en la alcoba de Kimmery me parecía de repente muy, muy lejana.

¿Cómo podían las llamadas telefónicas –*llamadas de teléfono móvil*, llenas de interferencias, insólitas, gratis–, cómo podían alterar las sensaciones de un cuerpo real? ¿Cómo podían los fantasmas tocar a los vivos?

Intenté no pensar en ello.

Tiré el móvil al asiento de al lado, entre los restos de sándwiches de Zeod iluminados por el sol de media mañana, el envoltorio sin abrir, la bolsa de patatas rota, las patatas desparramadas y las servilletas de papel arrugadas que el aceite había vuelto traslúcidas. No estaba comiendo con cuidado, no estaba haciendo nada con corrección, pero sabía que no importaba, ese día no, ya no importaba. Una vez roto el desastroso continuo de llamadas compulsivas, me sentía más frío y centrado. En Portsmouth crucé el puente que lleva a Maine y recapacité sobre todo lo que había dejado en la carretera, en desechar comportamientos innecesarios, los aguijones del cansancio y la amargura y convertirme en una flecha rodada con dirección a Musconguspoint Station, a las respuestas que allí me esperaban. Ahora oía la voz de Minna en vez de mi incesante lengua touréttica diciéndome *Pisa a fondo, Engendro. Si tienes algo que hacer, lo haces cuanto antes. Me lo cuentas de camino.*

La Ruta 1 por la costa de Maine se componía de una serie de pueblos turísticos, algunos con barcas, otros con playas, y todos con antigüedades y langostas. Un gran porcentaje de los hoteles y restaurantes estaban cerrados, con carteles que anunciaban ¡HASTA EL PRÓXIMO VERANO! y ¡FELIZ AÑO! Me costaba creer que alguno fuera real: la autopista de peaje me había parecido un mapa de carreteras esquemático y yo y mi coche, un punto o un boli trazando la ruta. Ahora me sentía como si estuviera conduciendo por las páginas de un calendario o por una colección de sellos ilustrados. Nada me resultaba particular ni persuasivo en modo alguno. Quizá cuando bajara del coche.

Musconguspoint Station era de los que tenía barcas. No era el más humilde de los pueblos, pero casi, un abultamiento de la costa que se distinguía, más que nada, por el gran muelle del transbordador, lleno de carteles anunciando el ferry isla Muscongus, que cubría el recorrido dos veces al día. No me costó encontrar el «lugar de paz». El Yoshii –ÚNICO EMPORIO EN MAINE DE PESCADO SUSHI Y THAI, según el cartel– era el mayor de un ordenado trío de edificios construidos sobre la colina que se erguía justo después del puerto de amarre del ferry y el muelle de pesca, pintados todos con una combinación mareante de marrón tono malvavisco tostado y rosa concha de mar, colores tierra petulantemente humildes que infringían con descaro el esquema Maine a base de casitas blancas y garajes rojos. Una foto que no incluirían en el calendario. El restaurante estaba construido sobre pilotes en un pequeño acantilado junto al agua a cuyos pies rompía el oleaje; los otros dos edificios, presumiblemente el centro de retiro, quedaban enjaulados por una hilera de pinos densos y dispuestos a espacios regulares, todos del mismo año y modelo. Coronaba el cartel un dibujo de Yoshii, un calvo sonriente con palillos orientales y oleadas de placer o serenidad emanando de su cabeza como las palabrotas en una tira de Don Martin.

Dejé el Tracer en el aparcamiento del restaurante, en lo alto de la colina y con vistas al mar, el muelle de pescadores y el amarre del ferry. Aparte de mi coche, solo había dos furgonetas de reparto aparcadas en los sitios reservados para los empleados. El horario del restaurante Yoshii aparecía pintado en la puerta: el almuerzo se servía a partir de las doce y media, es decir, desde hacía veinte minutos. No vi rastro de Tony, ni del gigante ni de nadie, pero no quería quedarme a esperar sentado en el aparcamiento como un idiota con una diana dibujada en la espalda. Llevarles la delantera, eso es lo que andaba buscando.

Ventarog, 33 años, busca Delantera.

Bajé del coche. Primera sorpresa: el frío. Un viento que me perforó los oídos al instante. El aire olía a tormenta pero en el cielo no había nubes. Salté la barrera de troncos que cerraba la esquina del aparcamiento y descendí la pendiente en dirección al agua, bajo la sombra del saliente del restaurante. Una vez fuera del campo visual de la carretera y los edificios, me abrí la bragueta y meé en las rocas, entreteniendo mis compulsiones en manchar de gris oscuro toda la superficie de una peña, aunque solo temporalmente. Fue al subirme la cremallera y darme la vuelta cuando me asaltó el vértigo. Por fin llevaba la delantera, muy bien. Olas, mar, árboles, Essrog… me había salido de la página, lejos de la gramática de rascacielos y asfalto. Lo experimenté como una pérdida de lenguaje, un destetarme de las paredes cargadas de palabras que necesitaba a mi alrededor, que tocaba por doquier, donde me apoyaba y de las que copiaba mis tics verbales. Aquellas paredes de lenguaje siempre habían permanecido en su lugar, ahora lo entendía, donde yo podía oírlas, hasta que el cielo de Maine las había acallado con un grito de silencio. Me tambaleé, apoyé una mano en las rocas para mantenerme en pie. Necesitaba replicar en una lengua nueva, encontrar una manera de reafirmar un yo que se sentía debilitado, que había quedado reducido a un jirón de Brooklyn tambaleándose en el vacío de la costa: Huérfano ve el océano. Estúpido se evapora en la bruma.

«¡Engendro!», les grité a los remolinos de espuma. Se perdió.

«¡Bailey!» también se desvaneció.

«¡A la mierda! ¡Palurdín!»

Nada. Qué esperaba, ¿a Frank Minna emergiendo del mar?

«¡Essrog!», bramé. Me acordé de Murray Essrog y su mujer. Eran Essrog de Brooklyn, como yo. ¿Habían ido alguna vez hasta allí para ver el cielo? ¿O sería yo el primer Essrog en dejar su huella sobre la superficie de Maine?

«¡Reclamo esta gran charca para Essrog!», grité. Era un *engendro de la naturaleza*.

De vuelta en la tierra seca del aparcamiento, me alisé la chaqueta y eché un vistazo alrededor para comprobar si alguien había oído mis gritos. La actividad más cercana transcurría en la base de los muelles de pesca, a mis pies, adonde había llegado una barca pequeña y minúsculas figuras vestidas con monos amarillos estilo Devo descargaban de proa embalajes de plástico azul y los dejaban sobre una paleta del muelle. Cerré el coche con llave y crucé hasta el otro lado del aparcamiento, luego descendí a toda prisa la colina llena de maleza en dirección a los hombres y las barcas resbalándome por culpa de las suelas de cuero para peatones del asfalto y con el viento cortante golpeándome la nariz y la barbilla. El restaurante y el centro de retiro quedaron eclipsados por la ondulación de la colina en cuanto llegué al muelle.

—¡Eh!

Llamé la atención de uno de los hombres del muelle. Se giró con una caja en las manos y la dejó caer en la pila, luego se quedó de pie con las manos en las caderas, esperando a que me aproximara. Ya más cerca, examiné la barca. Las cajas azules estaban cerradas, pero los marineros las levantaban como si pesaran mucho y con un cuidado que indicaba un contenido valioso. La cubierta de la barca incluía un portaequipajes para equipo de buceo: trajes de goma, aletas y mascarillas, y una pila de bombonas para respirar bajo el agua.

–Chico, qué frío –dije, frotándome las manos como un aficionado a los deportes–. Menudo día para salir a la mar, ¿eh?

Las cejas y la barba de dos días del marinero eran de color rojo brillante, pero no más que su carne castigada por el sol allí donde quedaba visible: mejillas, nariz, orejas y los nudillos pelados que se frotaba contra la barbilla mientras intentaba elaborar una respuesta.

Oí y sentí el golpeteo metálico del barco balanceándose contra el embarcadero. Mis pensamientos vagaron hasta las hélices submarinas, girando silenciosamente en el agua. De haber estado cerca del agua, me habrían entrado ganas de tocar la hélice de lo estimulante que resultaba para mis obsesiones cinestésicas. Grité *¡Remolcador! ¡Olvidador!* y estiré el cuello para lanzar las sílabas al viento.

–No es de por aquí, ¿verdad? –dijo con cautela. Yo esperaba que su voz sonara como la de Sam Bigotes o la de Popeye, escabrosa y farfullante. En cambio su acento de Nueva Inglaterra le daba un aire impasible y patrimonial que me dejó en la duda de cuál de nosotros dos se parecía más a un personaje de dibujos animados.

–No, la verdad es que no. –Puse mirada inteligente: *¡Ilumíneme, haga el favor, pues soy extranjero en estos parajes exóticos!* Parecía igual de probable que me mandara al agua de un empellón o que se limitara a darme la espalda como que continuara con la conversación. Volví a arreglarme el traje, a toquetearme el cuello de la camisa para no sentir la tentación de tocar su capucha fluorescente, de ondular su tira de velcro como el borde de la masa de una tarta.

Me examinó con atención.

—La temporada de los erizos va de octubre a marzo. Un trabajo frío. Lo de hoy es como un paseíto por el parque.

—¿Erizos? —dije, sintiendo en cuanto lo hice que había sido un tic, que la palabra era un tic por definición, de forma innata, una buena manera de pronunciar el símbolo del Artista Antes Conocido Como Prince.

—En las aguas de la isla abundan los erizos. Es lo que pide el mercado, así que lo pescamos.

—Ya. Bueno, me parece estupendo. Adelante con ello. ¿No sabrá nada sobre la casa de la colina... el Yoshii?

—Debería hablar con el señor Foible. —Señaló con la cabeza una choza que había en el muelle, de cuya chimenea salía una minúscula columna de humo—. Es el que hace negocios con los japoneses. Yo solo soy pescador.

—¡Alamierdapescador!... Gracias por su ayuda. —Sonreí y le saludé llevándome el dedo a una gorra imaginaria, luego me encaminé a la choza. El tipo se encogió de hombros y recibió otro embalaje desde la barca.

—¿En qué puedo ayudarle, señor?

Foible también era rojo, pero de otro modo. Tenía las mejillas, la nariz y hasta la frente cubiertas de una telaraña de venillas rojas, daba pena verle. También se le marcaban venillas en el blanco de los ojos. Como Minna acostumbraba a decir del párroco de Saint Mary, Foible tenía *una cara sedienta*. Justo en la barra de madera donde estaba sentado había unas cuantas muestras de lo que su cara quería beber: un puñado de botellas de cerveza de cuello alto, vacías, y un par de botellines de ginebra, uno todavía con un culillo de licor. Debajo de la barra brillaba una estufa y cuando entré en la choza me la señaló con la cabeza y después hizo lo propio con la puerta, para indicarme que debía cerrarla una vez dentro. Además de Foible, la estufa y las botellas, la choza cobijaba un archivador de madera lleno de marcas y unas pocas cajas de lo que supuse serían herramientas y avíos de pesca cubiertos por varias capas de mugre. Vestido con el mismo traje desde hacía dos días y sin afeitar, yo seguía siendo el objeto más limpio del lugar, de lejos.

La cosa requería aplicar la más antigua de todas las técnicas de investigación: abrí la cartera y saqué un billete de veinte.

—Invitaría a alguien a tomar algo si quisiera explicarme un par de cosillas sobre los japoneses —dije.

—¿Qué pasa con ellos? —Sus ojos lechosos intimaron con el billete y regresaron después a encontrarse con los míos.

—Me interesa el restaurante de la colina. En concreto, a quién pertenece.

—¿Por qué?

—¿Qué le parecería si le dijera que quiero comprarlo?

Guiñé un ojo y apreté los dientes para no ladrar y dejar el tic en un simple *¡charp!*

—Hijo, nunca conseguirá que se lo vendan. Será mejor que vaya de compras a otro lado.

—¿Y si les hago una oferta que no puedan rechazar?

Foible me escudriñó con ojos entornados, repentinamente desconfiado. Pensé en cómo al inspector Seminole le habían asustado los Hombres de Minna y nuestro entorno de Court Street. No tenía la menor idea de si tales imágenes podían reverberar tan lejos de Gotham City.

—¿Puedo hacerle una pregunta? —dijo Foible.

—Dispare.

—¿No será uno de esos de la Cienciología, verdad?

—No —contesté, sorprendido. No era esa la impresión que creía estar dando.

Se estremeció para sus adentros, como rememorando el trauma que le había empujado a la botella.

—Bien —dijo—. Los de la Cienciología compraron el viejo hotel de la isla y lo convirtieron en una casa para divertir a estrellas de cine. Maldita sea, prefiero mil veces a los japoneses. Al menos comen pescado.

—¿La isla Muscongus? —Solo quería poder saborear por fin aquella palabra en mi boca.

—¿Qué otra isla si no? —Volvió a mirarme con suspicacia, y luego estiró la mano pidiendo el billete de veinte—. Démelo, hijo.

Se lo di. Lo dejó sobre el mostrador y se aclaró la garganta cascada.

—Ese dinero es la prueba de que esto le viene grande, hijo. Cuando los japoneses sacan un fajo de billetes, el más pequeño que llevan es de cien. Maldita sea, antes de que cerraran el mercado de erizos este muelle estaba sembrado de precintos de fajos de mil dólares con los que los japoneses pagaban a mis pescadores por las capturas.

—Cuénteme.

—¡Hombre!

—*A la mierda.*

—¿Eh? ¿Cómo?

—Que me lo explique. Hábleme de los japoneses.

—¿Sabe lo que es el uni?

—Disculpe mi ignorancia.

—Es el plato nacional de Japón, hijo. Es la única cosa interesante de Musconguspoint, a no ser que cuente a los cienciólogos esos acampados en el puñetero hotel. Las familias japonesas tienen que comer uni al menos una vez por semana para mantener la autoestima. Igual que usted querría bistec, ellos comen un plato de huevas de erizo. En la Semana Dorada (en Japón es como la Navidad) solo comen uni. Pero en las aguas japonesas ya no hay erizos. ¿Me sigue?

—Más o menos.

—La legislación japonesa prohíbe sumergirse en busca de erizos marinos. Solo permite la pesca con rastrillo manual. Es decir, subirse a una roca durante la marea baja con un rastrillo en la mano. Inténtelo alguna vez. Puede pasarse todo el día y no pescará ni un maldito erizo.

Si alguna vez hubo alguien que necesitara *contar el cuento de camino*, ese era Foible. Me aguanté las ganas de decírselo.

—La costa de Maine tiene los erizos más exquisitos del mundo, hijo. Agrupados bajo la isla como racimos de uvas.

A los de Maine nunca nos han gustado demasiado, a los pescadores de langosta les parecían un estorbo. Pero la legislación japonesa hizo ricos a un montón de pescadores de por aquí, bastaba con que consiguieran una tripulación para sumergirse. Se montó toda una economía en Rockport. Los japoneses construyeron plantas procesadoras, las llenaron de mujeres pelando erizos día y noche y los enviaban por avión a la mañana siguiente. Los tratantes japoneses llegaban en limusina, esperaban a que regresaran las barcas, pujaban por el cargamento y pagaban en metálico en fajos como los que le he dicho antes: dinero como para volverse loco.

—¿Qué pasó? —Me tragaba los tics. La historia de Foible empezaba a interesarme.

—¿En Rockport? Nada. Siguen igual. Si quiere decir aquí, pues solo tenemos un par de barcas. Los tipos de la colina me compraron el negocio y se acabó todo, nada de coches con cristales tintados, nada de yakuza negociando en el muelle; y no lo echo de menos. Soy proveedor exclusivo, hijo, y no encontrarás a hombre más feliz que yo.

La felicidad de Foible me rodeaba en el interior de la pequeña choza, y no me cautivaba.

No se lo dije.

—Con los tipos de la colina —dije— se refiere a Fujisaki.

Supuse que estaría tan enfrascado en la historia que no le molestaría que le apuntara el nombre.

—Exacto, señor. Tipos con clase. Tienen un puñado de casas en la isla, reconstruyeron todo el restaurante y se trajeron a un cocinero de sushi para comer a su gusto. Aunque ya me gustaría que le hubieran comprado el hotel a los de la Cienciología.

—Como a todo el mundo. Así que Fujisaki ¡*Clientología!* ¡*Fungilogía!* ¡*Gerontología!* ¿La gente de Fujisaki vive aquí todo el año?

—¿Qué le pasa?

—¡*Cara pasa!*

—Parece que tenemos síndrome de Tourette ¿eh, hijo?

—Sí —jadeé.

—¿Quiere algo de beber?

—No, no. Los trajeados, ¿viven todos allí arriba?

—No. Van y vienen en manada, siempre juntos, Tokio, Nueva York, Londres. Tienen un helipuerto en la isla, van de un lado para otro. Acaban de llegar esta mañana, en el ferry.

—Ah. —Parpadeé como un loco tras el desahogo verbal—. ¿También se encarga del ferry?

—No, no querría ni una tuerca de esa bañera. Basta con un par de barcos, un par de tripulaciones. Me siento cómodamente y me dedico a mis aficiones.

—¿La otra barca la tiene faenando?

—No. La pesca del erizo se hace a primera hora de la mañana, hijo. Salen a las tres o las cuatro de la madrugada y la jornada acaba a las diez.

—Ya, ya. Entonces ¿dónde está la barca?

—Es curioso que lo pregunte. Se la dejé a un par de tipos hará una hora, tenían que ir a la isla y no podían esperar al ferry. Me alquilaron la barca y el capitán. Se parecían mucho a usted, creían que me impresionarían con un billete de veinte.

—¿Uno de ellos eran muy grande?

—El tipo más grande que he visto.

El rodeo por el centro de Boston me había costado perder la delantera en la carrera hacia Musconguspoint. Ahora me parecía increíble no haberlo previsto. Encontré el Contour rojo y el Pontiac negro en una pequeña zona de aparcamiento más allá del amarradero del ferry, un solar sin salida y oculto por los árboles para los viajeros que pasaban el día en la isla, con una máquina de cobro automática y una salida de sentido único con pinchos flexibles inclinados todos en el mismo ángulo y carteles que advertían ¡NO RETROCEDA! ¡PELIGRO PARA LOS NEUMÁTICOS! Resultaba conmovedor imaginarse a Tony y el gigante pagando por aparcar allí, registrándose los bolsillos en busca de monedas antes de participar en la extraña refriega que les había llevado a alquilar una barca para la pesca del erizo. Me acerqué a mirar y descubrí que el Contour estaba cerrado con llave mientras que el Pontiac tenía puesta la llave de contacto y las puertas cerradas sin seguro. La pistola de Tony, con la que me había apuntado el día antes, yacía en el suelo del coche, al lado del acelerador. La empujé hasta debajo del asiento. Tony podía necesitarla. Así lo esperaba. Recordé cómo el gigante había arrastrado a Minna a donde le había dado la gana y lo sentí por Tony.

Mientras subía la colina noté un zumbido, como si tuviera una abeja o una avispa atrapada en los pantalones. El busca de Minna. Había encendido la función «vibrar» en el zendo. Lo saqué. Mostraba un número de Nueva Jersey. Los Clientes habían vuelto a casa, ya no estaban en Brooklyn.

Una vez en el aparcamiento me metí en el coche y cogí el teléfono móvil, que seguía en el asiento con los restos de sándwiches medio resecos por el sol. Marqué el número.

Estaba muy cansado.

—¿Sí?

—Soy Lionel, señor Matricardi. Me ha llamado al busca.

—Sí, Lionel. ¿Tienes lo que te pedimos?

—Estoy en ello.

—Maravilloso, honorable, admirable. Pero lo que de verdad apreciamos son los resultados.

—Pronto los tendré.

El interior era todo de marquetería barnizada a juego con el color de malvavisco tostado del exterior; la alfombra aportaba el rosa concha marina. La chica que salió a recibirme nada más cruzar el umbral lucía una túnica japonesa con bordados y expresión aturdida. Le alisé el cuello del vestido por ambos lados y pareció tomárselo bien, quizá como una muestra de admiración por la seda. Señalé los enormes ventanales con vistas al mar y ella me condujo junto a una mesa en esa zona, luego se inclinó y me dejó a solas. Era el único cliente para almorzar, o al menos el primero en llegar. Me moría de hambre. Un chef especializado en sushi me saludó blandiendo el cuchillo y una mueca desde el otro extremo del amplio y elegante comedor. El protector de vidrio biselado tras el que trabajaba me recordó a los cuartuchos de plexiglás antiatracos de las licorerías de Smith Street. Le devolví el saludo, él asintió, una inclinación repentina y con aires de tic a la que correspondí muy contento. La cosa iba viento en popa hasta que el chef cortó por lo sano y empezó a pelar con un estilo bastante teatral un trozo de pescado rojizo.

Se abrieron las puertas de la cocina y apareció Julia. Ella también llevaba una túnica, y la lucía maravillosamente. Aunque el peinado desentonaba un poco. Se había cortado la larga melena rubia hasta dejarse una pelusilla tipo militar que dejaba ver las raíces negras del pelo. Con aquel corte su cara parecía desprotegida y basta, y los ojos algo alterados por la falta del velo. Cogió una carta para traerla a mi mesa, a medio camino se dio cuenta de a quién se la estaba llevando. Titubeó muy levemente.

—Lionel.

—*Pingpong* —completé.

—No voy a preguntarte qué haces aquí. Ni quiero saberlo.

Me pasó la carta, con cubiertas de paja, tejido de bambú.

—He seguido a Tony —dije, dejando la carta a un lado cuidadosamente por miedo a las astillas—. Y al gigante, el asesino. Venimos todos a una convención sobre Frank Minna.

—No tiene gracia. —Me examinó, con los labios apretados—. Vas hecho un asco, Lionel.

—Ha sido un viaje largo. Supongo que debería haber cogido el avión hasta Boston y… ¿Tú cómo lo haces? ¿Alquilas un coche? ¿O coges el autobús? Sueles venir aquí de vacaciones, eso ya lo sé.

—Muy bonito, Lionel, eres un tipo muy listo. Y ahora, largo.

—¡*Muscongafón*! ¡*Melargoport*! —Apreté los dientes para callarme toda una serie de tics relacionados con la geografía de

Maine que querían escaparse detrás de aquellos dos–. Tenemos que hablar, Julia, en serio.

–¿Y por qué no hablas contigo mismo?

–Estamos empatados, porque eso tampoco ha tenido gracia.

–¿Dónde está Tony?

–Está *¡Remolque! ¡Rebote!* ha salido a dar una vuelta en barca. –Parecía un plan tan agradable que no quise decirle en compañía de quién. Desde la ventana del Yoshii pude por fin contemplar la isla Muscongus en el horizonte, envuelta en niebla.

–Tendría que haber venido aquí –dijo Julia, sin dejar entrever ningún sentimiento. Hablaba como si su forma de pensar hubiera adoptado un cariz eminentemente práctico el día anterior–. Me dijo que le esperara aquí, pero no puedo quedarme mucho más. Ya debería haber venido.

–A lo mejor lo ha intentado. Creo que quiere llegar a Fujisaki antes de que le atrapen. –La observé mientras exponía mi teoría, atento a cualquier estremecimiento o ardor que pudieran alterarle la expresión.

Se estremeció. Bajó la voz.

–No menciones ese nombre aquí, Lionel. No seas idiota.

Miró alrededor, pero solo estaban la anfitriona y el cocinero. *No mientes ese nombre*: la viuda había heredado las supersticiones del fallecido.

–¿De quién tienes miedo, Julia? De la Fujisaki, ¿seguro? ¿O de Matricardi y Rockaforte?

Me miró y vi cómo se le tensaba el cuello y ensanchaba las ventanas de la nariz.

–No soy yo la que se esconde de los italianos –dijo–. Ni la que debería estar asustada.

–¿Pues quién se esconde?

Una pregunta de más. Me fulminó con el ceño fruncido por la furia, solo porque me tenía delante y la persona a la que quería matar estaba muy lejos, manejándola por control remoto.

–Que te jodan, Lionel. Tarado de mierda.

Los patos estaban en el estanque, los monos en un árbol, los pájaros pendientes de un cable, el pez en un barril y los cerdos a resguardo: cualquier tipología zoológica que se aplicara a los personajes de aquella trágica alucinación, por fin los tenía a todos en su sitio. El problema no consistía en establecer conexiones. Ya me había subido al Tracer y las había descubierto. Pero ahora tenía que trazar una única línea coherente que uniera los monos, los patos, el pez, los cerdos, que uniera monjes y merluzos: una línea que dividiera con precisión dos equipos enfrentados. Quizá estuviera a punto de conseguirlo.

—¿Apuntas lo que quiero comer, Julia?

—¿Por qué no te vas, Lionel? Por favor. —La situación resultaba triste, amarga y desesperada al mismo tiempo. Julia quería ahorrarnos algo a los dos. Yo tenía que saber el qué.

—Me gustaría probar el uni. *¡Helado de huérfano marino!* Huevas de erizo marino. Para ver a qué viene tanto entusiasmo.

—No te gustará.

—¿Se puede comer en forma de sándwich? ¿Algo así como un sándwich de ensalada y uni?

—No es para untarlo en el pan.

—De acuerdo, bueno, pues entonces me pones un cuenco grande de uni y me traes una cuchara. Tengo mucha hambre, Julia.

No me prestaba atención. La puerta se había abierto y la pálida luz del sol iluminaba la caverna naranja y rosa que formaba la sala. La anfitriona hizo una reverencia y a continuación acompañó a la Fujisaki Corporation hasta una mesa grande colocada en el centro del comedor.

Pasó todo a la vez. Eran seis, una visión que te rompía el corazón. Casi me alegraba de que Minna no estuviera y no tuviera que enfrentarse a aquello, a la manera perfecta en que los seis japoneses de mediana edad de la Fujisaki coincidían con la imagen que los Hombres de Minna siempre habían perseguido pero nunca habían alcanzado ni alcanzarían, con sus trajes negros impecables, sus corbatas estrechas, los anillos y las pulseras brillantes y sus sonrisas estoicas y sin labios. Eran todo lo que nosotros nunca pudimos ser por mucho que Minna lo intentara: un equipo sin fisuras, una unidad, con una presencia colectiva como una isla flotante de carisma y fuerza. Y como una isla saludaron con la cabeza al chef, a Julia e incluso a mí, luego se dirigieron a sus asientos y se guardaron las gafas de sol en el bolsillo de la pechera, se quitaron sus sombreros de fieltro bellamente hendidos y los colgaron en el perchero y entonces vi el brillo de sus cabezas afeitadas a la luz naranja del comedor y descubrí al que había hablado de malvavisco y fantasmas y movimientos intestinales y pícnics y venganza y lo supe, lo supe todo, en ese instante lo entendí todo salvo quizá quién era Bailey y por tanto, claro, dejé escapar uno de mis tics.

—*¡Quiero erizo!*

Julia se volvió, asustada. Se había quedado mirándolos fijamente, como yo, transfigurada por el esplendor de la Fujisaki. Si yo estaba en lo cierto, Julia nunca los había visto antes, ni siquiera vestidos de monje.

—Enseguida le sirvo la comida, señor —dijo, recuperándose con mucha gracia. No me molesté en señalarle que todavía no había acabado de pedir. Su mirada de pánico indicaba que en aquel momento no estaba para bromas. Recogió la carta con cubierta de bambú y entonces vi que le temblaba la mano y tuve que contenerme para no acariciarla y consolarla, tanto a Julia como a mi enfermedad. Se dio la vuelta otra vez y puso rumbo a la cocina. Al pasar junto a la mesa de Fujisaki, saludó con una leve inclinación.

Algunos miembros de la corporación se giraron a echarme otro vistazo, aunque de lo más sutil e indiferente. Sonreí y saludé para que les diera vergüenza repasarme de arriba abajo. Reanudaron la conversación en japonés, cuyo sonido, deslizándose sobre la alfombra y la madera barnizada en mi dirección, parecía un murmullo coral, un ronroneo.

Permanecí sentado tan quieto como pude y observé a Julia reaparecer para tomar nota de las bebidas que querían los japoneses y entregarles la carta. Uno de los trajeados pasó de ella, se recostó en la silla y trató directamente con el chef, que demostraba su aquiescencia mediante gruñidos. Otros desplegaron la espinosa carta y empezaron también a gruñir, a parlotear y reírse y clavar sus uñas de manicura en las fotografías de pescados del interior. Me acordé de los monjes del zendo, la carne colgante y pálida, los pobres mechones de pelo de axila que ahora escondían bajo trajes de un millón de dólares. Desde donde ahora me sentaba el zendo parecía un lugar distante e increíble. Julia volvió a aparecer por la puerta de la cocina con un gran cuenco humeante y un pequeño salvamanteles pintarrajeado de colores brillantes. Pasó por delante de la Fujisaki en dirección a mi mesa.

—Uni —informó, señalándome un minúsculo taco de madera sobre el que descubrí una mancha espesa de pasta verde, un montoncito de virutas rosadas de remolacha o nabo escabechado y unas pocas cuentas de color naranja brillante: las huevas de erizo, supuse. Todo junto no daba ni para tres bocados. El cuenco que Julia dejó sobre la mesa parecía más prometedor. El caldo era de un blanco lechoso, con la superficie ondulada por la densa maraña de verduras y trozos de pollo que emergía desde el fondo y decorada con ramilletes de algún perejil exótico—. También te he traído algo que quizá te guste —dijo en voz baja mientras se sacaba un cacito de cerámica y un par de palillos labrados de una bolsa de la túnica y los colocaba en la mesa—. Es sopa de pollo thai. Cómetela y vete, Lionel. Por favor.

Sopa del Taj Mahal, pensó mi cerebro, *pollo del Gran Kan.*

Julia regresó a la mesa de Fujisaki con la libreta de pedidos, a lidiar con los ladridos contradictorios en el inglés pidgin y entrecortado de la corporación. Probé el uni, raspándolo del cacito con dificultad: los palillos no eran lo mío. Las cuentas anaranjadas y gelatinosas se reventaron en mi boca como alcaparras, saladas y ácidas pero no del todo desagradables. Intenté mezclar los tres colores en la madera, emborronando la pasta verde pegajosa y los hilos de rabanitos escabechados con las huevas. La combinación no tenía nada que ver: una garra de vapor ácido me brotó del fondo de la garganta y se apoderó de mi cavidad nasal. Por lo visto aquellos elementos no estaban pensados para que se mezclaran. Tenía las orejas rojas, los ojos llorosos y hacía el mismo ruido que un gato que se ha tragado una bola de pelo.

Volví a ganarme la atención de la Fujisaki, además de la del chef. Saludé a todos con la cara como un tomate, y ellos asintieron y saludaron a su vez, inclinaron la cabeza y reanudaron la charla. Me serví un cucharón de sopa, pensando que al menos barrería los venenos que soportaba la sensible superficie de mi lengua. Otro cambio inesperado: el caldo era magnífico, réplica y reprimenda a la explosión tóxica que lo había precedido. Me transmitió calor en el sentido contrario, gaznate abajo hasta el pecho y los hombros. Así se fueron desplegando diversas capas de sabor: cebolla, coco, pollo y algo picante que no lograba identificar. Cogí otra cuchara llena a rebosar, esta vez con una tirita de pollo, y dejé que el fuego nutritivo fluyera de nuevo por mi cuerpo. Hasta que me enfrentaron a los cuidados de la sopa no me había dado cuenta del frío que tenía, de lo necesitado que estaba de cierta comodidad. Me sentí como si la sopa me abrazara el corazón, literalmente.

Los problemas empezaron con la tercera cucharada. La había hundido hasta el fondo del cuenco y salió con una maraña de verduras imposibles de identificar. Tragué un poco más de caldo, luego mastiqué el montón de fibras acres que me quedaba en la boca: parte del bocado resultó más áspero de lo que me habría gustado. Había algún tipo de hoja resistente como una cuchilla que no se amilanó ante mi dentadura, sino que llevaba las de triunfar en una insospechada escaramuza contra mis encías y paladar. Mastiqué, esperando a que se desintegrara. No se desintegraba. Julia apareció justo cuando intentaba sacarme aquello de la boca con el meñique.

—Creo que se ha caído parte de la carta en la sopa —dije al escupir las hebras en la mesa.

—Es limoncillo. No se come.

—¿Y entonces qué pinta en la sopa?

—Da sabor y aroma.

—No te diré que no. ¿Cómo dices que se llama?

—Limoncillo —siseó. Dejó caer un papel sobre la mesa, junto a mi mano—. La cuenta, Lionel.

Quise tocarle la mano mientras cubría el papel, pero la retiró como en un juego de niños y me encontré solo con el papel.

—*Limo amarillo* —musité entre dientes.

—¿Qué?

—*Limosnita por favor.* —Lo dije más fuerte, pero no tanto como para molestar a la Fujisaki, por el momento. Miré a Julia con impotencia.

—Adiós, Lionel. —Ella se alejó rápidamente de mi mesa. La cuenta no era una cuenta de verdad. Abajo Julia había escrito:

PAGA LA CASA

EN EL FARO DEL CABO FRIENDSHIP A LAS 2.30

¡¡¡LÁRGATE!!!

Me acabé la sopa, apartando cuidadosamente el misterioso limoncillo incomible. Luego me levanté y pasé junto a la Fujisaki en dirección a la salida, esperando por el bien de Julia que nadie me viera. Pero uno de los japoneses se volvió y me agarró por el codo.

—¿Gustado la comida?

—Estupenda —dije.

Era el que me había golpeado con la palmeta en la espalda cuando iba vestido de monje. Habían estado bebiendo saque y tenía la cara roja, los ojos vidriosos y achispados.

—Falso estudiante de Jerry-Roshi —dijo.

—Supongo que sí.

—Centro de retiro buena idea. Necesita sesshin largo. Tiene un problema de habla, creo.

—Lo sé.

Me dio una palmadita en el hombro y yo se la devolví, notando la hombrera de su traje y la costura perfecta de la manga. Tenía que completar la ronda y tocar a los demás. Empecé a dar la vuelta a la mesa dando una palmadita en cada hombro perfectamente trajeado. Los tipos de la Fujisaki parecieron tomárselo como una invitación a que me tocaran y atizaran mientras bromeaban entre ellos en japonés.

—Pito, pito, colorito —dije quedamente al principio—, ¿adónde vas tú tan mudito?

—¿Mudito? Bonito —dijo uno de los hombres de Fujisaki enarcando las cejas como si la corrección fuera determinante y dándome un codazo.

—¡Monje, monje, títere! —dije rodeando la mesa más rápido, tonteando—. ¡Palurdín de limón!

—Ahora márchese —dijo el blandepalmetas de ceño fruncido.

—*¡A la mierda Fujisaki!* —grité, y salí disparado por la puerta.

La segunda barca había regresado a puerto. Crucé el aparcamiento del Yoshii y bajé la colina para echar un vistazo. La choza de Foible seguía echando humo; por lo demás, la calma más absoluta dominaba el muelle de pesca. A lo mejor el capitán de la embarcación estaba con Foible tomándose una ginebra a cuenta de mis veinte dólares. O quizá se había vuelto a casa, a echarse en la cama tras una jornada de trabajo que había empezado a las tres de la mañana, horario de la costa erizo. De ser así, le envidiaba. Pasé a rastras junto a la choza, hasta el otro lado del muelle. Por lo visto el amarre del ferry también estaba vacío, el transbordador debía de estar en la isla y la taquilla permanecería cerrada hasta que llegara el barco de la tarde. El viento agitaba el océano y la escena costera desprendía en su conjunto cierto aire tétrico y abandonado, como si en noviembre Maine perteneciera a las andrajosas gaviotas que sobrevolaban en círculos el muelle quemado por el sol, y los humanos, al enterarse, hubieran puesto pies en polvorosa.

Más adelante, ya en el aparcamiento rodeado de árboles, vi algo que se movía, un signo de vida. Crucé el puerto de amarre en silencio hasta ponerme a cubierto de la luz cegadora del sol para echar un vistazo y descubrir de qué se trataba. El gigante estaba de pie entre su coche y el de Tony, leyendo, o al menos hojeando con los ojos entornados por culpa del sol y el viento un puñado de papeles metidos en un portafolios de cartulina, procedente quizá de los archivos de L&L. En el minuto que estuve observándole acabó aburrido o decepcionado por el contenido y cerró el portafolios, lo rompió por la mitad, después en cuartos, y caminó hasta el borde del aparcamiento que una hilera de rocas plagadas de latas de cerveza y percebes separaba del mar. Lanzó los cuartos de cartulina y papel en dirección a las rocas y al mar y el viento los empujó al instante en sentido contrario, esparciéndolos por la gravilla del aparcamiento y entre los árboles. Pero el tipo todavía no había terminado. Tenía algo más en la mano, algo negro, pequeño y brillante, y por un momento creí que iba a llamar por teléfono. Luego descubrí que era una cartera. Rebuscó en su interior y se guardó los billetes en el bolsillo del pantalón antes de tirar también la cartera, con mayor éxito del que había conseguido con los papeles; de modo que la cartera sobrevoló las rocas y probablemente acabó en el agua: yo no tenía perspectiva para asegurarlo y diría que el gigante tampoco. No pareció preocuparle demasiado. No iba con su carácter.

Luego se volvió y me vio: Llora-ríe Ex Delantera.

Salí corriendo en sentido contrario, crucé el puerto de amarre y el muelle de pesca en dirección a la colina, en cuya cima descansaban el restaurante y mi coche.

Los resoplidos de mi respiración exhausta, el latido de la sangre en las orejas, el chillido de una gaviota y el murmullo de las olas… todo desapareció bajo el chirriar de las ruedas del gigante: el Contour derrapó en el aparcamiento del restaurante justo al tiempo que yo metía la llave de contacto. Su coche venía disparado hacia el mío. El acantilado estaba tan cerca que podría haberme empujado hasta el mar. Aceleré marcha atrás y aparté mi coche de su camino. El gigante frenó con un patinazo y estuvo a punto de aplastarse contra una de las furgonetas de reparto que había aparcadas. Pisé a fondo y salí disparado del aparcamiento hacia la Ruta 1, en dirección sur. El gigante salió detrás de mí. Le vi en el retrovisor: iba inclinado hacia delante, con una mano agarraba el volante y con la otra una pistola.

Minna y Tony. Había permitido que ambos fueran amablemente escoltados hacia sendas muertes silenciosas. Parecía que la mía iba a ser algo más ruidosa.

Giré bruscamente el volante hacia la izquierda y salí de la autopista en dirección al muelle del transbordador. No despisté al gigante. Lo llevaba pegado al parachoques, como si su cochecito rojo fuera tan enorme como su cuerpo y pudiera pisotear y engullir el Tracer. Viré a derecha e izquierda, rozando los bordes irregulares del camino pavimentado hacia el muelle en una suerte de gesto admonitorio del dedo o maniobra semisimbólica destinada a espantarlo; intentaba despegarme del gigante, pero el tipo remedaba cada gesto automovilístico: esta vez el Contour repasaba la ruta del Tracer. El pavimento dejó paso a la gravilla y tuve que frenar y desviarme a la derecha para no seguir recto por el muelle y acabar en el agua. Así que giré en dirección a la zona de aparcamientos del ferry, donde seguía el Pontiac de Tony, donde la pistola que no había tenido oportunidad de usar contra el gigante seguía esperando bajo el asiento del conductor.

Pillalapistola, gritaba mi cerebro, y los labios se me movían tratando de unirse al canto: *Pillalapistola pillalapistola.*

Pistola Pistola Pistola *¡Fuego!*

Nunca había disparado.

Entré sin miramientos en el aparcamiento, rompiendo la endeble cancela de la taquilla. El coche del gigante golpeaba mi parachoques, el metal chirriaba y crujía. Todavía quedaba por ver de dónde sacaría tiempo suficiente para salir de mi coche, entrar en el de Tony y coger la pistola. Rodeé el coche de Tony por la izquierda alejándome momentáneamente de mi perseguidor y me dirigí a la barrera de rocas. Todavía revoloteaban algunos trozos de papel empujados por el viento. Quizá el gigante fuera tan amable de caer en picado sobre el océano. A lo mejor ni se había parado a pensarlo: total solo era el Atlántico, puede que no fuera lo bastante grande para impresionarle.

Me atrapó de nuevo en cuanto giré para no acabar dándome yo el chapuzón y rodeó conmigo el perímetro exterior del aparcamiento. Los carteles de la salida seguían gritando ¡NO RETROCEDA! ¡PELIGRO PARA LOS NEUMÁTICOS!, alertando contra los pinchos inclinados que evitaban que se aparcara sin pagar. Bueno, los esquivé. El coche del gigante volvió a tocar con el mío, de hecho me envistió con tal fuerza que ambos resbalamos a la izquierda, hacia la salida, cada vez más lejos del coche de Tony.

Entonces me vino la inspiración y salí disparado hacia la salida.

Pisé el freno con todas mis fuerzas al pasar por encima de los pinchos flexibles y me detuve entre chirridos y patinazos más o menos a un coche de distancia de la rejilla. El coche del gigante se empotró contra el mío por detrás, el Tracer avanzó unos doscientos metros a causa del empellón y yo me golpeé la cabeza contra el asiento. Noté un clic en la nuca y el sabor de la sangre en la boca.

La primera explosión correspondió al airbag del gigante al inflarse. Vi por el retrovisor una gota blanca y satinada que llenaba el interior del Contour.

La segunda explosión correspondió al gigante disparando, porque se puso nervioso o porque los dedos apretaron el gatillo de modo reflejo. El disparo astilló la luna del parabrisas. No sé adónde fue a parar la bala, pero encontró una diana distinta de mi cuerpo. Puse la marcha atrás y pisé a fondo el acelerador.

Y empujé el coche del gigante hacia los pinchos inclinados. Los neumáticos de su coche estallaron, luego empezaron a desinflarse. La parte posterior del coche se desplomó, los pinchos atravesaban las ruedas.

Por un momento solo oí el silbido del aire escapándose de los neumáticos, luego chilló una gaviota y le respondí, lancé un grito de dolor en forma de llamada de ave.

Sacudí la cabeza y eché un vistazo al retrovisor. El airbag del gigante se hundía lentamente, en silencio. Quizá lo hubiera atravesado la bala. Nada parecía moverse debajo de la bolsa.

Cambié a primera, viré bruscamente a derecha e izquierda, luego volví a embestir el coche del gigante marcha atrás, destrozando la puerta del conductor, deformando el contorno del Contour, arrugándolo como si fuera papel de aluminio, oyendo cómo crujía y chirriaba.

Podría haberlo dejado así. Me parecía que el gigante estaba inconsciente debajo del airbag. Al menos permanecía inmóvil y en silencio, no disparaba, no trataba de liberarse.

Pero sentí la llamada salvaje de la simetría: el coche tenía que quedar abollado por ambos lados. Necesitaba destrozar los dos hombros del Contour. Adelanté el coche y lo coloqué en posición, luego retrocedí y me estampé contra su coche una vez más, destruyendo el lado del acompañante como había hecho con el del conductor.

Es cosa del Tourette… no lo entenderías.

Trasladé el mapa y el teléfono móvil al Pontiac de Tony. Las llaves seguían en el contacto. Lo conduje fuera del aparcamiento a través de la verja destrozada de la entrada y después del amarre vacío del ferry cogí la Ruta 1. Por lo visto nadie había oído los choques ni los disparos del aparcamiento junto al mar. Foible ni siquiera había asomado la cabeza fuera de la cabaña. El cabo Friendship era un afloramiento de la costa situado veinte kilómetros al norte de Musconguspoint Station. El faro estaba pintado de rojo y blanco, nada de atrocidades budistas en tonos tierra como el restaurante. Confiaba en que la Iglesia de la Cienciología tampoco se hubiera apoderado del lugar. Aparqué el Pontiac en la orilla del mar y me senté a contemplar el agua un rato, sintiendo cómo se cerraba lentamente el corte que me había hecho en la lengua y comprobando el estado de mi nuca. Resultaba crucial para mi carrera touréttica poder mover el cuello con total libertad. En ese sentido, era como un atleta. Parecía un traumatismo cervical, nada más. Tenía frío y estaba cansado, los efectos revitalizantes del caldo de limoncillo habían desaparecido hacía bastante rato y todavía me dolía el golpe que el gigante me había propinado en la cabeza hacía veinticuatro horas y varios millones de años. Pero seguía vivo, y el agua resultaba bastante bonita a medida que el sol se iba levantando. Faltaba media hora para mi cita con Julia.

Telefoneé a la policía local e informé acerca del gigante dormido que encontrarían en el ferry de la isla Muscongus.

—Estará un poco hecho polvo, pero vivo —les dije—. Probablemente necesitarán las Garras de la Vida para sacarlo de allí.

—¿Podría darnos su nombre, señor?

—No, de verdad que no puedo. —No podían saber hasta qué punto era cierto—. Mi nombre no importa. Encontrarán la cartera del hombre al que ha asesinado en el agua, cerca del ferry. Es probable que la marea lleve el cadáver hasta la isla.

¿La culpa es algún tipo de Tourette? Quizá. Posee cierta cualidad conmovedora que, en mi opinión, recuerda a unos dedos sudados. La culpa quiere abarcarlo todo, estar en todas partes al mismo tiempo, alcanzar el pasado para pellizcar, ordenar y reparar. La culpa, como el habla touréttica, fluye inútil y sin elegancia de un desvalido a otro, indiferente a los perímetros, condenada a ser mal entendida o rechazada.

La culpa, como el Tourette, lo intenta siempre de nuevo, sin aprender nada.

Y el alma culpable, como la touréttica, viste una especie de máscara de payaso —del tipo Smokey Robinson— que oculta el rastro de las lágrimas.

Llamé al número de Nueva Jersey.

—Tony ha muerto —les dije.

—Eso es terrible… —empezó Matricardi.

—Sí, sí, terrible —interrumpí. No estaba de humor. En absoluto. En cuanto oí la voz de Matricardi, me sentí algo menos o peor que humano, no triste o enfadado o touréttico o solo, desde luego nada taciturno, sino colérico y con un objetivo claro. Era una flecha que atravesaría los años hacia su diana—. Ahora, escúchenme con atención. Frank y Tony ya no están con nosotros.

—Sí —concedió Matricardi, que parecía entenderme.

—Tengo algo que ustedes quieren y aquí se acaba todo.

—Sí.

—Es el final, ya no les quedamos obligados en nada.

—¿Quiénes? ¿En nombre de quién hablas?

—L&L.

—¿Tiene sentido hablar de L&L ahora que Frank y Tony ya no están? ¿Qué quiere decir hablar de L&L?

—Eso es problema nuestro.

—¿Y qué es eso que tienes para nosotros?

—Gerard Minna vive en la calle Ochenta y cuatro Este, en un zendo. Con otro nombre. Es responsable de la muerte de Frank.

—¿Un zendo?

—Una iglesia japonesa.

Siguió un largo silencio.

—No era esto lo que esperábamos de ti, Lionel.

No dije nada.

—Pero tienes razón, nos interesa.

No dije nada.

—Respetaremos tus deseos.

Alguna cosa sabía sobre la culpa. La venganza era otro cantar. Tendría que pensar en la venganza.

ANTES CONOCIDO

Érase una vez una chica de Nantucket. No, en serio, era de allí.

Su madre y su padre eran hippies y ella fue una niñita hippie. Su padre no siempre estaba en Nantucket con la familia. Cuando estaba, no se quedaba mucho tiempo, y con los años las visitas se fueron espaciando y abreviando.

La niña solía escuchar las cintas que su padre se olvidaba en casa, los cursillos de Alan Watts, una introducción al Oriente pensada para americanos en forma de varios monólogos humorísticos que se iban por las ramas. Cuando el padre de la niña dejó de aparecer por allí, ella confundió los recuerdos de su padre con el hombre encantador cuya voz sonaba en las cintas.

Cuando la niña creció solucionó la confusión, pero para entonces ya había escuchado a Alan Watts cientos de veces.

Cuando la niña cumplió los dieciocho ingresó en la Universidad de Boston, en una facultad de arte perteneciente al museo. Odiaba las clases y a los otros estudiantes, odiaba pretender que era artista, y al cabo de dos años lo dejó.

Primero regresó a Nantucket por un tiempo, pero la madre de la chica se había mudado con un hombre que a ella no le gustaba y Nantucket, al fin y al cabo, es una isla. Así que volvió a Boston. Allí consiguió un trabajo asqueroso de camarera en un antro para estudiantes, donde tenía que esquivar constantemente las insinuaciones de clientes y empleados. Por la noche iba a clases de yoga y asistía a las reuniones zen que se organizaban en el sótano de un YWCA local, una asociación de jóvenes cristianas, donde tenía que esquivar constantemente las insinuaciones de instructores y estudiantes. La chica decidió que no solo odiaba las clases, también odiaba Boston. Un año después más o menos visitó un centro de retiro zen en la costa de Maine. Un lugar de una belleza sorprendente y, a excepción de los frenéticos meses estivales en que el pueblo se convertía en punto de veraneo para bostonianos y neoyorquinos adinerados, de un aislamiento espléndido. Le recordaba a Nantucket, a las cosas que allí echaba de menos. Rápidamente se inscribió como estudiante a jornada completa en el centro y para mantenerse consiguió trabajo de camarera en la marisquería de al lado, que por entonces era el tradicional local especializado en langostas de Maine.

Allí fue donde la chica conoció a los dos hermanos. Primero al hermano mayor, durante una serie de breves visitas al centro de retiro que este realizó con un amigo. El amigo tenía algo de experiencia con el budismo, el hermano mayor ninguna, pero ambos resultaban una presencia desconcertante en el plácido Maine… siempre impacientes y con una especie de humor urbano hostil, aunque sinceros y humildes al abordar la práctica del zen. Cuando le presentaron al hermano mayor, él se mostró solícito y halagador con la chica. Era el hombre más charlatán que había conocido, salvo quizá el Alan Watts de las cintas, que seguía influyendo de forma determinante en los anhelos de la chica… pero el hermano mayor no era Watts. Sus relatos hablaban del Brooklyn más étnico, de mafiosos de poca monta y chanchullos cómicos, y algunos tenían final violento. Con su charla el hermano mayor conseguía que a ella aquel mundo le pareciera tan próximo y real como lejano se encontraba en realidad. En cierto modo Brooklyn, que ella nunca había visto, se convirtió en un ideal romántico, algo más verdadero y perfecto que la vida urbana que había atisbado en Boston.

La chica y el hermano mayor fueron amantes durante un tiempo.

Las visitas del hermano mayor se volvieron más breves y menos frecuentes.

Un día el hermano mayor regresó en un Impala lleno de bolsas de la compra a rebosar de ropa y con su hermano menor a remolque. Tras donar una aportación considerable al fondo para gastos menores del centro zen, los dos hombres se instalaron en habitaciones del centro de retiro, habitaciones que no se veían desde la autopista de la costa. Al día siguiente el hermano mayor se fue con el Impala y regresó con una furgoneta de reparto con matrícula de Maine.

Ahora cada vez que la chica intentaba ir al cuarto del hermano mayor, él se la sacaba de encima. La situación se prolongó varias semanas hasta que ella empezó a aceptar el cambio. El amor y la charla de Brooklyn había acabado entre los dos. Solo entonces la chica reparó en el hermano menor.

El hermano menor no estudiaba zen. Nunca había salido de Nueva York hasta su visita a Maine, destino que le resultaba tan absurdo y misterioso como él se lo resultaba a la chica. A ella el hermano menor le pareció la personificación de los relatos sobre Brooklyn con que el hermano mayor la había embelesado. El menor también era charlatán, pero explicaba las cosas de forma caótica. Su charla carecía por completo de la pose distante y desconcertada, de la pátina de perspectiva zen que caracterizaba las narraciones del hermano mayor. En cambio, cuando se sentaban juntos en las playas de Maine, acurrucados contra el viento, parecía que todavía siguiera viviendo en las calles que describía.

El hermano mayor leía a Krishnamurti y Watts y Trungpa, mientras que el menor leía a Spillane, Chandler y Ross Mac-Donald, y a menudo se los leía en voz alta a la chica, que, sobre todo con MacDonald, empezó a oír algo que le mostraba una parte de sí misma que no habían descubierto Nantucket, el zen ni lo poco que había aprendido en la universidad.

El hermano menor y la chica acabaron siendo amantes. Y el hermano menor hizo lo que el mayor no habría hecho jamás: le explicó a la chica la situación que había sacado de Brooklyn a ambos hermanos y les había llevado a buscar refugio en el centro zen. Los hermanos habían actuado de nexo entre dos viejos mafiosos de Brooklyn y un grupo de bandidos de los arrabales de Westchester y Nueva Jersey que secuestraban camiones en las autopistas de entrada a la ciudad de Nueva York. Los viejos mafiosos estaban metidos en el negocio de redistribuir las mercancías que robaban los piratas de carretera, un negocio que resultaba lucrativo para todos. Sin embargo, los hermanos se lo habían hecho todavía más lucrativo de lo que debían. Encontraron un lugar donde almacenar parte de las mercancías y un tipo que comerciaba con productos robados a quien vendérselas. Cuando los dos mafiosos descubrieron la traición, decidieron matar a los hermanos. De ahí, Maine.

El hermano menor hizo otra cosa que el mayor jamás habría hecho: se enamoró de la chica extraña y airada de Nantucket. Y un día, en un arrebato de amor, le explicó su gran sueño: iba a abrir una agencia de detectives.

Entretanto el hermano mayor se había distanciado de los dos y estaba cada vez más metido en la práctica zen. A la manera de tantos practicantes espirituales pasados y presentes parecía estar alejándose de las preocupaciones del mundo material, volviéndose más tolerante e irónico, pero también veía con mayor frialdad la gente y las cosas que había dejado tras de sí. Cuando el hermano menor y la chica estaban lejos del centro de retiro se referían al hermano mayor con el nombre de «Rama-lama-ding-dong». Al poco tiempo incluso empezaron a llamárselo a la cara.

Un día el hermano menor intentó telefonear a su madre y descubrió que la habían ingresado en el hospital. Consultó con su hermano mayor; la chica escuchó parte de sus conversaciones amargas y llenas de miedos. El hermano mayor estaba convencido de que la hospitalización de la madre era una trampa urdida para atraerlos de vuelta a Brooklyn y que recibieran su castigo. El hermano menor no estaba de acuerdo. Al día siguiente compró un coche, cargó en él sus pertenencias y anunció que regresaba a la ciudad. Invitó a la chica a que le acompañara, si bien la advirtió del posible peligro.

Ella sopesó su vida en el centro de retiro, que se le había quedado tan pequeña y predecible como una isla, en comparación con el hermano menor y la perspectiva de Brooklyn, su Brooklyn, la perspectiva de vivir con él. Decidió irse de Maine.

De camino se casaron en Albany, con un juez de paz de la capital. El hermano menor quería sorprender a su madre, darle una alegría y puede que también buscara una forma de excusar la larga ausencia. Llevó a la chica de compras por Manhattan para que adquiriera ropa antes de cruzar el famoso puente de Brooklyn y luego se lo pensó mejor y la llevó a un salón de belleza de Montague Street, donde le decoloraran el pelo hasta dejárselo rubio platino. Parecía que fuera ella la que tenía que ir de incógnito.

La enfermedad de la madre no era ninguna trampa. Murió de un derrame cerebral antes de que el hermano menor y su esposa llegaran al hospital. Pero también era verdad que los mafiosos se mantenían al tanto de todo lo que pasaba en el vecindario y vigilaban de cerca el hospital. No transcurrió mucho tiempo antes de que llamaran al hermano menor para que fuera a responder por sus fechorías y las de su hermano.

El hermano menor rogó por su vida. Explicó que acababa de casarse.

También acusó a su hermano de los delitos que ambos habían cometido. Aseguró que ya no mantenía ninguna relación con él. Acabó prometiendo que dedicaría su vida al servicio de los gángsters, sería su chico de los recados.

Los gángsters aceptaron sus disculpas con esa condición. Le perdonaron la vida, pero renovaron la condena a muerte del hermano mayor e hicieron prometer al menor que en caso de que su hermano reapareciera le delataría.

El hermano menor se mudó con su esposa al antiguo apartamento de su madre y la mujer de Nantucket inició su adaptación a la vida en Brooklyn. Lo que se encontró le resultó de primeras embriagador y aterrador, después se desencantó. Su marido era un elemento de poca monta, sus «agentes», como él los llamaba, una pandilla de huérfanos que ni siquiera habían acabado el instituto. Durante un tiempo su marido la enchufó de secretaria en el bufete de un conocido, donde trabajaba de escribana pública en un aparador que daba a Court Street, lo cual resultaba humillante. Cuando la mujer se quejó, él le permitió que se retirara a la intimidad del apartamento. De todos modos los viejos gángsters pagaban el alquiler de la pareja y eran los principales clientes de la agencia de detectives. A la mujer de Nantucket no le gustaba lo que se hacía pasar por trabajo de detectives en Brooklyn. Deseaba que su marido dirigiera un servicio de taxis de verdad. Su vida de casados era fría y casi inexistente, plagada de ausencias no explicadas y omisiones, nada de paseos por la playa. Con el tiempo comprendió que además había otras mujeres, viejas amigas del instituto y primas lejanas que nunca habían salido del barrio y en realidad tampoco se habían alejado demasiado de la cama del hermano menor.

La mujer de Nantucket sobrevivió, encontró amantes ocasionales y pasó la mayor parte del tiempo en los cines de las calles Court y Henry, de compras en Brooklyn Heights, bebiendo en vestíbulos de hotel y paseando sin prisas por el Promenade, donde esquivaba constantemente las insinuaciones de los estudiantes y los maridos durante el descanso para almorzar; mataba los días como fuera menos pensando en la tranquila vida rural que había dejado en Maine, las vagas satisfacciones que había disfrutado antes de conocer a los dos hermanos y de que el menor la trajera a Brooklyn.

Un día el hermano menor le explicó a su esposa un secreto terrible que a ella no debía escapársele con nadie de Brooklyn por si llegaba a oídos de los gángsters: el hermano mayor había vuelto a Nueva York. Se había autoproclamado roshi, maestro zen, y había organizado un zendo en el Upper East Side de Manhattan, en Yorkville. El zendo de Yorkville lo costeaba un poderoso grupo de empresarios japoneses que había conocido en Maine, donde habían comprado y renovado de arriba abajo el acogedor centro zen y la langostería de al lado. La Fujisaki Corporation.

Los hombres de la Fujisaki eran muy espirituales, pero habían caído en descrédito en su país natal, donde solo los nacidos en familias pertenecientes a determinada línea de sangre podían ser monjes y donde la rapacidad capitalista y la devoción espiritual se consideraban excluyentes. Por lo visto, el dinero y el poder no podían comprar a la Fujisaki el tipo de respeto que sus miembros anhelaban disfrutar en su país. En América, primero en Maine y luego en Nueva York, conseguirían credibilidad como penitentes y maestros, hombres sabios y de paz. Entre tanto, como el hermano mayor explicó al menor y este después a su mujer, los hombres de la Fujisaki y el hermano mayor esperaban poder dedicarse a los «negocios». Nueva York: tierra de oportunidades para monjes, pillos y merluzos por igual.

Estábamos junto a la barandilla del faro, a la orilla del mar, con la vista perdida en el infinito. El viento seguía soplando con fuerza, pero ya me había acostumbrado. Yo llevaba el cuello levantado, como habría hecho Frank Minna. El cielo que cubría la isla era gris y desolador, pero al juntarse con el agua formaba una bonita franja de luz, un borde con el que mis ojos podían jugar como dedos con un pespunte. Los pájaros atacaban la espuma del oleaje en busca de erizos, tal vez, o de restos de perritos calientes atrapados entre las rocas.

Tenía la pistola de Tony en la americana, y desde mi atalaya podía ver si alguien se acercaba por la Ruta 1 en cualquier dirección. Me acuciaba la necesidad de proteger a Julia, de abrazarla y cubrirla con mi presencia para sentir que había conseguido salvar a alguien además de a mí mismo. Pero dudaba mucho que la Fujisaki Corporation tuviera ningún interés directo en Julia ni en mí. Ambos habíamos formado parte del problema de Frank Minna, no del de Fujisaki. Y Julia no mostró ningún interés en mis ansias protectoras.

—Sé lo que pasó después —le expliqué—. Al final los hermanos volvieron a meter la mano en la caja del dinero. Frank se involucró en un chanchullo para desviar fondos de la empresa de mantenimiento de la Fujisaki. —Esa parte de la historia de Gerard no era falsa, ahora lo entendía, solo una versión artísticamente retocada de la verdad. Gerard se había mantenido al margen, fingiendo ser un inocente budista, cuando en realidad constituía el centro de la operación—. Con un contable llamado *Ulula, Usura, Untura*, esto, un tipo llamado Ullman.

—Sí —dijo Julia.

Había estado hablando sumida en una especie de trance, sin necesidad de que le apuntara nada más que muy de vez en cuando. A medida que la narración se acercaba al presente se le fue aclarando la mirada, menos fija en la isla lejana, y la voz se le llenó de resentimiento. Sentí que le vencía la amargura y quise recuperarla de nuevo. Protegerla de ella misma si es que esa era la única amenaza.

—De modo que Frank escondía a su hermano de los Clientes —dije—. Mientras los dos se la jugaban a los socios japoneses de Gerard. El negocio siguió adelante hasta que *seagrió, limoncillo, ¡jodidillo!* —No pude continuar hasta que lancé un sonido fricativo (una pedorreta, vamos) a modo de tic de expulsión. Me salpiqué la cara con gotitas de saliva—. Entonces los de Fujisaki descubrieron que alguien les estaba robando dinero —dije por fin. Me limpié en la manga.

Julia me miró con asco. En cierto sentido, la había arrastrado de vuelta al presente.

—Sí —contestó.

—Y Gerard culpó ¡*Señor Señalador! ¡Don Señalón!* Gerard culpó a Frank y Ullman para salvar el pellejo.

—Eso es lo que Tony pensaba —dijo, otra vez distante.

—Los de Fujisaki debieron de encargarle a Gerard que se ocupara del asunto como muestra de buena voluntad. Así que Gerard contrató al asesino.

Y entonces yo, títere inocente, había aparecido en escena. Frank Minna nos había puesto a Gilbert y a mí a vigilar el zendo porque le olía a gato encerrado, no se fiaba de Gerard y quería contar con alguien de apoyo en la calle. Figurantes. Si algo iba mal nos pondría al corriente, Gilbert y yo participaríamos en el chanchullo, al menos eso debió de imaginarse. Y si todo salía bien, era mejor que siguiéramos donde siempre habíamos estado, donde pertenecíamos por naturaleza: la ignominia.

—Sabes más que yo —dijo Julia.

Ahora parecía agitada, el ensueño de la narración se había disipado, el rumbo de la charla nos había conducido a un asesino a sueldo y todo lo que ello implicaba. Tuve que girarme yo también, imitar su forma meditabunda de contemplar el horizonte, aunque mis dedos seguían bailando como idiotas sobre la barandilla del faro mientras contaban un, dos, tres, cuatro, cinco, un, dos, tres, cuatro, cinco. Empezaba a acostumbrarme a su nuevo peinado, pero sus ojos habían centelleado desde detrás de una cortina de pelo durante tanto tiempo que sin ella me deslumbraban. Me sentía a la vez atraído y repelido, grotescamente indeciso. Ahora comprendía que cuando Frank nos la presentó al final de secundaria, Julia no debía de ser más de cinco o seis años mayor que nosotros, aunque nos pareciera que Minna había arrancado una mujer de algún póster de película algo desvaído. No lograba imaginarme cómo Nantucket y el budismo habían conseguido que pareciera tan vieja y feroz. Supongo que el mismo Frank la había hecho envejecer prematuramente de forma intencionada, con panties, peróxido y sarcasmo… y también sin quererlo.

—Deja que adivine el resto —dije. Me sentía como si tratara de explicar un chiste sin intercalar ningún tic, pero no había gracia final a la vista—. Tras las muertes de Frank y Ullman, Gerard tenía que asegurarse de eliminar toda conexión que le uniera con Frank Minna. Es decir, tú y Tony.

Supuse que Gerard había sido víctima del pánico, temía a los Clientes y a la Fujisaki. Al mandar asesinar a su hermano había dañado el delicado sistema de controles que le había mantenido a salvo de Matricardi y Rockaforte durante más de una década. Y la Fujisaki había anunciado una visita a Nueva York para inspeccionar las propiedades de la corporación y poner en marcha algo de gestión directa (disfrazada de monjes) justo cuando Gerard trataba desesperadamente de limpiar los restos del desorden. Puede que también quisieran ver a Gerard pasando la escoba, verle en apuros.

Gerard dedujo acertadamente que si Frank confiaba en alguien sería en su esposa y su mano derecha, al que había preparado para sucederle. En otras palabras, Tony. Esta última parte todavía me resulta un poco dolorosa. Que Tony hubiera pagado con la vida por ser el hombre de confianza de Frank era un consuelo repulsivo.

—Fue Gerard el que te llamó para avisar de la muerte de Frank —sugerí—. No el hospital.

Julia se volvió y me miró con los dientes apretados y el rostro surcado por las lágrimas.

—Muy bien, Lionel —susurró.

Estiré el brazo para secarle las lágrimas de las mejillas con la manga, pero se echó atrás, no le interesaban mis cuidados.

—Pero no te fiabas de él y huiste.

—No seas idiota, Lionel —dijo con la voz temblándole de odio—. ¿Por qué iba a venir aquí si me estuviera escondiendo de Gerard?

—¡*Idiota Fresco*! ¡*Alfabeto Essrog*! —Estiré el cuello entumecido para limpiar los restos del tic—. No lo comprendo.

—Gerard lo organizó todo para que me escondiera aquí. Dijo que los asesinos de Frank iban tras nosotros y le creí.

Empezaba a comprender. Lucius Seminole había dicho que Julia había visitado Boston en diversas ocasiones.

—Era aquí donde te escondías cuando te peleabas con Frank —sugerí—. Te refugiabas en el pasado.

—No me escondía.

—¿Frank sabía que Gerard y tú seguíais en contacto?

—No le importaba.

—¿Gerard y tú todavía erais amantes?

—Solo cuando su… *senda espiritual* se lo permitía. —Escupió las palabras. Se le habían secado las lágrimas de la cara.

—¿Cuándo descubriste la verdad?

—Llamé a Tony. Contrastamos lo que sabíamos. Gerard subestimaba la información de Tony.

Tony no sabía de la misa la mitad, pensé. Tenía la intención de heredar la participación de Frank Minna en el chanchullo de la Fujisaki, sin saber que no quedaba nada que heredar. Quería eso y mucho más. Así como yo siempre me había esforzado por ser un detective virtuoso, Tony siempre había querido convertirse en un detective corrupto o incluso en un tipo redomadamente listo. Se había estado preparando para calzarse los zapatos más oscuros del armario de Frank Minna desde que había descubierto su existencia, puede que desde el día en que descargamos las guitarras y los amplificadores y nos presentaron a Matricardi y Rockaforte, puede que incluso desde antes, desde alguna fea misión que solo él y Frank conocían. Desde luego para cuando reventaron las ventanillas de la furgoneta de Frank, Tony ya lo había comprendido todo. El brillo especial de sus ojos aquel día respondía a la confirmación de sus fantasías mafiosas, además de a la primera constatación de la vulnerabilidad de Frank Minna. Si la buena estrella de Frank era mutable, como ese episodio demostraba, el poder era cambiante y quizá algún día Tony dispondría de un pellizco del pastel. En cuanto Frank murió, Tony se vio a sí mismo interpretando el papel del muerto en ambos escenarios, para los Clientes en Brooklyn y para Gerard y la Fujisaki Corporation en Yorkville, solo que actuaría con mayor eficiencia y brutalidad, sin el toque bobalicón de Frank Minna, ese punto débil que le empujaba a recoger engendros como yo y que acabó llevándole por mal camino.

El retrato que Gerard había hecho de Tony aquella noche era otro de los fragmentos de su enrevesado relato que no eran completamente falsos. Supongo que Gerard no habría llegado hasta donde estaba de no haber sabido calar mentes como la de Tony al primer vistazo.

—Tony y tú hicisteis algo más que contrastar informaciones, Julia. —Me arrepentí nada más decirlo.

Me miró con lástima.

—Es verdad que me lo tiraba. —Sacó un pitillo y el encendedor del bolso—. He follado con un montón de tíos, Lionel. He follado con Tony y con Danny, hasta con Gilbert, una vez. Con todos menos contigo. Tampoco es para tanto. —Se llevó el cigarrillo a los labios y lo protegió del viento con las manos.

—A lo mejor a Tony se lo parecía —dije, y me arrepentí más todavía.

Se limitó a encogerse de hombros y a intentar encender el mechero una y otra vez sin conseguirlo. Los coches circulaban a toda velocidad por la autopista, pero ninguno se detuvo junto al faro. Estábamos solos con nuestros tormentos y vergüenzas, sin servirnos de nada el uno al otro.

Quizá a Julia no le hubiera parecido gran cosa follarse a los Hombres de Minna, los Chicos de Minna, y quizá tampoco se lo hubiera parecido a Tony, pero yo lo dudaba. Quería decirle a Julia *Tú fuiste la mujer original*. Cuando Minna te trajo a casa nosotros intentamos comprender qué significaba para Frank casarse, te analizamos para entender cómo podía ser una Mujer de Minna y solo descubrimos furia… una furia que, ahora lo veía, escondía desengaño y miedo, océanos de miedo. Habíamos visto sucederse mujeres y cartas antes, pero tú fuiste la primera que se nos presentó, e intentamos entenderte. Y te quisimos.

Necesitaba rescatar a Julia, alejarla del faro y la desnudez de su historia contra el cielo de Maine. Necesitaba que comprendiera que éramos iguales, amantes desengañados de Frank Minna, niños abandonados.

—Somos casi de la misma edad, Julia —le dije sin convicción—. Quiero decir tú y yo, pasamos la adolescencia casi al mismo tiempo.

Me miró sin comprender.

—He conocido a una mujer, Julia. A raíz de este caso. Se parece a ti en algunas cosas. Estudia zen, como tú cuando conociste a Frank.

—Ninguna mujer te querrá nunca, Lionel.

—¡*Quieremebailey!*

Era un tic clásico, franco y sincero. Nada relacionado con Maine, Julia Minna ni el profundo cansancio que me dominaba podría interponerse en el camino de un buen tic, claro y desgarrador. Mi hacedor, en su infinita sabiduría, así lo había dispuesto. Intenté no escuchar lo que me decía Julia y concentrarme en los lejanos chillidos de las gaviotas y el chapoteo del oleaje.

—En realidad no es verdad —continuó—. Alguna podría quererte. Yo misma te he querido un poquito. Pero nunca te serán fieles, Lionel. Porque eres demasiado raro.

—Esta persona es diferente. No se parece a nadie que haya conocido. —Me estaba desviando de la cuestión. Si le dejaba clara a Julia y a mí mismo la diferencia entre Kimmery y ella *no es tan mala como tú, nunca habría sido tan mala* solo acabaría por lamentar haber hablado.

—Bueno, apuesto a que ella también te encuentra diferente. Seguro que seréis muy felices juntos. —En su boca las palabras *felices juntos* sonaron duras y retorcidas.

Fracasos juntos. Perder por puntos.

Quería llamar a Kimmery inmediatamente, con tantas ganas que los dedos encontraron el teléfono móvil en el bolsillo de la americana y empezaron a acariciarlo.

—¿Qué hacía Tony en Maine? —pregunté, tratando de cobijarme en el argumento que habíamos empezado a hilvanar juntos y que de repente parecía no tener nada o muy poco que ver con nuestros destinos miserables, nuestras vidas miserables expuestas a merced del viento–. ¿Por qué no te fuiste de aquí? Sabías que Gerard quería matarte.

–Me enteré de que hoy vendrían los de la Fujisaki. –Volvió a golpear el mechero contra el cigarrillo, como si fuera a encenderse igual que un sílex contra una roca. No luchaba solo contra el viento. Le temblaban las manos, y el cigarrillo temblaba también entre sus labios–. Tony y yo íbamos a explicarles lo de Gerard. Tony pensaba traer algún tipo de prueba. Pero tú te metiste por medio.

–No fui yo el que impidió que Tony llegara a la cita. –Estaba distraído con el teléfono móvil, con la perspectiva de la balsámica voz de Kimmery, aunque solo fuera el mensaje del contestador–. Gerard mandó al gigante a por Tony. Siguió a Tony hasta aquí, quizá pensaba matar dos pájaros de un tiro.

–Gerard no quería que me mataran –dijo quedamente. Había dejado caer las manos a los costados–. Quería que volviera con él. –Intentaba hacerlo realidad al decirlo, pero hasta las palabras estuvieron a punto de perderse en el viento. Julia amenazaba con retraerse de nuevo en la distancia y esta vez yo sabía que no valdría la pena molestarse en intentar recuperarla.

–¿Por eso mandó matar a su hermano? ¿Por celos?

–¿Es que tiene que haber un único motivo? Probablemente llegó a la conclusión de que tenía que elegir: o Frank o él. –El cigarrillo seguía balanceándose en su boca–. Fujisaki exigía un sacrificio. Tienen mucha fe en esas cosas.

–¿Acabas de hablar con los hombres de Fujisaki?

–Esta gente no hace tratos con camareras, Lionel.

–Lástima que el asesino atrapara a Tony antes de que hablara con los de Fujisaki. Pero Gerard no se salvará. Yo me encargaré. –No quise dar detalles.

–Si tú lo dices. –Se alejó de la barandilla, apretaba tan fuerte el mechero que pensé que acabaría por romperlo.

–¿Qué insinúas?

–Que todavía no he visto nunca a ese asesino gigante del que tanto hablas. ¿Seguro que no te estás imaginando cosas?

—Se volvió y me ofreció el mechero, se sacó el cigarrillo de los labios y me lo alargó—. ¿Podrías encendérmelo, Lionel? —Noté una vibración extraña en su voz, como si estuviera a punto de echarse a llorar de nuevo, pero esta vez sin rabia, quizá por fin empezara a lamentar la muerte de Minna. Cogí ambos objetos, me llevé el cigarrillo a los labios y me volví de espaldas al viento.

Cuando encendí el cigarrillo Julia había sacado su pistola del bolso.

Alcé las manos instintivamente, dejando caer el mechero, para demostrar que me rendía pero también para protegerme, como si pudiera desviar una bala con el reloj de pulsera de Frank igual que Wonder Woman con sus muñequeras mágicas. Julia sostenía la pistola sin problemas, apuntándome directamente al ombligo y ahora me resultaba tan difícil leer en sus ojos grises y opacos como en el lejano horizonte de Maine. Me ardía de acidez la boca del estómago. Me preguntaba si alguna vez llegaría a acostumbrarme a que me apuntaran con un arma, y luego me pregunté qué tipo de aspiración era esa. Quería dejar escapar algún tic solo porque sí, pero en ese instante no se me ocurría ninguno.

—Acabo de recordar algo que Frank dijo una vez sobre ti, Lionel.

—¿Qué cosa? —Bajé lentamente una mano y le ofrecí el cigarrillo encendido, pero lo rechazó con un gesto de la cabeza. Así que lo tiré al suelo y lo aplasté con el zapato.

—Dijo que le resultabas útil porque te volvía loco que los demás creyeran que eres estúpido.

—Conozco la teoría.

—Creo que yo he cometido el mismo error. Y Tony, y Frank antes que él. Dondequiera que vayas, todo el que Gerard quiere ver muerto acaba asesinado. No quiero ser la siguiente.

—¿Piensas que yo maté a Frank?

—Has dicho que tenemos la misma edad, Lionel. ¿Tú veías *Barrio Sésamo*?

—Pues claro.

—¿Te acuerdas de Snuffleupagus?

—El amigo del pajarraco.

—Exacto, solo que nadie puede verlo excepto el pájaro. Creo que el gigante es tu Snuffleupagus, Lionel.

—*¡Esnifaelpavus! ¡Quesuncontentus!* El gigante existe, Julia. Aparta esa pistola.

—No me lo creo. Atrás, Lionel.

Di un paso atrás, pero al mismo tiempo saqué la pistola de Tony. Vi cómo Julia tensaba los dedos cuando la apunté, pero no disparó, yo tampoco.

Nos quedamos mirándonos junto a la baranda del faro, con la inmensidad del cielo cubriéndolo todo sin que nos sirviera de nada, igual de inútil que las profundidades oceánicas. Las dos pistolas nos habían acercado tanto que lo demás resultaba irrelevante: igual podría haber estado en una sucia habitación de motel con el televisor emitiendo imágenes de Maine. Por fin había llegado mi momento. Tenía una pistola entre las manos. Que no apuntara a Gerard ni al gigante ni a Tony ni a ningún portero, sino a la chica de Nantucket que se había convertido en la viuda de mirada herida de Frank Minna, que se había rapado el pelo y se había refugiado en su pasado de camarera y en cambio había acabado acorralada por ese mismo pasado, por Gerard y el gigante y Tony… no debía preocuparme. Me había equivocado, Julia y yo no teníamos nada en común. Solo éramos dos personas cualesquiera que casualmente se apuntaban mutuamente con sendas pistolas. Y la de Tony poseía sus propias cualidades en cuanto objeto, no se trataba de un tenedor ni un cepillo de dientes, sino de algo mucho más pesado y seductor. Solté el seguro con el pulgar.

—Comprendo la confusión, Julia, pero no soy el asesino.

Julia sostenía la pistola con ambas manos y no le temblaba.

—¿Por qué tendría que fiarme de ti?

—*¡FIATEBAILEY!* —Tuve que gritárselo al cielo. Giré la cabeza, acordando con mi Tourette que dejaría escapar la frase y después se estaría quietecito. Saboreé la sal del aire al gritar.

—No me asustes, Lionel. O a lo mejor te disparo.

—Ambos tenemos el mismo problema, Julia. —De hecho, mi síndrome acababa de descubrir las posibilidades de la pistola y empezaba a obsesionarme con apretar el gatillo. Sospechaba que si disparaba un tiro al aire al modo de la exclamación verbal previa, quizá no sobreviviera a la experiencia. Pero no quería dispararle a Julia. Volví a colocar el seguro con la esperanza de que ella no me viera.

—¿Y ahora qué hacemos?

—Ahora nos vamos a casa, Julia. Siento lo de Frank y lo de Tony, pero esta historia se ha acabado. Tú y yo llegamos con vida al final.

Una pequeña exageración. La historia terminaría en algún instante secreto durante las horas o días siguientes cuando algo que llevaba buscando a Gerard Minna más de veinte años lo encontrara, una bala o una hoja.

Entretanto, ponía y quitaba el seguro sin poder evitarlo, contando mis gestos. A la de cinco me detuve, temporalmente satisfecho. El seguro se quedó levantado, con el arma lista para disparar. Mis dedos sentían una curiosidad insoportable por el funcionamiento del gatillo, su peso y resistencia.

—¿Y dónde está tu casa, Lionel? ¿En el piso de arriba de L&L?

—*Hogar para Bailey San Venganza.*

—¿Lo llamas así?

Antes de que mi dedo apretara el gatillo tal como estaba deseando lancé la pistola hacia el océano con todas las fuerzas de mi cuerpo con mecanismo de relojería sobrecargado. Voló por encima de las rocas, pero el chapoteo de su desaparición en el mar se perdió en el viento y el ruido del oleaje.

Uno, conté.

Me abalancé sobre Julia como sobre un hombre esquivo sin darle tiempo a meditar el sentido de mi acción y agarré el cañón de su pistola, la retorcí para que la soltara y la arrojé con toda la fuerza de mis piernas, como un bateador de medio campo. La pistola de Julia llegó más lejos que la de Tony, hasta donde nacían las olas que acabarían rompiendo contra las rocas y el mar se retorcía descubriendo su forma.

Iban *dos*.

—No me hagas daño, Lionel. —Retrocedió con los ojos sorprendidos enmarcados por el halo de su nuevo corte y la boca retorcida en una mueca de miedo y furia.

—Se acabó, Julia. Nadie va a hacerte daño. —No lograba concentrarme plenamente en ella, necesitaba tirar algo más al mar. Me saqué el busca de Minna del bolsillo. Era una herramienta de los Clientes, una prueba del poder que tenían sobre Frank y merecía acabar sepultado con las pistolas. Lo lancé todo lo lejos que pude, pero no pesaba lo bastante para evitar que el viento lo derribara, así que se escurrió entre dos rocas húmedas y musgosas.

Tres.

Después encontré el teléfono móvil. En cuanto lo tuve entre las manos, el número de Kimmery me rogó que lo marcara. Controlé el impulso y lo reemplacé por la gratificación de arrojarlo desde la terraza del faro, imaginándome a los porteros del coche de alquiler a quienes se lo había quitado. Voló con más aplomo que el busca y alcanzó el mar.

Cuatro.

—Dame algo que lanzar —le dije a Julia.

—¿Qué?

—Necesito una cosa más.

—Estás loco.

Pensé en el reloj de pulsera de Frank. Le tenía cariño. No estaba contaminado por porteros ni clientes.

—Dame algo —repetí—. Mira en el bolso.

—Vete al carajo, Lionel.

Julia siempre había sido la más dura de todos nosotros, entonces lo comprendí. Nosotros que éramos de Brooklyn, unos memos de ningún sitio —o de alguno, en el caso de

Frank y Gerard— no le llegábamos a la suela del zapato a la chica de Nantucket y por fin creí entender por qué. Ella era la más dura porque era la más infeliz. Puede que fuera la persona más infeliz que había conocido.

Supongo que perder a Frank Minna, por difícil que fuera, resultó más fácil para los que realmente le habíamos tenido alguna vez y habíamos disfrutado de su cariño. Julia perdió algo que para empezar nunca había poseído.

Pero su dolor ya no me concernía.

Uno elige sus propias batallas, solía decir Frank Minna, aunque dudo que se le hubiera ocurrido a él.

Uno también se aleja de la crueldad, si es que tiene algo en la cabeza. Y yo empezaba a cultivar algunas ideas.

Me saqué el zapato derecho, palpé el cuero lustroso que tan bien me había servido, la costura de calidad y el cordón deshilachado, le di un beso de despedida en la punta de la lengüeta, luego lo lancé alto y lejos y lo contemplé hundirse silenciosamente entre las olas.

Cinco, pensé.

Pero ¿quién cuenta?

—Adiós, Julia.

—Que te follen, loco. —Se arrodilló y recogió el mechero, y esta vez encendió el cigarrillo a la primera.

—Barnabaileyfollajuliaminna.

No tenía más que decir sobre el asunto.

Así que conduje de vuelta a Brooklyn con el pie del acelerador y el freno cubierto solo por el calcetín.

SÁNDWICHES BUENOS

Entonces en algún lugar, en algún momento, se cerró un círculo. Para mí fue un secreto, pero sabía que el secreto existía. Un hombre –¿dos?– encontró a otro hombre. Levantó un instrumento, ¿pistola, navaja? Digamos que pistola. Hizo un trabajo. Se encargó de cierta tarea. Cobró una deuda vital. Fue el final de un asunto entre hermanos, una transacción de amor-odio fraternal, algo se despedía con una melodía temblorosa y oscura. Las notas de la melodía habían sido otras personas, chicos convertidos en Hombres de Minna, mafiosos, monjes, porteros. Y mujeres, una en especial. Todos habíamos sido notas de la melodía, pero los hermanos fueron el tema de la canción y la liquidación de la deuda, la última nota… ¿un grito?, ¿un latido sanguinolento?, ¿un gemido interrumpido?… o puede que ni siquiera un gemido. Mi culpa quería imaginarlo así. Acabando en silencio. Que aquel Rama-lama-ding-dong muriera mientras dormía.

Estábamos sentados en el despacho de L&L a las dos de la mañana, jugando al póquer sobre el mostrador y escuchando a Boyz 2 Men por cortesía de Danny. Ahora que Frank y Tony se habían ido, Danny podía poner la música que más le gustaba. Uno más de toda una serie de cambios.

–Una carta –pidió Gilbert.

Yo daba, así que recogí la carta que me devolvía y le ofrecí una nueva de lo alto de la baraja.

—Joder, Gil —dijo el ex Poli Basuras. Ahora era chófer, en la nueva L&L—. Siempre pides una carta o ninguna… ¿y a mí por qué solo me llega basura?

—Porque todavía estás a cargo de la basura, Loomis —contestó Gilbert de buen humor—. Aunque hayas dejado el cuerpo, no importa. Alguien tiene que hacerlo.

—*¡Hacerlo con el basuras!* —proclamé mientras me agenciaba tres cartas nuevas.

Hacía dos semanas que habían soltado a Gilbert, tras cinco noches en el calabozo, por falta de pruebas de que hubiera asesinado a Ullman. El inspector Seminole había llamado para disculparse con un estilo que me pareció demasiado servil, como si siguiera algo asustado. La envergadura y los modales de Gilbert le habían ayudado a superar la experiencia en buenas condiciones, aunque salió sin reloj y había dejado el tabaco de forma voluntaria durante el confinamiento ya que le habían aligerado de todos los pitillos que llevaba encima. Ahora intentaba recuperar el tiempo perdido en cuestión de cigarrillos, cerveza, café, Sno Balls, White Castle y especiales de pastrami de Zeod, pero por mucho que lo consintiéramos nunca bastaba para aplacar sus quejas por haberlo abandonado a su suerte. Por fortuna, esa noche ganaba todas las manos.

Danny estaba sentado aparte, en silencio, con las cejas ligeramente arqueadas entre la mano de cartas y su nuevo sombrero de fieltro. Cada noche se sentaba un poco más apartado y vestía un poco más estirado, al menos a mí me lo parecía. El liderazgo de L&L había recaído en Danny como un rebote fácil, ni siquiera había tenido que saltar, mientras los demás jugadores se peleaban, daban codazos y sudaban en la zona equivocada de la cancha. Lo que Danny supiera o dejara de saber sobre Gerard y Fujisaki nunca se mencionó. Escuchó mi explicación de los acontecimientos, asintió una sola vez y se acabó. Así de simple. ¿Quería ser el nuevo

Frank Minna? Bastaba con vestirse para el papel, cerrar el pico y esperar. Court Street te cala en cuanto te ve. Zeod cargará la compra a tu nombre. Gilbert, Loomis y yo no podríamos habérselo discutido. Éramos Pulcro y sus Títeres, saltaba a la vista.

L&L era una agencia de detectives, limpia por primera vez en su historia. Tan limpia que no teníamos clientes. Así que también ofrecíamos servicio de taxis, de verdad, no rechazábamos llamadas a menos que realmente no nos quedaran coches disponibles. Danny incluso había mandado imprimir folletos publicitarios y nuevas tarjetas de presentación, proclamando nuestra eficiencia y buenos precios por toda la ciudad. El Cadillac dentro del que Minna se había desangrado hasta morir también estaba limpio y formaba parte de una pequeña flota de coches que cubría regularmente trayectos entre la residencia Cobble Hill de Henry Street y la cafetería Promenade, al final de Montague, entre el Boerum Hill Inn y los elegantes bloques de apartamentos que bordean Prospect Park West y Joralemon Street.

De hecho, el Boerum Hill Inn acababa de cerrar y teníamos a Siobhain en la puerta, con ojeras y aspecto cansado de tener que espantar a la clientela compuesta de tenaces ligones. Gilbert levantó el dedo para indicar que se encargaría de llevarla a casa pero primero quería mostrar sus cartas: se sentía particularmente orgulloso de esa mano en concreto. Visto su reciente entusiasmo por acompañar a Siobhain sospechaba que Gilbert se había enamorado de ella, o quizá fuera un enamoramiento que venía de antiguo y ahora se permitía sacar a la luz, ahora que Frank no estaba por ahí para chincharle constantemente con que la chica tenía otros intereses.

—Venga, mamones, a ver qué tenéis —dijo Gilbert.

—Nada —dijo Loomis, contemplando su mano de cartas con los ojos fuera de las órbitas, como si quisiera avergonzarlas—. Un montón de basura.

Danny frunció el ceño y sacudió la cabeza, luego dejó las cartas sobre la mesa. Ahora mismo no necesitaba triunfar en el póquer, tenía cosas mejores. Tenía tantos triunfos en la mano que podía permitirse deshacerse de algo de gloria para Gilbert.

—*Tenedores y cucharas* —dije, bajando la mano para mostrar las cartas.

—¿Jotas y doses? —Gilbert inspeccionó mis cartas—. No basta, Engendro. —Él tenía ases y ochos—. Mira esto y grita, loco.

Las aseveraciones me resultan habituales, también son habituales para los detectives. («La única parte de una casa californiana donde no puedes poner el pie es la puerta de entrada», Marlowe, *El sueño eterno*.) Y en las historias de detectives las cosas pasan *siempre*, el detective pasea su mirada exhausta y cáustica por la inmutabilidad corrupta de todas las cosas y nos estremece con sus generalizaciones dulcemente despiadadas. Esto o aquello se ajusta siempre a las fórmulas, es invariable, ejemplar. Sí, claro. Lo he visto antes, y volveré a verlo. Fíate de lo que te digo.

Las aseveraciones y generalizaciones son, claro, una variante del síndrome de Tourette. Una forma de tocar el mundo, manejarlo y cubrirlo con el lenguaje de la confirmación.

Ahí va otra. Como una vez dijo un gran hombre, cuanto más cambian las cosas, más difícil es dejarlas como estaban.

A los pocos días de la desaparición de Gerard la mayoría de los estudiantes del zendo Yorkville se habían largado. Había un zendo de verdad en el Upper East Side, veinte manzanas más al sur, cuyas filas fueron a engrosar los desertores de Yorkville en busca de esencias más auténticas (a pesar de que, como había señalado Kimmery, todo el que enseña zen es un maestro zen). Los porteros desconcertados resultaron ser estudiantes genuinos de Gerard, buscadores sin timón, arcilla humana. Su absoluta susceptibilidad a las enseñanzas del carismático Gerard les había hecho explotables, primero en el edificio de Park Avenue, luego como banda de brazos fuertes y conductores ineptos cuando Gerard necesitaba cuerpos con los que arropar al gigante polaco. Frank Minna tenía a los Hombres de Minna mientras que Gerard solo tenía seguidores, títeres zen, y quizá fuera la diferencia que determinara el desenlace del caso. Quizá ahí sí les llevé la delantera. En cualquier caso, me gustaba verlo así.

De todos modos, el zendo Yorkville no cerró. Wallace, el estoico sedente, se hizo cargo de los feligreses que quedaban, aunque renunció a otorgarse a sí mismo el título de roshi. En cambio pidió que le llamaran *sensei*, un término menor referente a una especie de instructor-aprendiz. De manera que cada organización Minna, la de Frank y la de Gerard, fueron apartadas de las bajezas de la corrupción por sus discípulos más callados con elegancia y suavidad. Por supuesto, Fujisaki y los Clientes, esas sombras inmensas, se retiraron sin daños, apenas despeinadas. Hacía falta algo más que los hermanos Minna y Lionel Essrog para causarles alguna impresión permanente.

Me enteré de lo que había pasado con el zendo Yorkville por Kimmery, en la única ocasión que nos vimos, dos semanas después de que yo volviera de Maine. Le había dejado varios mensajes en el contestador, pero hasta entonces no me había devuelto las llamadas. En una conversación telefónica breve e incómoda quedamos en vernos en una cafetería de la calle Sesenta y dos. Antes de salir para la cita me duché más que a conciencia, luego me vestí y me volví a cambiar de ropa una docena de veces, haciendo posturitas ante el espejo, intentando ver algo que no había, tratando de no ver al gran Essrog lleno de tics que sí estaba presente. Supongo que todavía guardaba la vaga esperanza de que podríamos acabar juntos.

Hablamos un rato del zendo antes de que dijera nada que sugiriera siquiera que recordaba la noche que habíamos pasado juntos. Y cuando lo hizo, dijo: «¿Tienes mis llaves?».

La miré a los ojos y descubrí que me tenía miedo. Intenté no levantarme ni estirarme, a pesar de que había una franquicia de Papaya Zar al otro lado de la calle. Me moría por sus perritos calientes y me costó mucho no volver la cabeza.

—Sí, claro —dije. Dejé las llaves sobre la mesa, contento de no haberlas lanzado al Atlántico. Al contrario, había estado sacándoles brillo en mi bolsillo, como hiciera en otra ocasión con el tenedor de los Clientes, ambos talismanes de mundos que nunca volvería a visitar. Me despedí de las llaves.

—Tengo que decirte una cosa, Lionel. —Lo dijo con la misma media sonrisa febril que yo llevaba dos semanas intentando reproducir en mi cabeza.

—Dimebailey —murmuré.

—Me vuelvo a vivir con Stephen. Así que lo que ocurrió entre nosotros, fue solo… eso.

De manera que al fin y al cabo el Hombre Oreo era todo un cowboy, que ahora regresaba a grandes zancadas desde su telón de fondo con puesta de sol.

Abrí la boca pero no salió nada.

—¿Lo comprendes, Lionel?

—Ah. —*Compréndeme, Bailey.*

—¿Bien?

—*Bien.* —Ella no tenía por qué saber que era un tic, que solo la ecolalia me había empujado a decirlo. Estiré el brazo por encima de la mesa y le alisé las puntas del cuello de la camisa en dirección a sus hombros, pequeños y huesudos—. *Bienbienbienbienbien* —dije entre dientes.

Soñé con Minna. Íbamos en un coche. Conducía él.

—¿Yo formaba parte del grupo de Culos de Confianza? —le pregunté.

Me sonrió, le gustaba que le citaran, pero no contestó.

—Supongo que todo el mundo necesita títeres —dije, sin intención de molestarle.

—No sé si te incluiría exactamente en la categoría Culo de Confianza. Resultas demasiado raro.

—Pues entonces ¿qué soy? —pregunté.

—No lo sé, chaval. Supongo que te llamaría el Rey Remolcador.

Debí de reírme o al menos sonreí.

—No es como para estar orgulloso, melón.

¿Y la venganza?

Una vez le concedí cinco o diez minutos de mi tiempo. Es mucho, toda una vida en cuestión de venganzas. Había querido creer que la venganza no tenía nada que ver conmigo, que no era en absoluto touréttica ni essrogiana. Como el metro, por ejemplo.

Entonces me subí al tren de la venganza. Lo hice con un teléfono móvil y un número de Jersey, lo hice de pie junto a un faro en la costa de Maine. Lo hice con un puñado de nombres y otras palabras, unidos para formar algo más efectivo que un tic. Ese era yo, Lionel, avanzando a toda velocidad por los túneles subterráneos, visitando el laberinto que recorre el submundo y cuya existencia todos fingen ignorar.

Puedes volver a fingir si quieres. Yo lo haré, aunque los hermanos Minna forman parte de mí, de lo más profundo de mi ser, más profundo que el comportamiento, más profundo que el pesar; Frank porque me dio la vida y Gerard porque, aunque apenas le conocía, yo se la quité.

Fingiré que nunca me subí a ese tren, pero lo hice.

La siguiente llamada de la noche pedía un coche en Hoyt Street para ir al aeropuerto Kennedy. Loomis cogió el teléfono y nos ofreció la carrera a los tres con una mueca exagerada de disgusto, conocedor de que según la tradición de L&L, el aeropuerto JFK era un destino horrible. Levanté la mano y acepté el trabajo, solo por llevarle la contraria.

También por otra razón. Me apetecía un bocado en particular. En la terminal internacional del Kennedy, junto a las puertas E1 A1, hay un puesto de comida kosher llamado

Mushy's que lleva una familia israelí, con latas salpicadas de salsa y llenas de kasha humeante, salsa gravy y knishes caseros, un sitio completamente diferente a las cadenas de restaurantes del resto de la terminal. Cada vez que llevaba a algún cliente hasta el aeropuerto, de noche o de día, aparcaba el coche y subía hasta Mushy's para comer algo. Su shwarma de pollo recién cortado del asador, metido en una pita y acompañado de pimientos asados, cebolla y tahini es uno de los grandes sándwiches secretos de Nueva York, capaz de compensar por todo un aeropuerto frío e impersonal. Me permito recomendarte que lo pruebes si alguna vez te pilla de camino.

Kimmery y el caldo de limoncillo no habían estropeado mi paladar para lo bueno.

Los fantasmas que me entristecían no eran los muertos. Había imaginado que Frank y Tony estaban bajo mi protección, pero me había equivocado. Ahora lo entendía.

Era a Julia a quien no podía olvidar, aunque difícilmente podría haberme pertenecido más que los otros, aunque apenas había reconocido mi existencia. Sin embargo, mi tic de culpa tomó la forma de su silueta erguida sobre la terraza del faro, impasible en medio de una bruma de balas, zapatos, aire salado y saliva, como el icono maldito de un póster de alguna película en blanco y negro al que se parecía hacía mucho tiempo, la primera vez que la vi, o quizá como una figura de contemplación zen, una mancha de tinta sobre un pergamino. Pero no intenté encontrar a Julia… por fácil que hubiera resultado. No era tan tonto. En cambio dejé que mi instinto obsesivo trabajara aquella figura, esperando a que se volviera abstracta y desapareciera. Antes o después ocurriría.

¿Quién quedaba? Solo Ullman. Sé que ronda esta historia pero nunca se ha dejado ver, ¿verdad? El mundo (mi cerebro) está lleno de hombres embotados, muertos, Ullman varios.

Algunos fantasmas están tan ocupados aullando en las ventanas que nunca llegan a entrar en tu casa. O como diría Minna, cada uno elige sus batallas… y así es, suscribas o no la opinión de Minna, así es. No puedo cargar con la culpa de todos.

¿Ullman? No conozco al tipo. Como Bailey. Solo fueron tipos con los que nunca llegué a encontrarme. A ellos dos y a ti también os digo: carretera y manta, pisa a fondo y buen viaje. Me lo cuentas de camino.

ÚLTIMOS TÍTULOS PUBLICADOS

Milagro en Haití, Rafael Gumucio
El primer hombre malo, Miranda July
Cocodrilo, David Vann
Todos deberíamos ser feministas, Chimamanda Gnozi Adichie
Los desposeídos, Szilárd Borbély
Comisión de las Lágrimas, António Lobo Antunes
Una sensación extraña, Orhan Pamuk
El Automóvil Club de Egipto, Alaa al-Aswany
El santo, César Aira
Personae, Sergio De La Pava
El buen relato, J. M. Coetzee y Arabella Kurtz
Yo te quise más, Tom Spanbauer
Los afectos, Rodrigo Hasbún
El año del verano que nunca llegó, William Ospina
Soldados de Salamina, Javier Cercas
Nuevo destino, Phil Klay
Cuando te envuelvan las llamas, David Sedaris
Campo de retamas, Rafael Sánchez Ferlosio
Maldita, Chuck Palahniuk
El 6º continente, Daniel Pennac
Génesis, Félix de Azúa
Perfidia, James Ellroy
A propósito de Majorana, Javier Argüello
El hermano alemán, Chico Buarque
Con el cielo a cuestas, Gonzalo Suárez
Distancia de rescate, Samanta Schweblin
Última sesión, Marisha Pessl

Doble Dos, Gonzálo Suárez
F, Daniel Kehlmann
Racimo, Diego Zúñiga
Sueños de trenes, Denis Johnson
El año del pensamiento mágico, Joan Didion
El impostor, Javier Cercas
Las némesis, Philip Roth
Esto es agua, David Foster Wallace
El comité de la noche, Belén Gopegui
El Círculo, Dave Eggers
La madre, Edward St. Aubyn
Lo que a nadie le importa, Sergio del Molino
Latinoamérica criminal, Manuel Galera
La inmensa minoría, Miguel Ángel Ortiz
El genuino sabor, Mercedes Cebrián
Nosotros caminamos en sueños, Patricio Pron
Despertar, Anna Hope
Los Jardines de la Disidencia, Jonathan Lethem
Alabanza, Alberto Olmos
El vientre de la ballena, Javier Cercas
Goat Mountain, David Vann
Americanah, Chimamanda Ngozi Adichie
La parte inventada, Rodrigo Fresán
El camino oscuro, Ma Jian
Pero hermoso, Geoff Dyer
La trabajadora, Elvira Navarro
Constance, Patrick McGrath
La conciencia uncida a la carne, Susan Sontag
Sobre los ríos que van, António Lobo Antunes
Constance, Patrick McGrath
La trabajadora, Elvira Navarro
El camino oscuro, Ma Jian
Pero hermoso, Geoff Dyer
La parte inventada, Rodrigo Fresán
Americanah, Chimamanda Ngozi Adichie
Goat Mountain, David Vann

Elegía, Philip Roth
Un hombre: Klaus Klump, Gonçalo Tavares
Estambul, Orhan Pamuk
La persona que fuimos, Lolita Bosch
Con las peores intenciones, Alessandro Piperno
Ninguna necesidad, Julián Rodríguez
Fado alejandrino, António Lobo Antunes
Ciudad total, Suketu Mehta
Parménides, César Aira
Memorias prematuras, Rafael Gumucio
Páginas coloniales, Rafael Gumucio
Fantasmas, Chuck Palahniuk
Vida y época de Michael K, J. M. Coetzee
Las curas milagrosas del Doctor Aira, César Aira
El pecho, Philip Roth
Lunar Park, Bret Easton Ellis
Incendios, David Means
Extinción, David Foster Wallace
Los ríos perdidos de Londres, Javier Calvo
Shalimar el payaso, Salman Rushdie
Hombre lento, J. M. Coetzee
Vidas de santos, Rodrigo Fresán
Guardianes de la intimidad, Dave Eggers
Un vestido de domingo, David Sedaris
Memoria de elefante, António Lobo Antunes
La conjura contra América, Philip Roth
El coloso de Nueva York, Colson Whitehead
Un episodio en la vida del pintor viajero, César Aira
La Habana en el espejo, Alma Guillermoprieto
Error humano, Chuck Pahniuk
Mi vida de farsante, Peter Carey
Yo he de amar una piedra, António Lobo Antunes
Port Mungo, Patrick McGrath
Jóvenes hombres lobo, Michael Chabon
La puerta, Magda Szabó
Memoria de mis putas tristes, Gabriel García Márquez

Segundo libro de crónicas, António Lobo Antunes

Drop city, T. C. Boyle

La casa de papel, Carlos María Domínguez

Esperando a los bárbaros, J. M. Coetzee

El maestro de Petersburgo, J. M. Coetzee

Diario. Una novela, Chuck Palahniuk

Las noches de Flores, César Aira

Foe, J. M. Coetzee

Miguel Street, V. S. Naipaul

Suttree, Cormac McCarthy

Buenas tardes a las cosas de aquí abajo, António Lobo Antunes

Elizabeth Costello, J. M. Coetzee

Ahora sabréis lo que es correr, Dave Eggers

Mi vida en rose, David Sedaris

El dictador y la hamaca, Daniel Pennac

Jardines de Kensington, Rodrigo Fresán

Canto castrato, César Aira

En medio de ninguna parte, J. M. Coetzee

El dios reflectante, Javier Calvo

Nana, Chuck Palahniuk

Asuntos de familia, Rohinton Mistry

La broma infinita, David Foster Wallace

Juventud, J. M. Coetzee

La edad de hierro, J. M. Coetzee

La velocidad de las cosas, Rodrigo Fresán

Vivir para contarla, Gabriel García Márquez

Los juegos feroces, Francisco Casavella

El mago, César Aira

Las asombrosas aventuras de Kavalier y Clay, Michael Chabon

Cíclopes, David Sedaris

Pastoralia, George Saunders

Asfixia, Chuck Palahniuk

Cumpleaños, César Aira

Huérfanos de Brooklyn, Jonathan Lethem

Algo supuestamente divertido que nunca volveré a hacer, David Foster
   Wallace

6/16